CHRISTOPHER BUCKLEY

Kleine grüne Männchen

Buch

Der Journalist und Talkshowmaster John O. Banion ist eine berühmte Figur des öffentlichen Lebens. Eine einflussreiche Persönlichkeit in den höchsten Kreisen Washingtons, kann er es sich sogar leisten, in seiner Sendung den Präsidenten mit hämischer Genüsslichkeit aufs Korn zu nehmen. Wovon Banion jedoch nichts ahnt, ist die Existenz einer streng geheimen Regierungsabteilung, die mit der Aufgabe betraut ist, in der amerikanischen Öffentlichkeit eine Ufo-Hysterie zu schüren – irgendwie müssen dem Wähler die horrenden Kosten für militärische Abwehrprojekte ja schließlich plausibel gemacht werden. Als Banion eines Tages bei einer gepflegten Runde über den Golfplatz von den Strapazen seiner Amtsgeschäfte Erholung sucht, ist es soweit: Er hat eine Begegnung der Unheimlichen Art, die, mehr als nur ein empfindlicher Zusammenstoß, in eine extraterrestrische Vergewaltigung ausartet. Als ihn auf nächtlicher Landstraße auch noch eine zweite Attacke ereilt, ist es um sein smartes Weltvertrauen geschehen. Fortan spricht er über nichts anderes mehr als grüne Männchen, reist zu Ufologen-Kongressen und schwingt sich gar dazu auf, die gläubigen Massen zu einem Marsch der Millionen auf die Hauptstadt zu mobilisieren. Dass sein prominentes Umfeld ihn für komplett verrückt erklärt und er Ämter und Ehren verlustig geht, ficht ihn nicht weiter an: Er hat nun eine neue Mission – die schließlich allerdings zu einem grandiosen Fiasko nationalen Ausmaßes führen wird …

Autor

Christopher Buckley, geboren 1952 in New York, ist Romanautor und Redakteur der Zeitschrift *Forbes FYI*. Buckley gehört zu den bekanntesten und scharfsinnigsten Beobachtern der amerikanischen Gesellschaft und gilt als einer der besten Satiriker des Landes. In Deutschland wurde er dem Lesepublikum bekannt mit seinen zwerchfellerschütternden Bestsellern »Danke, dass Sie hier rauchen« und »Gott ist mein Broker«. Er lebt mit seiner Familie in Washington, D. C.

Außerdem bei Goldmann erschienen:

Gott ist mein Broker (44570)

Christopher Buckley

Kleine grüne Männchen

Roman

Aus dem Amerikanischen
von Stephan Steeger

GOLDMANN

Die Originalausgabe erschien unter dem Titel
»Little Green Men« bei Random House, New York

Umwelthinweis:
Alle bedruckten Materialien dieses Taschenbuches
sind chlorfrei und umweltschonend.

Deutsche Erstveröffentlichung 8/2000

Umschlaggestaltung: Design Team München
Satz: deutsch-türkischer fotosatz, Berlin
Druck: Elsnerdruck, Berlin
Verlagsnummer: 44542
Redaktion: Patrick Niemeyer
CN · Herstellung: Sebastian Strohmaier
Made in Germany
ISBN 3-442-44542-6
www.goldmann-verlag.de

1 3 5 7 9 10 8 6 4 2

Für Caitlin

Die Übung fand Anfang der 60er Jahre statt ... und bestand darin, eine Reihe von rein fiktiven Berichten zu lancieren, nach denen in verschiedenen Gegenden Ufos gesichtet worden seien. Das Projekt wurde von Desmond Fitzegerald von der Special-Affairs-Abteilung der CIA geleitet (die durch ihre haarsträubenden Pläne zur Durchführung von Attentaten auf Fidel Castro zu unfreiwilliger Berühmtheit gelangte). Sinn und Zweck der Ufo-Übung bestand »ausschließlich darin, die Chinesen aus dem Konzept zu bringen und sie denken zu lassen, dass wir Dinge taten, die wir in Wirklichkeit natürlich nicht taten ... Das Projekt erbrachte, soweit ich mich erinnere, die gewünschten Resultate, abgesehen davon, dass ein ganzer Haufen religiöser Spinner in Iowa, Nebraska oder sonstwo darauf ansprangen, die Sache für bare Münze nahmen und ihrer Version des Neuen Testaments ein neues Kapitel zufügten.«

Miles Copeland, ehemaliger Beamter der CIA
zitiert nach: Timothy Good, Jenseits von Top Secret.
Das geheime Ufo-Wissen der Regierungen

[Präsident Clinton] sagte zu mir: »Hubb, da sind zwei Dinge, die Sie unbedingt für mich herausfinden müssen: Erstens, wer hat JFK umgebracht? Und zweitens, gibt es wirklich Ufos?«

Als ich in Colorado Springs war, bin ich also tatsächlich zum NORAD gegangen (North American Aeropsace Defense Command) und fragte die Leute dort nach Ufos. Natürlich dementierten sie.

Webster Hubbel, früherer Mitarbeiter des
Justizministeriums in *USA Today*

Erster Teil

1

»Noch zehn Sekunden.«

John O. Banion blickte ungerührt in das Zyklopenauge der TV-Kamera. Die glühende Hitze der Videssence-Scheinwerfer konnte seiner berühmten Gelassenheit nichts anhaben. Es gefiel ihm, dass er weit weniger nervös war als sein Gegenüber, bei dem es sich immerhin um den mächtigsten Mann der Welt handelte.

»Fünf Sekunden.« Der Mann von der Technik zählte die Sekunden mit ausgestreckten Fingern ab. Mit seinem riesigen Kopfhörer erinnerte er an einen Flugzeugträgerlotsen beim Start einer F-14.

»Drei, zwei ...«

Die Erkennungsmelodie wurde eingespielt. Sie klang wie die Variation eines Trompetensolos von Händel mit Anklängen an Aaron Copland. Der Fernsehkritiker der *Washington Post* hatte sie einmal als »Fanfare for the Self-Important Man« bezeichnet. Und dennoch, was wäre besser geeignet, das Hämoglobin des Establishments – wenn es sonntagmorgens bei seiner dritten Tasse Kaffee saß und die Zeitungen nach Stellen durchblätterte, an denen der eigene Name Erwähnung fand – in Wallung zu bringen als ein paar Trompetenstöße?

»*Sunday ...*«

Mit dem Ansagetext wurde praktisch eine Art Alleinanspruch auf den gesamten heiligen Sonntag erhoben. Die Ansagerstimme gehörte einem allseits bekannten Mann. Es hatte insgesamt vier Treffen zwischen Banion, seinen Produzenten sowie seinem Sponsor, der Firma Ample Ampere, bedurft, um sich auf den Sprecher zu einigen. Ample Ampere war für James Earl Jones gewesen, aber Banion meinte, dass er bei Jones' Stimme unwillkürlich an Darth Vader denke, was ja wohl kaum geeignet sei, eine so anspruchsvolle Show einzuleiten. Ampere hatte daraufhin Walter Cronkite vorgeschlagen. Nein, sagte Banion, Cronkite, der beliebte ehemalige Nachrichtensprecher, sei zu onkelhaft, zu fröhlich-optimistisch. Die Stimme müsse von einem gewissen gravitätischen Ernst getragen sein, der diejenigen, die sich die Sendung entgehen ließen, automatisch als unseriös disqualifizierte. Und da gab es nur den einen – George C. Scott, die Stimme General Pattons.

»... eine Erkundung der Probleme von morgen mit führenden Persönlichkeiten von heute. Und hier ist ...« Banion hatte auf einer kleinen Kunstpause in der Art von Edward R. Murrows »Hier spricht ... London«-Übertragungen bestanden, wie sie zu Kriegszeiten gesendet wurden – *»Ihr Talkmaster ... John Oliver Banion.«* Der Kritiker der *Post* hatte dazu geschrieben: »Trommelwirbel, dann der Auftritt von Prätorianern, Gardekavalleristen und Konkubinen, ferner von Elefanten, Nashörnern, zur Sklaverei verdammten Kriegsgefangenen, Eunuchen und sonstigen einschlägigen Gottesanbetern.«

Banion, der wie immer seine studentenhafte Hornbrille trug, blickte unverwandt ins Kameraobjektiv. Er machte stets den Eindruck, als stünde er kurz vor einem Lächeln, ohne dieser Regung jedoch jemals nachzugeben. Er war Ende vierzig, hätte aber beliebig alt sein können. Sein Aussehen hatte sich seit seinem zweiten Jahr in Princeton nicht verändert. Das rundliche Gesicht war auf eine gelehrtenhafte Art gut aussehend. Das blonde, leicht ergraute Haar war absichtlich schlicht geschnitten. Gestylte Haarschnitte verachtete er als Zeichen mangelnder Seriosität.

»Guten Morgen«, sprach Banion in die Kamera. »Unser heutiger Gast ist der Präsident der Vereinigten Staaten. Es freut mich, Sie bei uns begrüßen zu dürfen.«

»Die Freude ist ganz meinerseits«, sagte der Präsident, was aber gelogen war. Seit Banion ihn einmal während eines Abendessens im Weißen Haus in Gegenwart des französischen Staatspräsidenten in einer Frage historischer Genauigkeit belehrt hatte, verabscheute er diesen Mann. Er wäre an diesem Sonntagmorgen viel – *viel* – lieber in Camp David geblieben, dem Landsitz des Präsidenten im Catoctin Mountain Park außerhalb von Washington. Er hatte sich wahnsinnig geärgert, als sein Pressesprecher ihn davon in Kenntnis gesetzt hatte, dass Banion auf ein Live-Interview *im Studio* bestand. Da war man der mächtigste Mann der Erde und musste vor diesen Arschgesichtern zu Kreuze kriechen, nur weil sie ihre eigene Fernsehsendung …

»Sir, die Sendung ist die meistgesehene Talkshow am Wochenende«, hatte der Pressesprecher gesagt. »Und es sieht ganz danach aus, als würde Banion die Kandidatenrunden im Herbst moderieren.«

»Also gut, aber sagen Sie ihm, nur ohne Werbung. Ich habe keine Lust, dazusitzen und Däumchen zu drehen, während die Sendung alle fünf Minuten mit Werbepausen unterbrochen wird. Das ist unpräsidentisch.«

»Mr. President«, sagte Banion jetzt, »eigentlich möchte ich Sie ja fragen, warum Sie, angesichts der schwachen Leistung der Regierung in etlichen Bereichen, nicht mindestens ein Drittel Ihres Kabinetts gefeuert haben, aber ich will Ihnen zuerst …«

Eine klassische Banion-Einleitung. Sein Markenzeichen: mit ein paar kurzen Worten den Gast in seiner Unzulänglichkeit bloßzustellen, um dann zu einem noch viel dringlicheren Thema überzugehen. Der Präsident bewahrte eiskalte Gelassenheit. Er war also sonntagmorgens in aller Früh aufgestanden und per Hubschrauber den weiten Weg nach Washington zurückgeflogen, nur um sich das jetzt gefallen lassen zu müssen. Sein Pressesprecher konnte sich auf was gefasst machen.

»… eine ganz andere Frage stellen. Uns liegt ein Bericht vor, demzufolge die NASA plant, den Start der Raumstation *Celeste* vorzuverlegen, und zwar auf einen Zeitpunkt kurz vor den Präsidentschaftswahlen im Herbst. Würden Sie dies als einen Triumph der amerikanischen Raumfahrttechnik bezeichnen oder vielmehr der Politik? Sie können sich meinetwegen auch beides als Verdienst anrechnen.«

Der Präsident lächelte, obwohl er schon sehr an sich halten musste, um diesem aufgeblasenen Hohlkopf nicht den Wasserkrug vor den Kopf zu knallen. Aber sein Hirn war bereits in Alarmbereitschaft versetzt, und die Glocken schrillten wie auf einem atombetriebenen Unterseeboot. Woher wusste Banion von dem Datum des Starts? Man hatte in dieser äußerst heiklen Angelegenheit höchste Sorgfalt walten lassen und gleich eine ganze Reihe von Puffern zwischen dem Weißen Haus und der NASA eingerichtet, um zu verhindern, dass die Entscheidung zum Oval Office zurückverfolgt werden konnte.

»John«, sagte er in seinem gedehnten, übertrieben geduldigen Tonfall, der nahe zu legen schien, dass Englisch nicht die Muttersprache seines Gegenübers war, »das Verdienst für den fantastischen Erfolg der *Celeste* gebührt – zuallererst und vor allem den Hunderten und Tausenden von Männern und Frauen, die von Anfang an mit Leib und Seele dafür gearbeitet haben …«

Banion spähte wie ein enttäuschter Schullehrer über die Brille und kritzelte ein paar Notizen auf das Klemmbrett vor ihm. Er tat das nicht etwa, weil irgendetwas von dem hohlen Gequatsche, das dem Präsidenten wie Schleim aus dem Munde quoll, es wert gewesen wäre, festgehalten zu werden. Es war ein taktisches Spielchen, mit dem es ihm zuweilen gelang, seine jeweiligen Gesprächspartner aus dem Konzept zu bringen.

»… um sicherzustellen, dass Amerika nicht nur die Nummer eins hier auf Erden ist, sondern auch die Nummer eins dort … draußen.«

»Bevor wir noch einmal darauf zu sprechen kommen, ob von politischer Seite Einfluss auf das Timing des Starts genommen wurde«, sagte Banion, »sollten wir vielleicht kurz die Frage erörtern, inwieweit es sinnvoll ist, Milliarden und Abermilliarden von Dollar für eine Raumstation auszugeben. Bisher scheint damit nur eine Plattform geschaffen worden zu sein, um die Wirkung der Schwerelosigkeit auf kopulierende Eintagsfliegen zu studieren.«

»Das ist …«

»Vor dreieinhalb Jahren, nur Tage nach einer katastrophalen und, mit Verlaub, äußerst leichtfertigen militärischen Operation in Nord-Korea, haben Sie an einer Produktionsstätte für Raumfahrttechnik in der Mohavewüste in Kalifornien eine Rede gehalten, in der Sie für die Fertigstellung einer neuen Weltraumstation eintraten. Sie nannten dies eine ›Aufgabe von höchster nationaler Priorität‹. Einige zynische Stimmen haben damals die Vermutung geäußert, dass es Ihnen wie damals, als Präsident Kennedy gleich nach dem Fiasko in der Schweinebucht das Mensch-auf-dem-Mond-Projekt ausrief, in erster Linie darum ging, die Menschen von dem Debakel in Korea abzulenken. Aber wenn wir das einmal kurz beiseite lassen …«

»Lassen Sie mich …«

»Darf ich? Und ebenfalls die Tatsache beiseite gelassen, dass die größten unter Vertrag stehenden Herstellerbetriebe sich in Kalifornien und Texas befinden, zwei Bundesstaaten, die Sie vor vier Jahren beinahe *verloren* hätten und die Sie dieses Mal unbedingt gewinnen müssen: eine Frage – nach vier Jahren, in denen die Kosten dermaßen explodiert sind, dass selbst der Kaiser Caligula rot vor Scham geworden wäre – was hat diese wahrlich himmelschreiende Geldverschwendung dem Volk eigentlich gebracht – außer drei Komma vier Millionen Dollar teuren Kaffeemaschinen, die in der Schwerelosigkeit funktionieren, und eins Komma acht Millionen Dollar teuren Toiletten?«

»Bei allem Respekt, ich bin mir sicher, dass es auch am Hof von König Ferdinand und Königin Isabella Leute gegeben hat, die gegen die Kosten der sanitären und sonstigen Einrichtungen auf den Schiffen von Columbus Einwände erhoben.«

»Ich wüsste nicht, dass es auf der *Niña*, der *Pinta* und der *Santa María* die von Ihnen erwähnten Einrichtungen gegeben hätte.«

»Ich will damit nur sagen, dass die Zukunft keinen Preis hat.«

»Bei allem Respekt, aber immer wenn ein Politiker davon redet, dass etwas keinen Preis hat, kann man mit Sicherheit davon ausgehen, dass die Sache teuer wird. Tatsache ist doch, dass alles seinen Preis hat. In unserem Fall reden wir von einundzwanzig Milliarden Dollar, und damit fängt der Count-down erst an, wie man in Cape Canaveral sagt. Das ist eine gewaltige Summe. Im Übrigen gibt es Stimmen, die der Meinung sind, dass Ihr Wahlkomitee dieses Geld eigentlich als Wahlkampfspende des amerikanischen Volkes deklarieren müsste.«

»Alles gut und schön«, sagte der Präsident, »aber gestatten Sie mir, an dieser Stelle einmal davon zu berichten, was *mir* so zu Ohren kommt, wenn ich landauf, landab reise, um für das *Celeste*-Programm zu werben. Die Menschen sagen mir: ›Das ist großartig. Das ist etwas, auf das wir *alle* stolz sein können.‹«

»In Ordnung. Was also bekommt das amerikanische Volk für seine Milliarden?«

Der Präsident drückte auf seine innere Play-Taste, und obwohl es ihn entsetzlich langweilte, das Ganze zum zweihundertsten Mal aufsagen zu müssen, begann er den unermesslichen Schatz an positiven Folgewirkungen abzuspulen, die durch das *Celeste*-Programm auf die Erde niedergehen würden: glorreiche Fortschritte in – weiß gar nicht, womit ich anfangen soll – der Entwicklung von Maschinenschmierstoffen, dem Ausbau des Fernsprechnetzes, in der Klärschlammbeseitigung, ferner bei automatischen Rollstühlen, Insulinpumpen, Herzschrittmachern, der Osteoporoseforschung, bei Diabetes, äh, des Weiteren bei UV-undurchlässigen Sonnenbrillen, energiesparenden Klimaanlagen ... ehrlich gesagt mehr, als man an dieser Stelle aufzählen könnte.

Banion hörte dieser Litanei der verbesserten Lebensqualität mit dem Gebaren eines Mannes zu, der Mühe hatte, ein Gähnen zu unterdrücken – sein Kinn zitterte bereits. Der Präsident wiederum spürte, dass er seiner Liste unbedingt etwas hinzufügen musste, was der Heraufkunft des neuen Jahrtausends angemessener war als *Celestes* Beitrag auf dem Felde der Ultraschallerkennung, und ging zu einer ergreifenden Beschreibung des AOR-Moduls über – des Moduls zur Wiederanreicherung von Ozon in der Atmosphäre –, das zum Technologiepaket der neuen Raumstation gehören und, einmal in Betrieb genommen, massenweise Ozon in die Atmosphäre zurückpumpen würde, um das O-Loch zu schließen, das sich ja mittlerweile von den Falklands bis nach Madagaskar erstreckte und sowohl Plankton vernichtete als auch unter den Kaiserpinguinen verheerende Schäden anrichtete.

Banion wirkte weiterhin wie betäubt vor Langeweile. Der Präsident führte nun das LAWSI-Modul ins Feld, mit das wichtigste – wenn auch recht heikle – Argument für die große Bedeutung von *Celeste*. Wenn es hart auf hart geht, komm ihnen mit dem großen Asteroidenwarnmessgerät, das theoretisch einen potenziellen, vom Himmel auf uns niederfallenden Todesstern aufzuspüren vermochte. Die führenden Köpfe der NASA und des Pentagons hatten ihn davor gewarnt, diesen besonderen Aspekt der *Celeste* nicht mit allzu großem Sendungsbewusstsein anzugehen. Es sei eine zweischneidige Angelegenheit, da die Bürger bei der Aussicht auf einen »Tod durch Riesenmeteor« möglicherweise durchdrehten, insbesondere so kurz vor der Jahrtausendwende, angesichts derer bereits jeder Spinner was von Apokalypse schrie.

»Aber was bedeutet das für den Fall«, sagte Banion, »dass *tatsächlich* ein Asteroid vom Himmel auf uns niederstürzt?«

»Tja, auch wenn es unwahrscheinlich ist … da will man doch irgendwie gewarnt sein.«

»Ich nicht. Sollte der Weltuntergang kurz bevorstehen, würde ich auf jegliche Warnung verzichten.«

»Hier behauptet niemand, dass die Welt vor dem Untergang steht«, sagte der Präsident und rang sich ein Lächeln ab. »Es geht hier um den Aufbruch in eine neue Zeit, nicht um das Ende der Welt.«

Als der Präsident auf einmal ansetzte, die multikulturelle Zusammensetzung der mitfliegenden Astronauten zu rühmen, unterbrach Banion ihn.

»Wir sind gleich wieder zurück, nach der Werbung. Mit dem Präsidenten.«

Im Studio ertönte Ample Amperes Erkennungsmelodie. In dem Werbespot starrte ein Basset hoffnungsfroh in einen Backofen, in dem ein saftiger Braten vor sich hin schmorte. Der Präsident winkte seinen Pressesprecher herbei, um sich dessen erbärmliche, unzureichende Entschuldigung anzuhören, warum der Führer des Neuen Jahrtausends eine heimelige Reklamesendung über die Freuden der Elektrizität über sich ergehen lassen musste.

Eine Visagistin – Heilkundige in der Ära der TV-Schlachten – sprang vor und tupfte die eine oder andere schweißschimmernde Stirnpartie ab.

Banion, der einen Gesprächsfetzen der Unterhaltung des Präsidenten mit dessen Pressesprecher aufgeschnappt hatte, beugte sich vor und sagte: »Ich habe höchstpersönlich darum gebeten, die Spots jeweils nur an den Anfang und ans Ende zu setzen, aber« – er lächelte dünn – »allem Anschein nach stehe ich der Bevormundung durch den Mammon ebenso hilflos gegenüber wie Sie.«

Seine Frau Bitsey erreichte Banion über das Telefon, als er mit dem Wagen zum Brunch bei Val Dalhousie in Georgetown unterwegs war. Das Interview habe sie beunruhigt. Denn schließlich komme der Präsident nächste Woche zum Abendessen.

»Er wird jetzt bestimmt absagen.«

»Nein, wird er nicht.«

»Man wird so tun, als hätte sich das erst in allerletzter Minute entschieden. Und ich habe schon die *ganze* Woche mit dem Secret Service verbracht.«

»Bitsey, er ist nur ein Präsident.« Sie werde schon sehen. Sie sei doch Washingtonerin der vierten Generation, ein echtes Urgestein sozusagen.

Banion rauschte über den Rock Creek Drive und freute sich bereits auf den Moment, wenn er bei Val in der Tür erschien. Der Wagen, eine englische Nobelmarke, war mit einem Armaturenbrett aus Wurzelholz ausgestattet, dessen Politur wie ein kostspieliger Humidor glänzte. Banion spiegelte sich sogar darin, und das gefiel ihm. Er hatte den Schlitten mit zwei Reden bezahlt – in der einen ging's um Vorschläge zur Revitalisierung der US-amerikanischen Autoindustrie –, für die er nicht einmal die Stadt hatte verlassen müssen. Er entwickelte immer mehr eine Aversion dagegen, die Stadt verlassen zu müssen. Alles, was er brauchte, war hier.

Es war ein strahlend schöner Junitag. Banion befand sich in bester Nach-mir-die-Sintflut-Laune. Er hatte es dem Präsidenten gerade so richtig gegeben, und zwar vor allen Leuten, die sich heute zum Brunch bei Val Dalhousie einfinden würden: Senatoren, Verfassungsrichter, Starkolumnisten, Minister, ein oder zwei Botschafter, die dem Ganzen etwas Würze gaben, und vielleicht der päpstliche Nuntius oder zumindest irgendein vornehmer, kultivierter Bischof. In ihren Ornatsroben verliehen sie solchen Zusammenkünften die nötigen Farbtupfer. Bitseys Beunruhigung gab seiner Champagnerlaune zusätzlichen Auftrieb. Die arme Kleine – wusste sie denn nicht, dass Präsidenten kamen und gingen?

2

»Sie waren großartig«, sagte der Pressesprecher beflissen zum Präsidenten, gleich nachdem sie den vibrierenden Kokon der *Marine One*, dem präsidialen Hubschrauber, bestiegen hatten. Sie waren auf dem Weg zum Burning Bush Country Club, der sich in einem Villenviertel von Maryland befand, wo der Präsident mit Prinz Blandar eine Golfpartie spielen wollte. Der Stabschef gab vor, in seinem PRÄSIDENTENERLASS-Ordner vertieft zu sein. »Ihr Statement«, setzte der Pressesprecher noch einmal an, »als Sie davon sprachen, dass es hier um den Aufbruch in ein neues Zeitalter geht und nicht um das Ende der Welt – das war ein Volltreffer.«

Der Präsident, der gerade in seine Golfklamotten stieg, warf dem Filipino-Steward seine Anzugjacke zu.

»Da bemühe ich mich also an einem Sonntagmorgen in sein Studio, weil John Oliver Banion grundsätzlich *keine* Ferninterviews führt, nur um mich eine halbe Stunde lang mit Beschimpfungen überschütten zu lassen und gleich von *drei* Reklamespots unterbrochen zu werden, in denen sprechende Toaster zu sehen sind und Menschen, die *lächelnd* in einen Kernspintomografen verfrachtet werden. Ich hab mal so eine Tomografie mitgemacht, das steht man jedenfalls nicht *lächelnd* durch, das kann ich Ihnen versichern. Das ist ungefähr so, als würde man einen in ein Torpedo-Abschussrohr stecken, während man darauf wartet, gleich zu hören, dass man Krebs hat. Da vergeht einem das Lächeln. Da macht man sich vor Angst in die Hose. Warum zeigen die in ihren Werbespots nicht Menschen, wie sie gerade auf den neuesten elektrischen Stühlen der Firma hingerichtet werden? Mir reicht's. Nie mehr *Sunday* mit John O. Banion.« Er warf dem Steward seine Hose zu. »Ist mir egal, wie hoch seine Einschaltquoten sind. ›Die Bevormundung durch den Mammon.‹ Vollarsch!«

Der Stabschef hatte es sich zur Regel gemacht, sich niemals einzumischen, wenn der Präsident das Selbstwertgefühl eines anderen Stabsmitglieds in tausend Stücke riss. Dennoch war es seine Aufgabe, den Präsidenten vor sich selbst zu schützen. Er blickte von der dringlichen Kurznotiz des Verkehrsministers auf, die eine Brücke über den Mississippi zum Inhalt hatte, die kurz davorstehe zusammenzubrechen, was den gesamten Schifffahrtsverkehr zum Erliegen bringen werde.

»Wird Banion die Kandidatenrunden moderieren?«

Der Pressesprecher griff das Stichwort dankbar auf. »Ich habe mit Jed Holcomb von der Liga der Schwulen Wählergemeinschaft gesprochen, und der meint, dass die Sache so gut wie perfekt ist. Die Leute sind zum ersten Mal Gastgeber der Fernsehrunden, und sie tun alles, um einen Moderator zu bekommen, der so hetero wie nur irgend möglich ist. Und wenn Banion eines ist, dann ein Hetero.«

»Wie kommt die Liga der Schwulen Wählergemeinschaft dazu, die Kandidatenrunden zu sponsern?«, sagte der Präsident. »Um Himmels willen, wo soll das nur enden?«

»Sie sind einfach an der Reihe.«

»Und wir haben da kein Mitspracherecht?«

»Theoretisch schon. Aber wenn wir den Moderator ablehnen, wird die Sache herauskommen, und wir erheben ihn zu dem ›Mann, vor dem der Präsident sich fürchtet‹.«

»Fürchten – dass ich nicht lache. Während der noch in Harvard Squash gespielt hat …«

»Princeton.«

»… hat meine Einheit im A-Shau-Tal Verluste von dreißig Prozent hinnehmen müssen. Ich habe keine Angst vor diesem Pfeife lutschenden Talkmaster mit Fliege, dessen schlimmste Sorge wahrscheinlich darin besteht, Sand in seinen Wellfleet-Austern zu finden.«

Die *Marine One* kreiste über Burning Bush und schickte sich zur Landung an. Der Präsident band sich die Golfschuhe zu.

»Natürlich haben wir keine Angst vor ihm«, sagte der Stabschef, »aber warum sollten wir seiner Karriere zusätzlich Auftrieb verleihen, indem wir ihn bei den Kandidatenrunden ablehnen?«

Der Präsident blickte durch das Fenster neben ihm auf die kleine Armee, die unten zu seinem Empfang bereitstand. »Sind Laura und ich nicht nächste Woche zu irgendeinem Abendessen bei ihm zu Hause eingeladen? Zu Ehren von irgendwem?«

»Dem britischen Botschafter.«

»Richten Sie irgendeinen Termin genau vor dem Abendessen ein. Etwas, bei dem es spät werden kann. Sehr spät. CIA-Berichterstattung über die Lage in Russland oder so.«

»Okay«, sagte der Stabschef. »Aber wäre es nicht viel gewitzter, diesem Arsch Honig ums Maul zu schmieren, bis er dran erstickt? Warum ihm auf den Schwanz treten?«

»Seit wann sind diese Leute so verdammt wichtig, dass der Präsident der Vereinigten Staaten speicheltriefend vor ihnen in die Knie gehen muss? Kann mir das mal jemand sagen?«

Die Landung der *Marine One* bewahrte den Stabschef und den Pressesprecher davor, die Frage beantworten zu müssen.

»Also meinetwegen, aber machen Sie ihm eines klar: Ich werde nie mehr in seiner Show auftreten. Bestellen Sie ihm das.«

Der Pressesprecher nickte.

Der Präsident trat auf den gepflegten Rasen hinaus und wurde sogleich von der wartenden Entourage umzingelt.

Ein Dienstwagen stand bereit, um die Mitglieder des Stabs ins Weiße Haus zu fahren. Der Pressesprecher lehnte sich mit gelockerter Krawatte und den eintausend Meter weit blickenden Augen eines frisch zurechtgestutzten Präsidentenlakaien in seinen Sitz zurück.

»Was werden Sie Banion sagen?«, fragte ihn der Stabschef.

»›Tolle Show, Jack. Hat dem Präsidenten wirklich Spaß gemacht. Er will gleich noch mal ran. Und zwar bald.‹«

Der Stabschef nickte und wandte sich wieder seinem Ordner mit den SOFORTMASSNAHMEN zu.

Der Präsident patzte am ersten Tee und jagte den Ball in eine Gruppe von Ahornbäumen, wobei dieser um Haaresbreite den Schädel eines Kongressabgeordneten verfehlte. Der Ball machte ein lautes *Tschuck* und verschwand in einem Gebüsch. Prinz Blandar, der für sein Wüstenkönigreich fünfzig funkelnagelneue Kampfflugzeuge vom Typ F-20 erwerben wollte und in dieser Sache um die Unterstützung des Präsidenten buhlte – der Kauf musste noch vom Kongress abgesegnet werden –, bat ihn eindringlich, den Schlag doch als einen Mulligan zu werten.

Val Dalhousie, rundlich und üppig gebaut, winkte den Spätankömmling Banion in ihren Matisse-behangenen Salon. Sie war über sechzig, hatte bereits zwei Faceliftings hinter sich und trug heute einen weiten, wogenden Kaftan von Galanos und Tausende von Dollar teure, mit Diamanten besetzte Goldpanter, die an ihrem Handgelenk einander hinterherjagten.

»Ich weiß gar nicht, ob wir es überhaupt *wagen* dürfen, mit Ihnen gesehen zu werden.« Sie küsste ihn wie eine Europäerin auf beide Wangen. »Wenn ich gewusst hätte, dass Sie so *unbändig* mit ihm ins Gericht gehen«, flüsterte sie dann, »hätte ich nicht so viele Kabinettsmitglieder eingeladen.«

Val war eine ehemalige Theaterschauspielerin. Davor war sie – so munkelte man – in einem anderen Bereich des Unterhaltungsgewerbes tätig gewesen. Sie hatte sich mehrmals klug verheiratet, bis sie schließlich mit Jamieson Vanbrugh Dalhousie – Berater mehrerer Präsidenten, Erbe eines riesigen Stahlmagnatenvermögens und doppelt so alt wie sie – am Ende der Nahrungskette angelangt war. Jamieson war vor zehn Jahren verstorben und hatte ihr ein Dutzend Häuser, eine Schar besorgter Erben aus seinen vorangegangenen Ehen, eine hübsche Impressionistensammlung und fünfhundert Millionen Dollar Taschengeld hinterlassen.

Jamieson war ein humorloser alter Platzhirsch mit Mundgeruch und behaarten Ohren gewesen, den das offizielle Washington aus Gründen verehrt hatte, die kein Mensch nachzuvollziehen vermochte, auch wenn man noch so sehr nach einer Erklärung bohrte. Gegenüber Präsident Roosevelt hatte er die Meinung vertreten, dass Josef Stalin eigentlich, im tiefsten Innern, ein anständiger Kerl sei. Ein anderer Präsident hatte ihn witzigerweise mit der Führung der Friedensgespräche mit Vietnam beauftragt, was in jahrelangen Verhandlungen über die genaue Form des Verhandlungstisches mündete und in einen Frieden, der rasch zu Bruch ging.

Bevor Val in sein Leben trat, waren seine Häuser in Georgetown und Virginia Tempel des Geizes und der Schwermut gewesen. Wenn Gäste sein Speisezimmer betraten, flüsterten sie sich zu: »Lasst alle Hoffnung fahren, ihr, die ihr hier eintretet.« Der Wein schmeckte wie Hustensaft. Nur der hart gesottenste Alkoholiker hätte das Zeug runtergekriegt, ohne vor Schmerz zusammenzuzucken. Über dieses düstere Reich in Mahagoni herrschte also Jamieson Vanbrugh Dalhousie und erfreute seine Gäste mit endlosen Monologen über solch bewegende Themen wie Russlands voraussichtlichen Uranbedarf im kommenden Jahrhundert und Konrad Adenauers Kampf gegen Wechselkursschwankungen der Deutschen Mark in der Nachkriegszeit. Jamiesons vorzeitiger Tod im Alter von achtundachtzig Jahren – nachdem er im Garten unachtsam auf eine Harke getreten war – wurde vom Establishment wie das Ende einer Ära empfunden, wie das Verschwinden eines Nationalsymbols. In seiner Grabrede in der National Cathedral betonte der Präsident, wie sehr er diesen weisen, verlässlichen Ratgeber vermissen werde.

Val war im Gegensatz zu Jamieson ganz verrückt danach, Geld auszugeben – mit beiden Händen, eimerweise. Sie mulchte damit förmlich ihren Garten in Georgetown. Sie ließ ihre Gäste mit einem Hubschrauber für ein Wochenende nach

Middleburg, Virginia, abholen. Sie heuerte Pavarotti an, um ihn für sie singen zu lassen, fütterte sie mit Kaviar und Wachteleiern und ließ Gänseleberpasteten und Trüffel aus Frankreich einfliegen. Sie gab Geld für Präsidentschaftskandidaten aus, so wie andere ihr Geld auf der Galopprennbahn verwetteten. Einer musste ja gewinnen. Eines ihrer Pferde kam schließlich als Erstes ins Ziel, und mit ihm eine Berufung als Botschafterin am britischen Königshof. Man konnte förmlich hören, wie Jamieson bei diesen Aufwendungen im Grab aufstöhnte. *Dreißig Millionen? Du hättest ganz Italien für die Hälfte bekommen.*

Val hakte sich bei Banion unter und führte ihn in den Salon, wo in allen Ecken Pfingstrosen prangten. Es roch nach parfümierten Kerzen. Banion blickte sich nach seiner Frau um. Es war ein für Val recht typischer Sonntagsbrunch: zwei Minister, mehrere Minister a. D., zwei weitere Politiker, von denen der eine bereits seine Präsidentschaftskandidatur ausgerufen hatte, während der andere sich noch zierte, ferner ein Filmstar (war in der Stadt, um vor dem Kongress eine Erklärung über eine in Mode gekommene Krankheit abzugeben); dann Tyler Pinch, der Kurator der Fripps Gallery – ah, und dort, gleich an seiner Seite, war ja Bitsey –, und eine beschlussfähige Anzahl an Senatoren; des Weiteren der Vorsitzende des Repräsentantenhauses, berufsmäßiger Mehrheitseinpeitscher, sowie der Chef vom Dienst und der für die Außenpolitik zuständige Redakteur der *Post.* Ah ja – Banion freute sich, diese beiden dort zu sehen: Tony Flemm und Brent Boreman, beide Talkmaster konkurrierender Washingtoner Wochenendshows. Dann noch zwei freischaffende Kolumnisten, von denen der eine so unlesbar war wie der andere lesbar; ferner ein Biografenteam – ein ziemlich exotisches Ehepaar vom Nick-und-Nora-Schlag –, und weiter ging's mit einer ehemaligen Präsidentenmätresse (liegt bereits mehrere Legislaturperioden zurück), die jetzt ganz schwer mit dem Sinfonieorchester zugange war, und – alle überragend – der weltmännische, hünenhafte Burton Galilee mit seiner Baritonstimme: Rechtsanwalt und Lobbyist, Freund mehrerer Präsidenten, der lieber eine Berufung an das Verfassungsgericht ausschlug, als, wie er sich selbst gegenüber Banion ausdrückte, auf »Gottes größtes Geschenk an die Menschheit – die Muschi« zu verzichten. Wer noch? Die neue Protokollchefin des Außenministeriums, wie hieß sie noch gleich, Mandy Dingsbums, dann der französische Botschafter, der brasilianische Botschafter sowie der indonesische Botschafter, der gerade so mutig war, einem anderen Diplomaten die jüngste Entscheidung seiner Regierung zu erklären, weitere zehntausend Menschen in Ost-Timor zu »pazifizieren«. Dann noch dieser Architekt und seine Frau, die Banion nicht ausstehen konnte, weil sie ihm gegenüber einmal lauthals verkündet hatte, dass sie nie Fernsehen schaue.

Ein Butler tauchte mit einem Tablett voller Bloody Marys, Champagner, Weißwein und Mineralwasser mit Limettenscheiben auf. Banion entschied sich für ein Glas Mineralwasser, brachte sich in Position und wartete auf die Huldigungen, die man ihm gleich entgegenbringen würde. Bei den Kressekanapees winkte er ab – zu peinlich, wenn man Komplimente mit dem Mund voller Grünzeug empfing.

Bitsey strebte als Erste auf ihn zu und führte Tyler Pinch mit im Schlepptau. Sie trug ein schickes Kostüm mit Blazer, dazu eine Halskette und goldene Ohrringe. Bitsey war klein und zierlich, ein wenig knochig und kantig, aber hübsch, wenn auch mit leichtem Pferdegebiss. Ihre großen runden Rehaugen vermittelten stets den Eindruck, als wäre sie gerade von irgendetwas überrascht. Ihre Familie stammte ursprünglich aus den Südstaaten, wie das bei so einigem Washingtoner Urgestein der Fall war. Ihr Vater konnte einen auf hundert Meter zu Tode langweilen, indem er seinen Familienstammbaum zum präkambrischen Zeitalter zurückverfolgte.

Banion und Bitsey hatten sich vor zwanzig Jahren auf dem

Kapitol kennen gelernt, als beide dort ein Praktikum absolvierten und an einem »Der Jugend gehört die Zukunft«-Programm teilnahmen, bei dem Amerikas kommende Leistungsträger nach Washington geholt wurden, um die Briefe der Machtelite in Umschläge zu stecken. Banion, ein schüchterner, gelehrtenhaft dreinblickender Stubenhocker, hatte bei Frauen nie viel Erfolg gehabt, aber zu Bitsey fühlte er sich hingezogen. Zu einer Zeit, in der Frauen ihre ganze Mühe darauf verwendeten, so schlecht wie möglich auszusehen, um von Männern ernst genommen zu werden, sah Bitsey stets wie aus dem Ei gepellt aus, tauchte allmorgendlich gepflegt in Pumps, Strumpfhose und hübschen Faltenröcken auf und trug ein Parfüm (White Shoulders), das Banion einfach berauschend fand. Er nahm schließlich all seinen Mut zusammen und lud sie zu einem Abend zu zweit ein. Zu seinem Erstaunen nahm sie die Einladung an.

In jener Nacht saßen sie nach der Sinfonie im Kennedy Center, die sie besucht hatten, im Mondlicht auf den Marmorstufen der Memorial Bridge, und er erzählte ihr in überschwänglichen Tönen von seiner Magisterarbeit über die französische Entscheidung aus dem Jahre 1966, nicht mehr an der Nato teilzunehmen. Sie war ganz hingerissen. Als er dann in Oxford war, wo er sich seinerseits vor der Teilnahme am Vietnamkrieg drückte, schrieb er ihr leidenschaftliche Briefe über die entstehende Europäische Wirtschaftsgemeinschaft. Sie heirateten in der Christ Church in Georgetown. Es war eine typische Establishment-Hochzeit. Der Außenminister, ein alter Freund von Bitseys Eltern, machte seine Aufwartung. Der Empfang fand im Chevy Chase Club statt. Die Flitterwochen wurden auf den Bermudas verbracht. Beide konnten sich bereits auf eine feste Anstellung nach ihrer Rückkehr freuen. Bitsey in der Marketing- und Vertriebsabteilung des Hay-Adams Hotels und Banion im Mitarbeiterstab von Germanicus P. Delph, seines Zeichens Senator von North Carolina – ein Glücksfall, wie sich herausstellte, da gerade die Delph-Anhörungen zu den fehlgeschlagenen Attentatsversuchen der CIA auf den kanadischen Premierminister begannen. Es war der Anfang von Banions unverhofffter Karriere als »Bildschirmpersönlichkeit«. Aber schließlich kommen in Washington die meisten Karrieren auf mehr oder minder unverhoffte Art zu Stande.

Senator Delph war der Posten im »Senatsausschuss über die Beseitigung ausländischer Regierungsmitglieder« allein auf Grund seines höheren Dienstalters zugefallen. Er war nicht gerade, wie ein Kommentator sich damals ausdrückte, ein Gründungsmitglied von MENSA, dem Verein der Superintelligenten.

Die Zeitungen beschrieben ihn für gewöhnlich als einen Mann »mit begrenztem Intellekt«. Banion, jung und aufgeweckt wie er war, machte sich für den Senator unentbehrlich, und während die Anhörungen in jenem langen heißen Sommer ihren Lauf nahmen, wurde er Millionen von amerikanischen Fernsehzuschauern als der gut aussehende junge Berater von Senator Delph, der diesem ohne Unterlass ins Ohr flüsterte, zu einer vertrauten Erscheinung. Die *Washington Post* schrieb damals, dass er sich »in dem Ohr, das der Senator ihm stets leiht, eingenistet zu haben scheint«.

Banions Autorenschaft des Abschlussberichts verhalf ihm zu zusätzlichem Glanz. Er schlug darin einen recht ausgeglichenen Ton zwischen gerechtfertigter Empörung und dem Ruf nach vorsichtigen Reformen an, womit er zwischen jenen vermittelte, die der Meinung waren, dass es nicht im Interesse der Vereinigten Staaten sei, den kanadischen Premierminister zu vergiften, und jenen, die zwar den Vorfall, um den es hier ging, missbilligten, darüber hinaus jedoch fanden, dass die Vereinigten Staaten sich auch in Zukunft das Recht bewahren müssten, sich eines lästigen kanadischen Premiers zu entledigen, sollten die Umstände dies erfordern. Die sprachliche Qualität war für einen Kongressbericht ungewöhnlich gut, bis hin zu literarischen Zitaten von Cato dem Älteren, Paul Valéry und, mit einem Hauch von intellektueller Aufsässigkeit, von Mao Tse-Tung. Die *New York Times* verlieh ihm den Ehrentitel eines »jungen Mannes, von dem man noch hören wird«. Nicht wenige andere Senatoren versuchten, ihn Senator Delph abzujagen und für den eigenen Mitarbeiterstab zu gewinnen.

Banion trat nun regelmäßig in *Washington Weekend* auf, einer der tief schürfendsten beziehungsweise unerträglich langweiligen TV-Wochenendtalkshows. Er genoss es, auf der Straße von Passanten angestarrt zu werden, die ihn im Fernsehen gesehen hatten, genoss das leise *Ah*, mit dem er in Restaurants bedacht wurde, wenn der Oberkellner ihn wiedererkannte. Peg Bainbridge, die Leitartiklerin der *Post*, bat ihn, einen Artikel zu ihrer Gastkolumnistenseite beizusteuern. Ihr gefiel, was er ablieferte, und sie bat sogleich um Nachschub. Er schied aus Senator Delphs Mitarbeiterstab aus – beziehungsweise, wie er sich etwas geschwollen ausdrückte, ließ die Leute wissen, »dass er sich zu einer Rückkehr in den Privatsektor habe breitschlagen lassen« – und verdingte sich fortan als Zeitungsjournalist mit einer Kolumne in der *Post*, die zugleich in anderen Zeitungen erschien, und nahm einen Stammplatz in der *Washington-Weekend*-Runde ein.

In der *Washington-Weekend*-Show ragte er heraus, was jedoch, um der Wahrheit die Ehre zu geben, jeder mit einem schlagenden Puls getan hätte, betrachtete man nur die anderen Stammkommentatoren: ein geschwätziger, unentwegt empörter Kolumnist, der dem Land einst als Botschafter von Lesotho gedient hatte, dann eine Frau, die bereits seit der Truman-Regierung für irgendeinen Nachrichtendienst in Washington arbeitete und deren Lieblingswendung »andererseits ...«, lautete, des Weiteren eine TV-Reporterin, die eine Liaison mit einem steinalten Verfassungsrichter hatte, und schließlich ein fettleibiges, lispelndes Think-Tank-Mitglied, das ein Buch publiziert hatte, in dem dieser Experte leidenschaftlich die These vertrat, dass Shakespeares Stücke von Queen Elizabeth geschrieben worden seien. Als der australische Medienmogul Roger Panter den Fernsehsender, der *Weekend* ausstrahlte, aufkaufte, schlug Banion zu. Er schrieb einen kurzen Brief, in dem er eine Reihe von Änderungen vorschlug, allen voran die, dass er zum Talkmaster der Show gemacht wurde. Panter warf die anderen auf der Stelle raus, übertrug Banion die Show mit der Anweisung, sie »aufzupeppen« und stattete ihn mit dem erforderlichen Budget aus.

Banion machte aus der Sendung eine Sonntagmorgen-Live-Show, in der es jeweils nur einen Interviewpartner gab. Das Thema wurde stets mit einem zupackenden, im enthüllungsjournalistischen Stil angelegten Bildbericht eingeleitet, und Banion rundete die Sendung mit einem besinnlichen einminütigen Abschlusskommentar ab. Das Ganze war sicherlich um einiges erträglicher, als den selbstgefälligen Labersäcken dabei zuzusehen, wie sie daumenlutschend Geistesblitze wiederkäuten, die sie aus den Morgenzeitungen gestohlen hatten, nur um ihre ohnehin überzogenen Vortragshonorare in die Höhe zu treiben. Die Leute waren froh, in einem von Gesprächsfetzen überschwemmten Medium einfach vor die Kamera treten zu können und zwanzig Minuten landesweiter TV-Präsenz für sich allein beanspruchen zu können, auch wenn Banion dafür gewissermaßen ein Eintrittsgeld verlangte, indem er sie gelegentlich bei lebendigem Leibe zerpflückte, live.

Die Show gewann stetig an Zuschauern. Banions erster großer Quotensprung kam, als er den früheren Verteidigungsminister Robert McNamara zu Gast hatte, der in der Show verriet, dass er während der ganzen Zeit, in der er die amerikanische Gangart im Vietnamkrieg verschärft hatte, von einem bewusstseinsverändernden Haarwuchsmittel abhängig gewesen sei. Plötzlich wurde *Sunday* die Show, in der man zu Gast gewesen sein musste.

Ample Ampere, das riesige Herstellerunternehmen elektrischer Geräte aller Art, verpflichtete sich als Alleinsponsor. Banion unterschrieb einen lukrativen, mehrjährigen Vertrag. Das Gehalt war nicht zu verachten, aber das wirkliche Geld kam durch die Vortragshonorare herein, die astronomisch waren und geradezu ans Intergalaktische grenzten. Es war schon erstaunlich, wie viele Firmen dazu bereit waren, dafür zu zahlen, um genau das Gleiche hören zu dürfen, was sie im Fernsehen zu hören bekamen. Aber so ist das nun mal mit der Berühmtheit. Der Historiker Daniel Boorstin definierte sie als »dafür bekannt zu sein, dass man bekannt ist«. Er hätte vielleicht hinzufügen sollen: »Dafür bezahlt zu werden, dass man bekannt ist.« Banions jugendliches Antlitz wurde zu einem Fixstern am Medienfirmament. Im Amazonasgebiet würden die mit Satellitenfernsehen ausgerüsteten Indios sein Gesicht erkennen, wenn er einen Nebenfluss heraufgetuckert käme. Oberkellner hielten nur auf die vage Möglichkeit hin, dass er vielleicht noch auftauchen würde, Tische für ihn frei. Und, ganz wie es sich gehört, war an den Wänden des Restaurants »Frond«, wo hohe Tiere aktenkoffergroße Steaks und vier Pfund schwere Hummer verspeisten (ungeachtet der Tatsache, dass das Fleisch jüngerer, kleinerer Hummer wesentlich zarter ist), seine Karikatur zu finden. Er musste am Flughafen stets die zusätzliche Zeit einkalkulieren, die es brauchte, um auf dem Weg zum Flugsteig alle Autogrammwünsche zu erfüllen. Natürlich nur in dem Fall, dass er mit einer offiziellen Fluggesellschaft flog. Sein Vortragsagent, Sid Mint, machte den Auftraggebern gegenüber mittlerweile kein Hehl daraus, dass ihre Chancen, John O. Banion zu bekommen, wesentlich besser standen, wenn man ihn mit dem Firmenjet abholen und zurückbringen ließ.

Und hier stand er nun in Val Dalhousies von Rigaud-Kerzenduft geschwängertem Salon und bereitete sich gerade darauf vor, von genau jenen Leuten, die das Land regierten, das Hinterteil getätschelt zu bekommen. Das Leben war schön. Und es war ja alles so einfach gewesen.

Ah, da waren Bitsey und Tyler ja. Tyler, Kurator der Fripps Gallery, war heute wirklich besonders adrett. Er trug einen Blazer mit Hahnentrittmuster, dazu ein dunkelblaues Hemd und eine französische Seidenkrawatte mit – wie passend – kleinen gerahmten Gemälden und einer goldenen Kragennadel. Sein Haar hatte er in der Manier von Sportmillionären an den Seiten mit Pomade nach hinten gekämmt.

»Ist das Blut an Ihren Schuhen?«, fragte Tyler grinsend.

»Er wird's überleben«, sagte Banion unbekümmert.

»Kann's gar nicht erwarten, die Sitzordnung für das Abendessen zu sehen, das Sie für ihn geben.«

»Wenn er überhaupt kommt«, sagte Bitsey, die besorgter denn je wirkte. »Val meint, dass man in letzter Minute irgendeine Krise aus dem Hut zaubern wird, nur dass er absagen kann.«

»Die jetzige Regierung braucht keine Krisen aus dem Hut zu zaubern. Die kommen von allein.«

»Warum lösen wir das Problem nicht folgendermaßen«, sagte Tyler und senkte die Stimme zu einem Flüstern. »Ich weiß zufällig, dass Orestes Fitzgibbon an dem bewussten Tag in der Stadt sein wird.« Orestes Fitzgibbon, der anglo-griechische Finanzier und inzwischen amerikanische Staatsbürger – auf Grund von Steuerproblemen –, hatte erst kürzlich für sieben Milliarden Dollar den Immensa-Konzern aufgekauft. Er war dafür bekannt, oft aus einer spontanen Anwandlung heraus mit Geld nur so um sich zu werfen – teilweise, wie es hieß, weil es seine zahllosen Exfrauen in Rage brachte. »Er will uns unseren dritten El Greco schenken. Warum laden Sie ihn nicht zu Ihrem Abendessen ein? Ich bezweifle, dass der Präsident sich verspäten wird, wenn er weiß, dass er Fitzgibbon als Tischnachbar haben wird. Fitzgibbon hat vor zwei Jahren mal neben Senator Rockefeller gesessen und ihm einen Wahlkampfscheck über eine Million Dollar ausgeschrieben – an Ort und Stelle.«

»O Gott, damit wäre ja alles im Lot«, sagte Bitsey. »Können wir ihn denn so kurzfristig bekommen?«

Tyler lächelte.

»Ich gehöre nicht unbedingt zu seinen größten Verehrern«, sagte Banion. »Freut mich, dass er Sie mit diesen ganzen El Grecos beschenkt, aber ich habe mal bei einem Erhardt-Williger-Abendessen neben ihm gesessen, und ehrlich gesagt fand ich ihn ein wenig ungehobelt.«

»Ach, Jack«, sagte Bitsey, »sei doch nicht so ein *Langweiler.*« Bitsey war auf so vielen Gesellschaften der britischen Botschaft gewesen, dass sie schon langsam wie eine Untertanin ihrer Majestät klang.

»Ich säe eheliche Zwietracht«, sagte Tyler. »Werdet euch erst mal einig, und gebt mir dann Bescheid.«

»Es ist bereits beschlossene Sache«, sagte Bitsey.

Clare Boothe Luce hatte Tyler und Bitsey miteinander bekannt gemacht. Tyler stammte aus Australien. Sein Vater hatte sich ein riesiges, undurchsichtiges Vermögen erwirtschaftet, indem er Adduktorenmuskeln gigantischer Muscheln – *Tridacna gigas* – an alternde Taiwanesen verhökerte, die glaubten, damit ihre Pimmel wieder steif zu bekommen, und dann dieses sündige Vermögen durch Anlagen in Opalen, Öl, Viehzucht und Weinbau gewaschen. Der junge Tyler wurde nach England aufs Internat geschickt, um in das britische Establishment einsodomiert oder sonstwie implantiert zu werden. Anschließend ging er nach Cambridge und war schon bald ein Protegé von Sir Anthony Blunt, Verwalter der königlichen Gemäldesammlungen im Buckingham Palace sowie in Windsor und Hampton Court, und, wie sich herausstellen sollte, im Nebenberuf Agent der Sowjets. Die Tatsache, dass der Mann, der die Monarchin in die Feinheiten eines Poussin eingewiesen hatte, dem Londoner KGB-*Residenten* Geheimnisse zugeflüstert hatte, war ein ziemlicher Schock gewesen. Tyler zog weiter und heiratete die höchst eingebildete und reichlich verwirrte Tochter von Sir Reginald Pigg-Vigorish. Sir Reg – der, gerade als die Scheidung der beiden verkündet wurde, kurz davor stand, in den höheren Adelsstand erhoben zu werden, und von daher alles andere als erpicht darauf war, dass die, sagen wir mal, sonderbaren sexuellen Eskapaden seiner Tochter auf den Titelseiten der Boulevardzeitungen landeten – einigte sich mit seinem Schwiegersohn auf ein paar überschüssige Cézannes, um sich Tylers Diskretion zu versichern. Die Scheidung ging in aller Stille über die Bühne. Tyler verkaufte die Cézannes für einen ungenannten Betrag (8,7 Millionen Dollar) an die L'Orangerie in Paris und machte sich nach Amerika auf, um die Stelle als Kurator der angesehenen Fripps Gallery anzutreten. Seine gesellschaftliche Stellung gewann zusätzlichen Glanz durch die Tatsache, dass er dem Prince of Wales nahe stand. Banion war dabei, über Tyler den Prinzen in die *Sunday*-Show zu bekommen. Welch ein Coup das wäre! Tja, hatte wohl keinen Zweck, mit Bitsey darüber zu streiten, ob man den koboldhaften Lustmolch Fitzgibbon zum Abendessen einlud oder nicht. Es war, wie Bitsey ja schon unmissverständlich klargemacht hatte, beschlossene Sache. Ob die beiden diesen kleinen Tanz abgesprochen hatten?

Aber da war ja Tony Flemm, der Talkmaster der Show mit den zweithöchsten Einschaltquoten in Washington. Gab sich alle Mühe, nicht neidisch zu wirken. »Jack. Tolle Show.«

»Wirklich? Also, ich weiß nicht recht.«

So ist's richtig, mach das arme Schwein fertig, lass es ihn ausführen, lass ihn hier vor aller Augen in mühsam gefertigten Sätzen auseinander legen, *was genau* er an der Show so toll fand. Moment mal, da kam ja Burton Galilee, der über das ganze Gesicht strahlte und in gespieltem Entsetzen den Kopf darüber schüttelte, dass Banion dem Präsidentenadler das Federkostüm zerzaust hatte. Und hier, gleich dahinter, kam der Vorsitzende des Repräsentantenhauses und hinter ihm der französische Botschafter. Ein Triumph. Banion füllte die stolze Brust mit kerzenduftschwangerer Luft und hauchte die süßlichen Dämpfe wieder aus.

Val klatschte in die Hände. »Zu Tisch, es ist angerichtet!«

3

Allwöchentlich um Punkt zehn Uhr am Montagmorgen sahen Banion und seine Sekretärin Renira die Post der vergangenen und den Terminplan für die laufende Woche durch. Renira hatte zuvor bereits alle Briefe gesichtet, um zu entscheiden, welche der drei-, vierhundert Sendungen eine persönliche Antwort verdienten, und darüber hinaus hatte sie einen stundenweise eingeteilten Terminplan vorbereitet. Renira war Britin, was den Vorteil hatte, dass sie einen Anrufer allein durch die Betonung der letzten Silbe von *»Hello?«* förmlich entmannen konnte. Banion hielt es als Persönlichkeit des öffentlichen Lebens zwar für seine Pflicht, im Telefonbuch aufgeführt zu sein, praktisch gesehen empfand er es aber als ungeheuer lästig.

Die Post der vergangenen Woche enthielt die übliche Anzahl von Briefen, in denen Banion für seine außergewöhnliche Brillanz gepriesen wurde, dann die üblichen Schmähbriefe, in denen er als intellektueller Rüpel beschimpft wurde, ferner die üblichen Schreiben, in denen er darum gebeten wurde, einen bestimmten Punkt näher zu erläutern, dann die üblichen Briefe mit beiliegendem Manuskript und der Bitte, es zu lesen und sich für eine Veröffentlichung einzusetzen; des Weiteren die Briefe, in denen man ihn bat, bei einer bevorstehenden Veranstaltung einen Gratisvortrag zu halten (diese wurden an Sid Mint weitergeleitet, Banions Vortragsagenten, der die betreffenden Leute darauf hinwies, dass Banion nicht unter 25 000 Dollar zu haben war); ferner die unerlässlichen Briefe, die mit »Sie werden sich kaum noch an mich erinnern, aber …«, begannen (Renira pflegte darauf mit einem »Sie haben Recht, Mr.

Banion erinnert sich nicht an Sie« zu antworten), und dann noch die Schreiben, bei denen es um Angebote für Produktwerbung ging, im Allgemeinen für Füllfederhalter, teure Aktentaschen, edles Schreibpapier, Wörterbücher, CD-ROMs, Ozeandampfer, Sportwagen und natürlich für Spazierstöcke, Banions exzentrischem Markenzeichen – von dem böse Zungen behaupteten, es sei reine Affektiertheit. (Seine Sammlung schloss einen Stock ein, der aus dem Knochen des amputierten Beins eines Bürgerkriegssoldaten hergestellt war – der Spazierstock war Eigentum John Wilkes Booths gewesen; ein anderer war aus dem Penis eines Stiers gemacht.) Diese Briefe wurden mit kurzen indignierten, bereits vorformulierten Absagen bedacht.

Eine Textilwarenkette hatte kürzlich einhunderttausend Dollar dafür geboten, dass er sich mit einer 29-Dollar-Latzhose fotografieren ließ. Dieses Angebot war von Banion nachdenklich in Erwägung gezogen worden. Aber natürlich konnte er nicht hergehen und Kleider verhökern – und Jeans schon gar nicht. Er wagte sich nie ohne Schlips aus seinem Haus in Georgetown – aber einhunderttausend Steine für eine Stunde Arbeit war erheblich mehr als der gesetzlich vorgeschriebene Mindestlohn. Er lehnte kühlen Kopfes mit dem Formbrief für solche Fälle ab, hatte aber den ganzen Tag schlechte Laune und überschlug ein ums andere Mal, was er sich für das Geld nicht alles hätte kaufen können. Christie's hielt bald eine Weinauktion mit ein paar Kisten 71er Romanée-Conti ab, auf die er bereits ein Auge geworfen hatte, aber … nein, mit so etwas sollte man lieber gar nicht erst anfangen. Eine Reihe von Washingtoner Mediengrößen war in letzter Zeit in diese Richtung abgedriftet und gab sich für Milch- oder irgendeine Kreditkartenwerbung her. Wie unwürdig …

Und schließlich war da noch die übliche Anzahl an Schreiben von Gefangenen – viele mit Absenderadressen in Todestrakten –, die ihre Unschuld beteuerten und Banion baten, sich für ihr Revisionsverfahren zu verwenden. Die meisten Journalisten träumen davon, wie in einem Jimmy-Stewart-Film einen zu Unrecht verurteilten Mann aus dem Todestrakt zu befreien. Diese Vorstellung hatte John O. Banion aber nie sonderlich gereizt. Er war schließlich kein Weichei, nicht wenn es um die Todesstrafe ging. Er hatte sogar einer Reihe von Exekutionen beigewohnt und beifällig in seiner Kolumne darüber berichtet – abgesehen von dem einen Fall, als der Mann auf dem elektrischen Stuhl in tausend Stücke explodiert war. Ekelhafte Angelegenheit. Er hatte über den Vorfall mit harten Worten in seiner Kolumne geschrieben, hatte die Kompetenz der Gefängnisleitung stark in Zweifel gezogen – schließlich musste ein Land, das in der Lage war, einen Mann auf den Mond zu schicken, ein würdiges Verfahren ersinnen können, um seine Schwerverbrecher abzumurksen. Inzwischen hatte sich sein Sponsor Ample Ampere der Herausforderung gestellt und würde der Öffentlichkeit bald seinen neuen elektrischen Stuhl präsentieren. Geräuscharm, rauchlos, gründlich und Energie sparend.

Renira informierte ihn an diesem Montag, dass der Terminplan für die Woche erst mäßig voll war. Am Dienstag ein Frühstücksgespräch mit Coyne, dem Staatssekretär im Verteidigungsministerium, über die Lage in Russland; am Mittwoch Mittagessen mit Kurt Kendall, um sich von ihm einmal mehr haarklein auseinander legen zu lassen, warum die strikte Geldpolitik der Federal Reserve Bank die Wirtschaft lähmte; am Donnerstag Frühstück mit Elkan Bingmutter von der Paneuropäischen Union – Bingmutter ließ nichts unversucht, um in *Sunday* auftreten zu können, wo er dem amerikanischen Volk darlegen wollte, weshalb Albanien unbedingt in die Nato aufgenommen werden musste; am Donnerstagmittag Tischrede vor der AAFFP, der Amerikanischen Gesellschaft der Tiefkühlfischproduzenten. Renira erinnerte Banion daran, dass die Sache ein bisschen heikel werden könne, da er erst im Monat zuvor eine Kolumne geschrieben habe, in der er bei den jüngsten Streitigkeiten hinsichtlich des Heilbuttfangs vor der George

Bank für Kanada Partei ergriffen habe, und die AAFFP sei nun einmal vehement antikanadisch. Banion zuckte die Achseln. Am Abend des gleichen Tages Ansprache vor dem Kongress Jüdischer Aufsichtsratsvorsitzender Außerordentlich Erfolgreicher Konzerne. Vielleicht sollte er dafür seine Naher-Osten-Friedensprozess-Rede ein wenig aufpolieren – angesichts der Tatsache, dass Israel vor zwei Wochen Jordanien annektiert hatte, und zwar mit der Begründung, dass ein Gelehrter einen Vokal in einer der Schriftrollen des Toten Meeres dahingehend interpretiert habe, dass Jordanien einst Teil von Israel gewesen sei. Hm. Heikle Angelegenheit. Vielleicht irgendetwas in der Richtung, dass dies der Region endlich einen stabilen Frieden bescheren würde. Oder so ähnlich. Am Freitagmorgen moderierte er eine Diskussionsrunde für die American Medical Association. Sid Mint hatte dem Medizinerverband dafür fünfunddreißigtausend Dollar abgequetscht. Wie lautete noch mal das Thema?

»Perspektiven verringerter Langlebigkeit«, sagte Renira, die von Mints Infoblatt ablas. »Herausforderungen und Möglichkeiten.«

Reniras Assistentin meldete sich kurz, um zu sagen, dass Bill Stimple von Ample Ampere am Apparat sei. Banion nahm den Anruf entgegen.

»Jack!« Bill Stimple war der urtypische Firmensprecher. Jede Begrüßung begann mit einem Ausrufezeichen. Wenn Bill eines Tages vom Sensenmann geholt wird, brüllt er vermutlich »Hi, Tod!«, und fragt ihn, wie sich dessen Golfspiel anlässt.

Herzliche Begrüßungen waren nicht Banions Sache. Das letzte Mal, dass er die Stimme gehoben hatte, war zu College-Zeiten gewesen, als ein paar Footballspieler ihn in eine Buchsbaumhecke warfen, nachdem er in einem Leitartikel für den *Daily Princetonian* den Sport an sich als eine gewaltige Zeit- und Energieverschwendung denunziert hatte.

»Hallo, Bill.«

»Tolle Show. Junge, Sie haben ihn aber wirklich bis aufs Blut gepeinigt.«

»Freut mich, dass es Ihnen gefallen hat.«

»Eine Ihrer besten Shows.« Bill lachte. »Weiß zwar nicht, ob Sie ihn jemals wieder in die Sendung bekommen, aber tolle Leistung. Wirklich toll.«

»Da mache ich mir keine Sorgen. Wenn man von den Meinungsumfragen ausgeht, haben wir vielleicht schon im Januar einen neuen Präsidenten.«

»Sagen Sie mal, Jack, ich habe nach der Show mit Al Wiley gesprochen. Er lässt übrigens ausrichten, dass er von der Show ganz begeistert war. Also – was *Celeste* betrifft. Ich brauche Ihnen bestimmt nicht zu sagen, wie sehr wir Ihren unbestechlichen Blick und Ihre journalistische Integrität respektieren. Ehrlich gesagt, wir beten Ihre journalistische Integrität förmlich an.«

Banion lehnte sich in seinen Stuhl zurück, der ein ledernes Knarzen von sich gab. Er stellte sich vor, wie Al Wiley, Aufsichtsratsvorsitzender von Ample Ampere, zusammen mit Bill Stimple vor dem Altar seiner journalistischen Redlichkeit in die Knie ging und Gebete sprach.

»Ample gehört nicht unbedingt zu den großen *Celeste*-Vertragsnehmern, zumindest nicht verglichen mit, sagen wir mal, Groening oder Aeromax. Aber auch wir haben uns sozusagen von dem Kuchen ein Scheibchen abgeschnitten. Und diese Stationierung wird, nun ja, ein *Mega*ereignis.«

»Bill ...«

»Hören Sie mich zu Ende an, dann halte ich den Mund. Ich will nicht behaupten, dass die Kostenentwicklung des Projekts richtig eingeschätzt wurde – aber Ample hat erstens sein Budget eingehalten und befindet sich zweitens voll im Zeitplan. Ich will nicht behaupten – schauen Sie, Jack, unter uns und den vier Wänden, ich könnte Ihnen nicht sagen, ob dieses Ding einundzwanzig Milliarden oder einundzwanzig Dollar wert ist. Ist nicht meine Abteilung. Aber ich weiß, dass diese Stationierung die größte Sache seit *Apollo 11* werden wird, und Al fragt sich nur, ob wir, ich weiß nicht ... es mit Scheiße bewerfen sollten.«

»Ich bewerfe es nicht mit Scheiße, Bill. Ich stelle nur gewisse grundsätzliche Fragen. Wie zum Beispiel, ob hier eine riesige Summe öffentlicher Gelder quasi als Wahlkampfspende zweckentfremdet wird und ob an dem Stationierungsdatum herummanipuliert wird, damit es mit der Wahl zusammenfällt, und ob dieses Ding wirklich nötig ist.«

»Nicht meine Abteilung. Sie sind der Fachmann. Ich wollte Ihnen nur sagen, was unsere Nummer eins sich so denkt. Hab mir gedacht, es könnte Sie vielleicht interessieren. Okay?«

»Natürlich.«

»Er *schwärmt* ja regelrecht für Ihre Show. Vergeht kein Tag, an dem er nicht mit Ihnen angibt. Neulich hat er mit Kenzibura Motohama Golf gespielt, und er hat ein Loblied nach dem anderen auf Sie angestimmt.«

»Freut mich zu hören«, sagte Banion, der es gar nicht erwarten konnte, endlich aufzulegen.

»Weshalb rufe ich sonst noch an? Himmel, Alzheimer im Frühstadium ... ach ja, wissen Sie schon, dass wir im Herbst den XT-2000 in die Strafanstalt in Starke, Florida, liefern werden? Der Gouverneur wird da sein. Hab mich gefragt, ob Sie nicht auch kommen wollen. Es war schließlich Ihre Kolumne über diesen Typen, der Feuer gefangen hat, die uns zu der Sache inspiriert hat. Was für ein großartiger Artikel. Hab ich noch irgendwo aufbewahrt.«

»Ich halte keine Eröffnungsreden, Bill.«

»Hab ich vollstes Verständnis für.«

»Werden Sie denn runterfahren?«

»Na klar. Ist der Startschuss für eine neue Produktreihe. Werden eine Menge von den Todesstrafebefürwortern der anderen Staaten da sein. Wussten Sie schon, dass die Lehne *verstellbar* ist? Man sitzt da nicht einfach kerzengerade drin. Ist genauso, wie wenn man sich zu Hause ein Footballspiel anschaut, nur dass man halt auf dem elektrischen Stuhl hingerichtet wird. Sehr human. Und *geräuscharm*. Macht weniger Krach als einer unserer Elektrorasierer.«

»Sie sollten das Ding bald mal in einen Werbespot einbringen. Anstatt den Schmorbraten im Backofen anzustarren, schaut der Basset dabei zu, wie sein Herrchen auf dem elektrischen Stuhl verschmort.«

»Tolle Idee! Werd ich gleich an die Leute von der Kreativabteilung weitergeben.«

Banion rief wieder Renira zu sich herein. »Wo waren wir stehen geblieben?«

»Medizinerverband, Diskussion am Freitag.«

»Der kontrollierte Tod. Diese ganze *Woche* ist wie ein kontrollierter Tod«, sagte er verärgert. »Ich wollte eigentlich mit dem Buch anfangen. Don Morforken hat letzte Woche angerufen, um mir mitzuteilen, dass das Erscheinungsdatum bereits festgelegt wurde.« Er blickte sie streng an, als könnte sie irgendetwas dafür. »Wenn es kein Buch gibt, braucht man auch kein Erscheinungsdatum.«

Banion verfügte längst nicht mehr über die Zeit, um die großen dicken Politikschinken zu schreiben, die er in jungen Jahren nur so herausgehauen hatte, Bücher wie *Schweinefrühstück. Das Versagen der US-Außenpolitik von Kuba bis Beirut* oder *Die Kolosse von Rhodes*, seine bewundernde Studie über die aus dem Rhodes-Förderprogramm hervorgegangenen Gelehrten und Wissenschaftler und »die Welt, die sie erschufen«. Bücher wie *Wie man die Armen verschaukelt*, sein umstrittener Bestseller über die Reform der Sozialfürsorge. Angesichts der TV-Shows, seiner wöchentlich dreimal erscheinenden Kolumne und den Vorträgen kam er einfach nicht mehr dazu, dicke Wälzer zu schreiben. Mittlerweile griff er auf etwas zurück, das der Albtraum eines jeden Verlegers war: auf die Zusammenstellung alter Kolumnen und Zeitungsartikel, ja sogar seiner Vorträge. Um Morforken bei Laune zu halten, kritzelte er ihm ab und zu eine Originalausgabe hin, wobei es sich für gewöhnlich um eine kurze historische Arbeit handelte. Die Recherchen dazu ließ er immer von irgendeiner am Hungertuch nagenden Absolventin der Georgetown University erledigen. In dem Buch, an dem er zurzeit arbeitete – das heißt, zu arbeiten gedachte –, ging es um Benjamin Franklin. Banion stellte darin die These auf, dass sich Franklin, der sich während des amerikanischen Unabhängigkeitskriegs als amerikanischer Abgesandter in Paris aufhielt, in einem Bordell mit dem jungen Maximilien Robespierre angefreundet und ihn dazu ermuntert hatte, doch eines Tages selbst eine Revolution zu starten. Die Quellenbelege waren zwar etwas dürftig, die Prämisse dafür aber großartig. Der Arbeitstitel lautete: *Saat der Revolution.*

»Hab heute Morgen mit Ihrer Jungakademikerin gesprochen«, sagte Renira. »Sie will heute Nachmittag mit weiterem Recherchematerial vorbeikommen. Wie es aussieht, haben Sie diese Woche sämtliche Nachmittage und die meisten Abende frei, um an Ihrem Buch zu arbeiten. Und was die Bitte um mehr Zeit für Ihr Privatleben betrifft – Conrad Blacks Sekretärin hat heute Morgen angerufen und gefragt, ob Sie nicht hinfliegen wollen, um sich morgen Nachmittag mit ihm und Mrs. Thatcher zu treffen, aber ich habe ihm abgesagt.«

»Sie haben Conrad mitteilen lassen, dass ich nicht zu einem Treffen mit Mrs. Thatcher vorbeikommen kann?«, sagte Banion entgeistert.

»Sie verbringen sowieso das übernächste Wochenende mit den beiden auf dem Hollinger-Fest in London, ich habe also keinen Grund gesehen, warum Sie schon vorher nach New York zigeunern sollten. Aber wenn Sie wollen, rufe ich an und sage, dass Sie *doch* können.«

Kein Wunder, dass die Briten einst die Welt regierten.

»Nein. Okay. Alles bestens.«

»Können wir dann jetzt den Samstag besprechen?«

»Aber selbstverständlich.«

»Bitsey hat gesagt, dass sie den Morgen mit ihrem Sinfonieorchester-Kreis verbringen muss. Sie selbst sind um drei Uhr auf dem Burning Bush zum Golfen mit Richter Fitch und dem Vorsitzenden des Repräsentantenhauses Meeker verabredet. Ich hab mir gedacht, dass Sie vielleicht ein bisschen früher dort sein wollen, um sich aufzuwärmen, und habe deshalb um eins für Sie ganz allein reserviert. So, und während Sie mit Mr. Stimple telefoniert haben, hat Mr. Mint noch wegen eines Termins angerufen. Die Amerikanische Züchtervereinigung Freilaufender Hühner. Er meint, die wären ziemlich links eingestellt.«

»Linke Hühnerzüchter?«

»Äh, sehr fortschrittlich eben. Keine Zwangsernährung oder Pestizide und so was. Man lässt die Tiere einfach nach Herzenslust herumwandern. Ich persönlich finde Freilandhühner ja zäh wie Leder. Mir ist ein unterdrücktes Käfighuhn tausendmal lieber. Soll im November stattfinden. Sid meint deshalb, dass Sie dort ja Ihre Spontananalyse des Wahlergebnisses vortragen könnten. Er hat gesagt, sollten Sie zusagen und dann irgendwie eine Möglichkeit finden, etwas über die Rinderzüchter im Westen einzubauen, die mehr dafür bezahlen müssten, dass sie ihr Vieh auf Bundesterritorium grasen lassen, dann würde man Sie dort wahrscheinlich auf Schultern tragen.«

»Wie viel?«

»Fünfundzwanzig.«

»Sagen Sie ihm dreißig. Erzählen Sie ihm, dass wir uns ganz schön abstrampeln müssen, um es noch irgendwie hineinzuquetschen.«

Auf wie viel kam man damit? Knapp eintausend Dollar pro Minute? Schöne Arbeit, wenn man an so was rankam, und das kam man, wenn man sich nur ein bisschen bemühte.

4

Nathan Scrubbs saß in seinem Büro, das sich in den Rheuma fördernden Eingeweiden der Sozialversicherungsbehörde in Washington, D. C., befand. Er schmökerte gerade lustlos in einem Tom-Clancy-Roman und wartete darauf, von seinem Computer darüber verständigt zu werden, dass wieder irgendwo in Indiana eine Hausfrau von Aliens in eine fliegende Untertasse entführt und dort sexuell untersucht worden war. Scrubbs hatte die Entführungsgeschichten satt.

Die ersten paar Male war so etwas ja recht spannend. Aber dann war es einfach nur noch ein Job. Er gab sich nun seit mittlerweile zwei Jahren damit ab und hatte inzwischen die Nase gestrichen voll. Bereits vor Monaten hatte er sich um eine Versetzung in die Abteilung EINSÄTZE beworben, wo er vielleicht die Chance kriegen würde, diese supergeile neue Flugmaschine zu fliegen. Bestimmt war es bald so weit. Da war er sich sicher. Er hatte hervorragende Arbeit geleistet. Eine von seinen Opferfrauen, eine gewisse Kathy Carr, hatte aus ihrer Entführung eine steile Karriere gebastelt. Sie würde dieses Jahr auf dem Kongress über Alien-Entführungen die Hauptrednerin sein. Ihr Buch *Vergewaltigung im Weltraum* wurde ein Wahnsinns-Bestseller, und obendrein war der Vertrag über ein TV-Movie mit Gwen Dale in der Rolle von Kathy in der Mache. Eine Gwen Dale mit Konfektionsgröße 34 spielte eine Kathy Carr, die Größe 44 aufweisen konnte. Das war Hollywood. Ja, seine Bewerbung um eine Versetzung müsste jeden Moment durchgehen.

Er war Mitte dreißig, hoch gewachsen und immer noch recht schlank, obwohl der Stress des unterirdischen Lebens – und vielleicht der gelegentliche nächtliche Drink zu viel, um die Langeweile zu vertreiben – sich allmählich bemerkbar machte. Dennoch war er ein recht gut aussehender junger Kerl. Das

Kinn war von der entschlossenen Kantigkeit eines Soldaten, ein Eindruck, der jedoch von dem sonderbaren, waschbärenhaft durchtriebenen Blick in seinen Augen konterkariert wurde. Alles in allem wirkte er eher wie ein Mensch, der immer haarscharf daran vorbeirutschte, auf der Gewinnerseite des Lebens zu stehen. Wenn diese Verliererader in ihm nicht so offensichtlich gewesen wäre, hätte er vielleicht etwas Bedrohliches gehabt. Aber so war er die Art Typ, die man am Flughafen voller Vertrauen darum bitten würde, auf das Gepäck aufzupassen, während man selbst auf die Toilette ging.

Scrubbs warf einen Blick auf die Uhr. Sie waren spät dran. Vielleicht hatte sie sich ja gewehrt. So was kostete immer Zeit. Er rief das Profil der Entführten auf dem Bildschirm seines Computers auf:

Murch, Margaret, 38 Jahre, 1,62 m, 92 Kilo.
Kinder: 3. Ehemann: Henry. Hühnerzüchter.
Adresse: Rural Route 1, Hink, Indiana.
Glaubwürdigkeitsstufe 2

Scrubbs betrachtete das pummelige Gesicht auf dem Bildschirm vor ihm. Noch so eine Miss America. Das Bild war im Supermarkt aufgenommen worden. Sie schob gerade einen Einkaufswagen vor sich her, der genügend Saccharose enthielt, um eine Woche lang sämtlichen im Land getrunkenen Kaffee damit zu süßen. Mit kleinen schwarzen Augen spähte sie hinter aufgeplusterten Pausbacken hervor. Armes Ding. Wurde von ihrem alten Henry wahrscheinlich arg vernachlässigt. Und da kam auch schon einer ihrer Sprösslinge hinter ihr her gewalzt und verleibte sich gerade ein – Himmel, war das wirklich ein rohes Würstchen, was der sich da reinschob? Scrubbs schüttelte sich vor Ekel.

»Hoffentlich hat's dir wenigstens Spaß gemacht, Maggie«, murmelte er vor sich hin. Dann klickte er das Fenster mit ihr weg und wandte sich wieder der Stelle in dem Clancy-Roman zu, wo gerade irgendeine Laserwaffe beschrieben wurde, die man entwickelt hatte, um einem Gegner damit den Sehnerv zu verkokeln. Die Jungs drüben in der Abteilung VERSTÜMMELUNGEN setzten ebenfalls solche Laserkanonen ein. Man konnte die Dinger volle Power aufdrehen. Also *das* war nun wirklich ein fieser Job. Gott sei Dank musste er nicht Kühen die Arschlöcher, Zungen und andere Organe herausschneiden, um die Leute glauben zu machen, dass Aliens abartige Essgelüste hatten. Wer zum Teufel hatte sich *das* nur wieder einfallen lassen? In der Abteilung TAKTIK UND PLANUNG waren wahrlich ein paar kranke Hirne am Werk. MJ-12 war schon ein einziger Schweinkrambetrieb.

MJ-12, Majestic Twelve, Majic. Während des Kalten Krieges, im goldenen Sommer des Jahres 1947, hatte alles angefangen. Am 24. Juni wurde über dem Mount Rainier die erste Ufo-Sichtung inszeniert, und diesem Debüt hatte man zwei Wochen später den so genannten Roswell-Crash, den angeblichen Absturz eines außerirdischen Raumschiffs, folgen lassen. Der Plan war an sich ganz einfach: Stalin davon zu überzeugen, dass Ufos existierten und dass die Vereinigten Staaten sich die technischen Kenntnisse der Außerirdischen angeeignet hatten. Das würde Uncle Joe auf Trab halten.

Später dann – wie das bei so vielen Regierungsprogrammen der Fall war – wich der ursprüngliche Plan größeren Zielen. Majestic bestand aus einem streng geheimen, zwölf Männer umfassenden Direktorium (daher der Name), das sich aus CIA-Direktor Roscoe Hillenkoetter, Verteidigungsminister James Forrestal und anderen Spitzenbeamten der wissenschaftlichen, raumfahrttechnologischen und militärischen Zirkel des Landes zusammensetzte. Sie beschlossen, wo sie schon mal dabei waren, dass MJ-12 auch einem anderen, hehren Ziel dienen konnte: den steuerzahlenden US-Bürger wegen einer möglichen Invasion Außerirdischer in steter Alarmbereitschaft zu halten, damit er weiter schön brav den Ausbau des militärisch-raumfahrttechnologischen Komplexes bezahlte. Ein Land, das in dem festen Glauben lebte, dass über den Dächern kleine grüne Männchen schwebten, neigte eher dazu, bei großen Aufrüstungs- und Raumfahrtprogrammen mit Hurra zuzustimmen.

Was also vor einem halben Jahrhundert mit einer kuchenförmigen reflektierenden Scheibe im Schlepptau eines getarnten Flugzeugs begann, entwickelte sich rasch zu einem »schwarzen«* Programm, dessen jährliches Budget sich auf zig Millionen Dollar belief. Es liegt jedoch in der Natur der Amerikaner, sich schnell zu langweilen. Schon bald wurde es zum Problem, ihr Interesse wachzuhalten. Was tun? Nach einer Weile reichten bloße Sichtungen fliegender Untertassen nicht mehr aus. MJ-12 musste sich ausgeklügeltere Darbietungen einfallen lassen: sichtbare Beweise, Brandmale im Gras, traumatisierte Tiere (was recht einfach zu bewerkstelligen war), Autos, deren Batterien unerklärlicherweise ausgefallen waren, während die Insassen komischen Lichtern hinterherglotzten. Als auch die stehen gebliebenen Autos und ausgeflippten Haustiere niemanden mehr vom Hocker reißen konnten, hatte man bei MJ-12 keine andere Wahl, als einen flüchtigen Blick auf die kuscheligen Aliens persönlich zu gewähren. Das war schon schwieriger. Es bedeutete zunächst einmal, dass genügend Zwerge aufgetrieben werden mussten, die im Besitz einer Unbedenklichkeitsbescheinigung des Secret Service waren. Der Mangel an solchen ist auch die Erklärung dafür, warum Aliens über die Jahre hinweg erheblich größer wurden.

Die Öffentlichkeit gab sich mit diesen unterhaltsamen Zerstreuungen eine Weile lang zufrieden, ja sie zeigte sich sogar begeistert. Aber schon bald wurden Alien-Besuche zu einem Klischee, das von Hollywood ausgeschlachtet wurde. Wieder musste MJ-12 den Einsatz erhöhen. Die Jungs von der Abtei-

* Sprich: geheimen.

lung Taktik und Planung machten sich an die Arbeit und kehrten mit solch erfrischenden Schaustücken wie den Kornkreisen zurück, jenen riesigen Graffiti, die nächtens in abgelegene Weizenfelder gemäht wurden, und ferner mit den brutaleren, bereits erwähnten Rindviehverstümmelungen. (Igitt.) Diese Unternehmungen fanden eine Weile lang großen Anklang, aber schon bald war das öffentliche Interesse erneut erlahmt. Also beschloss man bei MJ-12, dass jetzt ein bisschen *interaktiver* vorgegangen werden musste. Und so begann die Ära der Entführungen durch Aliens. Tja, früher oder später spielt Sex ja immer eine Rolle.

Das Seltsame daran war nur, dass es die Entführungsopfer waren und nicht MJ-12, die mit diesen Geschichten über Genitaluntersuchungen, dem Abzapfen weiblicher Keimzellen und so weiter anfingen. Schon kurz nach den ersten Entführungsfällen – einfaches Einfangen, Angst einjagen und ein paar Meilen weiter wieder absetzen – begannen die Entführten, ihre Geschichten auszuschmücken und zu behaupten, sie seien *dort unten* betatscht und angegrapscht worden. Erst danach hatten die Taktik- und Planungsleute entschieden, okay, wenn es das ist, was die Leute mögen, dann wollen wir es ihnen nicht vorenthalten. Warum sich der Stimme des Volkes entgegenstellen? Darüber hinaus sah es ja auch folgendermaßen aus: Vom streng anthropologischen Gesichtspunkt betrachtet, war die Sache nur logisch und konsequent. Die Erscheinungen waren mehr als nur Aliens – es waren Götter, die vom Himmel kamen, um Erlösung zu spenden (für gewöhnlich von einem ziemlich eintönigen Dasein auf dem alten müden Planeten Erde). Es beglückte die Leute, dass die Götter mit ihnen schlafen oder sie wenigstens befummeln wollten. Mit der Zeit führte dies natürlich zu angeblichen Alien-Empfängnissen und -Babys, aber da hatte das Ganze schon längst eine nicht mehr aufzuhaltende Eigendynamik entwickelt.

Die altgedienten Veteranen innerhalb des MJ-12 waren über

die schlüpfrigen Porno-Storys ziemlich entsetzt. Scrubbs unterhielt sich zuweilen mit einigen von ihnen anonym in den abhörsicheren MJ-12-Cyberchatrooms, die von der Dienststelle als Ersatz für die fehlende Bürogemeinschaft eingerichtet worden waren. Es war zwar strengstens untersagt, Details eines Einsatzes zu besprechen, aber man lernte, zwischen den Zeilen zu lesen. Einer der alten Hasen, der den Kodenamen *Odysseus* benutzte, schimpfte sich regelmäßig seinen ganzen Ärger von der Seele:

Wir hatten nichts außer Draht, Aluminiumfolie und unsere Fantasie.
Jetzt dreht sich alles um Computer-Spezialeffekte, Sex und Untersuchungen von Körperöffnungen.
Ekelhaft! Was kommt als Nächstes? frage ich mich. Alien-Babys?

Trotz der Chatrooms war die Arbeit bei MJ-12 der einsamste Regierungsjob, den man sich denken konnte. Dagegen war die Arbeit bei der CIA oder gar der noch um einiges verschwiegeneren National Security Agency vergleichsweise normal. MJ-12 war das bestgehütete Geheimnis der Regierung der Vereinigten Staaten. Scrubbs kannte keinen einzigen Mitarbeiter bei dessen echtem Namen. So war es gelungen, die Abteilung all die Jahre geheim zu halten: Die meisten Leute innerhalb der Organisation kannten von keiner anderen Person innerhalb der Organisation den Namen. Außer MJ-1, dem Direktor, wer auch immer das war. Sämtliche Mitteilungen wurden über Majest-Net abgewickelt, MJ-12s eigenem Intranet. Hin und wieder wurden kurze Telefonate geführt, aber das kam höchst selten vor. Es war ein wahres Mönchsdasein, das Scrubbs unten im Keller der Sozialversicherungsbehörde führte. Sein Büro war hier eingerichtet worden, weil man davon ausging, das kein Mitglied einer etwaigen Untersuchungskommission des Kongresses es jemals wagen würde, die Sozialversicherung unter die Lupe zu nehmen.

Er hatte einen langen Arbeitstag. Und sein Gesellschaftsleben war auch nicht gerade aufregend.

Hi. Und was tust du so?

Ich arbeite bei der Sozialversicherung.

Wirklich? Toll. Entschuldige mich, aber ich muss mal eben meinen Wagen umparken.

Manchmal stellte sich Scrubbs die Frage, wie er bloß hier im Keller eines tristen Bürohauses in Washington, D. C., hatte landen können – ein Unsichtbarer, der getürkte Alien-Entführungen organisierte. Im College-Jahrbuch war er bei den Karrierevoraussagen jedenfalls nicht in diesem Berufszweig aufgeführt gewesen.

Nein, es war sein durch James-Bond-Fantasien lang gehegter Traum gewesen, in die CIA* einzutreten und sich in tollkühne Auslandsabenteuer zu stürzen und beispielsweise lästige Regierungen zu kippen, mit dem Fallschirm über dem Dschungel abzuspringen und sich in wunderschöne Frauen zu verlieben, die mit ausländischem Akzent sprachen. Er trug dabei stets eine Zyanidtablette bei sich, die ins Futter seiner Montur eingenäht war, und unter dem Kopfkissen lag griffbereit eine Pistole, wenn sie nicht gerade in seinem Hosenbund steckte. Er konnte in acht Sprachen einen ausgezeichneten Martini bestellen.

Nichts von alledem, außer der Fähigkeit, sich einen Martini

* US-Nachrichtendienst, der früher mit Regierungsumstürzen in unbedeutenden lateinamerikanischen Ländern, dilettantischen Invasionen von karibischen Diktaturen und katastrophalen Einmischungen in Südostasien betraut worden war. In der Zeit nach dem Kalten Krieg verlegte man die Anstrengungen offenbar darauf, Leute anzuwerben, die hochwichtige Geheiminformationen über den Dienst an ausländische Regierungen verkauften. Sein gegenwärtiges Budget wird auf siebenundzwanzig Milliarden Dollar pro Jahr geschätzt, was recht viel erscheinen mag, aber offensichtlich immer noch nicht ausreicht, um herauszufinden, ob sich Länder wie Indien oder Pakistan im Besitz von Nuklearwaffen befinden.

zu bestellen (in einer einzigen Sprache), war in Erfüllung gegangen. Seine Bewerbung war mit dem Stempelaufdruck ERLEDIGT an eine Postfachadresse in Rosslyn, Virginia, weitergeleitet worden, gleich gegenüber von Washington auf der anderen Seite des Flusses, und von dort aus an eine andere Stelle und weiter an noch eine andere, bis Scrubbs über die geheimnisvollen, aber effizienten bürokratischen Schaltkreise von MJ-12 einen Anruf von einem gewissen »Mr. Smith, bin für die Regierung tätig« erhielt. Scrubbs, der damals ganz niedergeschlagen war – er hatte gerade erst ein formelles Schreiben der CIA erhalten, in dem man sich für sein Interesse bedankte und ihm bedeutete, dass er hingehen solle, wo der Pfeffer wächst –, wäre vor Freude fast an die Decke gesprungen. Man traf sich in einem vietnamesischen Restaurant in einer in Virginia gelegenen Vorstadt. Mr. Smith sagte ihm, dass es da noch einen anderen Nachrichtendienst der Regierung gebe, der sogar noch elitärer als die CIA und – zweifellos effektiver! – mit den wichtigsten nationalen Sicherheitsaufgaben betraut sei. Ob Scrubbs Interesse habe? Und ob er Interesse hatte! Träume von Intrigen und schönen Frauen flammten wieder auf.

Mr. Smith warnte ihn allerdings, dass er hiermit in einen Nachrichtendienst der Vereinigten Staaten eintrete, der so verschwiegen wie kein anderer sei und der ein ganz, ganz tiefes Pflichtbewusstsein erfordere.

Wie ruhmreich und toll das alles klang! Wo war die gestrichelte Linie, auf der man unterschreiben musste?

Er war mitten in einer Clancy-Ode an irgendeine neue wärmesuchende Rakete eingeschlafen, als Mikes Stimme aus den Computerlautsprechern ertönte. Mike war sein Chef-Einsacker.

Scrubbs blinzelte sich wach und gab zum wahrscheinlich zwanzigsten Mal an diesem Tag das Passwort ein. Bei MJ-12 war man ganz verrückt nach Passwörtern. Man konnte nicht einmal zur Toilette, ohne sein Passwort einzugeben. Er legte eine Hand auf den PalmiTron-Abtaster und sprach gleichzeitig laut und deutlich das Passwort aus, damit der Computer sich versichern konnte, dass es wirklich und tatsächlich er, Nathan Scrubbs, war und nicht etwa Bob Woodward, der an der Konsole saß.

Im Hintergrund hörte er noch andere Stimmen. Jimmy und Jake.

Jake war der Mann, der ganz unten auf der Hühnerleiter stand und die eigentliche Vaginaluntersuchung vornahm. Der definitive Einsteigerjob.

Sie klangen für eine Nachbesprechung einer Entführung recht normal: erschöpft und stocksauer, als dürstete es sie nach einem Bier oder etwas Stärkerem. Scrubbs fühlte sich an seine eigenen Tage in einem Einsackerteam erinnert, als sie damals von Houston, Texas, aus operierten und immigrierte vietnamesische Garnelenfischer kidnappten. Wie diese wiederum in das Großprojekt Ufo-Verkündung passten, wusste nur der liebe Gott, aber zumindest waren sie dünn und leicht und man konnte sie hochheben, ohne sich einen Bruch zuzuziehen.

»Wie ist es gelaufen?«, wollte Scrubbs wissen.

»Na, es *ging*«, bekam er brummelnd zur Antwort.

Scrubbs hörte, wie Latex auseinandergezogen wurde und schnalzend wieder zusammenschnurrte. Die Jungs entledigten sich wohl gerade ihrer Schutzanzüge. Der momentane Einsatz verlangte Große Nordmenschen, die Arier in der Alien-Ethnologie. Die Großen Nordmenschen waren die dem Menschen am ähnlichsten Außerirdischen. Sie wirkten weniger Furcht erregend als die Kleinen Hässlichen Grauen, die den geflügelten Affen in *Der Zauberer von Oz* zum Täuschen ähnlich sahen. Eine (zugegebenermaßen übergewichtige) Farmersfrau aus Nebraska hatte einmal einen Herzanfall erlitten, als sie auf einem Tisch gefesselt aufwachte, wo sie von einem halben Dutzend Kleiner Hässlicher Grauer umgeben war. Welch ein

Durcheinander das gegeben hatte! Man hatte sie mittels Elektroschock wiederbeleben und ins Krankenhaus schaffen müssen. Seither musste jedes Einsackerteam jemanden dabeihaben, der sich mit Wiederbelebungsmaßnahmen auskannte. Man hatte den Anteil der Kleinen Hässlichen stark verringert, womit auch das Problem der Zwerge mit Unbedenklichkeitsbescheinigung gelöst war.

»Habt ihr sie wieder nach Hause gebracht« – Scrubbs gähnte –, »oder irrt sie irgendwo auf dem Highway rum und fragt sich, was in aller Welt geschehen ist?«

»Haben sie in 'nem Sojabohnenfeld abgesetzt, etwa eine Meile von ihrem Haus entfernt. Sie wälzt wahrscheinlich gerade Kreise rein.«

»Sie könnte das gesamte Feld in zehn Minuten total platt machen«, sagte eine andere Stimme. »Scheiße, war die fett.«

»Hab sie mit 'ner Hebewinde ins Raumschiff hochhieven müssen. Mann, ging das ins Kreuz.«

»Wie viel Sevo habt ihr ihr gegeben?« Scrubbs tippte vor sich hin und machte Notizen.

»Nich zu viel.«

»*Mike.*«

»Drei-, vierhundert Gramm.«

Scrubbs entfuhr ein Pfiff. »Du meine Güte.« Seit dem Sandusky-Vorfall neigte Mike dazu, das Sevofluran – das Beste vom Besten in Sachen Betäubungsmittel, auch Freudengas genannt – eher überzudosieren. Sie waren damals an irgendeiner Polizistengattin zugange gewesen. Sie hatten sie auf dem Tisch und wollten gerade mit der Vaginaluntersuchung beginnen, als sie plötzlich ein Fläschchen Tränengas hervorholte – das echte, nicht dieses läppische Niesgas – und anfing, wie ein aufgeschrecktes Stinktier um sich zu sprühen. In der Nachbesprechung räumte Mike gegenüber Scrubbs ein, dass er und die anderen eine Reihe ziemlich irdischer Schmerzenslaute von sich gegeben hatten, zusammen mit Flüchen wie »Scheiße!« und

»Verdammt!« – Begriffe, die vielleicht recht uncharakteristisch für den Wortschatz eines Außerirdischen waren. Noch Wochen danach erwartete Scrubbs mit Bauchschmerzen, dass die Presse den Vorfall aufgriff. Die Frau wandte sich aber nie an die Presse. Nicht wenige der Entführten verhielten sich so – sagten keinen Ton, weil sie befürchteten, sich lächerlich zu machen. Die meisten jedoch plärrten ins erstbeste Mikrofon hinein. Würde das nicht eigentlich jeder tun?

»Nee«, sagte Mike. »Hat's echt mit Fassung getragen. Ein Typ zum Pferdestehlen.«

»War sie bei Bewusstsein?«

»Yeah.«

»Mike, es ist alles verlorene Liebesmüh, wenn sie sich an nichts erinnern können.«

»Sie weiß genau, dass sie untersucht worden ist. Keine Sorge. Wollen Sie Einzelheiten hören?«

»Nein.« Scrubbs' Finger liefen klickend über die Tastatur.

»Darf ich mal was fragen?« Klang ganz nach Larry. »Warum werden wir nicht einmal beauftragt, Claudia Schiffers* Eizellen zu holen?«

»Genau!«

»Ja, warum kriegen wir immer nur diese Zwei-Zentner-Muttis?«

»Ich suche sie nicht aus«, sagte Scrubbs. »Macht alles der Computer.«

Als MJ-12 beschlossen hatte, ins Entführungsgeschäft einzusteigen, damals 1961, entwickelte ein internes Mathematikerteam ein Glaubwürdigkeits-Rechenverfahren, um festzulegen, wer entführt werden sollte. Der Hintergedanke dabei war, dass Alien-Entführte gerade ausreichend Glaubwürdigkeit besitzen mussten, um Gerüchte zu verbreiten, jedoch nicht von jener Reputation sein durften, die eine fieberhafte Suche nach

* Äußerst begehrenswertes deutsches Fotomodell.

der Wahrheit in Gang setzen würde. So wollte man sich nicht gerade eine so prominente Persönlichkeit wie zum Beispiel den Direktor der Federal Reserve Bank greifen. Damit würde man sich aller Wahrscheinlichkeit jede Menge Ärger einhandeln. Nein, die Richtlinien von MJ-1 bezüglich Entführungen klangen wie der Werbeprospekt einer konservativen Brokerfirma. »Uns geht es weniger um dramatische Ertragssteigerungen als um eine Politik des langsamen, stetigen Zuwachses im Bereich der Abduktionen. Unser Augenmerk gilt dabei vor allem einer allmählichen Zunahme phänomenologischer Glaubwürdigkeit.« (MJ-12s Sprache war mit den Jahren ebenso bürokratisiert worden wie der Laden insgesamt, muss man feststellen.) Dieses Kauderwelsch bedeutete letztlich nichts anderes, als dass man darauf aus war, leichte Erschütterungen zu verursachen, aber kein Erdbeben.

Und es funktionierte. Mehr als fünfzig Jahre nach den ersten Ufo-Sichtungen stand das Ergebnis fest: Eine satte Mehrheit von achtzig Prozent der Amerikaner war der festen Überzeugung, dass die Regierung mehr über Aliens wusste, als sie zugeben wollte. Und noch besser – ein Drittel glaubte, dass Aliens in Roswell, New Mexico, eine Bruchlandung unterlaufen war. Echtes Wachstum lag vor. Aber es war auch das Ergebnis vieler Jahre harter, unspektakulärer und aufopferungsvoller Arbeit seitens Tausender Männer und Frauen.

Scrubbs hatte Verständnis für Mikes, Larrys und Jakes Klagen. Aus irgendeinem Grund schien der Glaubwürdigkeitsalgorhitmus eine Vorliebe für übergewichtige Frauen zu zeigen. Es wäre sicher nett, wenn es sich zur Abwechslung auch einmal jemanden aussuchen würde wie – nun, Claudia wäre bestimmt nicht schlecht.

»Dann reprogrammieren Sie halt den Computer. Geben Sie ›groß, blond, 98er Oberweite, geiler Arsch, hübsch‹ ein.«

»Schafft es, einen Golfball durch einen fünfzehn Meter langen Gartenschlauch anzusaugen.«

»Jungs!«, sagte Scrubbs.

»Und verwandelt sich um drei Uhr nachts in eine Pizza.«

Lautes wieherndes Gelächter: Na ja, sollen sie ruhig mal Luft ablassen.

»Gute Nacht, Jungs.«

Scrubbs verließ die Leitung, stellte seinen Bericht fertig und schickte ihn per E-Mail an MJ-10, mit Kopien für MJ-7 und MJ-4. Ach ja, die liebe Schreibarbeit, nichts als Schreibarbeit. Er benachrichtigte MJ-5 (Medien), dass eine Entführung der Stufe vier in ihrem Bereich durchgeführt worden war und dass sie auf Berichte in den Lokalnachrichten achten sollten. Er hatte mit der Zeit ein ziemlich sicheres Gespür dafür entwickelt, wie laut die Entführten Alarm schreien würden. Und seiner Vermutung nach würde Maggie es richtig krachen lassen.

Er blickte auf seinen Wandkalender von MUFON, einer der verantwortungsbewussteren – wenn man so sagen konnte – Ufo-Organisationen. Im kommenden Oktober hielten sie eine Entführten-Konferenz ab. Maggie würde es bis dahin noch rechtzeitig schaffen. Ein völlig neues Leben erwartete sie, ein ganz anderes Leben als ihr Henry und ihre rohe Würstchen verschlingenden Sprösslinge ihr bieten konnten. Noch vor einer Minute schlurfte sie Preise vergleichend durch einen Wal-Mart, und in der nächsten ist sie bereits die heimkehrende Königin einer Ufo-Tagung und legt rührselig Zeugnis über Wesen aus dem Reich der Ewigkeit ab, die sie für wichtig genug hielten, um an ihren Eierstöcken rumzumachen. Ihr Leben würde nie mehr sein wie zuvor. Sie hatte nun eine Bestimmung. Sie war eine von Göttern Gesalbte. Sie war mit realen Machtbefugnissen ausgestattet worden. Zuweilen kam Scrubbs sich wie der Heilige Geist persönlich vor.

Nachdem er den Schriftverkehr erledigt hatte, sah er in seiner Empfangsbox nach. Eine Nachricht von MJ-11. Genau! Personalabteilung! Seine Versetzung! Er holte die Message auf den Bildschirm und las:

Betreff: Ihr Gesuch um Versetzung nach MJ-2 (Einsätze):
Abgelehnt.

Ein paar Stunden später lag Scrubbs in seiner Mietwohnung in Foggy Bottom auf der Couch. Er war förmlich mariniert in Wodka und schaffte es gerade noch mit letzter Kraft, auf den Tasten seiner TV-Fernbedienung herumzuhacken. Während er dort so in seiner Unterwäsche dalag, wurde ihm klar, dass sein Leben genau daraus bestand, sowohl berufs- als auch freizeitmäßig: Tasten drücken und Bildschirme anstarren. Stockbesoffen und mutterseelenallein an einem Sonntagmorgen. Haltet den Sonntag heilig! Noch eine Bloody Mary.

Arschlöcher! Bürokratische Schweinebande! Engstirnige Flachwichser!

Da hatte er sich also den Arsch abgearbeitet, sich hundertfünfzigprozentig eingesetzt, ihnen Kathy Carr geliefert, ihnen Dutzende von fetten, prallen mediengeilen Entführten geliefert, und was bekam er dafür? ABGELEHNT. Nicht einmal TUT UNS LEID, IHNEN MITTEILEN ZU MÜSSEN – ABGELEHNT.

Noch ein Wodka. Wo *war* der Wodka nur? Wohin war der Wodka verschwunden? Vielleicht im Dingsbums neben diesem Ding da hinten. Leer. Mist. Moment mal, da war doch noch irgendwo Wodka, unter dem Dings da. Ah, hier.

Werks!

Er prustete das Zeug über den Plüschteppich.

Verdammte Sch…!

Pfeffer-Wodka? Himmel … Genau das Richtige für seinen Magen, der an diesem Tag bereits mit Styropor-aromatisiertem Automatenkaffee und Kartoffelchips verwöhnt worden war. Er suchte und wühlte, fand aber nur den vertrockneten Rest einer Knack-und-Back-Schoko-Torte. Er taumelte zur Couch zurück, und bei dem Gedanken an den nächsten Tag wurde ihm jetzt schon ganz elend. Er ließ sich auf die Couch plumpsen.

Er hörte die Worte: »*Sunday* … mit John Oliver Banion.«

Himmel, war denn da nicht wenigstens eine Fertigpizza im Gefrierfach?

Er torkelte zur Erkennungsmelodie von *Sunday* in Richtung Küche.

Der Präsident? Hm. Sein Boss der Bosse, der Oberbefehlshaber, die einzige Perschon – *Per-son* –, die über MJ-12 Bescheid wusste. Scrubbs salutierte volltrunken vor dem Fernsehgerät und krachte dann zu Boden.

Er kämpfte sich zur Couch zurück. Der Präsident verteidigte gerade mit Vehemenz *Celeste*, die Raumstation. Im Majest-Net ging das Gerücht um, dass die Sache eine riesige Geldverschwendung war.

Banion war der Sache auf der Spur. Banion. Dieser aufgeblasene Popanz! Schaut ihn euch nur an. Mit Fliege. Also, wenn man die Welt wirklich davon überzeugen wollte, dass Aliens gelandet sind …

Scrubbs lachte freudlos.

… *den* sollte man sich schnappen. John-ich-bin-ja-so-toll-Banion einer vollen CE-4 unterziehen. Der Typ hat den Arsch dermaßen zugekniffen, dass die Jungs wahrscheinlich nicht mal die Sonde reinkriegen!

Scrubbs krabbelte zu seinem Computer. Das Teil sah aus wie ein normaler Laptop, war aber eine Sonderausführung. Um ihn in ein wanzensicheres MJ-12-Einsatzgerät zu verwandeln, musste man nur nach hinten langen und viermal jeweils drei Sekunden lang die Reset-Taste drücken. Das Trackpad fungierte als Fingerabdruck-Identifiziergerät. Es gab drei Passworte, und die mussten korrekt eingegeben werden, sonst explodierte das Gerät. Ziemlich raffiniert, diese Sicherheitsvorkehrungen. Im Vollsuff war so etwas eine knifflige Angelegenheit.

5

Der Burning Bush Country Club, der zehn Meilen nordwestlich von Washington in den bewaldeten, hügeligen Ausläufern von Maryland lag, war *der* Ort, an dem sich das Establishment traf, um dem königlich-altehrwürdigen Sport zu huldigen. Das Clubhaus erinnerte an die Kulissen von *Vom Winde verweht*, und wie auf Tara wurde man an der Tür von in Ebenholz gebettetem Elfenbeinlächeln begrüßt. Beim Burning Bush hatte man sich nur murrend dem modernen Zeitalter angepasst. Aber da Präsidenten hier gern Golf spielten, blieb dem Club kaum etwas anderes übrig, als die rigide, seit altehrwürdigen Zeiten bestehende Aufnahmepolitik hinsichtlich pigmentierter Menschen sowie den Abkömmlingen Abrahams gegenüber zu lockern. Burton Galilee war der erste Sohn des Schwarzen Kontinents, dem eine Mitgliedschaft zuerkannt wurde. Der Clubführung gelang es, sich noch ein paar weitere Kalenderjahre quer zu legen, bevor man auch für die Beschnittenen den Zelteingang aufschlug. Gegenwärtig fand sich der Burning Bush auf einem weiteren großen Schlachtfeld wieder, nämlich hinsichtlich der Frage, ob dem schwachen Geschlecht Zugang gewährt werden sollte oder nicht. Die First Lady machte dem Präsidenten dahingehend offenbar die Hölle heiß.

Am Samstag, kurz vor ein Uhr, zog Banion sich in der Umkleidekabine um und grübelte über das *Sunday*-Häppchen nach, das er gestern mit Erhardt Williger aufgezeichnet hatte. Es hatte sich natürlich um Russland gedreht. Williger, der frühere Außenminister, der sich zurzeit als Berater von Regierungen und Konzernen überall auf der Welt verdingte, vertrat den Standpunkt, dass Präsident Blebnikows kriegerisches, irredentistisches Gebrüll, wieder von Alaska Besitz zu ergreifen, lediglich dazu diente, die Hardliner der eigenen Partei zu beschwichtigen. Blebnikow habe nicht die geringste Absicht, die russische Flotte mir nichts, dir nichts übers Meer zu schicken. »Wie däm auch sei«, sagte Williger in seinem sonoren ungarischen Akzent, »ausgähend von däm, was ich gesähen hab, bin ich nicht überzeugt, dass ihre Marine es über die Wolga schafft, geschweige denn, die Beringstraße zu durchquären.«

Während Banion zufrieden vor sich hin sinnierte, langte eine unsichtbare Hand in seine Golftasche und tauschte sein halbes Dutzend mit Namenszeichen versehener Bälle mit scheinbar identischen Bällen aus.

Das vierte Loch auf Burning Bush ist, in der Sprache der Golfer, ein »verflixtes Ding«. Das Fairway ist recht schmal und wird auf der rechten Seite der Länge nach von einem Wasserhindernis begrenzt. Auf der linken ist ein tiefer undurchdringlicher Wald. Manch ein viel versprechender Tag auf Burning Bush hat sich am vierten Loch in ein Debakel gekehrt. Banion hatte sich als Vorbereitung auf seine Runde mit dem Vorsitzenden des Repräsentantenhauses Meeker und Richter Fitch vorgenommen, vor allem an diesem Loch zu üben. Fitch bereitete ihm keine Sorgen. Die glorreichen Golfzeiten dieses alten Knackers waren längst vorbei. Aber Banion hatte erst kürzlich eine kleine Meldung in der *Post* gelesen, dass Meeker einen Golf-Workshop in Bel Mellow, Florida, besucht habe – von daher war also Vorsicht geboten.

Er legte den Ball auf das Tee und war so kühn, seinen Driver zu benutzen. Als das Herz der Schlagfläche mit einem köstlichen, satten Geräusch auf den Ball traf, wurde er von freudiger Erregung durchzuckt. (O wie wohltönend!) Der Ball schoss geradewegs und unfehlbar das Fairway hinunter. War das wohltuend! Also, wenn er das nur hinkriegte, wenn …

Was zum *Teufel* …?

Der Ball driftete plötzlich in unverkennbar geometrischem Winkel in den Wald ab. Die Windverhältnisse konnten es jedenfalls nicht gewesen sein. Es herrschte völlige Windstille, aber der Ball driftete ab wie eine von der Bande abspringende

Billardkugel. Richtig unheimlich war das. Völlig unerklärlich. Er spielte seit nunmehr einem Vierteljahrhundert Golf, und er hatte nie, niemals, einen solchen Ball erlebt. Er musste zusehen, wie der Ball mit diesem entmutigenden, den Golfern – diesem sonst so hoffnungsfrohen Menschenschlag – nur allzu vertrauten Rascheln der Blätter im Wald verschwand.

Banion stand einen Moment lang da und fragte sich, welche Umkehrung der physikalischen Gesetze den Ball in einen Winkel von beinahe neunzig Grad karamboliert hatte. Er spielte kurz mit dem Gedanken, dem Ball zu folgen, beschloss dann jedoch, den Schlag stattdessen als einen Mulligan zu werten. Tja, warum eigentlich nicht? Schließlich war er ja hier, um zu üben.

Er legte wieder einen Ball aufs Tee, stellte sich sorgfältig in Position, und während er ausholte, flüsterte er sich die Schlüsselworte »ganz locker« zu und machte dann den Schlag. Wieder vernahm er das liebliche Geräusch, mit dem das Titan genau auf das laminierte Gummi traf. Der Ball jagte nach vorn. Kein so guter Schlag wie der erste, mit leichtem Effet nach rechts, aber mit ein bisschen Glück würde der Ball nicht im Wasser landen. Weiter ... weiter ... weiter ...

Nach etwa siebzig Metern drehte der Ball plötzlich beinahe auf die gleiche Weise wie beim ersten Schlag in den Wald ab. Banion glotzte mit sperrangelweit geöffnetem Mund hinterher. In der Ferne vernahm er ein leises *Tock*. Der Ball war wohl gegen einen Ast geprallt.

Banion warf einen prüfenden Blick auf die Schlagfläche des Drivers, den Burton Galilee ihm geschenkt hatte.

Was zum Teufel ging hier vor?

Sollte er sich mit einem weiteren Mulligan abfinden? Zwei Fehlschläge zu akzeptieren war wie eine Beleidigung seines Strebens nach Perfektion. Aber es war zu warm, um sich durchs Unterholz zu schlagen, und außerdem wucherte da der Giftsumach.

Er legte den nächsten Ball wie ein übervorsichtiger Mann aufs Tee, der damit rechnete, dass jeden Moment seine Zigarre explodierte, vergaß fürs Erste das »Ganz locker«-Mantra und führte den Schlag mit grimmiger Entschlossenheit aus.

Der Ball drehte stark nach rechts ab. Höher, höher, höher ... Dieser Ball würde bestimmt ein Bad nehmen ... dann, zack, ab in den Wald, und zwar in einem Winkel, der sonst weder physikalisch noch gar in der Natur anzutreffen war.

Banion stieß den Driver in die Tasche zurück, enthielt dem guten Stück die Schutzkappe mit dem aufgenähten »Camp David« vor – ein Weihnachtsgeschenk des vorangegangenen Präsidenten – und stürmte, Giftsumach zum Trotze, in Richtung Wald los.

Er war dort ungefähr dreißig Meter tief eingedrungen und stand etwa genau an der Stelle, wo seine Bälle verschwunden waren, als er ein Stück weiter durch die Bäume hindurch eine Anzahl unerklärlich blinkender Lichter entdeckte. Instandhaltungsfahrzeug. Seltsam. Was gab's hier schon in Stand zu halten? Na ja, vielleicht hatten die Leute ja seine Bälle gesehen.

Er bemerkte einige Gestalten, die sich um das Fahrzeug herum bewegten. Sie trugen irgendeinen glänzenden Dress. Müssen – was? – Feuerwehrleute sein, in diesen Brandschutz ...

Du heiliger Bimbam!

Es war keine fünfzehn Meter von ihm entfernt auf so einer Art Lichtung. Rund niedrig, metallisch, irgend so ein matt glänzender Edelstahllook, voller blinkender Lichter.

Er bekam einen ganz trockenen Hals und spürte, wie sein Herz pochte. Normalerweise hatte er seinen Herzschlag allenfalls damals beim Squash-Spielen gespürt. Vielleicht auch ein, zweimal beim Sex, als er noch frisch verheiratet war.

Er kauerte sich hinter eine Kiefer und schaute zu. Die beiden Feuerwehrleute schienen gerade das Fahrzeug, oder was auch immer es war, zu untersuchen. Es sah aus wie – allein der Gedanke war ihm peinlich –, wie eine fliegende Untertasse. Lächerlich. Lag doch auf der Hand, wie lächerlich das war.

Aber da war es. Was auch immer es war.

Genau, dachte er. In Maryland gab es doch überall militärische Anlagen. Hochsicherheitsgelände, die während des Kalten Krieges eingerichtet worden waren und auf denen Präsidenten und Kongressführer für den Fall versteckt werden konnten, dass die Russen auf den Knopf drückten. Konnte es etwas in der Richtung sein? Ein Bunker? Allerdings ein verdammt seltsamer Ort dafür.

In diesem Augenblick wandte einer der Feuerwehrleute den Kopf, um sich dem anderen zuzuwenden, und Banion hatte ihn nun genau im Visier.

Er stieß einen Schrei aus. Er konnte nicht anders. Der Schrei war raus, bevor er es merkte. Allmächtiger Herrgott!

Sie hatten ihn entdeckt! Sie kamen auf ihn zu!

Banion drehte sich um. Er wollte wegrennen.

»*Ah!*« Da war noch so ein Wesen und versperrte ihm den Weg zurück zum Golfparcours. Es sprach.

»Aluka. Aluka walalo.«

Er war umzingelt und sah sich nun allen dreien direkt gegenüber. Er bemerkte einen Geruch, der anfänglich ganz säuerlich und penetrant war, wie Ammoniak mit einem süßlichen Nachgeschmack wie – Zimt? War dies vielleicht der Körpergeruch von Aliens?

Ihm wurde ganz verschwommen vor Augen. Seine Knie wurden weich. Er fiel in Ohnmacht.

Wer konnte es ihm verdenken?

Banion erwachte. Um ihn herum flirrten Lichter, und ein elektronisches Summen war zu vernehmen.

»Scotch und Soda«, sagte er benommen. »Welcher Spielfilm läuft heute?«

Er träumte. Er flog erster Klasse. Als er allmählich zu sich kam, sah er, wie irgendetwas forschend auf ihn hinabblickte. Es war ungefähr von der Größe eines durchschnittlichen Mannes, jedoch mit schimmernder, fluoreszierender Haut. Es war kahlköpfig und hatte schwarze, mandelförmige Augen, und anstelle von Ohren hatte es zwei Schlitze.

Es sprach.

»Kalu?«

Banion starrte grüblerisch vor sich hin. Er kannte sich mit jeder Art von Protokoll aus. Er wusste, wie man einen Erzbischof von Canterbury, einen pensionierten Bundesrichter oder die Frau oder Tochter eines Grafen anredete. Aber welche Form der Anrede war in diesem Fall angezeigt? »Wie geht's Ihnen?«, erschien ihm hier nicht ganz passend.

Er versuchte es mit »Kalu?« Dann drang der Gedanke zu ihm durch, dass es gut möglich war, dass er vor lauter Angst den Verstand verloren hatte. Er fühlte sich entsetzlich schlapp und viel zu erschöpft, um irgendwelche Gefühle zu registrieren. Das Ganze erinnerte ihn an das Mittel, das man ihm injiziert hatte, als er einmal wegen einer Darmspiegelung im Krankenhaus war.

Noch so ein Wesen. Es sprach ihn an. »Muka.«

»Muka«, erwiderte Banion. Er fühlte sich eigentlich gar nicht einmal so schlecht. Es war eine angenehme Art von Benommenheit, beinahe … euphorisch. Er versuchte die Arme zu heben und stellte dabei fest, dass er mit den Handgelenken an dem Tisch befestigt war, auf dem er lag. In seinem Hirn blitzte ein Paniksignal auf. Die Euphorie verflog. Er ruckte mit den Handgelenken und spürte kalten Stahl. Sieht gar nicht gut aus, sagte ihm sein Hirn.

»Also sagen Sie mal«, sagte er entschlossen, »was geht hier eigentlich vor?«

»Wuga bakak.«

»Sprechen Sie Englisch?«

»Kriek maku fieto.«

»Sprechen? Sie? Englisch?« Zwecklos. Es war, als wäre man in der Dritten Welt, wo man schreien musste, um sich verständlich zu machen. Wenn die tatsächlich Milliarden von Lichtjahren oder weiß der Himmel, von wie weit her sie gekommen waren, reisten, um auf Golfplätzen zu landen, dann hätten sie ruhig ein wenig ihrer überlegenen Technologie dem Erlernen der hiesigen Sprache widmen können. Sie hätten sich doch unterwegs beispielsweise Sprachkassetten anhören können. *Wiederholen Sie bitte: »Bringt mich zu eurem Anführer.«*

»Ha. Lo.«

Hatte es hallo gesagt? Okay, nicht unbedingt die Gettysburger Ansprache, aber immerhin ein Anfang.

»Ha-lo«, erwiderte Banion. »Ich. Heiße. Jack.«

»Kamu.«

»Sie Kamu?«, sagte Banion, der sich bemühte, nicht die Fassung zu verlieren, während er weiter an seinen Handfesseln zerrte. »Ich Jack.«

Inmitten des geistreichen Wortwechsels verspürte Banion ein ausgesprochenes Kältegefühl, und als er schließlich an sich hinuntersah, bemerkte er zweierlei: Er war splitterfasernackt und auch mit den Füßen an den Tisch gefesselt, wobei seine Beine auf eine Art ausgebreitet waren, die ihn an ein Dutzend Filmszenen erinnerte, in denen der Schurke im Hintergrund wieherte und irgendeine grausige Waffe in den Händen hielt. Nicht gerade ermutigend.

»Kann ich« – er zappelte und wand sich – »Ihnen irgendwie behilflich sein?«

Das dritte Wesen näherte sich Banions Beinen. Es hielt irgendetwas in den Händen, das nichts Gutes verhieß. Banion riss die Augen weit auf.

»Huh! Moment mal.« Er versuchte sich aufzusetzen und stellte dabei fest, dass er an der Brust festgegurtet war. »Also jetzt hören Sie mal zu – ich bin Bürger der Vereinigten Staaten von Amerika!«

Das Wesen näherte sich ihm unbeeindruckt.

»He, nächste Woche habe ich den Präsidenten bei mir zum Dinner!«

Banion kam zu sich.

Er blickte auf und sah, wie die Bäume sich gen Himmel streckten. Es sah nach Spätnachmittag aus. Das *Zirp-zirp* einer Grille ließ ihn vor Angst hochschrecken.

Er war allein.

Er war angezogen.

Er atmete tief durch. Anstatt waldigen Kieferndufts roch er Ammoniak und Zimt.

Er erschauerte erneut, taumelte wie ein Betrunkener auf einen Baum zu und stützte sich daran ab. Er befand sich am Rand einer Lichtung. Er ging auf die Lichtung und beugte sich vor, um das Gras zu untersuchen. Es war an drei Stellen von etwa je einem Meter Durchmesser platt gedrückt. Ja, genau. Das Gefährt hatte auf Stützen gestanden. Dies mussten die Stellen sein, auf denen …

»*Ganz locker*«, sagte er sich, so als würde er sich auf einen Abschlag vorbereiten. Es musste sich alles um irgendeinen neurologischen Vorfall handeln. Du bist überarbeitet. Die Nerven spielen nicht mehr mit. Du bist in den Wald gegangen, um die Bälle zu suchen. Du bist gestolpert. Du bist mit dem Kopf aufgeschlagen. Ja, das war's. Und dann hast du einen sonderbaren, äußerst sonderbaren Traum gehabt.

Er tastete die Stirn ab und hoffte, irgendeine Schwellung zu finden. Die Stirn war aber glatt und beulenlos. Und Kopfschmerzen hatte er auch keine. Während er über diesen Aspekt seiner Selbstdiagnose weiter nachdachte, spürte er an einer ganz anderen Stelle einen gewissen Schmerz. Ein ausgesprochen unangenehmes Gefühl, das ihn an die Nachwehen der Darmspiegelung erinnerte, eine gewisse Überdehnung …

»*Oh. Mein. Gott!*«

Banion stürzte durch den Wald auf das vierte Fairway hinaus und rannte mit der Geschwindigkeit eines Pheidippides, der die Nachricht vom Sieg bei Marathon mit sich trug, zum Clubhaus, was auf Burning Bush ein eher ungewöhnlicher Anblick war.

Eine Vierergruppe, die gerade beim Abschlag stand, starrte verdattert in seine Richtung.

»Räumt das Gelände!«, rief Banion ihnen im Vorbeirennen zu. »Rennt um euer Leben!«

»Was ist denn los?«

»Aliens!«

»Was hat er gesagt?«

»War das nicht Jack Banion?«

»Hat er ›Aliens‹ gesagt?«

Als Banion schließlich das Clubhaus erreichte, war er schweißgebadet.

»Oh, Mr. Banion«, sagte jemand vom Personal. »Vorsitzender Meeker und Richter Fitch haben Sie bereits gesucht. Ist mit Ihnen auch alles in Ordnung, Sir?«

»Rufen Sie ... äh ... äh ... rufen Sie ... äh ...«

»Mr. Banion?«

»Rufen Sie ... die ... äh ...«

»Sie sollten sich einen Moment hinlegen. Ich hole Ihnen ein Glas Wasser.«

»Kein Wasser! Die Polizei ... Rufen Sie ... Polizei. Eine Attacke ...«

Herzattacken waren auf Burning Bush, wo das Durchschnittsalter der Clubmitglieder bei weit über sechzig lag, nichts Ungewöhnliches. Der Clubverwalter wählte die Notrufnummer und bestellte einen Krankenwagen.

»Die sind gleich da«, sagte er zu Banion. »Legen Sie sich auf den Boden, Sir.«

»Nein, nein, nein.«

»Legen Sie sich hin, Sir.« Er eilte davon, um den Kasten mit dem Defibrillator zu holen, und machte sich dabei Vorwürfe, dass er nicht richtig aufgepasst hatte, als ihnen das Stromstoßgerät erklärt worden war.

»Was ist los?«, fragte sein Mitarbeiter.

»Mr. Banion. Er hat einen Herzinfarkt. Holen Sie eine Decke, und heben Sie seine Beine hoch.« Oder tat man das bei einem Schock?

Der Mitarbeiter flitzte los. Wie schrecklich. Und Mr. Banion war doch noch einer der jüngeren Mitglieder.

Der Krankenwagen traf nach weniger als zehn Minuten ein.

»Nein, ich sagte *die Polizei!*«, schrie Banion, dessen Laune inzwischen auf dem Nullpunkt angelangt war, weil er sich mit dem Verwalter und dessen Mitarbeiter herumgestritten hatte. Die beiden hatten mit vereinten Kräften versucht, ihn in Decken einzuwickeln, und die ganze Zeit mit dem Defibrillator über ihm herumgefuchtelt. Banion war nicht gewillt gewesen, sie das Ding an ihm anwenden zu lassen. Nein, verdammt noch mal, er hatte *keine* Schmerzen im linken Arm. Sie sollten lieber auf der Stelle den Golfparcours evakuieren lassen! Diese Wesen waren vielleicht immer noch da draußen!

»Ich *brauche* keinen Krankenwagen!«

Es war durchaus nichts Ungewöhnliches, dass Menschen, die gerade einen Herzanfall erlitten hatten, so etwas sagten. Zwei Sanitäter legten ihm eine Blutdruckmessmanschette am Arm an. Dann hoben sie sein Hemd hoch und steckten ihm Elektroden auf, um den Herzschlag zu überwachen. Ein dritter Pfleger hielt ein Klemmbrett in der Hand und bellte Fragen nach Banions gesundheitlicher Vorgeschichte in dessen Richtung.

»Mir geht's gut. Sie … haben mir etwas in den … gesteckt. Mir geht's *gut*. Rufen Sie die *Polizei*. Das Militär. Rufen Sie die Air Force, vielleicht halten die sich ja immer noch in der Gegend auf!«

»Wer?«

»Na, sie! Die Aliens! Die waren mit dem Raumschiff dort drüben im Wald gleich neben dem vierten Fairway.«

Einer der Sanitäter beugte sich vor, um Banions Atem zu riechen.

»Ich bin nicht betrunken.«

»Sir, wir werden Sie jetzt ins Krankenhaus bringen. Ihr Blutdruck ist stark erhöht.«

»Natürlich ist er erhöht! Rufen Sie die Polizei! Lassen Sie den Golfplatz räumen! O mein Gott!«

»Was, Sir?«

»Der Vorsitzende des Repräsentantenhauses! Richter Fitch! Vielleicht sind die ja hinter denen her! Die wollen die Regierung kapern! Nehmen Sie das Rasenmobil! Schnell – Sie müssen die beiden warnen! Sie sind in Gefahr! Vielleicht wollen die ja das ganze Land unter ihre Kontrolle bringen!«

»Es war ungefähr fünfzehn Meter entfernt«, sagte Banion, den Bitsey auf dem Beifahrersitz festgegurtet hatte. Die Augen waren von dem Beruhigungsmittel, dass man ihm im Krankenhaus verabreicht hatte, noch ganz glasig. »Vielleicht auch zwanzig. Müsste mal eine Skizze anfertigen. Haben wir Buntstifte zu Hause? Es waren bunte Lichter.«

»Jack«, sagte Bitsey, die natürlich um ihren Mann besorgt, aber im Augenblick mehr mit der Frage beschäftigt war, welche (in aller Welt) Entschuldigung sie Tyler dafür auftischen sollte, dass sie heute Abend nicht zu seinem – Gott im Himmel! – Dinner im kleinen Kreis für Sir Hugh und Lady Bletch erschienen waren, »ruh dich aus. Sag jetzt nichts.«

»Gott, Bits. Es *gibt sie*. Es gibt sie wirklich.«

Sollte sie überhaupt darauf eingehen? Die Ärzte hatten ihr gesagt, dass sie nicht so recht wussten, was sie von der Sache halten sollten. Sie hatten ihn geröntgt. Auf den Bildern waren weder Quetschungen noch irgendwelche subduralen Hämatome zu erkennen gewesen. Er war nicht betrunken. Jack trank ohnehin kaum Alkohol. Vielleicht einmal ein Glas Wein. Nicht gerade der Typ, der sich ganz allein auf dem Golfplatz in aller

Stille einen hinter die Binde goss. Der Blutkreislauf war normal. In seiner Familie gab es keine Vorfälle von Geistesgestörtheit. Die Ärzte hatten ihr gesagt, dass er die ganze Zeit irgendetwas davon gebrabbelt hatte ... tja, wie soll man sagen ... vergewaltigt worden zu sein. Es gab keine erkennbaren, ähm, Gewebeverletzungen. Bitsey schüttelte sich. Es wäre doch einfach zu ekelhaft.

»Wir sagen einfach, du hast einen Unfall mit dem Rasenmobil gehabt«, sagte sie.

»Alles ändert sich. Wir müssen unser gesamtes Denken über das Universum überprüfen, unsere Religion. Mein Gott, Bits.«

»Du bist gegen einen Baum gelaufen und hast dir eine Beule geholt.«

»Aber warum diese medizinischen Experimente? Sie müssen Teil einer Vorhut sein, die Untersuchungen über uns anstellt.«

»Eine schlimme Beule«, sagte Bitsey.

»Aber Vorhut von was?«

»Ich rufe lieber Chip an. Ich glaube es ist besser, wenn du die Show morgen nicht machst.«

»Unterwerfung? Kolonisierung? Versklavung? *Mein Gott.*«

»Er wird schon irgendeine Vertretung auftreiben.«

»Du hättest das Raumschiff sehen sollen, Bits. Es war wie im Film.«

»Vielleicht kann er ja Evan Thomas dazu überreden, dich zu vertreten.«

»Wegen ihnen sind meine Golfbälle so komisch geflogen.«

»Jack, nun *reicht's* aber.«

»Sie wollten mich in den Wald lotsen. Mich. Es war kein Zufall. Sie wollten mich.«

»Nein, nicht Evan Thomas. Der versucht am Ende noch, sich deine Show unter den Nagel zu reißen. Wenn ich nur an die ganzen Verrenkungen im Sommer letzten Jahres denke, die er veranstaltet hat, nur um dich zu vertreten, als wir in der Türkei waren.«

»Warum also ausgerechnet mich?«

»Ich weiß, wer – Rick Simmons. Ich sage Chip, dass er sich den holen soll.«

»Sie hätten den Vorsitzenden des Repräsentantenhauses und einen Bundesrichter haben können. Aber sie haben *mich* auserwählt.«

»Jack, mach ein Ende.«

»Ich weiß nicht, ob ich das kann, Bits.«

»Natürlich kannst du das.«

»Ich bin nur ein einzelner Mensch. Und da draußen sind vielleicht Tausende von denen.«

»Wir sprechen *morgen früh* drüber.«

»Millionen.«

6

Banion saß an seinem Schreibtisch und war ganz in dem Buch eines früheren Colonels der Army versunken, der behauptete, mit eigenen Augen die Leichen von Aliens gesehen zu haben, die bei Roswell, New Mexico, eine Bruchlandung gehabt hatten. Renira meldete sich, um ihm mitzuteilen, dass sie einen Reporter von der *Post* an der Strippe habe, der mit ihm über »letzten Sonntag in Burning Bush« zu sprechen wünsche. Banions Gelehrtenstirn legte sich in Falten, und er dachte nach: Sollte er den Anruf entgegennehmen?

In dieser Stadt blieb einfach *nichts* verborgen. Wer hatte da nun wieder geplappert? Bestimmt weder der Clubverwalter noch dessen Mitarbeiter. Das Burning-Bush-Personal war so verschwiegen wie die taubstummen Sklaven in den Palästen der Cäsaren. Vielleicht einer aus der Vierergruppe, der er zugerufen hatte, das Gelände zu räumen? Jemand von der Krankenwagenbesatzung? Irgendjemand, der den Polizeifunk abgehört hatte, als man ans Krankenhaus durchgegeben hatte, dass man einen Verrückten vorbeibringen werde, der irgendetwas von Aliens fantasierte? Die Ärzte? Sicherlich verbat der hippokratische Eid auch, einem Patienten dadurch Schaden zuzufügen, dass man der Presse peinliche Details über ihn zukommen ließ. Wie dem auch sei, er hatte jetzt einen Reporter am Telefon. Am besten, er hielt sich an die Vertuschungsgeschichte.

»John Banion, am Apparat.«

»Patrick Cooke, von der *Post*. Wie geht's Ihnen?« Sie waren immer so freundlich, diese Piranhas.

»Blendend. Was kann ich für Sie tun?«

»Ich gehe einem Bericht nach, der bei uns reingekommen ist und dem zufolge Sie letzten Sonntag auf Burning Bush ein ungewöhnliches Erlebnis hatten.«

»Ein äußerst ungewöhnliches Erlebnis, durchaus.«

»Was ist passiert?«

»Ich habe am vierten Loch einen Bogey hingelegt.«

Er hörte das Klicken von Cookes Computertastatur. *Alles, was Sie sagen, wird gegen Sie verwendet werden.*

»Da sind Sie ja besser als ich. Und danach sind Sie also im Krankenhaus gelandet?«

»Ich stand unter Schock. Hab noch nie am vierten Loch einen Bogey geschafft.«

»Sie haben, äh, angegeben, von Aliens entführt worden zu sein. Von drei Aliens, die mit einem Raumschiff gelandet waren, wie es heißt.«

Mist. Der Mann hatte Einzelheiten.

»An so was kann ich mich nicht erinnern. Das wäre allerdings eine Geschichte wert. Tatsache aber ist, dass ich in einen Unfall mit einem Rasenmobil verwickelt war.«

»Sie hatten einen Unfall mit dem Rasenmobil?«

»Ist mir selbst peinlich. Ja. An der bewussten Stelle macht der Pfad eine scharfe Kurve, und gleich rechts steht ein Baum. Ich hab nicht aufgepasst und muss vom Weg abgekommen sein. Weiß gar nicht mehr, wie das alles passiert ist. Muss ziemlich hart mit dem Kopf aufgeschlagen sein. Egal, ich bin wohlauf. Obwohl ich momentan ein bisschen im Stress bin.«

Klicketi-klick. Es war wie der Klang von Zähnen, die einen auffraßen.

»Irgendjemand im Krankenhaus« – dort war also die undichte Stelle. Heuchlerische Hippokraten! Banion beschloss, dass er in seiner nächsten Kolumne eine Attacke gegen den medizinischen Beruf reiten würde – »hat mir erzählt, Sie hätten behauptet, ich zitiere, ›von Aliens vergewaltigt‹ worden zu sein.«

»Haarsträubender Unsinn.«

»Wie bitte?«

»Mr. Cooke, zufällig bin ich eng mit der Aufsichtsratsvorsitzenden der *Washington Post* befreundet. Sie wird nächste Woche bei mir zu einem Dinner zu Gast sein, wie übrigens der Präsident auch. Ich nehme mal an, dass es ihr noch peinlicher als Ihnen wäre, wenn sie eine derartige – zweifellos unbelegte – Meldung in ihrer Zeitung lesen müsste, deren Aufgabe meines Wissens darin besteht, die Öffentlichkeit mit zuverlässigen Informationen zu versorgen und nicht mit boshaftem Geschwätz. Noch mit vertraulichen Informationen aus Patientenakten.«

»Dann streiten Sie also ab, Derartiges im Krankenhaus gesagt zu haben?«

»Ich wurde in der Notaufnahme wegen eines möglichen subduralen Hämatoms verarztet, Mr. Cooke. In meinem Zustand hätte ich die richtige Buchstabierung meines Namens weder bestätigen noch verneinen können. *Wie dem auch sei,* ich werde unsere Unterhaltung Ihrer Aufsichtsratsvorsitzenden gegenüber erwähnen, wenn ich heute im Laufe des Tages mit ihr spreche. Meine Frau und ich wirken in ihrem Wohltätigkeitskomitee für das Myoplasmitis-luminosa-Dinner im Dezember mit. Guten *Tag.*«

Banion beschlich beim Auflegen das Gefühl eines Pyrrhussieges. Cooke würde die News wahrscheinlich nicht so veröffentlichen können, wie er gehofft hatte, aber Banion hatte ihn sicherlich nicht für seinen zugegebenermaßen recht elitär-privaten Persönlichkeitskult hinzugewonnen. Cooke erzählte wahrscheinlich allen in der Nachrichtenredaktion, *»was für ein Arschloch«* Banion sei. Er war sich bewusst, dass er unter dem Fußvolk des vierten Standes, sprich der Presse, nicht sonderlich beliebt war. Sie sahen in ihm einen entrückten, arroganten Bonzen. Er hielt sie im Gegenzug ja auch für einen Haufen ungehobelter, neidischer Schmierfinken. Dieses Arrangement war Banion eigentlich nur recht. Sollte doch derjenige, der eine Einladung ablehnte, als Gast in seiner TV-Show ein paar Sendeminuten lang aufzutreten, den ersten Stein werfen.

Und dennoch, er hatte ein mulmiges Gefühl im Magen, als er am nächsten Morgen die *Post*, gleich nachdem sie um halb sechs in der Früh auf seiner Türschwelle gelandet war, aufschlug. Nichts. Doch – eine Kurznachricht auf Seite drei des Lifestyle-Teils mit der Überschrift »Abgedreht«.

> *Sunday*-Talkmaster John O. Banion musste Sonntagnachmittag ins Krankenhaus eingeliefert werden, nachdem er Berichten zufolge mit seinem Rasenmobil gegen einen Baum gefahren war. Wie aus Krankenhauskreisen verlautet, schien er Zeichen der Verwirrung zu zeigen, konnte aber nach einer Reihe von Untersuchungen, aus denen keine Hinweise auf eine ernsthafte Verletzung hervorgingen, wieder entlassen werden. In der vergangenen Sendung wurde er von Rick Simmons vertreten. Banion wird nächste Woche für die Show zurückerwartet.

»Zeichen der Verwirrung«, das las sich schon wesentlich besser als »von Aliens vergewaltigt«. Banion, der im Bademantel in der Küche stand, spähte auf die *Post* hinab und stieß einen kleinen Seufzer der Erleichterung aus. Er würde Renira eine E-Mail schicken, um ihr mitzuteilen, dass sie schon mal mit den Recherchen für einen vernichtenden Artikel über – hm, schauen wir mal – die völlig degenerierten Zustände in den Notaufnahmen in Amerikas … beginnen sollte … Dabei sollten wir uns aber in Acht nehmen, die Schweine rächen sich vielleicht, indem sie der Presse die ganze Geschichte zustecken … Na ja, Renira würde schon irgendetwas ausreichend Vernichtendes über das medizinische Establishment zutage fördern, etwas, was verdammungswürdig genug war.

Während er den frisch gemahlenen Kaffee in den Metallfilter schaufelte, machte er sich finstere Gedanken ob der unvermeidlichen Witze über seine Rasenmobilfahrkünste, die nun folgen würden. *Jack! Fährst du dieses Jahr in Indianapolis mit?* Nun, es könnte Schlimmeres geben. Er erhitzte die Milch und vermischte sie mit dem Kaffee. Plötzlich fuhr er hoch. Da war er wieder, dieser Schmerz – im Arsch.

Also, was zum Teufel *war* denn nun wirklich passiert?

»Es gibt über dieses Thema eine Unmenge von Material.« Elspeth Clark, seine Recherche-Assistentin von der Georgetown University, lud einen schweren Aktenkarton mit der Aufschrift UFOS auf seinem Schreibtisch ab. Banion war angesichts der Aufschrift zusammengezuckt. Was, wenn sie von einem Reporter gesehen worden war, wie sie mit einem Karton, auf dem dick »Ufos« geschrieben stand, zu ihm ins Büro kam?

»Werden Sie zu dem Thema eine Sendung machen?«, fragte Elspeth.

»Nein, nein. Natürlich nicht. Es geht hier … ich werde vielleicht … ich weiß nicht … einen Artikel darüber schreiben. Es in einem Buch verwenden.«

»Aber nicht in dem Ben-und-Max-Buch?« So nannte sie immer das Buch über Franklin und Robespierre.

»Nein. Ich spiele zurzeit mit dem Gedanken, ein Buch über Chiliasmus und den Verfall des rationalen Denkens zu schreiben. Etwas in der Richtung. Bin mir noch nicht ganz sicher.«

Elspeth machte sich daran, Bücher und Akten aus dem Karton zu packen. »Hab gestern ein Fax aus Paris bekommen, von dem Robespierre-Experten, von dem ich Ihnen erzählt habe. Sie wissen doch noch: der, den ich in dem Sorbonne-Chatroom im Internet aufgetrieben habe. Er hat über die Revolution promoviert, und er sagt, dass er sich noch erinnern kann, irgendwo einen Brief von Robespierre an Madame Farci, seine Mätresse, gesehen zu haben, in dem jener kurz auf eine Unterhaltung einging, die er mit Monsieur Franklin über *›mon petit problème‹** gehabt hat, und dass Monsieur Franklin *›une bonne cure thérapeutique d'électricité‹*** empfohlen hat. Er glaubt, dass er den Brief vielleicht irgendwo aufstöbern kann. Er hat aber gemeint, dass wir ihn für seinen Zeitaufwand entschädigen müssten. Könnte sich lohnen. Wenn wir einen Brief haben, aus dem eindeutig hervorgeht, dass Franklin Robespierre bei einer Geschlechtskrankheit zu einer Elektrotherapie geraten hat, dann wäre es gar nicht mal so abwegig, dass sie sich in Madame Chantals Etablissement über die Revolution ausgetauscht haben. Stimmt's?«

Die Kleine war gut. Sie war voller Enthusiasmus, besaß davon weit mehr als Banion für den Hungerlohn, den er seinen Georgetown-Rechercheuren zahlte, selbst aufgebracht hätte. Es war ihm beinahe peinlich. Aber die einmalige Chance, als einfache Magisterstudentin für John O. Banion zu arbeiten – wer wusste schon, was dabei noch alles herauskommen konnte? Möglicherweise ein noch schlechter bezahlter Knochenjob als Produktionsassistentin seiner TV-Show.

»Mr. Banion?«

»Hm?« Er war in Träumereien abgedriftet. Er setzte sich auf. »Ja, klingt viel versprechend. Fragen Sie bei Renira nach, wie viel wir ihm zahlen können. Man kann bei diesen Akademi-

* »Mein kleines Problem.«

** »Eine kräftige Kur mit elektrischer Therapie.« Was genau Franklin damit meinte, ist nicht klar.

kern nicht vorsichtig genug sein. Erst ködern und dann hängen lassen, das ist deren Spezialität. Erzählen einem, dass es da irgendwo eine Karte gibt, die beweist, dass die Mesopotamier Amerika entdeckt haben, und dann halten sie einen ewig hin. Machen Sie mit ihm für den Brief einen Festpreis aus, *zahlbar bei Lieferung,* und nageln Sie ihn darauf fest. Lassen Sie sich bloß nicht von ihm einwickeln. Seien Sie vorsichtig – er ist schließlich Franzose. Und bestehen Sie auf einer Fotokopie des Dokuments. Am besten fragen Sie beim NIH* nach, wie man im achtzehnten Jahrhundert die … Syphilis behandelt hat.« Sie war hübsch und jung. Es machte ihn verlegen, sich mit ihr über Geschlechtskrankheiten unterhalten zu müssen. Er warf ein für ihn untypisches »Gute Arbeit, Elspeth« ein.

»Danke, Sir.«

»Ich frage mich, welche Art der Behandlung Franklin wohl empfohlen haben könnte«, sagte sie. »Während eines Blitz und Donner schlagenden Gewitters eine Drachenleine am Penis festbinden?«

Banion errötete.

»Dieses Ufo-Material«, sagte er ernst. »Warum arbeiten Sie es nicht für mich durch und fassen das Wichtigste zusammen?«

Sie war nicht unvorbereitet gekommen. Sie führte ihn durch die verschwommene, schattenhafte Welt der Ufos, angefangen mit den ersten Sichtungen 1947 bis in die heutige Zeit, in der es tatsächlich möglich war, eine Versicherungspolice für den Fall einer Entführung durch Aliens abzuschließen. Die erste Entführung in den Vereinigten Staaten hatte 1961 in New Hampshire stattgefunden. Barney und Betty Hill, ein gemischtrassiges Ehepaar, hatten in ihrem Chevy an der Route 3 geparkt und sahen sich mit Ferngläsern die Sterne an, als – peng – und dann wussten sie nur noch, wie Betty einem, wie sie sich später ausdrückte, Schwangerschaftstest unterzogen

* National Institutes of Health (Bundesgesundheitsamt).

wurde, indem ihr eine lange Kanüle in den Unterleib eingeführt wurde. Barney litt von diesem Tag an unter Schlaflosigkeit und an einem Geschwür im Zwölffingerdarm. Die beiden kritzelten Punkte auf ein Blatt Papier, eine »Sternenkarte«, um den mit der Ermittlung betrauten Beamten zu zeigen, von wo aus die Entführer auf sie niedergegangen waren: Zeta Reticuli 1 und 2. Die Karte gab solch hoch angesehenen Spöttern wie Carl Sagan von der Cornell University – wenn auch nur vorübergehend – zu denken. Ein Psychiater, der die Hills untersucht hatte, äußerte die Ansicht, dass deren Erlebnis eine Folge ungelöster Konflikte sei, die durch ihren gemischtrassigen Status verursacht würden. Der Ufo-Entlarver Philip Klass vermutete, dass die beiden mittels irgendeines komischen »Plasmas« hypnotisiert worden seien, das wiederum durch eine Hochspannungsleitung in der Nähe gesickert sei – das erste Mal in der Geschichte, dass ein religiöses Erlebnis einem Versorgungsbetrieb New Hampshires zugeschrieben wurde.

Das war das Problem bei Alien-Erscheinungen: *Jeder* hatte für die Geschehnisse eine rationale Erklärung parat, außer natürlich die Entführten selbst. Selbst Carl Jung konnte mit einer Erklärung aufwarten. Er hatte sich 1959 der Mühe unterzogen, über das Phänomen ein ganzes Buch zu schreiben. Nach Ansicht Jungs befanden wir uns am Ende eines Zeitalters und dem Beginn eines neuen. Wir waren Zeugen von nichts Geringerem als einer mächtigen Mythogenese, der Geburt einer neuen Religion. Vorangegangene Generationen hätten sie Götter genannt – wir haben ihnen ein Kürzel verliehen: Ufos. Er behauptete, dass es sich um ein tief im Bewusstsein der Menschheit verwurzeltes Phänomen handele – das ewige und unaufhörliche Sehnen nach »Erlösung von oben«.

Banion lehnte sich in seinem Stuhl zurück, während Elspeth mit ihrem Vortrag fortfuhr. Erlösung von oben? Okay, meinetwegen. Aber er persönlich, John O. Banion, hatte kein Bedürfnis danach, von oben erlöst zu werden, und schon gar nicht von kleinen grünen Göttern. Das gemeine Volk mochte sich ja vielleicht mit ihnen begnügen, aber nicht ein relativ gläubiger episkopalischer Kirchgänger. Banion verbrachte nicht allzu viel Zeit in der Kirche – Weihnachten und Ostern reichten vollkommen –, aber wenn er sich auf die Knie niederließ, dann vor Ihm, vor dem, der am Kreuze gestorben war, nicht vor einem käferäugigen Albino von Zeta Reticuli 1. Falls Aliens wirklich so viele Amerikaner entführten – jeden fünfzigsten, wie es in einer Umfrage hieß –, drängte sich doch die Frage auf: Warum offenbarten sich die neuen Götter nur den – vorsichtig ausgedrückt – unteren Ständen?

Der Nazarener war ja selbst ziemlich proletarisch gewesen, aber Er verbrachte darüber hinaus auch recht viel Zeit mit den respektableren Gesellschaftsschichten, mit Steuereintreibern, Pharisäern und dem einen oder anderen Mitglied der Ratsversammlung, Leuten wie Nikodemus, Joseph von Arimathia, Männer von Rang und Namen eben.

Also wirklich. Man musste schon blind sein, um nicht zu erkennen, wie grotesk das alles war. Ein paar jämmerliche Prolengestalten, die Geschichten von Entführungen erfanden, um einmal in ihrem Leben im Rampenlicht zu stehen; die Presse berichtet prompt, Hollywood verwurstet das Ganze zu Filmen, und schon will jedermann mitmischen, und Entführungen werden etwas so Gewöhnliches, dass es längst nicht mehr reicht, entführt worden zu sein. Der letzte Schrei sind dann Sexualuntersuchungen mit Sonden …

Elspeth war immer noch bei der Zusammenfassung. »Und viele der Entführungsopfer berichten von einem starken Ammoniak- und Zimtgeruch. Vielleicht sollten die mal ihren Luftreiniger auswechseln. Mr. Banion? Sir? Soll ich fortfahren?«

»Ich fürchte, ich habe schlechte Nachrichten, Jack.«

Banion saß erschöpft und entnervt in Dr. Hughes' Praxis. Die letzten vierundzwanzig Stunden waren der reinste Albtraum gewesen: Kernspin, Computertomografie, Blutuntersuchungen und eine Darmspiegelung (von der Banion vermutete, dass Dr. Hughes sie allein aus einnahmetechnischen Gründen drangehängt hatte). Aber nun stand er kurz davor, seine schlimmste Befürchtung bestätigt zu sehen – dass die Vorfälle auf Burning Bush eine durch einen Tumor hervorgerufene Halluzination waren, ein bösartiges Astral-Kytom, das wie ein Seestern von seinem intellektuellen Gallert Besitz ergriffen und die Tentakel in die unvergleichlichen Knorpel seines Hirns versenkt hatte, tiefer und immer tiefer, bis – o Gott …

»Ihr ohnehin erhöhter Cholesterinspiegel ist um fünf Punkte gestiegen.«

»Bill, nehmen Sie mich bitte nicht auf den Arm!«

Hughes lächelte. »Sie haben keinen Gehirntumor. Mit Ihrem Dickdarm ist auch alles in Ordnung. Sie sind kerngesund, abgesehen von der leichten Erhöhung des LDL-Wertes.«

»Aber wie erklären Sie den Vorfall auf dem Golfplatz?«

»Kann ich nicht. Ist nicht mein Gebiet.«

»Wollen Sie mir damit sagen, dass ich zum Psychiater muss?«

»Sie haben zurzeit ziemlich viel am Hals. Warum probieren wir nicht einfach mal etwas aus?« Er kritzelte etwas auf einen Rezeptblock und schob Jack dann den Zettel über den Tisch zu, als handelte es sich dabei um das Eröffnungsangebot einer Geschäftsverhandlung.

»Prozac?«

»Ganz niedrig dosiert, gerade hoch genug, um Ihnen ein wenig den Druck zu nehmen.«

»Ich kann jetzt keine Antidepressiva nehmen! Ich brauche den Druck! Meine Show! Ich moderiere die Kandidatenrunden bei den Präsidentschaftswahlen!«

»Von meinem Standpunkt aus sollten Sie es sich ruhig leisten, ein bisschen Druck abzulassen.«

»Okay. Mal angenommen, es *war* eine Wahrnehmungsstörung oder wie auch immer Sie es nennen wollen. Die medizinischen Fachausdrücke überlasse ich Ihnen. Wie erklären Sie sich dann das Ammoniak und den Zimt? Nicht eben Duftnoten, die man unbedingt mit den vorstädtischen Waldgebieten von Maryland verbinden würde!«

Banion bemerkte zweierlei: Erstens, dass er sein Gegenüber anschrie, und zweitens, dass Dr. Hughes ihn plötzlich mit einer komischen *Krankenschwester-schnell-die-Zwangsjacke!*-Miene anblickte.

»Ich habe da jemanden an der Hand, mit dem ich zuweilen zusammenarbeite. Hat wirklich was drauf, ruhiger, diskreter Typ. Wenn Sie wollen, rufe ich ihn kurz an. Er ist auch hier im Haus. Vielleicht kann er Sie jetzt gleich einschieben.«

»Sie halten die Sache also für psychisch bedingt, seh ich das richtig? Nach einer Testreihe, die mich mehrere tausend Dollar kosten wird, erzählen Sie mir, dass ich mir für einhundertfünfundzwanzig Dollar die Stunde eine Couch mieten soll?«

»Sie haben doch selbst behauptet, dass Sie beim Golfspielen von der Besatzung einer fliegenden Untertasse angegriffen wurden. Ich versuche nur, Schritt für Schritt vorzugehen.«

Nachdem er aus Dr. Hughes Praxis gestürmt war, hatte Banion zu seinem Autotelefon gegriffen und Burton Galilee angerufen. Er hatte zwar keinen besten Freund im eigentlichen Sinne, jemanden, an den er sich in solchen Situationen wenden könnte, aber er und Burt kannten sich bereits seit zwanzig Jahren, und Banion vertraute ihm. Alle vertrauten Burton Galilee. Präsidenten und Bundesrichter vertrauten ihm. Man sagte sogar vom notorisch schmallippigen Direktor der Federal Reserve Bank, dass er Burton Galilee seine schlimmsten Inflationsängste anvertraute.

Burton hatte auf Banions Notruf erst etwas überrascht reagiert, dann aber sofort gesagt, na klar, er solle gleich vorbeikommen. Wahrscheinlich musste er nun irgendeinen Termin absagen. Als einer der Seniorpartner von Crumb und Schimmer war der Großteil seiner Zeit bereits Monate im Voraus verplant, selbst bei fünfhundert Dollar die Stunde. Burton, Sohn eines Schweinezüchters aus Alabama, hatte sein Büro in der Pennsylvania Avenue seinem persönlichen Charme, seiner Intelligenz und seiner Begabung zu verdanken – und dem sicheren Gespür des Establishments, welches besagte, dass man besser daran tat, seinen eigenen Afro-Amerikaner ins Clubhaus zu lassen, bevor einem ein bei weitem unbequemerer Kandidat vorgesetzt wurde, zum Beispiel jemand wie Reverend Bacon. Es war eine gute Wahl gewesen. Burton Galilee hätte jedem Club zur Ehre gereicht. Er besaß eine große Begabung. Er schaffte es, dass Weiße sich wohl in ihrer Haut fühlten. Sie konnten im Brustton der Überzeugung von sich sagen: *Ich und Vorurteile? Nie und nimmer, Burton Galilee ist einer meiner besten Freunde.*

Er erhob sich von seinem riesigen Schreibtisch, um den offenbar völlig aufgelösten Banion zu begrüßen.

So hatte er Jack Banion noch nie erlebt. Am Telefon hatte er geklungen, als hätte er zehn Tonnen betonierten Ärger am Hals. Was mochte dieser zimperliche Princeton-Absolvent nur ausgefressen haben? Alkohol am Steuer? Nein, sähe ihm nicht ähnlich. Der Mann trank nur Wein. Weißwein. Banion war überhaupt der weißeste Mann, den er kannte. Nach den Kummeraugen hinter der Brille zu urteilen, aus denen dieser ihn anblinzelte, steckte der Mann in ernsthaften Schwierigkeiten, Schwierigkeiten, die einem schlaflose Nächte bereiteten. Frauenprobleme? Ging der alte Jack vielleicht durch die Betten? Steckte diese englische Sekretärin mit den prächtigen Titten dahinter? Möglich, möglich. Eine verheiratete Frau? Ein abwegiger, aber nicht ganz unwahrscheinlicher Gedanke tauchte vor ihm auf: Hatte Jack vielleicht irgendein Mädchen geschwängert? War er gekommen, um sich bei ihm einen Rat zu holen, wie die Sache zu regeln sei? Galilee verspürte eine kurz aufblitzende Wut. Es wäre nur allzu typisch für einen dieser Elite-Uni-

Lackaffen, dass er jammernd zu ihm kam: *Burt, du bist doch als Neger ebenfalls mit einem starken Sexualtrieb geschlagen, du musst dich doch mit Abtreibungen bestens auskennen, wie gehe ich die Sache also an? Soll ich mit meiner Visa- oder mit meiner American-Express-Karte zahlen?* Wenn es das war, dann konnte er ihn mal, dann würde er ihm die Gelben Seiten in die Hand drücken und ihn mit einem Tritt in seinen blütenweißen Arsch auf die Pennsylvania Avenue hinausbefördern.

Oder ... Burton sinnierte weiter, während Banion wie ein Zombie zu ihm geschlurft kam: Handelte es sich um eine sexuelle Krise von ganz anderem Kaliber? Vor zwanzig Jahren war einmal ein prominenter Kolumnist nach einer Moskaureise geradewegs zu ihm marschiert. Der Mann, der aussah, als hätte er mehrere schlaflose Nächte hinter sich, erzählte ihm, dass der KGB Fotos von ihm gemacht habe, und zwar im Bett des Metropol-Hotels mit einem ihrer Spielzeugknaben. Sie hatten ihn mit den Bildern konfrontiert und ihm gesagt, dass sie es zu schätzen wüssten, wenn er in seinen Artikeln eine etwas freundlichere Haltung gegenüber der sowjetischen Außenpolitik an den Tag legen würde. Burton Galilee ging auf einmal ein Licht auf: Banion war das neueste Opfer der »Prinzensteuer«, der Erpressungsmethode, die von einigen Washingtoner Cops praktiziert wurde. Sie fotografierten verheiratete Männer beim Verlassen von Schwulenbars und drohten damit, die Sache rauskommen zu lassen. Oje, oje. Er konnte es kaum erwarten, die Einzelheiten zu hören.

»Setz dich, setz dich«, sagte er fürsorglich zu Banion und deutete auf ein Fünftausend-Dollar-Ledersofa, hinter dem die Fassade der National Gallery aufragte.

»Also« – er lächelte und sprach mit jener sanften Baritonstimme, die Politiker, Verbrecher und Lobbyisten gleichermaßen zu beruhigen vermochte – all ihre Schwierigkeiten waren jetzt null und nichtig, wo sie doch mit dem Mann sprachen, der in Washington über die besten Verbindungen verfügte –, »erzähl mir einfach, was du auf dem Herzen hast und wo du meinen Rat brauchst.«

Banion verspürte plötzlich den entsetzlichen, für ihn völlig ungewohnten Drang, in Tränen auszubrechen, etwas, was ihm seit dem Tag, als er beim College-Aufnahmetest in Englisch nur 780 statt der 800 möglichen Punkte geschafft hatte, nicht mehr passiert war.

Ganz locker, sagte er sich.

Bei nicht wenigen löste Burton Galilee ein derartiges Gefühl aus. Lag es an seiner unerschöpflichen, breitschultrigen schwarzen Herzlichkeit? Die Menschen brachen in seiner Gegenwart reihenweise in Tränen aus. Ein damaliger Präsident der Vereinigten Staaten, auch noch ein Südstaatler, hatte sich mal mit einer derartigen Regelmäßigkeit an Galilees Schulter ausgeweint, dass dieser seine in London maßgeschneiderten Anzüge ständig in die Reinigung geben musste.

Banion riss sich zusammen. »Burt, es fällt mir – es fällt mir sehr schwer …«

Also gut, dem Jungen musste ein bisschen gut zugeredet werden. »Das weiß ich«, sagte Burton mit mehr Mitgefühl als jeder Psychiater aufgebracht hätte. »Lass dir nur Zeit.«

»Ich habe dich sofort, nachdem ich bei meinem Arzt war, angerufen …«

Du liebe Zeit! Allmächtiger Gott, Jack O. Banion! Der Mann wirkte aber auch wirklich ein bisschen hager, jetzt wo er es recht bedachte.

»Ich …« Banion blickte Burton Galilee in die Augen, die Oasen des Verständnisses glichen. Jedes in ihnen hinterlegte Geheimnis würde verschluckt und tief unter der Erde vergraben werden. Ja, er konnte Burt alles anvertrauen.

Und dennoch, Banion konnte sich nicht dazu überwinden, die Worte »Ich bin von Aliens entführt worden« auszusprechen. Es war, als müsste er einen Satz in einer Fremdsprache sagen, die er nicht beherrschte.

»... wollte mich mit dir über die Kandidatenrunden der kommenden Präsidentschaftswahlen unterhalten.«

Die Überraschung, mit der Burton Galilees riesige Augen hervortraten, war ebenso groß, als hätte Banion ihm eröffnet, dass er von Aliens entführt worden sei. Er starrte Banion an. »Du bist hergekommen, um dich mit mir über die *Kandidatenrunden* zu unterhalten?«

»Stimmt. Deine Meinung wäre mir wirklich sehr wichtig.«

»Jack, nachdem du mich angerufen hast, habe ich einem Klienten, der sehr viel Geld dafür zahlt, dass wir ihm dabei helfen, eine Pipeline durch ein Land zu bauen, das von uns erst kürzlich bombardiert wurde, gesagt, dass wir leider gezwungen seien, seinen Termin zu verschieben. Ich habe das nur getan, weil du dich angehört hast, als wärst du drauf und dran, dir die Unterhosen vollzuscheißen. Also, was ist *los*?«

Banion nickte, schloss die Augen wie damals, als er im Ferienlager kurz davor war, zum ersten Mal vom Turmbrett zu springen, und sagte: »Burt, wie stehst du zu dem Thema: intelligentes Leben im All?«

Burton Galilee versuchte sich den Rest des Tages vergeblich darauf zu konzentrieren, wie man einen geistesgestörten Diktator des Mittleren Ostens bezüglich einer Öl- und Gaspipeline einseift. Ihm ging ständig die Frage durch den Kopf, wieso Banion ihm dieses hanebüchene Märchen über Aliens auf Burning Bush aufgetischt hatte. Aliens, auf Burning Bush. Er selbst wäre dort immer noch so ein Alien, zusammen mit diesen stinkreichen jüdischen Autohändlern, wenn die Presse nicht so ein Geschrei darum gemacht hätte, dass der Präsident in einem nur bestimmten Gruppen zugänglichen Golfclub spielte. War er deshalb zu ihm gekommen – war es so eine Art tiefenpsychologische Projektion?

Was zum Teufel führte er im Schilde? Was ging wirklich in ihm vor? Aber er war stur geblieben. Er hatte einfach dagesessen und steif und fest behauptet, dass dies alles war. Ausnahmsweise war Burton Galilee einmal um einen Ratschlag verlegen gewesen. Er konnte ihm nur sagen, dass er gut daran getan habe, zu ihm zu kommen. Was ja auch stimmte – in Washington konnte man nicht jedem x-beliebigen Bekannten mit einer solchen Geschichte kommen. Vielleicht hatte Jack ja einfach zu viele von diesen Schlaftabletten genommen, diese Dinger, die auch der Außenminister genommen hatte, wonach er während der GATT-Verhandlungen in Brasilien kopfüber auf dem Tisch zusammengebrochen war, um dann, nachdem er aufgewacht war, den französischen Amtskollegen aufzufordern, dass dieser ihm den Wagen waschen möge.

»Sunday, *mit John Oliver Banion, eine Erkundung der ...*«

Nathan Scrubbs saß in seinem Büro und sah fern. Er hatte an diesem Wochenende Dienst, um den Ablauf einer Dreifachentführung zu überwachen, die sie in Ohio inszenierten. (Der Computer, der die demoskopischen Trends stets im Auge behielt, hatte einen Rückgang der Ufo-Gläubigkeit in Zentral-Ohio festgestellt.) Das Computerprogramm hatte dort einen Zusammenhang mit der bevorstehenden Abstimmung über die Finanzierung des umstrittenen B-3 Bombers – der Vorsitzende des Komitees war Abgeordneter Zentral-Ohios – gesehen und ordnete auf der Stelle zwei Entführungen und eine Viehverstümmelung an. Die Zielpersonen gehörten den Glaubwürdigkeitsstufen vier und fünf an – ein Kontrolleur einer Hühnerfleischverpackungsfabrik und ein Nachtwächter, nach MJ-12-Entführungsstandards recht respektable Persönlichkeiten. Zweifellos wollte der Computer die Umfrageergebnisse rechtzeitig vor der Abstimmung wieder auf dem gewohnten Stand sehen.

Scrubbs Einsacker waren so mies gelaunt wie selten. MJ-12 zahlte für Wochenendentführungen keine Zuschläge. Mike hatte einen Angelausflug absagen müssen. Und was Scrubbs betraf, so würde er jetzt lieber zu Hause sitzen, eine Bloody Mary trinken, sich die Genitalien kratzen und dabei zusehen, wie Banion in einer landesweit übertragenen Sendung Aliens in den Blickpunkt der Öffentlichkeit rückte.

»Guten Morgen. Unser heutiger Gast ist R. Talbott Wanker, Staatssekretär im Auswärtigen Amt. Mr. Wanker, Sie haben die Lage in Russland mit besonderer Aufmerksamkeit verfolgt. Was ist Ihrer Ansicht nach …«

Russland? Verdammt, es war mittlerweile der dritte Sonntag seit der Entführung, und immer noch kein Wort über Ufos? Nichts, nicht einmal in seiner in mehreren Tageszeitungen gleichzeitig geschalteten Kolumne, obwohl Scrubbs nicht entgangen war, dass Banions Schmähschrift über die »herzlose« Behandlung von Patienten vielleicht im Zusammenhang mit seinen Erlebnissen in der Notaufnahme stand.

Okay, Junge, du willst also die harte Tour?

Scrubbs tippte im Stakkatorhythmus Passwörter und Zugangskodes in seinen Laptop ein. MJ-12s Großrechner war bereits vor Wochen so programmiert worden, dass Banion sowohl privat als auch im Büro abgehört wurde. Seine Telefone waren in Lauschgeräte und seine Computer in Plaudertaschen verwandelt worden. Scrubbs rief Banions Terminplan der kommenden Woche auf den Bildschirm.

Hmmmmm …

Verpassen wir ihm doch eine FACE-IV*, damit er seinen Enkelkindern noch was zu erzählen hat.

Palm Springs? Könnte ideal sein. Jede Menge freier Luftraum. Eine FACE-IV in einer Großstadt war eine schwierige Angelegenheit, insbesondere in Washington, wo einem die Sicherheitsbeschränkungen für den Luftraum das Leben schwer

* Full Aerial Close Encounter der vierten Art; eine der von Dr. Allen Hynek vorgenommenen Alien-Klassifikation nachträglich hinzugefügte Kategorie.

machten. Ja, das könnte der ideale Ort sein. Palm Springs war allerdings außerhalb des Bereichs, den Scrubbs für gewöhnlich abdeckte, also musste er ein D-86er Formular ausfüllen und es bei MJ-9 und MJ-4 einreichen mit Durchschlägen an MJ-3. Die alten Hasen lamentierten in den Chatrooms in einem fort über die Auswüchse der Bürokratie. In den alten Zeiten setzte man sich einfach in seinen Wagen und fuhr zum nächstgelegenen Stützpunkt. Dort sprang man in seinen Vogel, flog in die Nacht hinaus und jagte den Bürgern Angst und Schrecken ein. Jetzt machte es ungefähr so viel Spaß wie die eigene Steuererklärung. Aber nicht anders als bei jeder bürokratischen Einrichtung ging es letztlich darum, einfach einen Weg zu finden, wie man um den ganzen Papierkram herumkam.

7

Banion wurde am Flughafen von Palm Springs von einem Chauffeur erwartet, der eines dieser hirnrissigen Schilder mit dem – zumeist falsch buchstabierten – Namen des Erwarteten hochhielt. Einmal war er zu einem Vortrag in Kansas City gekommen und hatte einen Chauffeur vorgefunden, der auf einen gewissen Mr. Bunion wartete. Sein Vortragsagent setzte inzwischen alle Hebel in Bewegung, um sicherzustellen, dass der Fahrdienst Banions Namen richtig buchstabiert hatte.

Der Fahrer war ein stämmiger, freundlicher Latino, der sich mit Cesar vorstellte. Für gewöhnlich unterhielt Banion sich ein wenig mit den Fahrern. Chauffeure üben für so manchen Chronisten und Medien-VIP eine nützliche Funktion aus, indem sie für Lokalkolorit sorgen, ohne dass echtes Recherchieren erforderlich wäre. *Cesar Rodriguez gelangte nur unter größten Schwierigkeiten in dieses Land. Er schwamm durch den Rio Grande …* Aber Banion war heute zu erschöpft, um mit Cesar über dessen Ansichten zur Einwanderungspolitik zu plaudern. Außerdem musste er sich gedanklich auf seine Rede vor den Autohändlern heute Abend vorbereiten.

Er gab Cesar seine Kleidertasche und folgte ihm auf den Parkplatz. Er atmete genüsslich die warme, duftende Wüstenluft ein. Beim Anblick des Wagens schrillten allerdings seine Alarmglocken. Ein normaler Viertürer? Warum hatte man ihm keine Stretchlimousine geschickt? John O. Banions Vortragsverträge waren sehr präzise formuliert und fingen mit *Stretchlimousine* an.

»Ist *das* der Wagen?«, sagte er, so als würde er gebeten werden, hinten auf einen Laster aufzuspringen und die Fahrt zwischen Schweinen und Hühnern zurückzulegen.

»Ja, Sir«, sagte Cesar fröhlich und mit solch unübersehbarem Stolz, dass Banion es nicht übers Herz brachte, sich zu beschweren. Es war wohl Cesars eigener Wagen.

Es musste auch so gehen, sagte sich Banion mürrisch. Das Marriott in Rancho Mirage war ja nur eine halbe Stunde entfernt. Morgen würde er Sid Mint von der Enormous-Talent-Agentur anrufen und ihm dermaßen die Leviten lesen, dass dem Mann Hören und Sehen verging. Viertürer! Um Himmels willen, was dachten die Leute sich eigentlich?

Sie fuhren in den Abend hinaus auf in der Ferne blinkende Lichter nobler, mit Gattern und Pforten geschmückter Wohngegenden zu. Cesar ließ den Smalltalk bleiben. Guter Mann. Nicht wenige seines Schlages versuchten einen mit einem kernigen »Sind Sie zum ersten Mal in Palm Springs?« in irgendein Gespräch zu verwickeln. Banion schaltete das Leselicht ein und ging seine Vortragsnotizen durch, während der Wagen durch die nach berühmten Schauspielern und Sängern benannten Boulevards rauschte. Wie seltsam es sein musste, hier jemandem den Weg zu weisen. *Sie bleiben bis zur Bing Crosby auf der Bob Hope und biegen dann links in die Frank Sinatra ab. Wenn Sie auf die Phyllis Diller stoßen, sind Sie zu weit.*

Die Veranstaltung heute Abend: eine programmatische After-Dinner-Ansprache vor der AACA, der American Auto Consumer Association. In bester Tradition von Interessensverschleierung handelte es sich hierbei um jenen Handelsverband, in dem die Händler importierter ausländischer Automobile vertreten waren. Die Einladung, vor diesen Leuten für das hübsche Sümmchen von dreißigtausend Dollar eine Ansprache zu halten, war kurz nach dem Erscheinen seiner Kolumne eingetroffen, in der er den Michiganer Kongressabgeordneten Hinkoler fix und fertig gemacht hatte, indem er ihn wegen dessen Ruf nach höheren Zöllen auf japanische und deutsche Autos der »dumpfen Fremdenfeindlichkeit« bezichtigte. Die Ansprache war AACAs Art, *Domo arigato** zu sagen.

Banion war versucht, die Rede aus dem Stegreif zu halten, sich mehr an seinen Notizen zu orientieren als an den vorbereiteten Text. Trotz seiner Müdigkeit verspürte er heute Abend eine heitere Unbeschwertheit. Diese Sache mit der fliegenden Untertasse war ihm ja so was von an die Nieren gegangen, und dann dieses katastrophale Treffen mit Burton Galilee ... Was hatte ihn da nur geritten, dass er Burt alles erzählt hatte? Ob Burt es wohl dem Präsidenten weitererzählen würde?

Nun, das war jedenfalls Schnee von gestern. Er war wieder ganz der Alte und verspürte eine Mordslust, die Zuhörer mit ein paar strammen, markigen Sprüchen von den Sitzen zu holen, ihnen so richtig einzuheizen. Standing Ovations wären auch nicht schlecht. Er würde dafür sorgen, dass sie auf ihre Kosten kamen, und eine Verteidigungsrede auf den freien Markt halten, die so dynamisch, so kraftvoll und so bissig war, dass ...

Er bemerkte plötzlich gleißend helle Lichter. Die Wüste um ihn herum war grell erleuchtet. Seltsam.

Cesar hatte einen ziemlichen Zahn drauf, vielleicht neunzig Sachen. Wo kam nur dieses Licht her? Es schien ihnen förmlich zu folgen und mit ihnen Schritt zu halten.

* Japanisch für »Danke schön!«

»Cesar?«

»Sir?«

»Dieses Licht da, was ist das?«

»Keine Ahnung.«

Banion ließ das Fenster herunter und steckte den Kopf hinaus.

»Cesar!«

»Sir?«

»Sie sind wieder da!«

»Wer, Sir?«

Banion lehnte sich vorsichtig, so als würde er seinen Kopf in die Guillotine einführen, wieder zum Fenster hinaus. Das grelle Licht schmerzte in den Augen. Auf dem Wagendach war ein leises, dumpfes Geräusch zu vernehmen. Der Wagen verlor Bodenkontakt und stieg in die Lüfte auf.

Als er aufwachte, hatte er einen Ammoniak- und Zimtgeschmack im Mund und war an allen vier Gliedern auf einem Tisch festgeschnallt. Um sich herum sah er die vertrauten käferäugigen Albinogesichter. Wieder redeten sie in ihrem kosmischen Kauderwelsch auf ihn ein. Wieder diese brummenden Fluggeräusche. Wieder diese blinkenden Lichter. Und wieder dieses Wesen, das sich ihm mit einer …

… o nein, nicht schon wieder!

Neben ihm war ein weiterer Tisch aufgestellt. Cesar lag dort mit geschlossenen Augen.

»Cesar?«

Er überlegte sich, dass er jetzt lieber irgendeine Unterhaltung in Gang setzen sollte. Über irgendetwas, egal was.

»Sie gern in meiner TV-Show auftreten wollen?«

Irgendein hektisches Auf und Ab. Ein Schütteln. Eine Stimme. *Mr. Banion … Mr. Banion?* Ein Traum, ein grässlicher Traum, in dem …

Seine Augenlider klappten auf. Der Chauffeur – wie hieß er noch gleich – Tiberius? Augustus? Cäsar. *Cesar*. Er musste schlucken und bemerkte den bittersüßen Geschmack. Sein Mund war kreidetrocken. Das Blut pochte ihm in den Schläfen.

»Mr. Banion? Sir?«

»Wo sind wir?«, flüsterte er, und sein ganzer Körper spannte sich wie zum Sprung, wenn es denn sein musste.

»Vor Hotel. Sie geschlafen haben.«

Banion setzte sich auf. Hatte er bloß geträumt? Ein Déjà-vu-Erlebnis? Posttraumatischer Stress?

Der Schmerz – da unten – machte sich plötzlich bemerkbar, ein Gefühl der *Überdehnung*. Es war kein Traum.

Er packte Cesar am Arm. »Wie sind wir entkommen?«

»Entkommen, Sir?«

»Sie waren doch auch da, mit mir, auf dem Tisch!«

Cesars Züge formten sich zu einem großen, begriffsstutzigen *Qué*?

»In dem Raumschiff!«

»*Sir?*«

»Haben Sie denn nicht diesen Geschmack im Mund?«

»Geschmack?«

»Hören Sie auf, alles zu wiederholen!«

Hatten die Aliens Cesars Gedächtnis ausgelöscht?

Banion stahl sich unter Cesars verwirrten Blicken aus dem Wagen und schlurfte wie ein mit Beruhigungsmitteln vollgepumpter Geisteskranker in das grell erleuchtete, mit Marmor ausgeschlagene Hotelfoyer.

Scrubbs hatte noch nie ein Einsackerteam erlebt, das so quietschvergnügt und aufgedreht geklungen hatte. Es war in all seinen Jahren bei MJ-12 das erste Mal, dass er sich wünschte, er hätte zur Nachbesprechung dort sein können, ja, er wäre sogar gern bei der Entführung selbst dabei gewesen.

Über Lautsprecher hörte er, wie Mike, Jimmy und Jake sich

Hände klatschend beglückwünschten. Bierdosen schnalzten auf. Die Jungs liebten eben Magnethebe-Aufträge über alles. Es war eine schöne Art zu arbeiten: Man flog einen schwarzen Schwertransporthubschrauber, der von unten durch eine große tafelförmige Fläche mit einer grellen Lightshow getarnt war. Die Lichter waren – natürlich – das Ufo. Dann wurde durch eine Öffnung in der Plattform ein elektromagnetischer Klemmblock auf das Zielfahrzeug herabgelassen. Das Auto wurde vom Highway gehoben, während der Fahrer kurz den Atem anhielt, die Glücksgasbehälter im Fond aufdrehte und auf diese Weise das Entführungsopfer einschläferte.

Jake, der die Rolle des Cesar gespielt hatte, beschrieb Scrubbs, der sich vor Lachen kaum halten konnte, Banions Entsetzen, als er erfuhr, dass er mit einem Luxusviertürer Vorlieb nehmen musste. Der Grund dafür war rein praktischer Natur gewesen: Die Hebekapazität des Hubschraubers hätte für eine Stretchlimousine nicht ausgereicht.

Mike legte eine Imitation von Banion hin: »Sie gern in meiner TV-Show auftreten wollen?«

Die Lautsprecher erbebten unter dem Prusten und asthmatischen Gelächter des Banion-Teams! Auf zum Super Bowl!

»Mr. Mint ist am Apparat. Ich stelle durch.«

»Jack!«, sagte Sid Mint, zu dessen Klienten ehemalige Präsidenten, Nachrichtensprecher, Schauspieler und Kommentatoren zählten, sowie Komiker, Motivationsgurus, Diät-Gurus, Investment-Gurus und Leute, die Ratschläge geben, wie man mit seinen Kindern ein harmonisches Zusammensein erlangt. »Gütiger *Gott*, ist mit Ihnen auch alles in *Ordnung*?«

»Mir geht's gut, Sid.« Er sprach mit überlegter, beinahe gespenstisch ruhiger Stimme. Denn der Nebel des Zweifels und der Verwirrung hatte sich gelichtet. John O. Banion sah die Dinge in einem neuen Licht. Er sah so klar wie ein Apostel nach Pfingsten.

»Ich mache mir ein bisschen Sorgen. Hab gerade mit Denny Phelps vom AACA telefoniert, und er ist – also ich würde ihn als ein wenig verärgert beschreiben. Ich bin mir sicher, dass es dazu auch eine andere Version gibt, und ich möchte das Ganze gern aus Ihrem Munde hören – aber vielleicht erzähle ich Ihnen erst einmal, was er gesagt hat. Er hat behauptet, Sie wären zu der Ansprache eine Stunde zu spät gekommen und hätten – er hat's vielleicht nicht wortwörtlich gesagt, aber er scheint zu glauben, dass Sie, na ja, vielleicht ein paar Drinks intus gehabt hätten –, und anstatt über Protektionismus und ausländische Importe zu reden, hätten Sie was von fliegenden Untertassen gequasselt.«

»Ich habe zu keinem Zeitpunkt die Bezeichnung *fliegende Untertasse* benutzt, Sid. Und außerdem war ich nicht betrunken. Ich bin Profi.«

»He, das weiß ich doch. Er behauptet, Sie hätten darüber geredet, dass wir uns gegen eine Alieninvasion schützen müssten. Ich würde nicht unbedingt sagen, dass die da unten sich unter einer Rede über Protektionismus so etwas vorgestellt hatten. Sie wissen doch, was diese Organisationen wollen. Washingtoner Insider-Geschichten, wie es ist, den Präsidenten zum Abendessen dazuhaben, wie Cokie Roberts duftet. Und Sie liefern Ihnen *Der Krieg der Welten.*«

»Das ist eine Übertreibung.«

»Ich bin ja auf Ihrer Seite. Aber er hat die Bezeichnung unzusammenhängend benutzt. Erschießen Sie jetzt bitte nicht den Überbringer der Nachricht. Ich zitiere nur. Er hat mich mit Nachdruck aufgefordert, ihm seine dreißigtausend Dollar zurückzuerstatten.«

»Ich gebe zu, dass es mir vielleicht nicht ganz gelungen ist, eine klare Ordnung in meine Gedanken zu bringen. Aber das wird nicht wieder passieren, das versichere ich Ihnen. Das nächste Mal wird alles wie aus einem Guss sein. O ja.«

»Jack, Sie klingen … Also, unsere geschäftlichen Beziehungen gedeihen *hervorragend,* aber Sie wissen ja, ich betrachte

Sie auch als einen Freund. Geht irgendetwas vor, was ich wissen sollte?«

»Mehr als wir uns jemals vorgestellt haben, Sid.«

»Wir haben Sie in diesem Herbst für vierzehn Reden engagiert. Ausnahmslos Großveranstaltungen. Sie werden doch vor diesen ganzen Organisationen nicht etwa über Aliens sprechen wollen? Wir haben ITT, Microsoft, Aetna, Chase Manhattan, American Express, Archer Daniels. Sie haben doch nicht allen Ernstes vor, vor diesen Leuten über kleine grüne Männchen zu reden?«

»Sid, was in aller Welt könnte derzeit wichtiger sein, als die Tatsache, dass ich mittlerweile zweimal von Aliens entführt worden bin, nicht nur einmal, sondern gleich zweimal? Die Sozialversicherungsreform? Der Mittlere Osten?«

»Jack, entschuldigen Sie bitte, aber – wovon *reden* Sie eigentlich?«

»Von der Zukunft, Sid. Ich war drüben in der Zukunft. Und es hat mir eine *Mords*angst eingejagt.«

»Vielleicht sollten Sie mal eine Weile ausspannen.«

»Machen Sie sich wegen der Termine keine Sorgen. Sie werden bald zusätzliches Personal einstellen müssen, um halbwegs Schritt halten zu können. Die Sache ist eine Bombe. Aber es steht noch viel mehr auf dem Spiel. Sid, sie sind da! Und es ist meine Aufgabe, die Bürger der Vereinigten Staaten zu warnen.«

Nachdem er sich selbst zum Paul Revere der Milchstraße ausgerufen hatte, widmete Banion seine Aufmerksamkeit nun der Frage, wie er mit seiner Frau verfahren sollte.

Bitsey wusste weder ein noch aus. Sie hatte ihm das Jawort für gute und für schlechte Zeiten gegeben, ob reich oder ein bisschen ärmer, aber ihre Gelübde hatten nichts über Alien-Entführungen enthalten. Sie hatte die ganze Nacht über versucht, ihn in seinem Hotelzimmer zu erreichen – vergeblich. Am nächsten Morgen hatte Banion ihr dann erklärt, dass er nach seiner Ansprache vor den Autohändlern Angst gehabt habe, die Nacht allein in seinem Zimmer zu verbringen – was, wenn die Aliens abermals kamen, um ihn zu holen? Er hatte die ganze Nacht im Foyer des Hotels verbracht und voller Unruhe in der Nähe der Putzfrauen, Nachtportiers und dem reichlich verblüfften Sicherheitspersonal herumgelungert, welches schließlich so gegen vier Uhr morgens den stellvertretenden Geschäftsführer aus dem Schlaf geholt hatte, um ihm mitzuteilen, dass einer der Gäste sich sonderbar verhalte und zu befürchten stehe, dass dieser womöglich gleich eine Knarre hervorholen und im Foyer herumballern werde.

»Bits«, sagte Banion, der auf dem Rückweg nach Washington das Flugzeugtelefon benutzte, »wenn ich tatsächlich mit dem hiesigen Begleitservice die große Sause veranstaltet hätte, glaubst du dann nicht, dass ich mir eine etwas *glaubwürdigere* Geschichte ausdenken würde?«

Das musste sie ihm wohl zugestehen, blieb aber weiterhin ratlos.

»Ich habe dir einen Termin bei Dr. Offit geben lassen«, sagte sie. »Burt Galilee meint, der sei der Beste. Er hat auch Bud Ferrer nach seinem Zusammenbruch behandelt.« Bud Ferrer war ein Kongressabgeordneter aus Ohio, der von Muskelentspannungsmitteln abhängig geworden war und sich einmal auf dem Parkett des Repräsentantenhauses nackt ausgezogen hatte, während er in harschen Worten über eine Entschließung herzog, mit der die Umweltverschmutzer des Erie-Sees in die Verantwortung genommen werden sollten. (Sein Mitarbeiterstab hatte anschließend tapfer erklärt, dass es sich dabei lediglich um eine symbolische Geste gehandelt habe, mit der unmissverständlich auf die gewaltigen Kosten des Säuberungsplans, welche die regionale Wirtschaft zu tragen habe, aufmerksam gemacht werden sollte.)

»Ich bin mir nicht sicher, ob mir der Vergleich mit Bud Ferrer gefällt. Ich glaube nämlich, dass ich es alles in allem geschafft habe, meine fünf Sinne halbwegs beisammenzuhalten.

In Anbetracht der Umstände wüsste ich da manchen, der nach dem, was ich durchgemacht habe, wie ein Schimpanse kreischen und an seinen Socken kauen würde. Es ist nicht sehr ermutigend, dass deine erste Reaktion ist, mich an einen Psychiater weiterzugeben. Würde es dich etwa glücklicher machen, wenn man mich mit Beruhigungsmitteln vollpumpt und ins Saint E* verschleppt?«

»Ich will dir doch nur helfen.«

Banion musste den Tatsachen ins Auge sehen: Die einzigen Aliens, von deren Existenz Bitsey überzeugt war, waren jene, die ohne gültiges Visum ins Land einzureisen versuchten.

»Mr. Banion«, sagte Renira, »ich habe Patrick Cooke am Apparat, der von der *Post*.«

O Gott.

»Sie haben vor zwei Tagen eine Rede auf einer Tagung von Händlern ausländischer Automobile gehalten«, sagte Cooke.

»Ja.«

»Sie haben den Leuten gesagt – und zwar bestätigen das gleich mehrere der dort Anwesenden, mit denen ich gesprochen habe – dass, ich zitiere, die Bundesregierung es sich zur obersten Priorität machen müsse, das Land auf eine mögliche Invasion unseres Planeten durch Aliens vorzubereiten. Könnten Sie mir vielleicht erläutern, was Sie damit gemeint haben?«

Banion musste Zeit schinden.

»Ich mache Ihnen einen Vorschlag. Legen Sie Ihre Geschichte noch ein paar Tage lang auf Eis. Wir unterhalten uns am Samstag. Ich werde Ihnen so viel Zitierenswertes zu diesem Thema zu sagen haben, dass Sie nicht einmal Platz für die Hälfte davon haben werden.«

»Ich weiß nicht«, sagte Cooke. Im Sprachgebrauch einer Nachrichtenredaktion hieß das so viel wie: Vergiss es, Junge.

* Ein Irrenhaus in der Nähe von Washington, wo einst Ezra Pound untergebracht war.

»Wie Sie wollen, aber ein Knüller wird Ihre Story auf diese Weise nicht. Interessiert es Sie denn gar nicht, was den Anstoß zu meinen Ausführungen gegeben hat?«

»Mal sehen, was ich tun kann.« Übersetzung: Sie haben gewonnen.

»Sagen Sie Steve Coll, er soll für die Titelseite am Sonntag ein paar Hektar freihalten – und zwar oberhalb der Falz.«

»Sunday, *mit John O. Banion. Eine Erkundung der Probleme von morgen mit führenden Persönlichkeiten von heute. Und hier ist ... John Oliver Banion ...*«

Der Fernsehzuschauer konnte einen feinen Unterschied in der Präsentation der Show bemerken: Die gewohnte Erkennungsmelodie war durch Dvoráks Sinfonie *Aus der Neuen Welt* ersetzt worden.

Die Sendung hatte an jenem Morgen beinahe doppelt so viele Zuschauer wie gewöhnlich, was ganz der Schlagzeile auf der Titelseite der *Washington Post* zu verdanken war (allerdings unterhalb der Falz):

JOHNS GÄSTE BEI SUNDAY:
SEINE LEIDENSGENOSSEN VON ALIEN-ENTFÜHRUNGEN

»Aliens, außerirdische Wesen, kleine grüne Männchen«, begann John O. Banion, »nennen Sie sie, wie Sie wollen ...«

Bitsey lag zu Hause im Bett und klammerte sich bang an dem Pratesi-Betttuch fest, das sie sich an die Brust presste.

»... die meisten Amerikaner glauben an ihre Existenz. Aber Amerikaner glauben schließlich an so manches. Der bedeutende Schweizer Psychologe Carl Gustav Jung nannte Ufos das ›materialisierte Psychische‹ – also Projektionen aus dem kollektiven Unbewussten. Natürlich gibt es da noch eine ganz andere Erklärung. Nämlich dass es sie wirklich gibt.«

Burt Galilee, der in seinem Seidenmorgenrock wie ein übergewichtiger Preisboxer aussah, griff zum Telefon und wählte die Geheimnummer, die ihn mit Camp David verband. Der Militäradjutant, der den Anruf entgegennahm, bat ihn, einen Moment zu warten, und stellte ihn dann durch.

»Lassen Sie alles stehen und liegen«, sagte Galilee, »selbst wenn Sie gerade dabei sind, Raketen mit atomaren Sprengköpfen zu zünden, und schalten Sie die Banion-Show ein.«

»Ich bin ein aufgeklärter, rational denkender Mensch«, fuhr Banion fort. »Bis vor kurzem hätte ich keine Sekunde lang über Ufos nachgedacht, außer sie als Produkte verwirrter Zeitgenossen abzutun. Jedoch ist mir persönlich etwas widerfahren, was mich davon überzeugt, dass uns Aliens besuchen.«

Bill Stimple, Ample Amperes Repräsentant in Washington, wählte die Privatnummer von Al Wiley, dem Direktor des Elektroriesen, in Woofchester, New York, etwas, was er normalerweise nicht tat. »A. W.? 'tschuldigen Sie die Störung. Sehen Sie sich gerade die Banion-Show an? Nein? Dann sollten Sie sie vielleicht einschalten.«

»Nun aber zu meinen heutigen Gästen. Zunächst Dr. Danton Falopian. Dr. Falopian ist Doktor der Nuklearphysik. Er war in einer ganzen Reihe von Eigenschaften für die US-Regierung tätig. Eine Zeit lang war er bei der NASA, der Raumfahrtbehörde der Vereinigten Staaten. Seit einigen Jahren ist er Vorsitzender des WUFOC, des World UFO Congress. Er ist uns von seinem Haus in der Nähe von Gypsumville in Manitoba, Kanada, zugeschaltet.«

Bei Burt Galilee klingelte das Telefon. Es war der Präsident der Vereinigten Staaten, der ihn zurückrief und entrüstet losprustete. »Ein *Fern*interview? Ich muss an einem Sonntagmorgen zu ihm ins Studio? Aber mit Ufo-Spinnern führt er Ferninterviews? *Verdammt noch mal!*«

Burt Galilee gab zu bedenken, dass es vielleicht besser sei, wenn Dr. Danton Falopian nicht frei auf amerikanischem Boden herumlaufe.

Banion selbst hätte sich gewünscht, dass Dr. Falopian etwas weniger befremdlich gewirkt hätte. Mit seinem pechschwarzen, spitz an der Stirn ansetzenden Haar, dem Ziegenbart, Schmerbauch und dem mit Flecken von Essensresten übersäten Schlips sowie seinen wilden unruhigen Augen, den riesigen buschigen Brauen und seiner überspannten Art vermittelte er den Eindruck eines Mannes, der mehr als nur einmal eine Heilanstalt von innen gesehen hatte.

»Mein anderer Gast ist Colonel Roscoe J. Murfletit. Colonel Murfletit hat in der Army der Vereinigten Staaten gedient und ist nach dreißig Jahren im Rang eines Oberstleutnants aus dem Dienst ausgeschieden. Colonel Murfletit war Teil des streng geheim operierenden Teams von Militärfachleuten, das 1947 den Absturz eines Raumfahrzeugs der Aliens in der Nähe von Roswell, New Mexico, untersuchte. Er ist Autor des Bestsellers *Die Geschöpfe in ihren fliegenden Kisten.*«

»Du meine Güte«, sagte Val Dalhousie, die von Cavalier-King-Charles-Spaniels umgeben auf ihrem Bett lag.

»Er war an der Absturzstelle zugegen, als ein Ärzteteam der Regierung die Leichen von vier Aliens einer Autopsie unterzog. Dazu werden wir gleich Näheres erfahren. Aber zuerst möchte ich Ihnen mein eigenes Interesse an Ufos erklären. Vor drei Wochen wurde ich auf einem Golfplatz im Umland von Washington …«

Nathan Scrubbs grinste seinen Fernseher an und stieß ein triumphierendes, donnerndes »Jawoll!« aus.

In Washington wusste man nicht so recht, was man von der Sache halten sollte. So etwas war noch nie da gewesen. Die Stadt hatte bereits alle erdenklichen Skandale erlebt: Kongressabgeordnete, die mit Stripperinnen ins Tidal Basin sprangen, gegenseitige drittklassige Büroeinbrüche rivalisierender politischer Stellen, Selbstmorde von Kabinettsmitgliedern, und das Schlimmste von allem – die Entsendung amerikanischer Jungs in unbedachte Kriegsunterfangen und damit in den Tod. Aber bis zu diesem Zeitpunkt hatten die Washingtoner noch nie dabei zusehen dürfen, wie einer der Ihren sich rückhaltlos zu seinem Glauben an das Unglaubliche bekannte. Es war, wie der Chef der Liga der Schwulen Wählergemeinschaft in der *Times* kommentierte, »ein verblüffendes Coming-out«. (Auf die Frage, ob er immer noch dafür eintrete, dass Banion die bevorstehenden Kandidatenrunden moderieren solle, äußerte er sich eher ausweichend.)

Als Banion am nächsten Morgen zu Hause in Georgetown die Haustür öffnete, stieß er auf ein wahres, mit Fernsehkameras bewaffnetes Reporterrudel. Der vier Querstraßen weite Gang zu seinem Büro entwickelte sich zu einer wandelnden Pressekonferenz mit zunehmenden Ungebührlichkeiten. So musste er sich von den Reportern solch unwürdige Fragen wie »Haben sie Spermaproben entnommen?« bieten lassen.

Als er um die Ecke des Bürogebäudes in der Dumbarton Street bog, stieß Banion auf eine weitere Meute pferdefüßiger Ekelpakete, die ihn dort mit ihren neuzeitlichen Folterwerkzeugen erwarteten. Er musste sich den Weg geradezu freikämpfen. Wie entwürdigend.

Renira erwartete ihn mit finsterer Miene. Sie hatte an diesem Morgen bislang schon mehr als einhundertfünfzig Anrufe verzeichnet.

»Ein Drittel von Nachrichtenorganen, die ich als seriös bezeichnen würde. Ein Drittel von Stellen, die ich als unseriös bezeichnen würde. Das verbleibende Drittel stammt von Individuen, die ich als geistesgestört bezeichnen würde. Einer der Herren« – sie gab ihm den Zettel mit der Notiz – »hat behauptet, dass er sich noch ganz deutlich an Sie erinnern kann. Anscheinend hat er Sie auf dem Raumschiff getroffen.«

»Hieß er Cesar?«

»Nein«, sagte Renira matt, »ein Mr. Hooper. Er würde das Erlebte mit Ihnen gern noch einmal durchmachen. Mr. Mint hat übrigens auch angerufen. Er meint, es sei ziemlich dringend. Und Mr. Galilee, ebenfalls dringend. Mr. Stimple. *Äußerst* dringend.«

»Macht Ihnen das Ganze irgendwie zu schaffen?«, sagte Banion mit einem Seitenblick auf die Boulevardzeitung, die Renira sorgfältig auf seinem Schreibtisch ausgebreitet hatte. Man hatte eine Fotocollage von ihm in einem Spielzeugraumschiff abgebildet. Aus den Schläfen sprossen ihm Antennen.

Keine der beiden Frauen, mit denen er tagtäglich zu tun hatte, schien von der Sache sonderlich erfreut zu sein. Vielleicht war es ja ein Fehler gewesen, Dr. Falopian nach der Show einzufliegen und ihn zusammen mit Colonel Murfletit in sein Georgetowner Haus einzuladen. Bitsey, die ohnehin schon ganz außer sich war, empfing die beiden nicht unbedingt mit ihrer gewohnten Gastfreundschaft. Und Dr. Falopians sabbernder Handkuss, der ganz zu einem bayrischen Grafen gepasst hätte, verschlimmerte die Sache nur noch. Colonel Murfletit versuchte dann das Packeis zu brechen, indem er sie fragte, ob sie gern zum Bowling gehe. (Sein einziges Hobby.) Nach einiger Zeit gequälter Unterhaltung stapfte Bitsey davon und überließ Banion und seine Gäste sich selbst, die nun ihr weiteres Vorgehen zu dem Lärm reihenweise knallender Türen besprachen. Inmitten dieser wütenden Detonationen schellte in einem fort das Telefon, während von draußen das laute Gemurmel der kampierenden Paparazzi-Schar hereindrang.

Am nächsten Morgen veröffentlichte die *Post* ein Foto, auf dem Bitsey am Steuer ihres Mercedes zu sehen war, wie sie mit stählern-unbeweglicher Miene zu ihrem Haus in Middleburg floh. So mancher fühlte sich bei ihrem Anblick an Baby Doc Duvalier* erinnert, wie diese zum Flughafen fuhr, um ihr Exil anzutreten.

»Im Gegenteil«, sagte Renira mit königlich britischem

* Extrem verkniffene Frau des ehemaligen Diktators von Haiti.

Hochmut. »Ich bin entzückt, um nicht zu sagen stolz, an der Seite von jemandem zu arbeiten, der soeben in einer landesweit übertragenen Fernsehsendung durchgedreht hat.«

»Sie glauben also auch, dass ich das Ganze frei erfunden habe?«

»Ich bringe Ihnen Ihren Tee«, sagte sie kurz angebunden und zog von dannen.

»Wollen Sie nicht darüber reden?«, sagte er zu der geschlossenen Tür.

Einfach zum Verrücktwerden. Jetzt saß er also auf der größten Sensation des Jahrhunderts, und welche Reaktionen erntete er? Knallende Türen, beißenden Sarkasmus, höhnische Verachtung. Er fragte sich, ob es den Jüngern Jesu wohl ähnlich ergangen war.

Aber andererseits, was konnte er auch erwarten? Sollten sie etwa alle in den nächsten Laden rennen und sich ein Heimteleskop kaufen? Es *war* eine seltsame Geschichte. Aber sie war wahr! Und Banion würde der Wahrheit auf die eine oder andere Art zu ihrem Recht verhelfen. Er arbeitete bereits daran. Dr. Falopian und Colonel Murfletit versicherten ihm, dass die Aliens weiterhin mit ihm in Kontakt treten würden. Die hätten offensichtlich noch einiges mit ihm vor. Es handele sich hier um eine klassische Vorgehensweise. Das nächste Mal würde Banion vorbereitet sein und sich mit versteckter Kamera und Tonband ausgerüstet haben, um das Geschehen dokumentieren zu können. Colonel Murfletit wies allerdings warnend darauf hin, dass solches nicht ungefährlich sein könne. Die Aliens seien möglicherweise nicht sonderlich erpicht darauf, fotografiert und auf Band aufgenommen zu werden.

Banion schrieb seine Kolumne, die den dringenden Aufruf zum Thema hatte, Senatsanhörungen in Sachen Alien-Entführungen abzuhalten.

Er stellte den Artikel fertig, gab ihn zur Reinschrift Renira, die ihn dann an die Pressezentrale in St. Louis übermitteln würde, von wo aus man ihn an vierhundertvierzig Zeitungen weiterleitete. Ein paar Minuten später tauchte sie bei ihm in der Tür auf und hielt die Kolumne mit spitzen Fingern, als handelte es sich um ein gebrauchtes Taschentuch.

»Irgendwelche Fragen?«, sagte Banion.

»Ja. Absatz drei: ›Es ist die dringlichste nationale Aufgabe herauszufinden, ob es sich bei den Tausenden, ja vielleicht Zehntausenden Entführungen von US-Bürgern durch Aliens um die Vorhut einer Invasionsarmee handelt oder ob es dabei einfach nur um biologische Experimente geht. Aber wie dem auch sei, es ist nicht der geeignete Augenblick, um in Selbstgefälligkeit zu verharren.‹«

»Und?«

»Die Lage in Russland ist streng genommen sicherlich von größerer *Dringlichkeit.* Immerhin besteht allem Anschein nach die Gefahr einer Auseinandersetzung zwischen deren Truppen und den unseren. Erstens. Zweitens, woher haben wir denn diese Geschichte, dass es sich um ›Tausende‹, geschweige denn um ›Zehntausende‹ von Entführungsopfern handelt?«

»Diese Fälle sind ausführlich dokumentiert worden.«

»Und von wem, wenn ich fragen darf?«

»Da möchte ich Sie auf die Bände eins bis achtzehn der *Fallgeschichten zu Alien-Entführungen* hinweisen, die vom Kongress der Alien-Entführten herausgegeben wurden.«

»Aha.« Renira schritt mit zweifelnder Miene davon, nur um gleich darauf mit der Nachricht zurückzukehren, dass Mr. Stimple von Ample Ampere in der Leitung sei.

»Jack.« Dieses Mal fehlte seiner Begrüßung der kollegiale Brüllton, kein Schulterklopfen, kein höfliches Erkundigen nach dem Golfspiel, nur ein schwaches »Wie geht's Ihnen?«.

»Prächtig. Darf ich raten? Sie rufen an, um Ihre Besorgnis über den Inhalt der gestrigen Show zum Ausdruck zu bringen.«

»Sie haben uns da alle irgendwie überrascht. Kleine grüne Männchen. Was soll man dazu sagen?«

»An denen war nichts Kleines, Grünes oder Menschliches dran. Nein, es hat sich …« Banion ließ sich lang und breit über die Physiognomie seiner Entführer aus. Stimple klang nicht gerade begeistert. Zuweilen war nur ein mattes »Wirklich?« oder »Was es nicht alles gibt« zu vernehmen.

»Und *sonst* ist alles in Ordnung?«, sagte Stimple schließlich.

»Wie meinen Sie das?«

»Oh, na ja, Sie wissen schon, was Ihre Gesundheit anbelangt und so. Was würden Sie denn davon halten, sich mal ein bisschen freizunehmen und Ihr Kurzspiel zu trainieren?« Sie waren also wieder beim Golf.

Banion lachte. »Wir haben Präsidentschaftswahlen, und ich bin – zweimal – von Wesen entführt worden, die nicht von dieser Welt sind. In solchen Zeiten, würden *Sie* sich da um Ihre Chips Sorgen machen?«

»Sie haben in letzter Zeit viel geschuftet.«

»Würde es Sie beruhigen, wenn ich Ihnen sage, dass ich in der kommenden Woche Dimitri Schmirkin, den russischen Außenminister, in der Show zu Gast habe?«

»Oh, das ist ja großartig! Fantastisch. Das wird sicher eine tolle Sendung.«

»Fühlen Sie sich jetzt besser?«

»Mir geht's großartig. Ich war nur …«

»Ach, übrigens, Sie können dem Boss der Bosse sagen, dass ich meine Meinung in Sachen *Celeste* geändert habe.«

»Im Ernst? Mensch, das ist ja toll. Da wird er sehr erfreut sein. Was ist denn der Anlass für den Sinneswandel?«

»Jetzt ist wohl kaum der geeignete Zeitpunkt, um an Amerikas Raumfahrtprogramm Einsparungen vorzunehmen.«

»Sie werden doch nicht …«

»Ich weiß zwar nicht, wie auf *deren* Planeten die Vergabe öffentlicher Gelder gehandhabt wird, aber ich bezweifle, dass ihr Raumfahrtprogramm zusammengestrichen wurde, nur weil die Toilettensitze zu teuer gekommen sind. Mal angenommen, dass diese käferäugigen Schweine überhaupt so was wie Toiletten benutzen.«

Scrubbs war im siebten Himmel. In einer Woche zwei John-O.-Banion-Kolumnen über Entführungen. Die eine rief nach Ufo-Anhörungen im Senat, die andere forderte eine zügige Genehmigung des NASA-Budgets. Er war in seiner Wohnung und schaute sich im Fernseher an, wie Banion mit einem ehemaligen, inzwischen zum Außenminister avancierten KGB-Offizier ein Interview über die Lage in Alaska führte. Von der Küche aus, in der er sich gerade eine weitere Bloody Mary mixte, hörte er, wie Banion sagte: »Und was können Sie uns über den Erkenntnisstand Ihrer Regierung über so genannte unbekannte Flugobjekte sagen?«

Scrubbs eilte zum Fernseher zurück. Der aus Moskau zugespielte Minister Schmirkin schürzte die Lippen, während man ihm die Frage übersetzte.

Dann kam die Übersetzerstimme mit der Antwort: »Zum gegenwärtigen Zeitpunkt befinden sich über Russland keine unbekannten Flugobjekte. Wir haben sämtliche über dem Mutterland fliegenden Objekte identifiziert, insbesondere amerikanische Spionageflugzeuge und -satelliten.«

»Ja, natürlich«, konterte Banion, »aber Sie sind sich doch sicherlich bewusst, dass sich die Regierung der Vereinigten Staaten im Besitz einer überlegenen Alien-Raumfahrttechnologie befindet. Gibt dies Ihren Militärfachleuten nicht Anlass zur Sorge?«

Der Zeigefinger, mit dem Scrubbs gerade seine Bloody Mary umrührte, verharrte plötzlich regungslos.

»Mir ist diesbezüglich nichts bekannt«, lautete die mit kleinen Pausen zwischen den Worten abgegebene Antwort, »aber ich kann Ihnen versichern, dass die russischen Streitkräfte gerüstet und jederzeit einsatzbereit sind, falls die Umstände dies erfordern sollten.«

Scrubbs nüchterte sich gerade gedankenschwanger unter der Dusche aus, als er seinen Pieper hörte, der auf dem Waschbeckenrand lag. Er sah nach der Nummer im Sichtfenster – der Kode für eine Nachricht von höchster Dringlichkeitsstufe! Er gab die Passwörter in seinen Laptop ein, entschärfte vorübergehend die Bombe im Innern des Computers und funktionierte ihn in ein Einsatzkommunikationsgerät um.

Die Botschaft war mit MJ-1 unterzeichnet. In all den Dienstjahren hatte er noch niemals eine Nachricht von MJ-1 erhalten. Überhaupt hatten innerhalb der Organisation die meisten Leute noch nie eine Nachricht direkt von MJ-1 erhalten. Sie war unzweideutig:

Wer hat CE-4 mit John O. Banion bewilligt?

Scrubbs gab seine Antwort ein, wobei er sich bemühte, Banions neuer Ufo-Gläubigkeit den Anschein der Wiederkunft Christi zu geben. Während er die Frage nach der Genehmigung geflissentlich überging, ließ er sich lang und breit über den Triumph aus, den die Hinzunahme Banions für Majestic Twelve darstellte – der Aufbruch in eine neue Zeit nie dagewesenen Ansehens (wie er sich ausdrückte). Und was war mit der Tatsache, dass Banion sich gerade dafür stark gemacht hatte, das Raumfahrtbudget zu verdreifachen? Wo doch immer so viel von konkreten *Ergebnissen* geredet wird …

Scrubbs schickte seine Nachricht in den Äther und wartete auf eine Antwort.

8

Derart kopfüber und mit ganzem Herzen hatte sich Banion nicht mehr in eine neue Aufgabe gestürzt, seit er damals angefangen hatte, Spazierstöcke zu sammeln. Sein Büro war zu einem Kommandozentrum umfunktioniert worden. Die Porträts von Präsidenten, Staatsmännern und Generälen waren von den Wänden verschwunden. Nun hingen dort Karten von Solarsystemen, entfernten Galaxien und Farbfotos der Krebsnebelgebilde, von denen Dr. Falopian behauptete, dass es sich dabei um Cape Canaverals der Aliens handelte. Seinem Schreibtisch direkt gegenüber hing eine riesige Karte, die mit verschiedenfarbigen Stecknadeln gespickt war, die die jeweiligen Orte zweifelsfrei dokumentierter Alien-Entführungen anzeigten. Früher war dies seine Ego-Wand gewesen, das traditionelle Washingtoner Plätzchen, an dem signierte Fotos prangten, auf denen man mit (anderen) wichtigen Persönlichkeiten abgelichtet war, dazwischen ein paar hübsch gerahmte Ehrendoktortitel gestreut, um die eigene herausragende Bedeutung zu unterstreichen. Die Bücherregale, die einst mit den Programmen der Föderalisten vollstanden, mit Biografien und Memoiren der Gründerväter sowie von Präsidenten, Staatsmännern, Generälen und mit Historienschinken über bereits untergegangene oder noch existente Zivilisationen, beherbergten nun Titel wie *An Bord einer fliegenden Untertasse*, *Jenseits von Top Secret: Das geheime Ufo-Wissen der Regierungen*, *Engel und andere Außerirdische* und *Blue Book Special Report Nr. 14*.

Banion hatte Dr. Falopian und Colonel Murfletit in den Räumen seines Büros untergebracht. Renira unterminierte ihre Anwesenheit, indem sie die beiden mit Nichtachtung strafte und auch in deren Beisein von ihnen nur in der dritten Person sprach, was nicht gerade zu einer harmonischen Arbeitsatmosphäre beitrug. Colonel Murfletit schien es nicht weiter zu stören, wie eine tote Maus in der Zimmerecke behandelt zu werden, aber Dr. Falopian, dessen Visitenkarte ihn stolz als »Nuklearphysiker« auswies, ärgerte sich über diese Form der Majestätsbeleidigung und beschwerte sich bei Banion.

»Meine Liebe«, sagte Banion zu Renira, nachdem sie sich

einmal geweigert hatte, dem Doktor dabei behilflich zu sein, den Papierstau im Kopiergerät zu beheben, »ich bitte Sie ja nicht, ihm Tee und Gebäck zu reichen. Seien Sie einfach nur höflich. Er ist ein Mann der Wissenschaft.«

»Wissenschaft!«, sagte Renira spöttisch. »Haben Sie sein Buch eigentlich mal *gelesen!*«

»Aber natürlich. Ein richtungsweisendes Werk.«

»Richtungsweisender Müll. Er nutzt Sie nur aus, dieser ziegenbärtige Eunuch. Und dieser Colonel mit seinen absurden Geschichten über Alien-Autopsien. So gaga wie der Hase in *Alice im Wunderland*, alle beide, und bei weitem nicht so charmant.«

»Sie sind zufällig die Besten ihres Fachs«, sagte Banion unnachgiebig.

»*Daran* zweifele ich keine Sekunde.«

»Versuchen Sie doch einfach, irgendwie mit ihnen auszukommen. Also, was steht heute Nachmittag noch so alles an?«

»Um drei Uhr findet die Aufnahme für *Ungelöste Rätsel* statt. Mir ist schleierhaft, warum Sie sich für so etwas hergeben. Wissen Sie, wovon die letzte Sendung gehandelt hat? Vom Yeti.«

»Von wem?«

»Bigfoot. Der schreckliche Schneemensch.«

»Nun, darüber habe ich jedenfalls nicht vor zu sprechen.«

»Ich verstehe nicht, welchen *Sinn* das alles haben soll. Warum müssen Sie sich für solche Spinner-Shows interviewen lassen?«

»Weil es diese ›Spinner‹-Shows sind, die von Anfang an an dieser Sache dran waren, während sich die so genannte seriöse Berichterstattung taub gestellt hat. Aber egal, meine Berichterstattung ist auf jeden Fall seriös. Jerry Cramer hat übrigens angerufen. *Time* will aus der Sache eventuell eine Titelgeschichte machen.«

Reniras Züge nahmen den Ausdruck verhängnisvoller Vorahnung an. »Dabei wird nichts Gutes herauskommen, lassen Sie sich das gesagt sein.«

Wäre doch zur Abwechslung mal ganz nett, dachte Banion, wenigstens ab und zu ein paar ermutigende Worte zu hören. Renira entwickelte sich zu einer regelrechten Meckerziege. Aber die *Time*-Sache gab ihm schon zu denken. Da zog man also in Betracht, ihn aufs Titelblatt zu setzen, und das mitten im Präsidentschaftswahlkampf. Hm. In letzter Zeit war auf ihn jede Menge Tinte verwendet worden, aber kaum etwas davon hatte den ihm gemäßen Respekt erkennen lassen. Das war ziemlich hart für jemanden, der es bislang gewohnt war, von der Presse mit Verehrung, ja sogar Ehrfurcht behandelt zu werden. Nun musste er boshafte Karikaturen und Schlagzeilen wie *Erde an Banion, bitte melden* über sich ergehen lassen. Er war doch etwas empfindlich geworden. Die Reporterin der *Time*, die das Interview mit ihm führte, hatte versucht, einen verständnisvollen Ton anzuschlagen, indem sie ihm erzählte, wie sie als Studentin einmal »bekifft« durch Nebraska gefahren sei und »ein paar Lichter« beobachtet habe, »die irgendwie ganz komisch waren«. »Sie brauchen mir hier nicht«, hatte er frostig gesagt, »mit gönnerhaften Geschichten über komische Lichter am Himmel beispringen. Meine Erlebnisse waren von völlig anderer Größenordnung.«

Ein Aspekt der allgemeinen Reaktion verblüffte ihn allerdings: die Belustigung darüber, wie »Ufo-besessen« er geworden sei. Seine Antwort darauf lautete: Wie könnte man nach einem solchen Erlebnis *nicht* wie besessen sein? Wenn man doch wusste, dass die kleinen grünen Mistviecher gelandet waren, was blieb einem da anderes übrig – weiter über die Präsidentschaftswahlen zu quatschen? Über das Wetter? Waren die Apostel »besessen« gewesen, als ihr Freund, der Schreiner, angefangen hatte, Wasser in Wein zu verwandeln und Tote wiederauferstehen zu lassen? War Columbus von seiner Entdeckung der neuen Welt »besessen« gewesen?

»Mr. Banion?«

»Was?«

»Ist mit Ihnen alles in Ordnung?«

»Ja, ja. Wo waren wir stehen geblieben?«

»Ihr Lunch-Termin morgen mit dem CIA-Direktor – er ist verschoben worden.«

Banion war einmal im Monat zum Mittagessen in Langley beim CIA-Chef zu Gast, einem alten Freund, der ihm gelegentlich zu seinem eigenen Vorteil Vertrauliches zusteckte. Hm, seltsam. Der Direktor war verlässlich wie ein Uhrwerk. Er hatte bisher noch nie etwas »verschoben«.

»Man hat angerufen und immer wieder betont, wie Leid es einem tut. Man hofft, bald einen neuen Termin ausmachen zu können.«

»Wie bald?«

»Man wird sich bei uns melden.«

In Washingtoner Kreisen war so etwas mit einer glatten Abfuhr gleichzusetzen.

»Auf diese Weise können Sie wenigstens an Ihrem Buch weiterarbeiten. Miss Clark hat angerufen und mitgeteilt, dass sie für Sie neues Material zur Durchsicht hat. Irgendetwas wegen der Franzosenkrankheit.«

»Die französische Revolution kann warten«, sagte Banion, der immer noch wegen der Absage des DCI schmollte. Was bildete sich dieser Typ überhaupt ein?

»Vergessen Sie bitte nicht, das Buch ist im Dezember *fällig*. Mr. Morforken hat es ins Herbstprogramm aufgenommen.«

»Na, dann kann er es ja auch wieder herausnehmen. Ich habe Wichtigeres zu tun. Dagegen ist Robespierre Pipifax. Würde vorschlagen, dass Sie ihm am besten in diesem Sinne ein paar Zeilen schreiben.«

Banion war, um einen Ausdruck der Presse zu benutzen, förmlich belagert von lukrativen Buch- und Film-Offerten. Sein Verlagsagent, Simon Persimmon, ein eher intellektuelltrockener Vertreter von altem Schlag, dessen Vorstellung von aufregenden Urheberrechten in einer dreibändigen Biografie über George Marshall bestand, erhielt laufend Anrufe von Hollywood-Produzenten, die astronomische Geldsummen ins Spiel brachten und ihm atemlos erzählten, dass alle ganz »heiß« auf Banions Story seien. Der gute Mann fühlte sich gänzlich überfordert. Banions Vortragsagent, Sid Mint, war da schon eher gewappnet, um einen solch orkanartigen Geschäftsverkehr abzuwickeln, aber selbst er hatte mit Banions abruptem Karrierewechsel so seine Probleme. Die Konzernkunden riefen ihn an, um, wie Mint es feinfühlig ausdrückte, ihrer »Besorgnis« über Banions etwaiges Vortragsthema auf ihrer bevorstehenden Konferenz Ausdruck zu verleihen. Positiv schlug dagegen zu Buche, wie Mint vermerkte, dass die Zahl der Anfragen gestiegen war, wenn auch seitens einer anders gearteten Klientel.

»Persimmon hat gestern ein Angebot über dreieinhalb Millionen Dollar reinbekommen«, sagte Banion zu Renira. Vielleicht würde sie sich ja von einer solchen Nachricht beeindruckt zeigen.

Sie legte nachdenklich den Kopf zur Seite. »Ist das nicht der gleiche Betrag, den man O. J. Simpsons Exfreundin für *ihre* Geschichte angeboten hat?«

Es war für die Katz.

»Mittwoch, Interview mit dem deutschen Fernsehen, Ansprache beim Mittagessen des Instituts für Paranormale Phänomene – findet im Exigency statt. Dann um vier im Büro von Senator Gracklesen, um mit ihm Ihre Vorschläge zu den Anhörungen zu besprechen. Ein Mitarbeiter hat aber gerade angerufen, dass der Senator unter Umständen von einer Plenardebatte aufgehalten wird, und gefragt, ob man die Sache nicht verschieben könne.«

»Nein.«

»Dann also um vier. Vergessen Sie nicht, dass Sie abends

zum Dinner des Sinfoniekreises müssen. Formelle Kleidung. Bitsey hat angerufen, damit Sie's nicht vergessen. Sie werden im Kreise von Val Dalhousie, Mr. Pinch und den Hinckley Eppersons am Tisch von Mr. Meeker sitzen. Sie hat mich gebeten, Sie daran zu erinnern, dass Letztere die halbe Million für die neue Akustik gestiftet haben.«

Banion seufzte. Bitseys Sinfonie-Verpflichtungen waren die reinste Qual. Er hatte kein Ohr für Musik. Es reichte ihm völlig, »Mozart's Greatest Hits« in den CD-Player einzulegen und die REPEAT-Taste zu drücken. Verschlimmert wurde die Angelegenheit durch die Tatsache, dass der neue Dirigent fanatischer Anhänger atonaler Musik war, also Musik, die wie Gift fürs Mitsummen war. Banion fragte sich, was schlimmer war – von Aliens sodomisiert zu werden oder zwei Stunden Charles Ives auszusitzen.

»Freitag Frühstücksansprache bei der Aetna-Versicherungsgruppe. Mr. Mint hat angerufen und betont, dass man dort mit einer Rede über die *Wahlen* rechne. Mittagessen um zwölf mit George Herrick im Metropolitan Club. Um drei Uhr dann Termin bei Dr. Hughes.«

»Warum? Ich bin nicht krank.«

»Er hat angerufen. Will Sie sehen.«

»Weswegen?«

»Woher soll ich das wissen? Er ist Ihr Hausarzt.«

»Na, jedenfalls ist mit mir alles in Ordnung. Ich brauche ihn nicht aufzusuchen.«

»Er ist Ihr Arzt, und er will Sie sehen …«

»*Und weiter?*«

»Ihre Ufo-Konferenz in Austin. Die Rede ist für Samstagmorgen um zehn angesetzt. Thema: ›Ufos und die US-Politik des Kalten Krieges‹. Ihr Expertenteam arbeitet bereits wie verrückt daran.«

»Sonst noch was?«

»Miss Delmar hat angerufen.« Die Anrufe von Fina Delmar,

ihres Zeichens Filmstar, waren für Renira der einzig willkommene Gesichtspunkt an der ganzen Sache. Renira war ein unsterblicher Fan dieser Mimin. Banion, selbst ein Kinomuffel, hatte nur eine vage Ahnung, um wen es sich bei dieser Dame handelte, bis Renira ihn darauf hinwies, dass die Delmar für *Die Frau des Hummerfischers* und *Manche mögens feucht* den Preis für die beste weibliche Hauptdarstellerin gewonnen hatte. Fina Delmar glaubte nicht nur an Ufos, sondern allem Anschein nach an jedes paranormale Phänomen, das den himmlischen Highway herabgesaust kam. In ihrem ersten Anruf hatte sie Banion ganz herzlich zu seinem »Coming-out« gratuliert. Sie selbst sei, wie sie offen eingestand, bereits zweimal entführt worden, und zwar von den »Nordmenschen«.

Es existierten sehr unterschiedliche Typen von Aliens. Die Skala reichte von der arischen Variante der Nordmenschen über die nicht arischen »Grauen« bis zu den noch weniger arischen »kleinen Hässlichen«. Miss Delmar legte großen Wert auf die Feststellung, dass sie von dem mondäneren, mandeläugigen, aristokratischen Alien-Typus entführt worden war, nicht von den gänzlich unschicken, stark behaarten, monsterhaften Homunkuli. Ferner war sie nicht in *diesem*, sondern in einem früheren Leben entführt worden – wie es der Zufall wollte im Paris des späten achtzehnten Jahrhunderts. Sie sei die Mätresse des Grafen Bombard de Lombard gewesen, welcher Schießpulver- und Schnupftabaklieferant am Hofe Ludwigs XVI. war.

Banion hatte ihr von seinem Benjamin-Franklin-Buch erzählt. Und tatsächlich wusste Fina Delmar *alles* über das Treffen zwischen Franklin und Robespierre, mit dem sie eine kurze Liaison gehabt hatte, *bevor* – wie sie betonte – er an Syphilis erkrankte.

Nach drei schier nicht enden wollenden Telefonaten – Miss Delmar kam gern vom Hundertsten ins Tausendste – delegierte Banion die Delmar-Sache an eine begeisterte Renira, die nun erfahren konnte, was für ein Gefühl es gewesen war, mit Leinwandgrößen wie Tony Curtis, Sean Connery oder Peter O'Toole vor der Kamera zu stehen. Die beiden verbrachten ganze Stunden am Telefon, so dass Banion sich allmählich etwas Sorgen machte.

»Sie hat doch wohl nicht allen Ernstes vor, mir diesen Kronleuchter zu schicken?«, fragte Banion misstrauisch. Fina Delmar hatte angekündigt, ihm einen Kronleuchter zu schicken, der ganz und gar aus New-Age-Kristallen hergestellt sei.

»Ich habe ihr gesagt, dass wir dafür keinen Platz haben. Sie wollte übrigens wissen, wann Sie nach Kalifornien kommen. Möchte für Sie eine Dinner-Party geben. Da sollen ein paar Leute sein, die sie Ihnen unbedingt vorstellen will.«

»Sehr aufmerksam von ihr.«

»Wunderbare Frau. Wussten Sie eigentlich, dass sie und Tony Curtis während der Dreharbeiten zu *Taras Bulba* ein *wildes* Liebesabenteuer hatten? Yul Brynner soll vor Eifersucht völlig außer sich gewesen sein.«

»Faszinierend. Was gibt's sonst noch?«

»Wir müssen entscheiden, wie wir das mit der Post handhaben.«

Die Post war zu einem Problem geworden. Sie traf in Besorgnis erregenden Mengen ein, Tausende von Briefen pro Tag von Ufo-Gläubigen, von Entführungsopfern, von jedem, der sonderbare Lichter am Himmel beobachtet hatte; von Frauen, denen Eizellen, und Männern, denen Spermaproben entnommen worden waren, ferner von Schwangeren mit Alien-Babys im Bauch, von Leuten, die ihn wissen lassen wollten, dass sich Atlantis, der untergegangene Kontinent, unter dem Huron-See befand, und von Leuten, die beschworen, dass der Präsident der Vereinigten Staaten die Menschheit an die Nordmenschen des Planeten Glibnob verraten und verkauft habe, von Leuten – wie Banion intuitiv spürte –, die schlicht und ergreifend einfach zu viel Freizeit hatten. Die wenigsten Briefschreiber zeigten sich skeptisch oder zweifelten auf irgendeine Weise seine Entführungserlebnisse an. Nur der eine oder andere fragte an, ob Banion drogen- oder alkoholabhängig sei.

Das alles wurde von verwirrten bis missmutigen Postboten in großen, schmutzigen grauen Säcken hereingeschleppt. Der bloße Anblick dieses riesigen Bergs war überwältigend. Banions bisheriger Rekord an Zuschriften stammte noch aus der Zeit, als er einen bewegenden Artikel über den Tod seines Haushunds Romulus, eines Welsh Corgis, geschrieben hatte – vierhundertachtundsiebzig Briefe. Jetzt stellten vierhundertachtundsiebzig Briefe einen ruhigen Tag dar. Gestern hatte Renira ihn informiert, dass sie viertausend Eingänge zu verzeichnen hatten. Tja, achtzig Prozent der Amerikaner glaubten eben an fliegende Untertassen, und jetzt, dankbar dafür, einen so glaubwürdigen Vorkämpfer gefunden zu haben, schrieben sie alle Solidaritätsbekundungen, klopften ihm sozusagen schriftlich auf die Schulter und sagten: »Gib ihnen Saures!«

»Ich sehe eigentlich keinen Grund, sämtliche Briefe zu beantworten«, sagte Renira.

»Warum nicht?«

»Damit ermuntern Sie sie alle nur, in einen regelrechten Briefwechsel mit Ihnen zu treten. Wollen wir *wirklich,* dass alle wieder zurückschreiben? Davon können Sie nämlich ausgehen. Wir bekommen schon jetzt mehr rein, als wir bewältigen können. Waren Sie in letzter Zeit mal oben? Sie können sich da nicht einmal mehr *umdrehen.* Da lagern über fünfzigtausend Schriftstücke. Und ich werde auf gar keinen Fall irgendeine der Kisten öffnen. Weiß der Himmel, was dann alles zum Vorschein kommt. Ich mache Ihnen einen Vorschlag.«

»Und welchen?«

»Warum bitten wir nicht Ihr Expertenteam, sich dem Ganzen anzunehmen? Da können die ihre Begabung mal so richtig beweisen. Könnte mir gut vorstellen, dass der Doktor und der Colonel diese herzerwärmenden Geschichten speicheltriefend lesen werden.«

»Man kann Leuten ihres Formats nicht zumuten, die Post zu bearbeiten. Stellen Sie ein paar Aushilfen ein, wenn's denn anders nicht geht. Auf jeden Fall möchte ich, dass jeder Eingang beantwortet wird. Bereiten Sie einen Formbrief vor. Oder besser, ich werde ihn persönlich aufsetzen. Und ich möchte, dass von sämtlichen Briefeschreibern eine Datenbank mit Namen, Adresse und Telefonnummer angelegt wird.« Er fügte ein betontes »*Dankeschön*, Renira« hinzu.

Renira zog eingeschnappt von dannen.

Banion saß bereits auf dem ledernen Chesterfieldsofa in Senator Gracklesens Büro, als der Senator um Viertel nach fünf eintrat. Einen flüchtigen Moment lang verriet dessen Blick die Enttäuschung darüber, dass Banion immer noch da war. Es war viele Jahre her, dass Banion so lange auf jemanden hatte warten müssen.

Der Senator überschlug sich mit Entschuldigungen. Eine Plenardebatte über einen Gesetzeszusatz, durch den die Chefs der Tabakkonzerne dazu verpflichtet werden sollten, sich persönlich bei den Familien eines jeden an Krebs verstorbenen Rauchers zu entschuldigen. Senator Bore aus North Carolina, einem der größten Tabak produzierenden Bundesstaaten, habe nicht mit sich reden lassen wollen. Ging einem echt auf den Wecker, der Mann, aber das eine musste man dem alten Haudegen schon lassen: Der stand felsenfest zu seinen Prinzipien. Sie sehen großartig aus, Jack. Wie geht's Bitsey? Also, worüber wollten Sie noch mal mit mir sprechen?...

»Über Anhörungen zu den Entführungsfällen.«

»Ach ja.« Senator Gracklesen nickte gewichtig und mit der Begeisterung eines Mannes, den man bedrängt, die Ermittlungen in Sachen Kennedy-Attentat wiederaufzunehmen, weil kürzlich irgendjemand auf einem Rasenhügel ein Kaugummipapier gefunden hat.

»Ach ja.« Er blies nachdenklich die Backen auf. »Hab's bereits gegenüber Kent und John erwähnt. Die beiden halten es für eine reizvolle Idee. Vielleicht kann man nächstes Jahr …«

Banion reichte ihm ein Schriftstück. »Das hier ist das Ergebnis einer erst kürzlich im gesamten Bundesstaat Oklahoma vorgenommenen Meinungsumfrage. Sie können daraus ersehen, dass die Hälfte Ihrer Wähler das Gefühl hat, von der Regierung in puncto Ufos und Alien-Entführungen belogen zu werden.«

Senator Gracklesen sah sich stirnrunzelnd dieses nicht gerade erfreuliche Informationsblatt an und suchte nach irgendeiner Fußnote, in der darauf hingewiesen wurde, dass Abweichungen von plus/minus einhundert Prozent einkalkuliert werden mussten. Er hatte Banions Vorschlag tatsächlich gegenüber Kent und John, jener Mehrheitsführer im Senat und dieser sein Chefberater, »erwähnt«. Als Antwort hatten sie die Augen in Richtung des Kuppeldachs verdreht und waren, ohne weiter darauf einzugehen, auf ihren Plan zu sprechen gekommen, die neuesten Maßnahmen zur Beschränkung von Parteispenden zu Fall zu bringen.

»Jack, äh, worum geht's hier eigentlich?«

»Ich bin von Aliens entführt worden, und ich will herausfinden, was die Regierung darüber weiß. Wollen Sie das etwa nicht?«

»Ja, natürlich«, sagte der Senator, der das Schriftstück nun ganz verzweifelt nach jener Fußnote mit Sternchen absuchte: **Diese Meinungsumfrage wurde in der Landeskrankenanstalt für Spinner und Deppen durchgeführt.*

»Es ist schließlich Ihre Kommission«, sagte Banion. »Sie brauchen diese beiden schlecht frisierten Schlafmützen nicht um Erlaubnis zu bitten, Anhörungen abhalten zu dürfen.«

»Moment mal«, sagte der Senator, der nun wieder festeren Boden unter den Füßen seiner eigenen Nutzlosigkeit verspürte. »Wir versuchen hier alle im gleichen Chor zu singen. Unsere Mehrheit bröckelt links wie rechts wegen der vielen Alleingänge zusehends ab. Wir haben die Nase gerade einmal mit zwei Sitzen vorn. Ich selbst befinde mich in einem Pferderennen.«

»Genau, Sie treten gegen einen milliardenschweren Software-Unternehmer an, dessen Verkaufsrenner ein Computerspiel ist, in dem es darum geht, Alien-Invasoren zurückzuschlagen.«

»Die Stimmen haschrauchender Teenager trete ich gern an ihn ab. Ehrlich gesagt, bereitet mir mein Abschneiden unter den Lateinamerikanern weit größere Sorgen. Wenn die das Wort *Alien* hören, denken die gleich an den Vorwurf illegaler Einwanderung.«

»Wie wär's dann halt nach der Wahl?«, sagte Banion.

»Dagegen hätte ich nichts einzuwenden.«

»Und Sie legen sich darauf in meiner Sendung am kommenden Sonntag öffentlich fest?«

»Äh, Jack, wir müssen darüber doch wohl nicht im Fernsehen reden, oder?«

»Darf ich Sie dann wenigstens in meiner Kolumne zitieren? ›Senator Gracklesen wird gleich nach den Wahlen Anhörungen anberaumen.‹«

»Sie können auf jeden Fall sagen ... dass Sie darüber mit Leuten diskutiert haben, die ähnlich denken, wie die Leute im Ausschuss, und dass sie gewillt sind, die Vor- und Nachteile von Anhörungen in diesem Sinne zu erörtern. Ja, sicher, durchaus.«

»War es nicht einfach wundervoll?«, sagte Durleen Epperson in ihrem barbecue-soßigen texanischen Akzent und wendete sich an Banion.

Banion war mit seinen Gedanken nicht bei Charles Ives' *Zweiter Sinfonie*, sondern bei Mrs. Eppersons äußerst bemerkenswertem Busen, der naturbelassen war, wenn man den Gerüchten Glauben schenken wollte, und von dem etwa drei Fünftel in seiner ganzen strahlenden Pracht offen zutage traten. Zwischen den beiden Dingern hing, ganz weich wie ein großes Ei eingebettet, ein sechsundzwanzig Karat schwerer Cabochonrubin, der den alten Hinckley um zwei Tankerladungen heimischer Kohle zurückgeworfen haben musste.

»Mhm«, machte Banion durch einen Löffel lauwarmer Butternusscremesuppe hindurch. Gracklesens feige Weigerung, Anhörungen abzuhalten, zwei Stunden Gehörqualen und jetzt ein typisches Dinnergespräch mit der dritten Mrs. Hinckley Epperson – ach, wenn mir nur ein früher Tod vergönnt wäre.

»Kaum zu glauben, dass Ives es immer abgelehnt hat, die Aufführungen der eigenen Werke zu besuchen«, sagte Banion. »Man stelle sich nur vor, was er da verpasst hat.«

Mr. Meeker, dem die *Zweite Sinfonie* beinahe ebenso lang geworden war wie Banion und der die Bemerkung zufällig aufschnappte, konnte sich ein Lächeln nicht verkneifen. Bitsey, die hier ganz in ihrem Element war, zeigte sich völlig entspannt, ja geradezu freudestrahlend. Sie neckte den Vorsitzenden des Repräsentantenhauses mit dem Hinweis, dass Maestro Silva, der mit dem Vizepräsidenten am Nachbartisch saß, die Unterhaltung unter Umständen mitbekommen könnte. Sicherlich könne der Vorsitzende, der so viel für den Absatz amerikanischer Produkte in Übersee tue, nichts gegen die Würdigung eines amerikanischen Komponisten einzuwenden haben. Bitsey übertraf sich an derartigen typisch Washingtoner Abenden in ihrer Rolle als Gastgeberin stets selbst: einen kurzen, wissenden Kommentar fallen lassen, um die Männer sogleich weiter ihre eigenen Ansichten kundtun zu lassen. Wie aufs Stichwort rasselte der Vorsitzende eine Lobeshymne auf amerikanische Komponisten herunter. Aaron Copland gefalle ihm »ganz besonders«, was so viel hieß, dass ihm, dem Himmel sei Dank, gerade noch der Name eines anderen amerikanischen Komponisten eingefallen war. Copland steht in Washington natürlich ganz oben auf der Beliebtheitsskala. Beide politischen Parteien führen ihre

Kandidaten auf den Parteitagen routinemäßig mit einer schmetternden »Fanfare for the Common Man« ein. Zur Not tat's allerdings auch »Also sprach Zarathustra«. Hauptsache Trompeten.

Nachdem er nunmehr seinen Vorrat an musikalischem Fachwissen erschöpft hatte, pries der Vorsitzende Hinckleys Spendenfreudigkeit, der man ja die »prachtvolle« neue Akustik zu verdanken habe, worauf ein allgemeines Gemurmel aus »Hört! Hört!« anhob. Der Vorsitzende hatte vor, Hinckley im Verlauf des Abends noch wegen einer kleinen Gabe für sein Aktionskomitee anzuhauen, den mit dem bescheidenen Namen bedachten »Fond für Amerikas Zukunft«. Tyler Pinch, Kurator der Fripps Gallery, hatte eigene Pläne dazu, wie die Eppersonsche Hauptader anzugraben war – er wollte die Eppersons dazu breitschlagen, der Galerie einen Vermeer mit dem Titel *Noch mehr Licht, durchs linke Fenster einfallend* zu kaufen, ein Bild, das bald für läppische achtundzwanzig Millionen Dollar auf dem freien Markt zu haben sei. Pinch säuselte Mrs. Hinckley Epperson bereits seit geraumer Zeit Geschichten über den enormen Statusgewinn in die juwelenbehangenen Ohren, den eine solche »Geste« zeitigen würde. Die beflissene Durleen hatte sich bereits daran gemacht, Hinckley zu bearbeiten, kam aber nur mühsam voran. Er war zurzeit vollauf damit beschäftigt, eine Pipeline durch einen von besonders vielen kriegerischen Auseinandersetzungen heimgesuchten Abschnitt Armeniens und Urgmenistans zu bauen. Außerdem war erst kürzlich ein Raffinerie-Deal in den Niederlanden geplatzt, was zur Folge hatte, dass er derzeit auf alles Holländische nicht gut zu sprechen war.

Das Abendessen schien ein voller Erfolg zu werden – unter den Männern gab es kein einziges unzufriedenes Gesicht, weil jedermann das Gefühl hatte, am meisten zur Unterhaltung beigetragen zu haben –, als Durleen Banion so laut und deutlich, dass es niemandem am Fünfundzwanzigtausend-Dollar-Tisch entgehen konnte, fragte: »Jack, mein Vater, der in der Nähe von Austin wohnt, behauptet, in der Zeitung gelesen zu haben, dass

Sie dort nächstes Wochenende eine Ufo-Konferenz besuchen werden?«

Durleen hätte ebenso gut den Kadaver eines großen haarigen Tiers auf den Tisch werfen können. Verstörte Blicke suchten im Blumenarrangement Zuflucht.

Jack sah verstohlen zu Bitsey hinüber. Einen Moment lang schien es, als würde sie die vertrackte Situation meistern können, aber dann setzte Durleen ihrer in aller Unschuld gestellten Frage noch eins drauf: »Gehen Sie *auch* da hin, Bitsey?«

Bitsey schien plötzlich wie von Entsetzen gepackt, so als hätte sie gerade entdeckt, dass das Sahnehäubchen auf ihrer Suppe in Wahrheit frisch vom Himmel gefallener Vogelkot war.

»Gütiger Gott, nein«, sagte Banion mit gespielt fröhlicher Stimme. »Bitsey hat mit Aliens nichts am Hut. Sie sind nicht PLU.* Sie ist der Ansicht, dass man das gemeine Volk zwar sehen, aber nicht hören sollte. Damit will ich nicht gesagt haben, dass ihr Vater ...«

Tyler Pinch versuchte den Schaden zu begrenzen, indem er verkündete, dass er selbst hoffe, bei der nächstbesten Gelegenheit nach Austin zu kommen. Ein Vetter von Frida Kahlo, der Frau von Diego Rivera, des großen mexikanischen Malers von Wandgemälden, habe dort kurze Zeit gelebt. Eines Nachts habe Rivera in angetrunkenem Zustand ein Gemälde auf die Garagenwand gemalt, eine ziemlich »derbe«, wie Pinch sich ausdrückte, Allegorie der Beziehungen zwischen den USA und Mexiko.

Für die Fripps Gallery natürlich kaum geeignet, aber er wolle es sich auf jeden Fall mal ansehen.

Bedauerlicherweise ließ Durleen sich von Ausführungen über Wandgemälde nicht aus dem Konzept bringen.

»Daddy ist ein *großer* Ufo-Bekenner«, sagte sie. »Wegen seiner Arbeit ist er nachts immer auf, und er hat erzählt, dass er

* People Like Us.

schon alle möglichen seltsamen Dinge am Himmel beobachtet hat.«

Hinckley Epperson schien nicht darüber erfreut zu sein, dass die Unterhaltung auf seinen neuesten Schwiegervater zusteuerte – der sich seinen Lebensunterhalt als Fahrer von Hühnerlastzügen verdiente –, und wagte die Äußerung, dass er gern sogar noch *mehr* amerikanische Komponisten im Sinfonie-Programm sehen würde, und hoffte insgeheim, dass ihm irgendjemand mit passenden Namen beispringen würde.

Es war eine stille Heimfahrt.

Bitsey war inzwischen von der geräuschvollen, gefühlsbetonten Protestphase ihrer Wut zu kühler Verachtung übergegangen. Es war nie ihre Art gewesen, mit Gegenständen um sich zu werfen. Eine zugeknallte Tür war die lautstärkste Form ihrer Auflehnung. Wie viele WASPs verschmähte sie das Werfen von Porzellan aus Angst, die Angelegenheit später irgendwie der Versicherung erklären zu müssen.

Im Schlafzimmer angekommen, versuchte Banion sich mit dem wehleidig vorgetragenen Argument zu retten, dass es ja schließlich nicht er gewesen sei, der die Unterhaltung auf Ufos gelenkt habe. Wie absurd er sich vorkam. Er, der Träger kosmischen Wissens, einer bahnbrechenden Gnosis sowie von Geheimnissen des Universums – er war plötzlich ganz klein und dazu gezwungen, vor abgesperrter Badezimmertür um Vergebung zu betteln.

Als sich die Tür schließlich öffnete, war Banion bereits im Schlafanzug und las in der neuesten Ausgabe von *Foreign Affairs.* Bitseys Laune hatte sich durch ihren halbstündigen vergeblichen Kampf, das Abendkleid eigenhändig zu öffnen, nicht gerade gebessert.

Banion unternahm einen letzten Versuch, die Wogen zu glätten, aber eine vor Wut kochende, in einem Abendkleid feststeckende Ehefrau freizubekommen ist, wie Banion sinnierte, während er wie ein Bombenentschärfer an dem entsetzlich winzigen Verschluss herumfummelte, ein von Natur aus groteskes Unterfangen.

9

Als Banion auf der Ufo-Tagung eintraf, geriet er gleich mitten in eine hitzig geführte Kontroverse darüber, ob die US-Regierung ihren faustischen Pakt mit den großen Nordmenschen unter den Aliens oder vielmehr mit den grauen Kapuzengestalten geschlossen hatte. Er war dem Flugzeug noch nicht ganz entstiegen, da wurde er schon zu diesem dringlichen Problem befragt.

Er hatte bereits Dutzende von Tagungen in Hotels hinter sich, stets als (hoch-)bezahlter Redner. Und immer war ihm ein freundlicher Empfang bereitet worden, aber noch nie war er von einer solch begeisterten, fähnchenschwenkenden Menge begrüßt worden. Zuerst dachte er, dass die Leute einen Filmstar erwarteten, der den gleichen Flug genommen hatte. Dann las er die Fähnchen. Er wurde von der jubelnden Masse förmlich verschlungen.

Dr. Falopian und Colonel Murfletit versuchten ihn zu allen Seiten vor dem Ansturm zu schützen. Auch sie wurden mit Ehrenbezeugungen und lautem Hurra bedacht, denn schließlich waren ja sie es, die diesen dicken Fisch an Land gezogen hatten. Die Ufo-Welt hatte noch nie zuvor einen Star wie John O. Banion gehabt, und die Gläubigen waren allesamt angetreten, um ihm einen Empfang zu bereiten, der eines Eroberers würdig gewesen wäre. Sie versuchten sogar, ihn auf die Schultern zu heben, eine Gunst, die Banion sowohl Besorgnis erregend als auch ungebührlich empfand. Es gelang ihm, sich wieder herunterzuhieven, wobei er versehentlich Colonel Murfletits große Ohren zum Festhalten benutzte.

Er wurde zwischen knipsenden Fotografen, nach Autogrammen kreischenden Frauen und unter dem grellen Schein der Kameraleuchten rasch in einen Wagen bugsiert. Ein vor Begeisterung glühender Dr. Falopian verkündete der selig-erwartungsvollen Menge durch das Seitenfenster, dass Mr. Banion all ihre Fragen im Anschluss an seinen morgigen Vortrag beantworten werde.

Auf der Fahrt zum Hotel suchte Banion in der offensichtlich hochradioaktiven Frage der großen Nordmenschen versus Kapuzengestalten beim Doktor und dem Colonel Rat. Zuerst einmal wolle er eines wissen: Waren die grauen Kapuzengestalten in irgendeiner Weise mit den kleinen *hässlichen* Grauen verwandt? Dr. Falopian strich sich über den Ziegenbart und erläuterte mit professoraler Geste die Nuancen der Grauen-Taxonomie. Die Antwort lautete: Die Kapuzengestalten waren zweifellos eine ganz andere Hausnummer als die kleinen hässlichen, da dürfe man sich bloß nicht vertun. Was besagte Kontroverse betraf, rieten Dr. Falopian und Colonel Murfletit dringend, eine Sowohl-als-auch-Haltung einzunehmen. Vorsicht war die Mutter der Porzellankiste. Es gab Hinweise, die die Vermutung zuließen, dass die US-Regierung sowohl mit den Nordmenschen *als auch* mit den Kapuzengestalten geheime Absprachen getroffen hatte, aber auf frischer Tat hatte man die Regierung bisher noch nicht ertappt.

Vor dem Hyatt Hotel empfing sie erneut eine begeisterte Menschenmenge. Banion wurde von stämmigen WUFOC-Sicherheitsleuten zu seinem Zimmer begleitet, das, ganz wie Renira versprochen hatte, einen majestätischen Blick auf den Lake Austin und die Brücke bot, von der man sich erzählte, dass sich dort über eine Million Fledermäuse eingenistet hatten. Er sinnierte im Dämmerlicht darüber nach, was für eine gewaltige Menge an Guano dort abfallen musste. Bestimmt hatte ein findiger Texaner sich irgendetwas ausgedacht, um ihn einzusammeln und als Düngemittel zu vermarkten.

Banion schenkte sich zur Stärkung einen Scotch aus der Minibar ein, der Wasserstelle der Einsamen, und blickte gedankenversunken auf die Stadt hinab, von der er spürte, dass sie auf irgendeine unaussprechliche Art und Weise ihm allein gehörte.

Das Telefon klingelte. Es war eine Frau, eine Verehrerin – eine ebenfalls Entführte und damit Leidensgenossin! –, die sofort zu ihm aufs Zimmer kommen wollte, um sich mit ihm zu »unterhalten«. Er lehnte dankend ab. Aber es müsse unbedingt sein! Nein, danke, bis morgen. Mein erster Groupie, dachte er.

Wieder klingelte das Telefon. Noch so eine aufdringliche Frauenstimme. Auch diese Frau lechzte danach, ihn zu sehen, gleich jetzt, sofort. Sie komme in dringender Angelegenheit – mit einer Nachricht vom Häuptling des Planeten Deltoid. Banion lehnte ab und bat anschließend die Vermittlung, eingehende Anrufe nicht mehr weiterzuleiten. Die Leute waren zweifellos emotionaler aufgeladen als das durchschnittliche Publikum beim Rat für Internationale Beziehungen, dachte er.

Er ignorierte das wiederholte, feminine Klopfen an der Tür. Als es sich schließlich in ein verzweifeltes dumpfes Schlagen verwandelte, alarmierte er Colonel Murfletit, der daraufhin draußen eine Wache aufstellen ließ.

Locker bleiben, sagte Banion sich. *Dass dir das Ganze nur ja nicht zu Kopf steigt.*

Trotz des ganzen Wirbels und der Aufmerksamkeit fühlte er sich so einsam wie noch nie in seinem Leben. Er und Bitsey hatten zwar im Sinne einer normalen Ehe in letzter Zeit nicht viel miteinander anzufangen gewusst – nicht dass Sex jemals eine allzu wichtige Rolle in ihrer Beziehung gespielt hätte –, aber dennoch …

Da stand er nun, der John Lennon der Ufo-Welt, und befand sich im obersten Stock eines bis zum Rand mit Frauen gefüllten Hotels, die es gar nicht erwarten konnten – die geradezu danach lechzten –, sexuell untersucht zu werden. Auf Marsmännchenart.

Nein, nein, nein, *nein.* Er war ein verheirateter Mann, er liebte seine Frau, und damit Schluss. Ende der Diskussion.

Außerdem, sagte er sich, handelte es sich bei den Frauen, die er am Flughafen und bei seinem raschen Gang durchs Foyer erblickt hatte, nicht unbedingt um Zweitplatzierte der Miss-America-Wahl. Die WUFOC-Girls, wie der *Playboy* es vielleicht neckisch ausdrücken würde, waren eher von der feisteren Sorte, mit riesigen Föhnfrisuren und abgekauten Fingernägeln – na ja, dachte er, während keusches Mitleid ihm die Seele zerschnitt, arme Dinger, wenn man mal bedenkt, was sie durchgemacht haben.

Als Belohnung dafür, dass er von den Groupies die Finger ließ, würde er sich bei der Durchsicht seiner Rede einen Porno im Hotel-Fernsehen anschauen. Warum auch nicht?

Vielleicht *Vegas Vixens* mit Kimberly Kum in der Hauptrolle? Tja, wirklich, warum eigentlich nicht?

Banion schlief schließlich zu Kimberlys gespieltem Stöhnen ein, während sie es mit drei Elvis-Imitatoren trieb. Er schreckte erst hoch, als irgendjemand auf dem Bildschirm plötzlich »Tiefer, o Gott, tiefer!« rief.

Am Morgen sah Banion sich in den Ausstellungshallen um und schaute bei ein paar Workshops vorbei. Bart Hupkin, Autor von *Auserwählte wider Willen,* einem Bestseller über Entführungen, hielt einen Vortrag über seine neuesten hypnotischen »Regressionen« von Entführten. Es war Hupkin, der die zukunftsweisende Regression von Kathy Carr durchgeführt hatte – einem von Scrubbs' Entführungsopfern. Seine Technik war von der Amerikanischen Vereinigung praktizierender Hypnotherapeuten als »suggestiv« verurteilt worden. Und in der Tat, bei einigen Fragen, die er den Entführten stellte, sobald sie weggetreten waren, könnte man durchaus der Ansicht sein, dass sie den Leuten die Antwort praktisch in den Mund legten wie zum Beispiel diese: »*Sind Sie von vier gesprenkelten Ge-*

schöpfen mit Fangarmen vom Planeten Farble entführt worden? Ja oder nur vielleicht?«

Banion schlich sich lautlos hinein, als gerade ein blassgesichtiger Mehrfachentführter – der arme Mann war nicht weniger als siebenunddreißig Mal gekascht worden und mittlerweile ganz vertrocknet, da sämtlicher reproduzierender Säfte beraubt – Hupkin erzählte, dass er völlig am Ende sei. Er sei inzwischen dazu übergegangen, stündlich zu masturbieren, um seinen Spermavorrat aufzubrauchen. Wenn er sie auch nicht davon abhalten könne, ihn zu entführen, so wolle er doch verdammt sein, wenn er ihnen auch nur einen weiteren Tropfen seines Spermas überlassen würde. Die Zuhörer spendeten seinem genialen Entschluss Beifall.

Eine andere Hupkinsche Regressistin verriet der Menge ihre bahnbrechende Lösung, sich zentimeterdick in Zellophan einzuwickeln, wodurch es den Aliens, ähnlich wie bei Nylonstrumpfhosen, erheblich erschwert werde, ihre abscheulichen phallischen Sonden einzuführen. Darüber hinaus, merkte sie an, fördere es die Gewichtsabnahme. Ein weiteres weibliches Entführungsopfer verkündete, dass es unter Depressionen leide, weil es seine Alien-Kinder vermisse. Der Vater habe sie trotz der einvernehmlich getroffenen Vereinbarung, die Kleinen gemeinsam aufzuziehen, zusammen mit einer »Schlampe« vom Aldebaran zu den Plejaden mitgenommen. Hupkin beschwor sie, sich die Sache nicht zu Herzen zu nehmen. Aliens waren bekannt für ihre Bindungsangst.

Beim Verlassen des Workshops wurde Banion das Gefühl nicht los, dass diesen Menschen irgendetwas in ihrem Leben abging. Er wartete immer noch darauf, jemandem zu begegnen, der … nun, jemandem wie ihm, um ehrlich zu sein. Selbst Dr. Falopian und Colonel Murfletit, mit denen er mittlerweile Hunderte von Stunden verbracht hatte, gaben kaum eine ideale Begleitung zu einem Abendessen ab. Sie mochten ja in ihren angestammten Savannen wie zwei Löwen auftreten, aber in jeder anderen Umgebung wirkten sie eher wie zwei komische Käuze. Banion musste sich immer wieder vorsagen, dass ja wohl auch die ersten Christen ein ziemlich komischer Haufen gewesen waren.

Er fand, dass er zumindest auf einen kurzen Sprung bei dem Viehverstümmelungsseminar vorbeischauen sollte. Das Thema widerte ihn zwar an, aber Dr. Falopian hatte gemeint, dass es für die Ufos eine Schlüsselrolle spiele, lassen Sie sich also dort bitte kurz blicken, insbesondere da der Workshop von Dr. Linda Moulton Howe geleitet wird, der Grande Dame der Kuhverstümmelung. Sobald in irgendeiner Scheune eine ausgeweidete Kuh gefunden wurde, tauchte bald darauf auch Dr. Howe mit ihrer Kamera und ihren wissenschaftlichen Instrumenten auf. Falopian hatte gesagt, dass ihre letzte Veröffentlichung zu diesem Thema schlicht atemberaubend gewesen sei. Banion hatte das Werk gesehen, ein veritables Coffeetable-Book (also wirklich!) voller abscheulicher Fotos, noch dazu in den prächtigsten Farben. Banion fragte sich, wer in aller Welt fünfzig Scheine für ein Buch mit Aufnahmen von Rindviechern hinblätterte, denen das Rektum, die Zunge und andere empfindliche Körperorgane entfernt worden waren. Wie hübsch es sich nur auf jedermanns Couchtisch neben dem Matisse-Bildband ausmachen würde!

Kaum hatte er den Hupkin-Workshop verlassen, hörte er eine sanfte Frauenstimme. »Mr. Banion?«

Sie war hoch gewachsen, beinahe eins achtzig groß, hatte blondes kurz geschnittenes Haar und hellgrüne Augen, die sie hinter einer Hornbrille versteckte, welche ihrer ansonsten robusten, athletischen Erscheinung den Sexappeal des viel zu klugen, ein wenig weltfremden Mädchens verlieh, das sich Wildwasserkanufahren oder Fallschirmspringen zum Hobby erkoren hatte. Anfang dreißig, hübsches zweireihiges Sakko ohne Bluse – eine Aufmachung, die Banion sehr zusagte – und hautenge weiße Leggings, die ihren wohlgeformten Beinen bis hinunter zu perfekten, munter auf hochhackigen Schuhen thronenden Fesseln folgten. Ihr Lächeln, das zu beiden Seiten von leichten Grübchen eingerahmt wurde, strahlte eine radioaktive Wärme aus. Sie hatte eine rauchige Stimme, und ihr Parfüm verströmte jenen berauschenden, puderähnlichen Duft. Banion war hin und weg. Sie wirkte in diesem quiekenden Schweinestall schwitzender Magdalenen völlig fehl am Platz.

»Tut mir Leid, wenn ich Sie störe. Sie haben es bestimmt satt, ständig angesprochen zu werden.«

»Nein, nein, ist schon in Ordnung.«

Gütiger Gott, von welchem Planeten war *dieses* himmlische Geschöpf gefallen?

»Ich hab gehört, dass Sie hier sein würden, und da hab ich mir gedacht und gehofft, dass Sie vielleicht so freundlich sind und das hier signieren.« Sie hielt ihm ein Buch hin. Es war *Wie man die Armen verschaukelt,* sein Bestseller, in dem er den Wohlfahrtsstaat kritisiert hatte.

»Natürlich, ja«, stammelte er. Sie hatte es offensichtlich sogar gelesen. So etwas erkannte man immer daran, wie zerfleddert die Seiten waren. »Was soll ich denn schreiben?«

»Einfach nur ›John O. Banion‹.«

»Ich wollte sagen, soll ich ... ist es ... für ...« Reiß dich zusammen, Mann. »Für wen ist es denn?«

»Oh«, sagte sie und lächelte. »Roz.«

»Roz. Was für ein hübscher Name.« Was für eine idiotische Bemerkung.

»Mit einem Z.«

»Reizend.«

»In einer solchen Umgebung nehmen die Leute gewöhnlich an, dass es mit einem *S* ist.«

»Bitte?«

»Sie wissen schon, wie in Roswell, New Mexiko.«

»Ah ja, natürlich.«

»Ich habe alle Ihre Bücher gelesen.«

»Wirklich?«

»Aber das hier ist mein Lieblingsbuch. Als ich das erste Mal den Titel gehört habe, habe ich gedacht, dass Sie ein echtes Schwein sein müssen.«

»Nun ...«

»Dann hat meine Freundin mir erzählt, dass es echt gut ist, und da hab ich's gelesen. Die Armen zu verschaukeln ist wirklich die einzige Art, ihnen zu helfen, stimmt's?«

Banion räusperte sich. »Was hat Sie hierher verschlagen? Sind Sie ein Entführungsopfer?«

»Ich ziehe den Begriff *Erleuchtete* vor.«

»Entschuldigung.«

»Ist schon in Ordnung.« Sie lächelte und schien praktisch in sein Innerstes hineinzusehen. »Nein, das bin ich nicht, aber ich hoffe, es noch zu werden. Bald.«

»Ich weiß nicht, ob ich Ihnen eine solche Erfahrung empfehlen kann.«

»Ich glaube«, sagte sie, während sie sich verspielt eine perlmuttfarbene Haarsträhne um den Finger drehte und Banion dabei schief anlächelte, wobei sich wieder eines ihrer Grübchen zeigte, »es hängt ganz davon ab, von *wem* man entführt wird.«

Banion musste schlucken. Sein Mund war kreidetrocken.

Roz blickte sich in der Halle um. »Wenn es dann mit mir geschieht, hoffe ich, dass ich nicht so ende wie diese Frau in dem Workshop, die wegen irgendeiner Schlampe vom Aldebaran sitzen gelassen worden ist.« Sie kicherte und blickte sich wieder um. »Erinnert Sie dieser Laden nicht auch irgendwie an eine Single-Bar im Höllenreich?«

»Ich war noch nie in einer Single-Bar.«

»Vielleicht sollte ich keine Scherze darüber machen. Die Leute hier sind alle so einsam.«

»Sie klingen, als würden Sie deren Geschichten nicht so recht glauben.«

»Tun Sie das etwa?«, sagte sie.

»Ich weiß nicht mehr, was ich noch glauben soll. Aber ich glaube an das, was mir passiert ist.«

»Bei Ihnen ist das was anderes. Sie *hatten* auch davor schon ein ausgefülltes Leben.«

»Und Sie sehen auch aus, als würden Sie mitten im Leben stehen.«

»Ich bin Verlegerin.«

»Wirklich? Was verlegen Sie denn?«

»Sie haben von unserer Zeitschrift bestimmt noch nicht gehört. Es handelt sich um, tja ...«

»Ich lese so einiges, sollten Sie wissen.«

»Auch die *Cosmospolitan*?«

»Die Frauenzeitschrift?«

»Sie meinen die *Cosmopolitan.* Ich rede aber von *Cosmospolitan.* Sozusagen die *Cosmo* für Frauen, die von Aliens entführt worden sind.«

»Aha. Klingt ... Haben Sie eine Ausgabe dabei?«

»Drüben an meinem Stand. Ich bin geschäftlich hier. Haben Sie vielleicht Lust ...?«

»Sogar sehr. Gehen wir.«

Sie führte Banion zu ihrem Ausstellungsstand, wo sie ein paar Hefte ihrer Publikation bereitliegen hatte. Er sah sich die Titelseite der laufenden Ausgabe an.

»Sehr nett«, sagte Banion, der den Blick auf das Cover-Foto einer großen, mit üppigen Kurven ausgestatteten Frau im schwarzledernen Minirock und hautengem Stretchtrikot mit Leopardenfellmuster geheftet hatte. Sie war tätowiert, und über ihrem rechten Busen schwebte eine fliegende Untertasse. Er las die Anreißer:

- Alien-Dating: Alles, was Sie wissen müssen
- Wird er Sie auch als Mensch akzeptieren?
- Angestrahlt, ausgezogen und von Sonden durchdrungen!

- Sind Nordmenschen *wirklich* die Besseren im Bett?
- Wollen sie Sie oder nur Ihre Eizellen?

»Faszinierend«, sagte Banion. »Darf ich mir ein Heft mitnehmen?«

»Es liegt bestimmt nicht auf Ihrem intellektuellen Niveau.«

»Nein, nein, sieht sehr interessant aus.«

»Unsere Auflage hat sich in den letzten zwei Jahren verdoppelt. Und Meinungsumfragen zeigen, dass wir immer besser ankommen.«

Banion blätterte kurz durch die Seiten. Er entdeckte viel Zigarettenreklame sowie Werbung für Haarpflegemittel und Partnervermittlungsinstitute.

»Einfach wundervoll«, sagte er, »dass es für Frauen, die solche Erlebnisse hinter sich haben, nun eine Zeitschrift gibt, die sich ganz ihren Problemen widmet.«

Was – fragte er sich – war nur in ihn gefahren? Normalerweise klang er nicht wie die Synchronstimme einer schleimigen Fernsehreklame.

»Ich kann Sie wohl nicht zufällig um ein Interview bitten?«, sagte Roz. »Ich frage Sie nur sehr ungern. Aber es wäre ein echter Coup.«

»Aber natürlich. Mach ich doch gern. Ich wollte übrigens gerade zu dem Seminar über Viehverstümmelungen. Wollen Sie vielleicht mitkommen?« Also, das war doch nun wirklich ein echter augenzwinkernder Klassiker: *Darf ich Sie zu dem Seminar über Viehverstümmelungen einladen? Hab zwei Plätze in der ersten Reihe.*

»Also, ehrlich gesagt« – sie lächelte –, »da wollte ich selbst gerade hin.«

Sie gingen in Richtung des Sam-Houston-Saals, mussten aber alle paar Meter stehen bleiben, da Banion wie ein Rockstar Autogramme zu geben hatte. Ein abgehärmter, rasend schnell sprechender Typ näherte sich ihm, um ihm zu seinem Mut zu gratulieren, die Dinge beim Namen zu nennen. Er hatte Ende der siebziger Jahre in Washington als Zivilist auf Zeit für die Air Force gearbeitet. War Banion eigentlich schon bekannt, dass Präsident Nixon den Schauspieler und TV-Komiker Jackie Gleason *persönlich* zum Hangar 18 des Wright-Patterson-Stützpunktes der Air Force in Ohio begleitet hatte, um die Alien-Leichen von Roswell in Augenschein zu nehmen? Banion wollte dem Mann in knappen Worten für die Information danken. Er fürchtete, dass Roz weiterziehen und ihn mit diesem Verrückten allein lassen würde. Aber der Mann hatte ihm noch Weiteres mitzuteilen. Ob Banion wusste, wer im Showbusiness *sonst* noch alles an Ufos glaube? Jamie Farr von der Fernsehshow *M*A*S*H* zum Beispiel? Gut zu wissen, sagte Banion, und versuchte sich loszueisen. Und Sammy Davis! Wirklich? O ja, Sammy Davis war *tief* gläubig. Sagen Sie bloß, Sie haben immer geglaubt, dass er das eine Auge bei einem Autounfall verloren hat? O nein, Sir, dieses Auge ist ihm als eine der ersten Alien-Organspenden *entrissen* worden, und *freiwillig* war daran gar nichts.

»Wirklich?«, sagte Banion, der nun seinen Schritt beschleunigte.

»Ja, Sir, aber Sie werden darüber nichts in Linda Moulton Howes Buch finden. Und wollen Sie wissen, *warum*?«

Eigentlich nicht.

»Weil *sie* nur an etwas interessiert ist, wenn es muht oder blökt. Um uns Menschen kümmert sie sich einen feuchten Dreck.«

»Wirklich? Also, danke für …«

»Sie ist keinen Deut anders als diese Tierschützer, macht sich mehr Sorgen um verdammte *Nerze* als um das Schicksal der Menschen.«

Der Mann brüllte inzwischen wie ein Wahnsinniger. Banion machte, dass er wegkam.

»Wir brauchen mehr Leute wie Sie«, rief der Mann ihm noch

hinterher. »So jemanden wie Sie kann man nicht einfach beiseite tun. Sie haben eine Fernsehshow. Machen Sie ihnen die Hölle heiß. Wir verlassen uns auf Sie!«

»Sie gehen ziemlich freundlich mit diesen Leuten um«, sagte Roz, als sie auf der Rolltreppe abwärts fuhren. »Nur wenige Menschen in Ihrer Lage würden so viel Verständnis aufbringen.«

»Mir sind in Washington bereits seltsamere Gestalten über den Weg gelaufen.« Es überraschte ihn, sich selbst so reden zu hören. Noch nie hatte er sich in solchen Worten über den Sitz der Macht geäußert, auf dem schließlich auch er Platz genommen hatte.

»Ich würde einiges darum geben, zu sehen, wie Nixon Jackie Gleason auf einen Rundgang im Hangar einlädt, um ihm Alien-Leichen vorzuführen.« Sie kicherte.

Sie war schön, klug und hatte auch noch Sinn für Humor. Es drängte ihn, sich bei ihr unterzuhaken, während sie nach unten fuhren. Aber dann rief er sich ins Gedächtnis, dass er ja ein verheirateter Mann war, und mit einem Mal überkamen ihn Gewissensbisse.

Der Saal war abgedunkelt. Dr. Howe, eine attraktive, geschmackvoll gekleidete Frau mit dem Auftreten einer Professorin, führte gerade Dias vor, die Banion froh sein ließen, dass er noch nicht zu Mittag gegessen hatte – und Zweifel in ihm aufwarfen, ob er heute noch etwas runterkriegen würde. Schlimmer noch war, dass er neben einer verführerischen jungen Frau saß, die er gerade erst kennen gelernt hatte und mit der er sich nun eine Diaschau über Nutzvieh ansah, dem die Genitalien entfernt waren. Aber Roz schienen die schaurigen, zur Diskussion stehenden Bilder nichts auszumachen. Schön, klug, Sinn für Humor und obendrein unerschütterlich.

Sie saßen schweigend da, während Dr. Howe erläuterte, dass die vorgenommenen Schnitte gespenstisch glatt und sauber durchgeführt worden waren, sauberer als bei so manchem chirurgischen Eingriff. Und noch erstaunlicher sei es, dass die Schnittränder unter dem Mikroskop Spuren von extrem erhitztem Hämoglobin aufwiesen, was die Anwendung von Lasern nahe lege. Es handele sich hier also auf gar keinen Fall um das Werk perverser Bauerntölpel mit irgendwelchen brutalen Instrumenten. Nicht einmal mit MSR konnte man das gehäufte Aufkommen an verstümmelten Kühen erklären. (Banion machte sich irgendwie Sorgen um die Zukunft eines Landes, in dem »Missbrauch bei satanischen Ritualen« offenbar dermaßen an der Tagesordnung war, dass die Gesellschaft sich darin flüchtete, solche Vorgehen mit einem Kürzel zu belegen.)

Dr. Howe konnte mit einer Hypothese aufwarten, warum derartige Verstümmelungen sich in letzter Zeit häuften. Rinderorgane seien unter den Außerirdischen eine heiß begehrte Delikatesse – Alien-Sushi sozusagen. Banion zuckte zusammen und wusste schon jetzt, dass er nie wieder *tekka maki* bestellen würde. Dr. Howe machte den Vorschlag, dass die Regierung – um die Aliens sanft zu stimmen – selbst in der Rolle eines Sushi-Kochs aktiv werden sollte.

Banion warf Roz während des gesamten haarsträubenden Vortrags immer wieder verstohlene Blicke zu, um herauszubekommen, wie sie auf diese scheußlichen Hypothesen reagierte. Aber alles, was er zu sehen bekam, war ein Gähnen.

»Darf ich Sie vielleicht zu einer Tasse Tee einladen?«, sagte er, als sie blinzelnd in das grell erleuchtete Foyer traten.

»Irgendwas zu trinken würde mir jetzt bestimmt gut tun.«

Das Restaurant war zum Bersten mit dem Messemob gefüllt. Im Nu waren sie wieder von Autogrammjägern oder von Leuten umzingelt, die ihm irgendwelche alarmierenden Einsichten über das Universum mitzuteilen hatten. Banion wollte ihr schon vorschlagen, mit ihm auf seiner Suite zu Mittag zu essen, in ungestörter Zweisamkeit, befürchtete jedoch, dass das zu aufdringlich rüberkommen würde.

Dr. Falopian und Colonel Murfletit fingen sie in heller Aufregung ab und wirkten dabei wie Kindermädchen, denen die Schützlinge im Park entwischt waren. Wo er denn die ganze Zeit gesteckt habe? Warum er einfach so davongelaufen sei? Wo doch äußerst *wichtige* Leute anwesend seien, die ihn kennen lernen wollten.

Banion stellte den beiden Roz vor. Sie musterten sie mit unverhohlener Verachtung – ohne Zweifel noch so ein Groupie. Wahrscheinlich gab es nur diese beiden Menschen, dachte Banion, die gegen eine solch hinreißende Verkörperung weiblicher Anmut und Schönheit immun waren.

Sie zupften und zerrten an ihm. Er müsse sofort mitkommen. Ganz besondere Persönlichkeiten warteten bereits.

»Möchten Sie vielleicht mitkommen?«, sagte Banion zu Roz.

Dr. Falopian und Colonel Murfletit tauschten entsetzte Blicke aus. Der Colonel flüsterte Banion mit Nachdruck ins Ohr, dass das Treffen streng vertraulicher Natur sei.

»Hat mich wirklich gefreut, Sie kennen zu lernen«, sagte Roz, die wohl Murfletits Wink verstanden hatte.

»Kommen Sie nur mit«, sagte Banion energisch. »Ich *bestehe* darauf.«

»Ich möchte wirklich nicht aufdringlich erscheinen ...«

»Papperlapapp«, sagte er und warf seinen beiden Aufpassern scharfe Blicke zu.

Dr. Falopian und Colonel Murfletit legten den Gang zum Zimmer des Colonels schmollend zurück. Vor der Zimmertür waren nicht weniger als drei schwergewichtige Gorillas postiert. Banion fragte sich, wen in aller Welt sie bewachten. Einen gefangen genommenen Alien?

Als sich die Tür öffnete, kamen zwei Russen zum Vorschein, die von einer Tschernobyl-Wolke ihrer eigenen Zigaretten umwabert wurden.

Banion musste husten, während sie einander vorgestellt wurden. Der Ältere der beiden war ein gewisser Dr. Kokolew, der Jüngere ein Oberst Radik. Sie kamen Banion wie eine slawische Version von Falopian und Murfletit vor, nur dass sie anscheinend sogar noch bessere Referenzen vorweisen konnten. Dr. Kokolew, einer der Väter der sowjetischen Raketentechnologie, hatte die Startrakete für die Puschkin-4 entworfen und war ein Held der sowjetischen Wissenschaft, Träger des Lenin-Ordens und dort einst Stalins Chefberater in Ufo-Angelegenheiten. Oberst Radik, ein pensionierter Offizier der sowjetischen Luftwaffe, hatte in seinem MiG-Jäger einmal ein Ufo abgeschossen, das den sowjetischen Luftraum verletzt hatte.

»Sind Sie sicher, dass es kein Passagierflugzeug war?«, sagte Banion, der den Russen nie den Abschuss der KAL Flug 007 verziehen hatte. Dieser Heiterkeitsversuch schien allerdings nicht dazu angetan zu sein, das Eis zwischen ihm und dem Oberst zu brechen.

Dr. Kokolew dagegen war eine Frohnatur im russisch-bärigen Sinn. Er erzählte die Geschichte, wie er im Juli 1947 mitten in der Nacht, mehrere Monate nach dem Roswell-Crash in New Mexico, dem schrecklichen Josef Wissarionowitsch Stalin vorgeführt wurde. Eine von Kokolews Raketen war gerade auf einer Abschussrampe in Alma-Ata explodiert, und er vermutete, dass Stalin beabsichtigte, ihn persönlich zu erschießen.

Stattdessen schob der große Mann dem jungen Physiker einen schimmernden Gegenstand über den Schreibtisch zu und wollte von ihm wissen, ob dieser nichtirdischer Herkunft war. Es stammte, wie Kokolew erzählte, aus dem Roswell-Wrack und war dem KGB *nach Überwindung enormer Schwierigkeiten* in die Hände gefallen. Dr. Kokolew war sich darüber im Klaren, dass von seiner Antwort einiges abhing, insbesondere sein Leben. Er setzte alles daran, um herauszufinden, wie Stalin selbst den Gegenstand einschätzte. (Herauszufinden, was Stalin dachte, und dann mit ihm einer Meinung zu sein, war im Russland der Jahre 1924–53 ein beliebter Zeitvertreib.)

Stalin schien davon überzeugt zu sein, dass der Gegenstand *tatsächlich* von Außerirdischen stammte, auch wenn der

Grund dafür nur darin lag, dass in den vom amerikanischen Militär herausgegebenen Stellungnahmen zunächst davon die Rede war, dass man Teile einer fliegenden Untertasse sichergestellt habe, während man am darauf folgenden Tag alles dementierte und erklärte, dass es sich doch nur um Wrackteile eines Fesselballons zur Wetterbeobachtung gehandelt habe.

Ja, pflichtete Dr. Kokolew ihm also bei, dies sei auch seine Interpretation.

Stalin verlangte, dass sofort eine Analyse durchgeführt wurde. Man würde Kokolews Instrumente herbeischaffen lassen.

Wenn Stalin bei etwas sofort sagte, klärte man ihn nicht darüber auf, dass es frühestens in einer Woche erledigt werden könne. Kokolews wissenschaftliche Instrumente wurden also in den Kreml gebracht. Er führte die Analyse den Umständen entsprechend so genau wie möglich durch und erstattete Stalin in kunstvoll zweideutigen Worten Meldung, dass es ihm nicht gelinge, das Material zweifelsfrei zu bestimmen, und dass es deshalb (tiefes Luftholen) mit an Sicherheit grenzender Wahrscheinlichkeit außerirdischer Herkunft sei.

»Wusste ich's also!«, rief Stalin aus. »Die Amerikaner sind im Besitz von Außerirdischentechnik!« Er sagte, dass sich damit Informationen bestätigen würden, die man von anderen Quellen innerhalb Amerikas erhalten habe. Der KGB-Mann in Washington habe kürzlich von der Existenz einer geheimen, auf höchster Ebene operierenden Abteilung mit dem Namen MJ-12 berichtet, die sich aus zwölf Topleuten der amerikanischen Armee, der Raumfahrtbehörden und der Geheimdienste zusammensetze, deren Aufgabe es wiederum sei, Präsident Truman darin zu beraten, wie die Erkenntnisse aus den Besuchen der Außerirdischen einerseits geheim zu halten waren und wie die erbeutete Technologie andererseits weiterentwickelt werden konnte, um einen noch größeren Vorsprung gegenüber der Sowjetunion zu erringen.

Kokolew bildete sich nicht ein, dass Stalin ihn an dieser unglaublichen Geheiminformation aus rein kameradschaftlichen Gefühlen teilhaben ließ. Kein Zweifel, dies war das Ende seiner Laufbahn in der Raketenentwicklung und der Beginn einer neuen Karriere. Stalin setzte Kokolew davon in Kenntnis, dass dieser von diesem Moment an offiziell nicht mehr existierte. Noch am gleichen Tag wurden er und der winzige schimmernde Gegenstand – was auch immer es war – vom KGB zu seinem neuen Wohnsitz auf einer Insel am nördlichen Polarkreis gebracht. Die Insel war so abgelegen, dass selbst die dort heimischen Papageientaucher aus reiner Langeweile Selbstmord begingen.

Dort blieb er bis zu Stalins Tod – sechs Jahre auf einer Insel, auf der Temperaturen von bis zu minus fünfzig Grad herrschten, sechs Jahre, in denen er versuchte, sich ein Bild von der Molekularstruktur dieses blöden schimmernden Wrackteils zu verschaffen. Sechs Jahre, in denen er in ständiger Angst schwebte, Stalin mitteilen zu müssen: *Machen Sie sich nix draus – ist doch nur Stück von Fesselballon für Wetterbeobachtung!*

Im Anschluss an Stalins Tod ließ man ihn frei. Chruschtschow entschuldigte sich für die erduldeten Unannehmlichkeiten sowie die beiden abgefrorenen Zehen und übertrug ihm die Verantwortung für das Ufo-Projekt des Sowjetführers, Kodename Strahl drei, das zum Ziel hatte, neuartige Antriebstechniken zu entwickeln, was allerdings ohne Erfolg blieb.

Die Sowjets wurden unterdessen von ihren amerikanischen Geheimquellen mit Informationen überflutet, die den Schluss zuließen, dass die US-Regierung nicht nur mit den Außerirdischen in Verbindung stand, sondern bereits die Entwicklung einer eigenen fliegenden Untertasse vorantrieb, und zwar mit alarmierendem Tempo.

Kokolew setzte seine Arbeit unter höchster Geheimhaltungsstufe fort, aber Chruschtschow hatte, anders als sein Vorgänger, auch seine menschlichen Seiten. Das Hauptquartier von Strahl drei lag außerhalb von Magnitogorsk, was nicht unbedingt eine mondäne Metropole, aber im Vergleich zu der gottverlassenen Insel am achtundsiebzigsten nördlichen Breitengrad ein russisches Paris war. Hier konnte er zumindest seine Familie sehen. Der Wodka war besser, und man war nicht dazu gezwungen, sich mit Papageientauchern zu unterhalten.

»Was haben Sie herausgefunden?«, fragte Banion, der sichtlich hingerissen war.

»Nichts und wieder nichts!«, sagte Kokolew. Sie arbeiteten wie die Kulaken, tagaus, tagein, aber alles, was zu guter Letzt dabei herauskam, war ein verbessertes Kühlmittel für Eisschränke und eine weichere Federung für die Sil-Limousinen.

Zumindest zeigten sich jene Parteimitglieder, die darin herumkutschiert wurden, dafür dankbar. Milliarden und Abermilliarden Rubel, unermessliche Geldmittel, die zur Ernährung des russischen Volkes hätten verwendet werden können, Jahre, in denen man sich in der Kälte die Eier und Zehen abgefroren hatte – und wofür? Für die Katz! Und die Geheimnisse des Antigravitationsantriebs blieben ihnen auch weiterhin verschlossen. Sie konnten jetzt nur noch hoffen, den Amerikanern ihre Geheimnisse abzujagen, so wie man es bereits bei der Atombombe getan hatte.

Dr. Kokolew lächelte bitter und entblößte dabei stählern glänzendes Brückenwerk.

Chruschtschows Nachfolger Breschnew, den der ausbleibende Erfolg der Sowjetunion bei der Entwicklung der ersten einsatzfähigen fliegenden Untertasse ganz ungeduldig machte, feuerte Kokolew und besetzte den Posten mit seinem Schwiegersohn – einem unfähigen Trottel! Kokolew wurde an ein Atomkraftwerk in Smolensk versetzt. Und dort war es dann auch, wo ihm gerüchteweise zu Ohren kam, dass es dem KGB gelungen sei, in dem amerikanischen Ufo-Direktorium namens Majestic Twelve einen Maulwurf zu platzieren, und dass die Bemühungen von einem durchschlagenden Erfolg gekrönt waren: echte Blaupausen für fliegende Untertassen!

Es wurden riesige Geldmittel in die Entwicklung gesteckt – Breschnew war ganz besessen davon, den Rückstand in der Fliegende-Untertassen-Technologie aufzuholen –, aber nichts kam jemals dabei heraus. Obwohl man sich bei dem Bau genau an die Konstruktionspläne hielt und ein Vermögen dabei draufging, gelang es nicht, dieses Scheißding zum Fliegen zu bringen. Es wollte einfach nicht vom Boden abheben, nicht einmal eine Handbreit. Eine Katastrophe.

Nach dem Zusammenbruch der Sowjetunion wurde Kokolew schließlich von Geheimdienststellen der USA in die Vereinigten Staaten gebracht. Die CIA, die einen Berufsberatungsdienst für ehemalige Sowjetwissenschaftler unterhielt, um zu verhindern, dass sie für Arbeitgeber wie Saddam Hussein tätig wurden, vermittelte ihm eine Stelle bei einer Rüstungsfirma in der Mohavewüste in Kalifornien. Verdammt heiß dort.

Ob Banion nicht neugierig sei zu erfahren, mit der Entwicklung welcher Luftfahrzeuge er den Rest seiner Laufbahn verbracht habe?

Fesselballons! Für große Höhen konzipierte, fliegende Wetterstationen!

Nur ein Russe könne diese kosmischen Höhen der Ironie ganz ermessen.

Es war, wie Banion sinnierte, eine interessante Story, jedoch mit ziemlich langer Startbahn angesichts des eher bescheidenen Abhebens. Er hatte eine spektakuläre Enthüllung erwartet, etwas wie: *Dann ich herausgefunden, dass schimmerndes Material Spuren von Assinum-5 enthält, das nur an einem Ort in Galaxie anzutreffen – Zeta Reticuli!*

Kokolew schien alles in allem geteilter Meinung über Ufos zu sein. Und doch stürzten Dr. Falopian und Colonel Murfletit sich förmlich auf seine Geschichte, als hätte er gerade den definitiven Beweis geliefert, der der Ufo-Welt immer wieder durch die Lappen ging und der trotz der Tausenden von Sichtungen weiterhin fehlte.

Am interessantesten fand Banion den Hinweis auf dieses Majestic-Twelve-Direktorium. Falopian und Murfletit hatten ihm bereits lange Vorträge über diesen zwielichtigen Nachrichtendienst gehalten. Auch wenn sie darin zu keinem überzeugenden Schluss gekommen waren, so schien jedoch vieles darauf hinzuweisen, dass dieser in den Vierzigerjahren gegründet worden war, um ausschließlich dem Präsidenten der Vereinigten Staaten Bericht zu erstatten. Sonst war nichts darüber bekannt. In den Achtzigern waren ein paar Dokumente aufgetaucht, die jedoch kaum erhellender waren: Unterlagen von Berichten an Truman, die von Admiral Hillenkoetter unterschrieben waren, dem damaligen Chef der CIA. Wer unter Berufung auf den Freedom of Information Act eine Anfrage über MJ-12 einreichte, bekam lediglich zur Antwort, dass eine derartige Abteilung nicht existiere. Das alte Lied.

Nun war es an Oberst Radik, das Wort zu ergreifen. Er hatte Banion wegen seiner Bemerkung über den Abschuss des Passagierflugzeugs den einen oder anderen finsteren Blick zugeworfen. Colonel Murfletit sagte etwas auf Russisch zu ihm. Er seufzte kurz und begann dann seine Geschichte zu erzählen. Die gelangweilte, tonlose Stimme, die er dabei an den Tag legte, passte ganz und gar nicht zu den dramatischen Geschehnissen, über die er zu berichten hatte.

Sein MiG-Geschwader war in Urmsk stationiert gewesen, noch so ein trostloser frostiger Außenposten in der trostlosen frostigen Weite der Sowjetunion. Eines Tages schnappte der Radar, mit dem der dortige Luftraum überwacht wurde, das Signal eines eingedrungenen Feindflugzeugs auf. Wahrscheinlich wieder eines dieser amerikanischen U-2-Spionageflugzeuge, wie man annahm. Das Geschwader stieg sofort auf, um es abzufangen.

»Stattdessen war es Ufo«, sagte Oberst Radik. Er sprach es *Jafo* aus.

Das Luftfahrzeug vollführte eine Reihe verwinkelter Ausweichmanöver, wie Oberst Radik sie noch nie bei anderen Flugzeugen beobachtet hatte.

»Ungefähr so.« Er schnellte mit der Hand in raschen Zickzackbewegungen aus. Die MiGs hefteten sich, so gut sie konnten, an seine Fersen und baten den Kommodore des Stützpunktes um weitere Anweisungen. Der Kommodore hielt sie allesamt für betrunken, was unter den Helden der VVS* beileibe keine Seltenheit war.

Aber dann, als er die unberechenbar hin und her ziehende Radarspur mit eigenen Augen sah, begriff er, dass tatsächlich irgendetwas nicht stimmte. Er bat seine Vorgesetzten um Anweisungen, die wiederum bei ihren Vorgesetzten anfragten und so weiter bis ganz nach oben in den Moskauer Kreml hinauf, wie Radik vermutete.

Sie hatten das Ding mittlerweile beinahe eine Stunde lang verfolgt, und allmählich ging ihnen der Treibstoff aus. Das Ufo drehte dann in Richtung eines Stützpunktes ab, wo atomare Interkontinentalraketen stationiert waren, der allerheiligsten Speerspitze des russischen Vaterlandes. Der Kommodore musste sich entscheiden: Entweder er wartete, bis Breschnew sich von dem überreichen Genuss georgischen Weins erholte, oder er ließ es zu, dass ein Feindflugzeug einen russischen Raketenstützpunkt überflog. Er gab den Befehl, es abzuschießen.

Radik feuerte zwei AA-6 Luft-Luft-Flugkörper ab. Der Erste ging daneben, der Zweite war ein Treffer. Das Luftfahrzeug zog eine Rauchfahne hinter sich her und verlor an Höhe.

Er blieb dem Ufo weiter auf den Fersen, war aber dann, als sie in Bodennähe gerieten – bergige Gegend, wolkenverhangener Himmel –, gezwungen, die Verfolgung abzubrechen.

Und jetzt, sagte er, wurde die Sache erst richtig seltsam. War er für seine patriotische Tat etwa mit einer Medaille ausgezeichnet worden? Er machte eine obszöne Geste. Nein! Der

* Vojenno-Vosuschmij Sily; sowjetische Luftwaffe.

Kommodore des Stützpunktes verlangte von ihm, den Flugschreiber seiner MiG auszuhändigen und sagte ihm, dass nichts – absolut gar nichts – passiert sei. Sie verstehen? Nichts! Ganze Geschichte vergessen. Falls ein Wort sagen, jemals, zu irgendwem, selbst Mitglied von Politbüro, den Rest des Lebens in sibirische Arbeitslager verbringen und zuschauen, wie Pisse zu Eis gefrieren bevor Boden erreichen.

Also? sagte Banion.

Also, sagte Oberst Radik, *hat* Russland fliegende Untertasse.

Ich verstehe, sagte Banion.

Zwei Jahre später, *große* Fortschritte in MiG-Technik. *Riesige* Erfolge bei Geschwindigkeit und Manövrierfähigkeit. Wieder machte er mit der Hand Zickzackbewegungen, diesmal mit Geräuscheffekten.

Colonel Murfletit war sichtlich erregt. Radiks Geschichte stimmte genau mit seinen eigenen, in seinem Bestseller *Die Geschöpfe in ihren fliegenden Kisten* dargelegten Enthüllungen überein. Es passte alles zusammen – das Luftfahrzeug der Aliens, das von der US-Regierung in Roswell sichergestellt worden war, hatte all die vielen modernen technischen Fortschritte ermöglicht, vom Mikrochip bis zur Tupperware. Und jetzt wissen wir, dass auch die Russen ihr Ufo erbeutet haben! Angesichts der Tragweite dieser Neuigkeit verschlug es einem den Atem.

»Vielleicht sie haben *zwei* Jafos«, sagte Oberst Radik und quetschte seinen Zigarettenstummel auf eine Weise aus, dass Banion dankbar war, von diesem Mann nicht einem Verhör unterzogen zu werden.

Die beiden Russen wechselten ein paar Worte. Sie schienen sich über irgendeine Kleinigkeit zu beraten. Banion verstand lediglich das Wort »Gagarin«.

Oberst Radik fuhr fort. Juri Gagarin? Kosmonaut, erster Mensch in Weltall?

Ja, natürlich.

Radik blinzelte mit den Augen, wie um Tränen zurückzuhalten. Der größte Sowjetheld aller Zeiten! Seine Beerdigung 1968 – ein Staatsakt. Breschnew, Podgorny, alle hatten sie ihr auf der Tribüne direkt über Lenins Grabstätte beigewohnt. Wie die Schulmädchen hatten sie geheult. In der offiziellen Erklärung hatte es geheißen, dass er in seiner MiG-Ausbildungsmaschine abgestürzt sei.

Radik wedelte mit dem Finger. Alles Lügen!

Erstens, als sie sein Flugzeug fanden, all seine Waffen – abgefeuert. Abstürzende Piloten feuern *nicht* Waffen ab. Zweitens, gleicher Tag, achtzig Kilometer von Stelle, wo Gagarin abgestürzt, wieder Absturz, in Smeljinsk, kleines Dorf. Aber abgestürzt warum? Sofort ganze Gegend wird erklärt zu Sperrgebiet, *viele* Hubschrauber, Armee. Strikte nationale Sicherheitszone. Alle müssen umkehren, raus. Aber ich frage Sie, was gibt in Smeljinsk an Industrie? Er vollführte mit seiner Hand eine ruckhafte Stoßbewegung. Wie sagt man? Wenn mit Scheiße verstopft?

Pümpel, sagte Colonel Murfletit.

Genau! Und was, ich frage Sie, ist an Pumpel – Scheißestöcke – so wichtig, dass Gefahr für nationale Sicherheit? Viel bessere Erklärung – Gagarin schießt auf Jafo. Jafo schießt Gagarin ab!

Oberst Radik lehnte sich fix und fertig zurück. Er wischte sich über die Augen und zündete sich eine neue Zigarette an.

Es war Dr. Falopian überlassen, das gerade Gehörte in seiner ganzen Tragweite zusammenfassend zu kommentieren. Es stand nun außer Zweifel, dass sowohl die Vereinigten Staaten als auch Russland außerirdische Technologie in Händen hielten. Man stelle sich nur vor, die gegenwärtigen Spannungen um Alaska würden zu Kampfhandlungen zwischen den beiden Nationen führen. Mein Gott. Beide Staaten verfügten bereits über Nuklearwaffen – aber was war mit den *anderen* Waffensystemen, die sie besaßen? Es gehe bereits das Gerücht über eine schauerliche neue Waffe mit dem Namen Plasmastrahler um.

Dr. Kokolew nickte finster. Ganze Städte – *fffffft!*

Radik drückte die Zigarette wieder auf grausame Art aus.

Die entscheidende Frage, der Schlüssel zu alledem sei doch – wie viel wusste jede Seite von der ATK der anderen Seite?

ATK? fragte Banion.

Alientechnologische Kapazität. Dies sei, abgesehen von der Frage nach den Nordmenschen und den Grauen, das vorrangige Problem, dem der World UFO Congress sich zu stellen habe, und mit ihm, so viel stehe fest, die gesamte Menschheit. Es war von überlebenswichtiger Bedeutung – *überlebenswichtig,* wie Dr. Falopian und Colonel Murfletit betonten –, dass die US-Regierung gedrängt wurde, all ihre Erkenntnisse offen zu legen. Denn falls sich die beiden Länder tatsächlich auf ein militärisches Abenteuer einließen, so wäre dies sicherlich ihr Letztes.

»Das war aber vielleicht eine Besprechung.« Banion war hocherfreut darüber, dass er Roz Zugang zu einer solchen Diskussion auf höchster Ebene verschafft hatte.

»Ja, ich fand, dass sie in natura eindrucksvoller waren.«

»Wie meinen Sie das, in natura?«

»Ich habe sie vor ein paar Monaten zufällig in *Unheimliche Geschichten* gesehen, der TV-Show. Da hat er die Geschichte über den Ufo-Abschuss ein bisschen anders erzählt. Die Version von heute war besser.«

»Die beiden waren in *Unheimliche Geschichten*?«

»Aber ich fand's jedenfalls toll, sie kennen zu lernen. War echt nett von Ihnen, mich dabei sein zu lassen.«

Banion seufzte enttäuscht auf. »Ich hab mit Falopian bereits über ähnliche Fälle gesprochen. Es nützt uns *gar nichts,* wenn unsere Leute in derartigen Shows auftreten.«

»Sie sind doch selbst in *Ungelöste Rätsel* aufgetreten.«

»Das ist was anderes.«

Roz lächelte.

»Ist vielleicht nicht unbedingt Qualitätsprogramm, aber bei weitem nicht so abstrus wie *Unheimliche Geschichten.*«

»Da haben Sie wohl Recht.«

»Auftritte dieser Art laufen gegen *Bezahlung* ab. Sollten diese beiden also Geld entgegengenommen haben, dann wird damit nur der Eindruck erweckt ... Es ist genau wie mit diesen Zeugen bei Strafverfahren, die zu den Boulevardzeitungen marschieren, alles ausplaudern und damit ihre ganze Glaubwürdigkeit verspielen.«

»Mhm.«

»Ich bin aus dem alleinigen Grund in *Ungelöste Rätsel* aufgetreten, weil ich auf diese Weise Menschen erreiche, an die ich mit meiner Show sonst nicht rankomme. Es ist wichtig, dass wir mit unserer Message sämtliche Schichten der Gesellschaft erreichen. Die Ungebildeten. Wie Ihre Leser. Oh, tut mir Leid, das war vielleicht etwas missverständlich.«

»Sie brauchen sich nicht zu entschuldigen.«

»Ich entschuldige mich nicht. Ich versuche nur, Ihnen ein möglichst genaues Bild zu zeichnen. Warum lächeln Sie?«

»Nur so.«

»*Sunday* hat erstklassige Demografiewerte. Neunzig Prozent der Zuschauer lesen regelmäßig Zeitung. Zweitwagen. Zwei Komma sechs Urlaube pro Jahr. Zweiundzwanzig Prozent besitzen eine Zweitwohnung. Über siebzigtausend Dollar hohes Einkommen, nach allen Abzügen. Okay, *gemeinschaftliches* eheliches Einkommen. Sie lächeln schon wieder. Warum lächeln Sie so?« Auch Banion musste jetzt lächeln. Er konnte nicht anders. So kannte er sich gar nicht. »Sie sind überhaupt nicht wie die anderen«, sagte er.

»Soll das ein Kompliment sein?«

»Ja, das soll es. Verstehen Sie mich nicht falsch. Ich habe Respekt vor diesen Menschen. Ich weiß, was sie durchgemacht haben. Ich habe es selbst zweimal durchgemacht. Aber ehrlich gesagt, es sind nicht gerade die Leute, mit denen ich normalerweise zu tun habe. Wie sind Sie eigentlich in diese Branche hineingeraten?«

»Meine Freundin ist einmal entführt worden. Sie behauptet, dass sie noch nie so guten Sex gehabt hat. Klang irgendwie überzeugend.« Banion riss die Augen weit auf. Alles Hintergrundgeräusch versiegte kurzfristig. Sie waren an einem Scheideweg angelangt. Eine Abzweigung führte zu einem Bitte-nicht-stören-Schild an der Tür von Zimmer 1506, zu einer Flasche Champagner und einem Nachmittag der Glückseligkeit, wie er ihn seit viel zu vielen Jahren nicht mehr erlebt hatte, wenn überhaupt. Auf dem Straßenschild in die andere Richtung stand: BITSEY (DEINE FRAU – WEISST DU NOCH?). Sie blickten sich nun gegenseitig fest und ohne zu blinzeln in die Augen. Sie war ja so begehrenswert, und die Signale, die sie aussandte, waren offenbar so unmissverständlich. *Also, wie steht's?* Sie drehte verspielt an ihrer perlmuttfarbenen Haarsträhne herum.

Aber auch wenn die Hormone förmlich zu tosen schienen, konnte Banion sich nicht dazu bewegen, den ersten Schritt zu wagen. Und dann, von einem Moment auf den anderen, war da nur noch eine Art Benommenheit, eine Erschlaffung, ein bleiernes Gefühl im Magen. Der magische Augenblick war vorbei.

»Nun«, sagte Roz, »war mir ein Vergnügen.«

»Wir ... sollten irgendwann das Interview machen.«

»Fänd ich toll. Vielleicht telefonisch.«

Banion sah ihr hinterher, bis sie nur noch ein verschwindender Kopf in der Menge war. Er wurde in seinem Elend von einem Mann unterbrochen, der ihm seine Narben am hinteren Oberschenkel zeigen wollte, in dem die Aliens ein Stück Draht implantiert hätten, zweifellos, um seinen Geschlechtstrieb zu regulieren. Banion hätte ihn am liebsten gefragt, ob er sich dieses blöde Ding vielleicht ein paar Stunden lang ausleihen könne.

Der Ballsaal fasste normalerweise ungefähr eintausend Leute, aber heute Abend hatte sich dort eine doppelt so große Menschenmenge hineingequetscht. Die Leute wurden bis ins Foyer zurückgeschwemmt, wo Bildschirme aufgestellt waren, um allen ein Zuschauen zu ermöglichen. Es war, nach Meinung des über beide Backen strahlenden Dr. Falopian, die größte Versammlung in der fünfundzwanzigjährigen Geschichte des WUFOC.

Banion betrat den Saal wie ein Politiker, der gekommen war, um die Nominierung durch seine Partei entgegenzunehmen. Der Saal war ein einziges Grölen und Stampfen. »Da ist er! Da ist er!«

»Wo!«

»Dort!«

»Oh.«

»Wirkt aber kleiner als im Fernsehen!«

Auf seinem Weg zum Podium, umrahmt von dem schützenden Bizepsgedränge seiner Bürstenschnittbegleiter, sah Banion die aufgereihten Fernsehkameras und entdeckte einen CNN-Aufnahmeleiter, den er aus Washington kannte, Jim Barnett.

»Bring mich zu deinem Anführer!«, sagte Barnett.

»Was tun Sie denn hier?«

»Über Ihre Rede berichten. Können wir später ein Interview machen und vielleicht noch ein paar zusätzliche Aufnahmen, damit wir ein bisschen Material für den Schnitt im Kasten haben?«

Ja, auf jeden Fall, in Ordnung, warum nicht? Schließlich ging es allein darum, die Message unter die Leute zu bringen. Banion kannte Barnett als einen Mann, der für ehrliches Handwerk stand, und es war eine gute Sache, jemanden von der konventionellen Fernsehberichterstattung hier zu haben. Er schmollte immer noch etwas über Roz' Kommentar über seinen Auftritt in *Ungelöste Rätsel*. CNN war in Ordnung, völlig in Ordnung. Auch wenn er ein Feature in *60 Minutes* vorgezogen hätte.

Dr. Falopian ergriff auf dem Podium in seiner Eigenschaft als Vorsitzender des World Unidentified Flying Object Congress das Wort.

Er hieß die Delegierten herzlich willkommen. Jetzt, sagte er, konnten sie erhobenen Hauptes einhergehen. Sie seien nunmehr geläuterte Ufologisten, die sich vor nichts und niemandem mehr zu rechtfertigen hätten. Er verurteilte den inzwischen verstorbenen Astronomen Carl Sagan dafür, dass dieser ihn in seinem postum veröffentlichten Buch als »Hexendoktor« bezeichnet hatte. Dann beschwor er die Mitglieder, bei Kommentaren gegenüber der Presse Vorsicht walten zu lassen. Vor allem da die Presse heute Abend *ungewöhnlich* zahlreich erschienen sei. Die Bewegung habe seit ihren Gründerzeiten einen weiten Weg zurückgelegt. Sie alle hätten hart gearbeitet, um der Organisation zu Glaubwürdigkeit zu verhelfen und rigorose Maßstäbe der Beweisbarkeit einzuführen.

Aber, sagte er und senkte die Stimme, gewisse Nachlässigkeiten hätten zu Problemen geführt ...

Ein Raunen ging durch die Menge. Sie alle wussten, wovon er sprach – der Sache in Milwaukee.

Der Ableger des WUFOC in Milwaukee hatte eine Presseerklärung herausgegeben – unter dem Briefkopf der nationalen Dachorganisation und ohne Genehmigung des Exekutivkomitees – und verkündet, dass der Präsident der Vereinigten Staaten entführt und in seinem Amt durch einen Alien-Doppelgänger ersetzt worden sei.

Das Raunen wurde lauter. Banion war gleich klar, dass einige der hier Anwesenden die Ansicht vertraten, dass das Vorgehen der Milwaukee-Gruppe völlig in Ordnung ging.

»Solche Dinge«, fuhr Dr. Falopian mit gestrenger Miene

fort, während er nervös seinen Spitzbart zupfte, »sind nicht gerade hilfreich.« Er habe ja gar keine andere Wahl gehabt, als die Verlautbarung des Milwaukee-Verbandes öffentlich zu dementieren.

Buhrufe.

Die Organisation müsse auf der Hut sein! Sie muss rigoros, sie muss auf ihrem Fachgebiet wissenschaftlich unanfechtbar sein! Insbesondere jetzt, sagte er und schaute warmherzig in Richtung Banion, insbesondere jetzt, wo jemand aus dem schlagenden Herzen des Establishments, mitten aus dem Bauch des korrupten Ungeheuers, sich auf *ihre Seite* geschlagen habe.

Die Menge intonierte »Banion, Banion«-Sprechchöre.

Ja, sagte der im Scheinwerferlicht ziegenhaft strahlende Dr. Falopian, er *wisse,* warum sie heute so zahlreich erschienen seien – um den Mann zu hören, dessen Glaubwürdigkeit über jeden Verdacht erhaben sei!

»Banion, Banion!«

Zum ersten Mal verspürte Banion vor einer Rede so etwas wie Lampenfieber.

Zufällig war noch jemand anwesend, der Banions Rede mit Beklemmung entgegensah. Etwa ein Dutzend Reihen weiter hinten saß mit Leidensmiene Nathan Scrubbs. Er war zwischen zwei glühenden Ufo-Gläubigen eingepfercht, die seit geraumer Zeit nicht mehr geduscht zu haben schienen und von denen der eine Linda Moulton Howes teuren neuen Hochglanzbildband in den Händen hielt. Scrubbs war noch nie zuvor so hautnah mit der Welt in Berührung gekommen, an deren Erschaffung er so tatkräftig mitgewirkt hatte, und er fühlte sich alles andere als wohl dabei.

Er war gekommen, weil er keinen Ausweg mehr wusste. Und weil dies hier wahrscheinlich der einzige Ort war, an dem man ihn nicht suchen würde.

Seine Vorgesetzten vom MJ-12 – um wen auch immer es sich dabei handelte – waren wütend auf Scrubbs, stinkwütend. Als er nach Banions Palm-Springs-Entführung zur Arbeit erschienen war, hatte er in seinem Kellerbüro in der Sozialversicherungsbehörde alles so vorgefunden, wie er es verlassen hatte – abgesehen von seinen Computern. Als er das Passwort eingab, leuchtete der Bildschirm mit einer umfangreichen Liste von Arbeitsunfähigkeitsrenten auf, die an Pensionäre in Georgia, Oklahoma und Delaware auszuzahlen waren.

Anfänglich war er noch davon ausgegangen, dass es sich um eine gewöhnliche Funktionsstörung handelte.

Zwei Tage später jedoch, nachdem sich nach unentwegtem Herumtippen außer einem Fingernervenleiden nur noch weitere Pensions-, Arbeitsunfähigkeits- und Krankenversicherungsdateien einstellten, kam er zu dem unweigerlichen Schluss, dass er bei seinen anonymen Herren in Ungnade gefallen war.

Das Problem dabei war, dass er sich in der Sache an niemanden zu wenden wusste. Nach all den vielen Jahren in der Organisation kannte er bei Majestic Twelve kein einziges menschliches Wesen mit Namen. Das war ja gerade das Geniale an dem Laden – die Aufgliederung in unendlich viele Abteilungen. Dann geschah noch etwas, bei dem es ihm kalt durch den Magen ging. Als er fieberhaft am Tippen war, öffnete jemand vom Sicherheitspersonal der Verwaltung die Tür. Scrubbs schreckte wie ein unter Strom gesetzter Laborversuchsfrosch aus seinem Stuhl hoch.

»Wollte Sie nicht stören, Sir.«

In all den Jahren, die er in diesem Büro verbracht hatte, hatte sich nicht ein einziges Mal jemand vom Wachpersonal hereingewagt. Und der Wächter hatte irgendetwas an sich – er schien etwas zu forsch, zu geschäftsmäßig und körperlich durchtrainiert zu sein, irgendwie anders als die uniformierten Schlafwandler, an denen er in den Fluren auf seinem Weg zu seiner unterirdischen Höhle tagtäglich vorbeikam. Eine Anstellung als Nachtwächter bei der Sozialversicherung war wohl der ödeste Posten, auf dem man als Privatschutzmann landen konnte. Warum also sah der Mann, der gerade seinen Kopf zur Tür hereingesteckt hatte, wie ein Double von Clint Eastwood aus?

Als er an jenem Abend in seine Wohnung zurückkehrte, holte Scrubbs seinen Laptop hervor. Er gab die ersten beiden Passwörter ein. Als er das dritte und letzte Passwort, durch das der Computer in ein wanzensicheres MJ-12-Einsatzgerät verwandelt wurde, schon zur Hälfte eingetippt hatte, hielt er aus irgendeiner vagen Vorahnung inne. Sein Hirn schien sich plötzlich in eine klebrige Masse verwandelt zu haben.

Er dachte nach: Zweifelsohne konnte das Protokoll, durch das die Sprengfalle im Innern des Computers deaktiviert wurde – theoretisch zumindest – mittels Datenfernübertragung reprogrammiert werden, um das genaue Gegenteil zu tun: nämlich das Gerät in die Luft zu jagen.

Wie in Zeitlupe klappte Scrubbs den Deckel des Laptops wieder zu. Die nächsten Stunden verbrachte er damit, das Gerät anzustarren.

Er tat in der Nacht kein Auge zu. Schließlich, etwa um vier Uhr morgens, wickelte er den Laptop vorsichtig in Zellophan ein. Er fuhr zur Theodore-Roosevelt-Insel im Potomac River, gegenüber des Kennedy-Centers, stellte den Wagen ab, überquerte die Fußgängerbrücke und vergrub das Teil hinter einem Granitblock mit der eingravierten Roosevelt-Mahnung, im Leben stets seinen Mann zu stehen und sich bloß nichts gefallen zu lassen.

Wieder zu Hause, fiel er in einen unruhigen Schlaf. Das eigentliche Problem blieb ungelöst – was nun?

Scrubbs war sämtliche ihm noch verbliebenen Möglichkeiten eine nach der anderen durchgegangen, und so war er schließlich in seine gegenwärtige missliche Lage geraten, eingeklemmt zwischen zwei übel riechenden Ufo-Gläubigen, darauf bedacht, auf gar keinen Fall durch die Nase zu atmen, in banger Erwartung der programmatischen Rede eines Frankenstein-Monsters, das er, in einem Augenblick der Schwäche ex nihilo aus den Pixeln eines Fernsehbildschirms erschaffen hatte. Alles in allem hätte er es in diesem Moment vorgezogen, im sprichwörtlich beschaulichen Philadelphia zu weilen.

»Banion! Banion!«

Oben auf dem Podium kam Dr. Falopian, der in seiner triumphalen Vorrede für sich in Anspruch genommen hatte, Banions einziger Mentor zu sein – Colonel Murfletit hatte darauf mit einem Schmollmund reagiert –, schließlich zu einem Ende. (Dr. Falopian war kein Mann, der sich leichten Herzens von einem Mikrofon trennte.) Er beglückwünschte Banion zu dessen Mut, sich dort zu offenbaren, wo furchtsamere Seelen sich aus Angst um ihr Leben in die Anonymität geflüchtet hätten.

Die Menge war wieder auf den Beinen. Die Leute fingen an, wie Südeuropäer bei einem Fußballspiel rhythmisch in die Hände zu klatschen.

Gebt uns das, wofür wir gekommen sind! Gebt uns Banion! Wir wollen Banion!

Banion hatte ein solches Skandieren noch nie gehört, außer vielleicht bei einem Rolling-Stones-Konzert, das er einmal über sich hatte ergehen lassen müssen, um seinen Patensohn dorthin zu begleiten – den Sohn eines US-Präsidenten. Er spürte, wie ihm das Blut in den Schläfen pochte, und irgendeine boshafte Synapse in seinem Hirn ließ ihn auf dem Weg zum Podium unerklärlicherweise immer wieder die Worte »Tiefer, o Gott, tiefer!« wiederholen.

Es dauerte ungefähr fünf Minuten, bis die Menge sich wieder beruhigt und Platz genommen hatte.

Banion entschied sich spontan, seinen vorbereiteten Text über »Ufos und die US-Politik des Kalten Krieges« in den Papierkorb zu werfen. Heute Abend würde er eine freie Rede halten. Heute Abend würde er sein Herz sprechen lassen.

»Ich heiße«, begann er, »John O. Banion ...«

Jubelnder Applaus und Fußgetrampel. Einzig Scrubbs blieb sitzen, erntete dafür aber die zornigen Blicke seiner pestverseuchten Nachbarn. Dr. Falopian rief die Menge zur Ordnung. Banion wartete, bis wieder völlige Stille eingekehrt war.

»... und ich bin ein Entführungsopfer.«

Rhetorisch gesehen, war es eine Mischung aus dem Geständnis eines Anonymen Alkoholikers und John F. Kennedys »Ich bin ein Berliner«. Der Presse sollte die Ähnlichkeit nicht entgehen. Tags darauf textete eine Boulevardzeitung die in Deutsch abgefasste Schlagzeile: ICH BIN EIN SPINNER.

Aber hier vor Ort verbat sich jeder Spott. Die Menge, außer Rand und Band geraten, ergoss sich von ihren Sitzen und strömte auf die Bühne zu.

Colonel Murfletit quiekte seinen Bürstenschnitt-Sportsfreunden den Befehl zu, die Stellung zu halten. Ein paar Zuhörern gelang es dennoch, zur Bühne vorzudringen, hinaufzuklettern und sich Banion an den Leib zu werfen. Die Brille wurde ihm von der Nase gestoßen und als Souvenir mitgenommen. Eine dickbusige, grapschlustige Frau aus Oklahoma – sie hieß Viola und war noch ganz außer Atem, als sie CNN später erzählte, dass sie »ein Strahlenschimmern« gesehen habe, »das seinem Kopf wie Hitzewellen entstiegen ist« – zerzauste ihm wüst seinen jungenhaften Wuschelkopf. Barnett, der CNN-Aufnahmeleiter, wurde von der wie eine Herde Dickhäuter anrollenden Verehrerschar zu Boden getrampelt und trug zwei gebrochene Finger davon. Die Sache gewann einen liederlich-religiösen Aspekt.

Schließlich gelang es Dr. Falopian, der in dem Tumult selbst hin und her gestoßen worden war, die Ordnung wiederherzustellen. Mit scharfen Worten drohte er der Menge, dass er, wenn dies so weitergehe, die höchste Staatsgewalt herbeirufen werde – die örtlichen Branddirektoren. Die Menge beruhigte sich und ließ ihren Helden sprechen.

Selbst jene das konventionelle Amerika repräsentierenden

Beobachter, die es längst für ausgemachte Sache hielten, dass Banion übergeschnappt war, völlig meschugge sozusagen, räumten anschließend ein, dass er an jenem Abend eine bewegende Rede gehalten hatte. Er sei schon immer ein guter Redner gewesen, aber jetzt spreche er mit etwas, was er zuvor habe vermissen lassen – mit Leidenschaft.

Banion beschrieb seine Martyrien auf dem Golfplatz und in Palm Springs, wobei er gewisse intime Details beschönigte. Er sei niemand Besonderes, sagte er. Denn – wie viele andere hier in diesem Raum hatten nicht ein ähnliches Trauma durchgemacht?

Lautes Gemurmel, erhobene Hände. Ja, sie auch!

Und jetzt, sagte er, hört mir zu, Leute! Er hege keinen Groll gegen die US-Regierung.

Was sollte das denn? Die Regierung war doch der Feind. Die Regierung war die fünfte Kolonne der außerirdischen Hunde! Was redete er da?

Die Regierung, sagte er, wird zum größten Teil von anständigen, tüchtigen und fähigen Leuten geführt, die nicht in großen Limousinen oder Air-Force-Jets durch die Gegend gondeln und die nicht mit unbegrenzten Handy-Freigebühren ausgestattet sind. Ihr einziger Lohn besteht in dem einfachen, ehrlichen, befriedigenden Gefühl, im Dienste der Allgemeinheit zu arbeiten.

Aufstöhnen. Enttäuschte Mienen. Man war nicht gekommen, um sich *so was* anzuhören.

Und doch, sagte Banion. Und … *doch* …

Man hätte eine Stecknadel fallen hören können.

… und *doch* … gewisse *Stellen* innerhalb dieser Regierung, die nicht vom Volke bestallt wurden und niemandem Rechenschaft ablegen mussten, *dialogunfähige* Stellen, hatten beschlossen, dass dem Volk der Vereinigten Staaten letztlich nicht *vertraut* werden konnte …

Allgemeines Rumpeln und Murren.

… dass es dessen nicht *würdig* war.

Lauter werdendes Murren.

Diese *Elemente* innerhalb der Regierung seien wie die Hohepriester der Religionen des Altertums. Sie wollten das gesamte Wissen für *sich* behalten.

Jetzt kam er endlich zur Sache. *So* war's schon besser. Die Menge hing ganz entflammt an seinen Lippen.

Sichtungen! Begegnungen der dritten Art! Entführungen! Alle Tage sehen wir sie mit eigenen Augen, erleben wir sie am eigenen Leib. Und dennoch erzählen uns diese *Priester*, diese Techno-Schamanen: »O nein, das war nichts, nur ein paar *Sumpfgase*, ein bisschen Licht, das von einer lentikularen Wolke zurückgeworfen wurde. Geht wieder zu euren Kindern, zurück an die Arbeit. Haltet die Produktionsmaschinerie am Laufen. »*Zerbrecht euch nicht eure hübschen kleinen Köpfe!*«

Alle waren sie wieder auf den Beinen, verhielten sich jedoch gespenstisch ruhig.

Leute! Wisst ihr, was wir sind?

Sag's uns! Wir wollen's wissen! Wer oder was sind wir eigentlich?

Pilze!

Aus dem Meer verwirrter Mienen war klar erkennbar, dass Banions Metapher nicht sofort einleuchtete.

Ihr wisst doch, was man mit Pilzen macht, oder etwa nicht? Man züchtet sie im Dunkeln! Und düngt sie eimerweise mit Scheiße!

Ah! Ja, jetzt haben wir's kapiert! Es ist eine Metapher! Pilze! Was anderes sind wir für sie nicht!

Genau!

Freut es euch etwa, im Dunklen gelassen und mit ganzen Säcken voll Scheiße abgespeist zu werden?

Nein! Wir wollen da raus! Licht, wir wollen ans Licht! Und wir werden uns auch nicht mehr mit Scheiße abspeisen lassen! Vor allem, weil es ja auch wie Scheiße schmeckt!

So nahm etwas seinen Lauf, was von der Presse als der »Aufstand der Pilze« getauft werden sollte.

Mittlerweile bebte der gesamte Saal.

Als Banion in die Menge blickte, wurde ihm klar, dass er sie völlig in der Hand hatte. Er konnte den Leuten befehlen, geradewegs von der Fledermausbrücke in den See zu marschieren. Wie hieß es noch gleich bei den alten Griechen? »Wenn Aischines spricht, sagen die Leute: ›Gut gesprochen!‹ Aber wenn Demosthenes spricht, sagen sie: ›Lasst uns marschieren!‹«

Er hob einen Arm und gebot der Menge zu schweigen.

Sind wir eine Demokratie oder etwa nicht?

Ja!

Ist das Volk der Souverän oder nicht?

Ja!

Werden wir uns weiter belügen lassen?

Nicht um alles in der Welt!

Legt die Akten offen!

Ja!

Öffnet die Aktenschränke!

Ja!

Haben die Vereinigten Staaten im Jahre 1812 England nicht deshalb den Krieg erklärt, weil ihre Bürger auf hoher See entführt wurden?

Ja! Daran erinnern wir uns noch vage aus der Highschool!

Und werden nicht auch jetzt Bürger der Vereinigten Staaten – wir selbst also – erneut entführt und in Verwahrung genommen?

Den letzten Teil haben wir zwar nicht verstanden, aber trotzdem, ja! Was auch immer du sagst, wir sind einverstanden!

Werden wir etwa nicht – gegen unseren Willen – von einer fremden Macht auf deren Schiffe verschleppt und erniedrigenden körperlichen Eingriffen unterzogen?

Ja! Obwohl einige unter uns die Sache mit der Sonde ja ganz gern haben!

Banion senkte die Stimme: Und was unternimmt unsere Regierung dagegen?

Nichts! Diese elenden bürokratischen Lügenbolde! Knüpft sie alle auf!

Nicht nur, dass sie uns im Dunkeln lassen und uns reihenweise Lügen auftischen – *sie spielen uns dem Feind in die Hände, der uns zu unaussprechlichen Zwecken missbraucht!* Als Zuchtmaterial für die kleinen hässlichen Grauen! Oder die großen Nordmenschen, wenn wir mal *Glück* haben.

Hängt die Schweine von der Regierung! Knallt sie ab! Tut ihnen irgendetwas Schreckliches an! Eine Reform der Wahlkampfspendenpraxis muss her!

Selbst unsere Kühe, unsere armen, wehrlosen, treudoofen Kühe sind vor ihren grausigen Raubzügen nicht sicher! Geschlachtet und ausgeweidet landen sie als schauerliche Appetithäppchen auf dem Tisch! Alien-Sushi!

Scrubbs Nebenmann drückte sein Kuhverstümmelungsbuch fest an sich und fing plötzlich an, vor und zurück zu schaukeln und auf seltsame Art vor sich hin zu summen. Scrubbs war zutiefst beunruhigt.

Nie wieder! Nie wieder! Auf zum Schloss! Nehmt Heugabeln und Fackeln mit!

Und jetzt, sagte Banion, stehen sich zwei große Staaten gegenüber, die Vereinigten Staaten und Russland, beide im Besitz außerirdischer Technik, dieser neuen Frucht des Baumes der Erkenntnis des Guten und des Bösen, und befinden sich am Rande eines Hermagedon.

Hermagedon! Klingt großartig!

Die Menge brachte sich selbst zum Schweigen. Jetzt war nur noch das Klicken der Kameraverschlüsse zu hören.

Banion stand hoch droben, über alle erhaben, und wurde vom Schweinwerferlicht wie von einem Heiligenschein umrahmt.

Wenn diese beiden Mächte aufeinander stoßen und ihre Geheimwaffen gegeneinander einsetzen, welche unglaublichen Kräfte werden damit freigesetzt? Welche schrecklichen Flaschengeister werden damit auf den Kosmos losgelassen?

Nein! Das wollen wir nicht! Das können wir nicht zulassen!

Wollen wir dabei tatenlos zusehen?

Auf *gar* keinen Fall!

Ist der Kongress der Vereinigten Staaten etwa nicht Diener des Volkes?

Sehr richtig! Das wissen wir tatsächlich noch aus der Highschool!

Jetzt muss er dem Volke *dienen!*

Ganz genau! Worauf auch immer du hinauswillst, wir sind einverstanden!

Ich rufe den Kongress der Vereinigten Staaten auf, reinen Tisch zu machen, die Ufo-Akten offen zu legen, Anhörungen abzuhalten – öffentliche Anhörungen – und zwar jetzt!

Jetzt ist zu spät! Wir wollen Anhörungen lieber gestern als heute!

Ich rufe Senator Hank Gracklesen auf, unverzüglich Anhörungen bezüglich Entführungen abzuhalten!

Gracklesen! Gebt uns Gracklesen in die Finger! Grrrrrrr! Zerreißt ihn in Stücke!

Einen halben Kontinent entfernt öffnete ein junger Mitarbeiter eine Tür und sagte: »Herr Senator, Sie sollten vielleicht mal kurz den Fernseher einschalten.«

10

»Mr. Stimple ist am Apparat«, sagte Renira.

Banion runzelte die Stirn. Er war mitten in der Arbeit und haute für seine Kolumne gerade auf seinem Computer einen Artikel über die neuesten Fotos von *Loiterer One* herunter, der US-Weltraumsonde, die momentan Neptun umkreiste und

Aufnahmen zur Erde zurückschickte. Eines der Bilder zeigte eine gewaltige, sich auf der Oberfläche des Planeten abzeichnende Felsformation, die aus vierhundert Kilometer Höhe eine vage Ähnlichkeit mit menschlichen Gesichtern aufwies. Dr. Falopian hatte darin prompt einen Beweis für eine Alien-Zivilisation auf dem Planeten erkannt und die Formation zum Mount Rushmore des Neptun erklärt.

Bill Stimple fragte Banion nicht nach seinem derzeitigen Golf-Handicap.

»Die Nummer eins ist gar nicht glücklich, Jack. Ganz und gar nicht glücklich.«

»Oh? Weshalb?« Banion tippte lustig weiter: *Immer mehr von Bart Hupkin mittels Hypnose »regressierte« Entführungsopfer berichten, von ihren Häschern auf dem Wege der Telepathie darüber aufgeklärt worden zu sein, dass man Neptun als Operationsbasis für eine Erkundung der Erde benutze …*

»Die Show, die Sie bezüglich dieser Ufo-Konferenz gemacht haben. Himmel, warum haben Sie mir nicht gesagt, dass Sie so etwas vorhaben?«

»Wusste gar nicht, dass ich meine Themen mit Ihnen abzusprechen habe, Bill.« *Diese neuen Erkenntnisse legen zusammen mit den erstaunlichen* Loiterer-*Fotos des neptunischen »Mount Rushmore« die Vermutung nahe, dass die Kolonialisierung unseres Sonnensystems durch Aliens bereits weiter fortgeschritten ist als bisher …*

»*Sunday* soll eine Sendung zu aktuellen gesellschaftspolitischen Themen sein und keine Freak-Show.«

»Und was genau fanden Sie daran freakig?«

»Na alles! Unter Ihren Gästen befand sich kein Einziger, der zwei zusammenpassende Socken getragen hätte. Nehmen wir mal Falopian, Ihren so genannten Nuklearphysiker. Dem würde ich nicht einmal einen Toaster anvertrauen! Und dann dieser Colonel mit dem fliehenden Kinn, der in Roswell Alien-Leichen in Einmachgläsern gesehen haben will. Mein Gott. Von welchem Planeten ist denn der nur zu uns herübergekommen? Und diese Russen. Wo zum Teufel haben Sie die beiden denn aufgetrieben? Im Internet unter popanz.com? Plasmastrahler? Die von fliegenden Untertassen aus herunterschießen? Meine Tochter hat mir erzählt, dass sie diesen Kampfpiloten vor ein paar Wochen in *Unheimliche Geschichten* gesehen hat. Jack, Ihre Show kam mir vor wie die Barszene in *Star Wars*.«

Aus wohl informierten Kreisen innerhalb der wissenschaftlichen Ufo-Gemeinde wurde die Forderung laut, dass die NASA nun ihre Loiterer-*Kameras auf eine Gegend etwa siebenhundertfünfzig Kilometer südwestlich der humanoiden Felsformation richten solle ...*

»Jack?«

»Ich höre.«

»Aber verstehen Sie mich auch?«

»Haben Sie die Quoten gesehen?«

»Natürlich habe ich die Quoten gesehen.«

»Dann werden Sie zweifellos bemerkt haben, dass wir fünf Punkte zugelegt haben. Wir hatten die höchste Einschaltquote seit der Show mit Monsoone.«*

»Großartig«, sagte Bill angesäuert. »Wir haben einen durchschlagenden Erfolg in Gruftihaushalten mit einem gemeinschaftlichen ehelichen Einkommen von höchstens dreitausend Dollar. Genau *die* Leute, die Ample Ampere erreichen will.«

»Da bemühen Sie aber ein völlig veraltetes demografisches Modell der Ufo-Gemeinde. Wir sind mittlerweile klassisch-konventionelles Amerika. Schauen Sie mich an.«

* Susan Monsoone, Hollywood-Schauspielerin. Setzte sich während des Vietnamkriegs nach Hanoi ab, um gegen die Politik der USA zu protestieren. Heiratete Ho Tschi Minh. Kehrte nach dessen Tod in die Vereinigten Staaten zurück. Ist inzwischen mit einem mehrfachen Milliardär und Silicon-Valley-Unternehmer wieder verheiratet und engagiert sich aktiv in der Veteranenhilfe.

»Jack, Ihre neuen Zuschauer werden sich von unseren Kühlschränken allenfalls die Verpackungskartons in ihr Heim stellen.«

»Wollen Sie damit etwa sagen, dass Ample Ampere kein Interesse hat, an vorderster Front der schärfsten Story der Weltgeschichte zu stehen?«

»Das einzig Scharfe bei Ample Ampere ist die Axt, die unser Aufsichtsratsvorsitzender Al Wiley derzeit schleift. Er hat sie heute Morgen an mir ausprobiert. Hat mir damit die Schwanzspitze abgehackt.«

»Haben Sie das Glied mit Eis gekühlt?«

»Jack, verdammt noch mal, die Sache ist ernst. Wenn ich das nächste Mal anrufe, werden Sie nicht drangehen wollen.«

»Er will meine Show absetzen?«

»Nicht die Show. *Sie*.«

»Bill, nicht dass ich wie der Sonnenkönig klingen wollte, aber die Show, c'est *moi*.«

»Sie sind nicht der einzige heiße Mensch in Washington. Falls es dazu kommen sollte.«

»Sie denken dabei wohl an – Evan Thomas?«

»Nicht meine Abteilung. Aber so weit sind wir ja noch nicht. Schauen Sie, wir sind ein Zweihundertachtzig-Milliarden-Dollar-Unternehmen. Der Aufsichtsratsvorsitzende hat keine Lust, dass hinter seinem Rücken gekichert wird, wenn er in Pebble Beach auf dem Grün steht und gerade beim Einlochen ist. Wenn Sie meinen Rat hören wollen – und ich sage dies als Freund –, lassen Sie die Finger von den Aliens.«

»Die Finger von der größten Story aller Zeiten lassen?«

»Jack, darauf möchte ich jetzt lieber nicht eingehen.«

»Lieber nicht auf die Tatsache eingehen, dass Aliens unsere Landsleute entführen …«

»Ich werde jetzt auflegen, Jack. Auf Wiederhören. Ich lege auf.«

Bill Stimples Anruf hatte Banion verärgert. Da blieb ihm

nichts anderes übrig, als sich ausschließlich auf die Felsformation auf dem Neptun zu konzentrieren. Er wollte seine TV-Show zwar nicht verlieren, aber was nützte sie ihm, wenn diese Kerle einem untersagten, sie dazu zu verwenden, *die* Sensation schlechthin zu enthüllen? Vielleicht gäbe es ja einen Mittelweg.

Er beschloss, Chip, seinen Produzenten, anzurufen und ihm zu sagen, dass er für die Show am kommenden Sonntag Außenminister Slippersen arrangieren solle. Das müsste Arschloch Ampere eigentlich zufrieden stellen. Sie könnten über Russland und Nord-Korea reden oder darüber, ob dem Irak der Titel als Lieblingsnation verliehen werden solle, jetzt, wo Saddam Hussein wieder geborener Christ geworden war. Und falls man im Laufe der Sendung auf Alien-Entführungen zu sprechen kommen sollte, nun, dann war eben nichts daran zu ändern. Zum Teufel mit dem Ganzen, er würde Slippersen selbst anrufen. Sie waren immerhin gut befreundet.

»Ich bin's, John O. Banion. Kann ich bitte den Außenminister sprechen?«

»Oh«, sagte die Sekretärin, der es nicht gelang, ihre plötzliche Beunruhigung zu verbergen. »Einen Moment, bleiben Sie bitte dran.« Kurz darauf meldete sie sich wieder. »Tut mir Leid, Mr. Banion, aber der Minister ist gerade unabkömmlich.«

Unabkömmlich? Wenn ein John O. Banion anrief, eilten die Lakaien normalerweise los, um ihre Chefs selbst aus Besprechungen mit Premierministern zu holen.

»Ich verstehe.«

»Kann ich mir vielleicht etwas notieren?«

Dieser unverschämte Kerl! Banion hätte auf gar keinen Fall persönlich anrufen sollen. »Ich wollte anfragen, ob er in der Show am kommenden Sonntag unser Gast sein möchte.«

»Ich werde es auf jeden Fall weiterleiten.«

In düsterer Stimmung wandte er sich wieder dem Neptun-Artikel zu. Als er damit fertig war, gab er ihn zur Reinschrift an Renira, die auch noch mal die Fakten überprüfen sollte, bevor sie den Artikel an die Zentrale des Zeitungssyndikats in St. Louis übermittelte.

Eine halbe Stunde später hatte er Bob Newcombe, den Chef der Zentrale, am Apparat.

»Sie alter Gauner«, sagte Newcombe auf seine kernig krachende Art. »Wir haben uns ja kaum einkriegen können!«

»Wie meinen?«

»Wegen dieser Kolumne über Neptun. Mount Rushmore! Ich wär beinahe vom Stuhl gefallen.«

»Ach ja?«

»Wir werden sie in *Clippings* unterbringen, unserer hausinternen Zeitung. Hab noch nie etwas derartig Witziges gelesen. Sie sollten mehr davon schreiben. Hab gar nicht gewusst, dass Sie eine Ader für so was haben.«

»Ader?«

»Diese Ader fürs Komische.«

»Wie meinen Sie das, ›fürs Komische‹?«

»Na, sich so was auszudenken.«

»Bob, es handelt sich hier um den Artikel für meine Kolumne. Er ist nicht ›komisch‹.«

Nach längerem Schweigen sagte Newcombe: »Jack, wir können diesen Artikel nicht bringen.«

»Wieso denn das nicht?«

»Ich habe ja bisher brav meinen Mund gehalten. In den letzten drei Wochen haben Sie acht Artikel zu alienbezogenen Themen abgeliefert. Das ist ziemlich viel. Zeit, wie ich finde, sich wieder mit bodenständigeren Dingen zu befassen. Wer wird der nächste Präsident, ziehen wir gegen Russland in den Krieg, belanglose Dinge dieser Art. Bitte keine Aliens mehr. Ich muss jetzt los. Wir brauchen den Artikel für die Kolumne in einer Stunde. Grüßen Sie Bitsey von mir.«

Ich muss los? Bob Newcombe hatte Wichtigeres zu tun, als sich mit seinem führenden, in zahllosen Zeitungen gleichzeitig erscheinenden Kolumnisten zu unterhalten? Banion saß mit dem Hörer in der Hand da und lauschte verblüfft dem Freizeichen. Ich soll einen *anderen* Artikel reinschicken?

Nachdem Banion sich wieder beruhigt hatte, saugte er sich etwas über das Lieblingsthema aller Zeitungskolumnisten, die nicht wussten, worüber sie schreiben sollten, aus den Fingern – eine Dreitausend-Anschläge-Schmähschrift über die letzte Flugreise, die man unternommen hatte. Er musste ein bisschen schummeln, da er erster Klasse geflogen war, stellte sich aber recht geschickt dabei an, so zu tun, als hätte er hinten beim Kleinvolk gesessen. Er relativierte das Ganze etwas, indem er darüber sinnierte, wie einem heutzutage selbst das Essen in der ersten Klasse im Hals stecken blieb und dass man auch hier seinen Scotch mit Soda aus Plastikbechern trinken musste – obwohl Auslassungen über derartige Entbehrungen wahrscheinlich nicht angetan waren, den Lesern der Kolumne Tränen in die Augen zu treiben, während sie in einer überheizten U-Bahn zur Arbeit fuhren und ihr Gegenüber von einem feuchten Keuchhusten gebeutelt wurde.

Überdies scheinen die Telefone, die einem heutzutage auf Flugreisen gereicht werden, so programmiert zu sein, dass die Verbindung just in dem Moment, in dem man in seiner Unterhaltung an einem wichtigen Punkt angelangt ist, automatisch gekappt wird …

Nachdem er schon ein paar Absätze dieses Klagelieds herausgehauen hatte, drückte er die Delete-Taste und fing noch einmal von vorn an – mit einer glühenden Attacke auf die nationale Flugsicherungsbehörde, die viel zu langsam darin fortfuhr, auf regionalen Flughäfen Windbö-Detektoren installieren zu lassen. Wahrscheinlich hatte er damit eine kluge Entscheidung getroffen, selbst wenn es der langweiligste Artikel war, den er in den letzten zehn Jahren eingereicht hatte.

Eine Viertelstunde später rief Newcombe von einem Handy aus an. Banion weigerte sich, den Anruf entgegenzunehmen.

Renira gab die Nachricht weiter: »Sie laufen wieder zur Höchstform auf! Weiter so!«

Erstaunlich. Da war er drüben in der Zukunft gewesen, und alles, was man von ihm wollte, war mediales Hintergrundrauschen über Windböen. Er griff zu einem Gleichnis: Die beiden Forschungsreisenden Lewis und Clark kehrten voller Begeisterung mit den wundervollsten Geschichten aus der neuesten der Welten im Gepäck von der Pazifikküste zurück – und alles, was sie daraufhin hörten, war: »Interessiert mich nicht, erzählen Sie mir lieber von der Straßenbeleuchtung in St. Louis!« Diese Philister!

»Ein Mr. Barnett von CNN ist am Apparat.«

Banion ging ran. Barnetts Bericht über die Ufo-Konferenz war zwar skeptisch, aber nicht abfällig gewesen. Viel mehr hatte man sich wohl auch nicht erhoffen dürfen.

Barnetts Frage zielte auf einen überraschenden Umstand, der Banion ziemlich hart traf. Aber schließlich war man in Washington: Selbst im Weißen Haus erfuhr man oft erst über das Fernsehen, dass man gefeuert war. Die Liga der Schwulen Wählergemeinschaft hatte ihn als Moderator der Kandidatenrunden fallen gelassen!

»Tut mir Leid«, sagte Barnett. »Ich hoffe, ich bin nicht der Erste, von dem Sie die Neuigkeit erfahren.«

»Nein, natürlich nicht.«

»Tut mir echt Leid. Wollen Sie sich dazu äußern?«

»Selbstverständlich bin ich enttäuscht. Ich hatte mich darauf gefreut, die Kandidatenrunden zu moderieren. Aber wie dem auch sei, ich respektiere natürlich ihre – ach, zum Teufel damit. Was wird denn so erzählt?«

»Man hat Angst gehabt, dass Sie die Präsidentschaftskandidaten die ganze Zeit über Aliens in die Mangel nehmen würden. Es ist das erste Mal, dass die Liga die Kandidatenrunden sponsert. Ich nehme mal an, die haben mehr einen, nun ja, *klassisch-konventionellen* Moderator im Auge gehabt.«

»Ich *bin* klassisch-konventionell!«

»Ist es okay, wenn ich kurz eine Crew vorbeischicke? Geht ganz schnell, versprochen.«

Banion studierte gerade seinen Text ein, der von Edelmut zeugen, jedoch nicht ohne eine gewisse Schärfe sein sollte: *Ich bin nur deshalb enttäuscht, weil Ufo-Entführte und die homosexuelle Minderheit in unserem Land so viel miteinander gemein haben – den Kampf um Anerkennung inmitten all der Vorurteile und der Spießbürgerlichkeit* – als Renira mit der sorgenvollen Miene eines Grabredners hereinkam.

»Ja?«, sagte Banion, den eine ungute Ahnung beschlich.

»Mr. Mint ist am Apparat.«

»Hallo, Sid.«

»Jack!« Der gute alte Sid – mochten die Nachrichten auch noch so schlecht sein, nie würde er einem so wie Stimple sein Ausrufezeichen vorenthalten. »Wie geht's, wie steht's?«

»Könnte gar nicht besser sein«, sagte Banion nicht ganz wahrheitsgetreu.

»Das mit den Kandidatenrunden tut mir Leid.«

»Ich werd's überleben.«

»Aber ja. Wäre nur ein echter Trumpf gewesen, was weitere Engagements betrifft. Das ist TV-Präsenz, die man nicht gern verliert. Aber kein Problem, ich halte zu Ihnen, egal, was kommt.«

»Das ist nett von Ihnen, Sid.«

»Also, der ITT-Termin.«

»Gut.«

»Von wegen. Die haben gerade abgesagt. Man habe das Gefühl … Wie soll ich's sagen, ohne Sie anzulügen? Es hängt mit dieser Ufo-Sache zusammen. Übt auf ein paar Leute eine abschreckende Wirkung aus, als da wären: Versicherungsgesellschaften. Banken. Wall-Street-Firmen. Sozusagen Forbes ›fünfhundert größte Unternehmen‹.«

»Mit anderen Worten: Ihre größten Kunden.«

»Ja, alles in allem. Aber jetzt aufgepasst, ich habe da was für Sie, wo Sie nicht einmal weit reisen müssen. Ist in Pennsylvania. King of Prussia.«

»Und?«

»Dort soll die große alljährliche Konferenz über Kornkreise stattfinden. Ich bin kein – kennen Sie sich in diesen Dingen aus?«

»Man weiß es nicht genau, aber anscheinend sind sie Teil der Alien-Semiotik. Riesige Alien-Hieroglyphen, die in landwirtschaftliche Felder gemäht werden. Mit größter Genauigkeit und Sorgfalt. Weizen, Gerste, Soja.« Banion seufzte. »Hirse.«

»Diese Leute wollen unbedingt, dass Sie dort eine Rede halten.«

»Wie viel?«

»Ich versuche denen gerade klarzumachen, dass sie mehr auf den Tisch legen müssen. Ihr Eröffnungsangebot war völlig unakzeptabel.«

»Wie unakzeptabel?«

»Lohnt sich nicht einmal, drüber zu sprechen. Ich werde schon noch mehr aus ihnen rausholen. Keine Sorge. Aber ich muss mich schon wundern.«

»Über was?«

»Jack, Sie verstehen von alldem natürlich mehr als ich. Aber wenn dort draußen tatsächlich intelligentes Leben existiert, was soll das dann, dass diese Wesen Graffiti in Nebraskas Weizenfelder reinschneiden? Haben die denn nichts *Besseres* zu tun?«

Banion brachte es nicht übers Herz, genau zu erklären, was es mit diesen – zugegebenermaßen abstrusen – außerirdischen Manifestationen auf sich hatte.

Eine Stunde später rief Slippersens Pressesprecher an, um Banion in knappen, unverbindlichen Worten mitzuteilen, dass der Außenminister für den Sonntag bereits eine »andere Verpflichtung« eingegangen sei. Einen Moment lang spielte Banion mit dem Gedanken, ihn zu fragen, um was es sich dabei handele, überlegte es sich dann aber wieder, aus Angst, die unverblümte Antwort zu erhalten: um einen ministeriellen Stuhlgang.

Es war erst vier Uhr, da sehnte sich Banion bereits nach einem Martini von der Größe eines Swimmingpools.

Burt Galilee rief an.

»Was ist der Unterschied«, sagte er mit seiner tiefen Stimme, »zwischen einer Frau und einem Computer? Eine Frau würde Dreieinhalb-Zoll-Floppys sofort wieder ausspucken.« Schallendes Gelächter.

Galilee, der bessere Antennen als AT&T besaß, hatte von einem Ample-Ampere-Lobbyisten gehört, dass die Nummer eins, Al Wiley, wegen der Ufo-Show »förmlich im Viereck springt« und dass er damit drohe, *Sunday* den Stecker rauszuziehen. Banion erzählte ihm von seiner Unterhaltung mit Bill Stimple. Galilee sagte daraufhin, dass sich Banion um Stimple keine Sorgen zu machen brauche, das sei ein Obernörgler, der letztlich nur Al Wilyes Arsch vom Dienst sei. Der gute alte Burt. Immer gut aufgelegt. Galilee sagte, dass er mit Wiley nächste Woche Golf spielen und ein gutes Wort für ihn einlegen werde. Lässt sich alles regeln. Keine Sorge.

»Warum kommst du am Samstag nicht zum Abendessen vorbei?«, sagte Banion, der sich allmählich wieder entspannte. »Wir lassen für den Abend einfach die üblichen Verdächtigen antanzen.«

»Ist das nicht der Abend von Erhardts Dinner für Prinz Blandar?«

Erhardt Williger war ehemaliger Botschafter an der US-Gesandtschaft in Moskau, ehemaliger Chef der US-Delegation bei den Vereinten Nationen, ehemaliger Verteidigungsminister und ehemaliger alles Mögliche, außer vielleicht der Schatten seines ehemaligen Ichs. Zurzeit war er als »Planungsstratege« aktiv, eine Bezeichnung, die man »Interessenhändler« vorzog und von ehemaligen Regierungsbeamten verwendet wurde, die darauf spezialisiert waren, einseitig begünstigende Handelsabkommen zur Unterschriftsreife zu bringen. Außerhalb von Washington war seine Person nicht unumstritten – sein starker ungarischer Akzent lud förmlich dazu ein, ihn nachzuäffen –, aber in der Stadt selbst genoss er hohes Ansehen, vor allem auf Grund seiner Meisterleistung, sich aus den Trümmern einer Politikerkarriere zu erheben, die einen verheerenden Krieg mitzuverantworten hatte, was ihm letztlich irgendwie den Ruf einbrachte, der weiseste der so genannten Wise Men zu sein. Er war sicherlich der teuerste Weise. Aber er verteilte durchaus auch unentgeltlich Ratschläge. Da er in seiner Zeit als US-Außenminister ärgsten Notlagen getrotzt hatte, wandten sich nun in Bedrängnis geratene Präsidenten Hilfe suchend an ihn. Seine bloße Präsenz in derartigen Situationen wurde von der Presse stets als ermutigend bewertet.

All dies hatte er durch unermüdliches, geschicktes Streicheln der empfindlichsten Egos des Gewerbes erreicht, also jener Leute, die im Besitz der Zeitungen und Fernsehsender waren oder sie leiteten. (Er ließ sich nicht dazu herab, einfachen Hörfunkleuten zu schmeicheln.) Auf dem gesellschaftlichen Parkett der Hauptstadt war sein Wort Gesetz, ein Umstand, den er vor allem dem wahren Volltreffer einer galanten und, nach allgemeinem Urteil, einfach wunderbaren Ehefrau zu verdanken hatte. Und was seine Liste der Auserwählten betraf, so wurde sie von ihm einer ständigen, schonungslosen Revision unterzogen. Banion und Bitsey waren bei ihm seit vielen Jahren gut angeschrieben. Jetzt dämmerte es Banion, dass er offensichtlich von der Liste gestrichen worden war, und ein Vorgefühl gesellschaftlichen Ruins durchzuckte ihn wie ein kalter Schauder. Er konnte den Federstrich förmlich hören. Er machte jetzt lieber, dass er nach Hause kam, um Bitsey daran zu hindern, Möbelpolitur zu trinken.

»Samstag«, sagte Banion gedehnt, um ein paar Sekunden

Zeit zu gewinnen. »Samstag. Natürlich. Tja, wie wär's dann mit dem darauf folgenden Samstag?«

Banion hörte das Umblättern dicker englischer Terminkalenderseiten. »Da ist doch die Nini-Ferguson-Sache für die Organgorfers.«

»Hm. So ist es«, sagte Banion und betrachtete den leeren Samstag in seinem Terminkalender.

»Was hast du denn heute Abend noch vor?«, fragte Galilee.

»Heute Abend?«

»Nach Sonnenuntergang. Himmlisches, sich täglich wiederholendes Phänomen.«

»Nichts, so weit ich weiß. Heute Abend gibt's nur mich und Bitsey. Bitsey ist richtig süchtig nach diesem Zwölfteiler über Eleanor Roosevelt im öffentlich-rechtlichen Kanal. Und ich habe mir vorgenommen, an meinem Franklin-Buch weiterzuarbeiten.«

»Ich schau so gegen halb sieben vorbei und hol dich ab, und dann trinken wir einen bei dir zu Hause.«

»Das ist nicht nötig, Burt.«

»Aber wenn's doch mein innigster Wunsch ist!«

Banion legte auf, und zum ersten Mal seit langem fühlte er sich wieder so richtig heimisch in dieser Stadt. Dieser herrische Magyar Williger mochte ihn ja verstoßen haben, aber er hatte immer noch Freunde wie Burt Galilee.

Punkt halb sieben hörte er das kostspielige Hupen von Burts Mercedes. Er hatte den Stern auf dem Kühler durch eine Negerfigur ersetzt, eine Miniaturausgabe jener Lakaienzwerge, wie sie früher einmal auf Amerikas Gartenfesten üblich waren – Burts Privatwitz und kleine Verarschung des Establishments. Sie fuhren über holpriges Kopfsteinpflaster und den Resten von Straßenbahnschienen zu Banions Haus in der Dumbarton, der früheren Residenz eines ehrenwerten, wenn auch unfähigen Kriegsministers.

Dass irgendetwas nicht ganz stimmte, bemerkte Banion bereits, als das Dienstmädchen Lucretia ihm im Vestibül entgegenkam und verkündete, dass die *»invitados«* bereits im Wohnzimmer seien.

Welche *invitados*?

Er ging um die Ecke in den ein paar Stufen tiefer liegenden Raum und erblickte dort die im Halbkreis Versammelten, die wie auf einer Totenwache miteinander tuschelten: Tyler Pinch, Bill Stimple, Bob Newcombe (kein Wunder, dass er so in Eile gewesen war), Val Dalhousie, Karl Cuntmore (enorm erfolgreicher Schriftsteller von Technothrillern), Sid Mint und einen Mann, den er nicht kannte. Er spürte Burt Galilees riesige Pranke auf seiner Schulter und hörte ihn mit seiner tiefen Melassenstimme sagen: »Jack, wir sind hier, weil wir dich alle ganz, ganz arg mögen.«

Ein Mann kann sich einer Einmischung in die eigenen Angelegenheiten eigentlich nur auf eine Art stellen – mit einem starken Drink in der Hand. Banion schritt unter den besorgten Blicken der Versammelten lässig auf die Bar zu und mixte sich in aller Ruhe einen doppelten, dreifachen, zigfachen Martini. Niemand sagte einen Ton, während er die eisgekühlte Flüssigkeit rührte und dann ins Glas abseihte, um schließlich, mit einem gewissen, melodramatischen Anflug von Trotz, eine, zwei und dann die dritte wermutgetränkte Olive hineinzugeben. Er nahm einen Schluck, und schon spürte er, wie seine Hirnrinde im göttlichen Vibrato erklang. Es war, wie er sehr wohl wusste, der einzige Moment von Glück und Zufriedenheit, den dieser unselige Tag ihm gewähren würde.

»Also«, sagte er, ohne sich aus dem Fuchsbau seiner Bar herauszubewegen. »Welchem Umstand habe ich dieses *Vergnügen* zu verdanken?«

»Jack«, sagte Bitsey, »sei jetzt nicht böse. Burt hat Recht. Wir sind hier, weil wir dich alle lieb haben.«

»Es freut mich, Gegenstand einer derartigen Massenverehrung zu sein. Hat dieser Herr dort« – Banion wies mit dem Drink in der Hand auf den Unbekannten im Chintzsessel – »mich auch so gern?«

»Das ist Dr. Blott«, sagte Bitsey, »aus Well Haven.«

»Aha. Natürlich. Rancho Risible.«

»Wie bitte?«

»Na, die Irrenfarm. Wie geht's Ihnen, Herr Doktor? Lauern hinter den Wandteppichen die Männer mit den Fangnetzen, oder tragen Sie immer eine Tranquilizer-Pistole bei sich?«

Dr. Blott, ein liebenswürdiger Herr mit schütterem Haar und von fortdauerndem Mitgefühl zerfurchter Stirn, sagte mit einer Stimme, die so sanft war, dass er damit King Kong vom Empire State Building geholt hätte: »Mrs. Banion hat mich gebeten, heute Abend hierher zu kommen, weil sie sich Sorgen um Sie macht.«

»Natürlich macht sie sich Sorgen, wo uns doch Erhardt Williger gerade fallen gelassen hat. Mmh, lecker«, sagte Banion, »also *so was* nenne ich mir einen Martini. Dad hat immer gesagt, dass man sofort weiß, ob ein Engel zu Besuch da war, weil es dann ganz dezent nach Wermut duftet. Also, wer will als Nächstes seine Sorge um mich zum Ausdruck bringen?«

»Jack«, sagte Bitsey scharf, »die Sache ist wichtig.« Tyler Pinch, Kurator der Fripps Gallery, saß, wie Banion fand, etwas zu sehr auf Tuchfühlung mit ihr.

»Sitzen Sie auch bequem, Tyler?«, sagte Banion.

»Bitsey hat mich gebeten, hier zu sein, Jack. Ich wüsste ein Dutzend anderer Orte, wo ich jetzt lieber wäre.«

»Philadelphia?«

»Sei doch nicht so garstig«, sagte Bitsey.

»*Cet animal*«, sagte Banion, »*est très méchant. Quand on l'attaque, il se défend.*«*

* Aufschrift auf französischen Warnschildern: »Dieses Tier ist äußerst bissig. Wenn man es angreift, verteidigt es sich.«

Die Bemerkung rief bei einem Drittel der Versammelten verständnislose Gesichter hervor.

»Ich rede wohl mit Zungen. Nun, genug des Feuerwerks der Schlagfertigkeiten. Ihr seid also alle gekommen, um mir mitzuteilen, dass ich den Verstand verloren habe und unangenehm auffalle. Oder besser, *euch* unangenehm auffallen lasse.«

»Niemand hier hegt irgendeinen Zweifel daran, dass Sie ein traumatisches Erlebnis durchgemacht haben«, sagte Dr. Blott.

»Wie zum Beispiel von Aliens gekidnappt zu werden?«

»Also gut, reden wir offen darüber.«

»Versuchen Sie nie, einem Schwein das Singen beizubringen. Damit verschwenden Sie nur Ihre Zeit und verärgern das Schwein. Ähnlichkeiten wären rein zufällig, Herr Doktor.«

»Warum reden wir nicht über die vielen Affären, die du hast?«, sagte Bitsey.

»O Bits, ich bitte dich.«

»Immer wenn ich dich in deinem Hotelzimmer erreiche, hast du irgendeine absonderliche Entschuldigung parat, warum du so lange nicht da warst. Dass du die Nacht mit den Pförtnern in der Eingangshalle verbracht hast, damit die Aliens dich nicht holen kommen? Das soll ich dir glauben? Ich will mir nicht irgendeine *Krankheit* einfangen, Jack.«

»Ich schlafe nicht mit ihnen.« Ihm fehlte der Mumm, vor allen Anwesenden darauf hinzuweisen, dass sie sich wohl kaum bei einem Ehemann anstecken konnte, mit dem sie seit einer halben Ewigkeit nicht mehr schlief.

Einen Augenblick lang tat sich eine Art Vakuum auf, das prompt der von sich selbst äußerst überzeugte Karl Cuntmore zu füllen gedachte, der erhabene Technoromancier. Und dennoch, trotz seiner zig Millionen vermittelte er immer noch den Eindruck eines Mannes, den man gerade darauf hingewiesen hatte, dass in seinem Wassertank ein totes Stachelschwein vor sich hin fault.

»Bis zu diesem Tag gibt es keinen glaubwürdigen Beweis dafür, dass Aliens auf der Erde gelandet sind. Das NORAD* ist in der Lage, alles aufzuspüren, was größer als ein Fußball ist. Ich kenne Bud Walp persönlich. Er ist der Vier-Sterne-Mann, der für die ganze Show verantwortlich ist. Einen vernünftigeren, logischer denkenden Menschen als ihn werden Sie kaum finden, und er ist einer Ihrer größten Fans. Ich habe mich heute Morgen um 0800 Uhr mit ihm unterhalten, und er hat mir gesagt, dass es ein Ding der Unmöglichkeit ist, dass Untertassen durch sein Netz schlüpfen, ohne dass er davon erfahren würde. Er würde sie wie Tontauben vom Himmel holen.«

»Tja, Karl, da kann ich nur sagen, dass wir ziemlich tief in der Aa stecken, denn diese Raumfahrzeuge waren wesentlich größer als Fußbälle. Allerdings wiederum auch kleiner als Ihr Ego.«

»Halten Sie sich gefälligst zurück, Mister«, fauchte Karl Cuntmore.

»Ach, spielen Sie hier doch nicht den harten Soldaten. Die einzige Uniform, die Sie jemals getragen haben, war Ihre Pfadfindermontur, die ein Orden für das Ausreißen von Insektenbeinen geziert hat.«

Eines musste über eine Einmischung dieser Art gesagt werden: Es war eine hervorragende Gelegenheit, herauszufinden, wen man unter seinen Freunden partout nicht ausstehen konnte. Aber jetzt war Val an der Reihe. Die arme Val, sie musste wie am Spieß geschrien haben, als man sie hergeschleppt hatte.

»Mein lieber Jack, es interessiert mich in keinster Weise, was genau Ihnen auf dem Golfplatz widerfahren ist. Jamieson ist von Burning Bush und Augusta auch immer mit den unglaublichsten Geschichten zurückgekehrt.«

»Auch darüber, dass er von Aliens entführt wurde?«

* North American Aerospace Defense Command. Militärisches Hauptquartier, das Amerikas Radar- und Satellitenwarnsystem betreibt.

»Nein, nein. Dass er unter achtzig Schläge geblieben ist. Ich habe ihm nie auch nur *ein* Wort geglaubt. Er war ein schrecklicher Golfer. Männer lügen über ihre Spielergebnisse, Frauen über ihr Alter. Ersteres ist *wesentlich* gravierender.«

»Val, ich weiß Ihre Betroffenheit zu schätzen, wirklich, aber ich bin mir nicht sicher, ob Jamiesons Flunkern über sein Golfspiel das Gleiche ist, wie von außerirdischen Geschöpfen gekidnappt zu werden. Oder bin ich hier derjenige, der irgendetwas nicht kapiert?«

»Der Punkt, mein süßer, lieber bezaubernder Jack, ist der, dass Sie inzwischen entsetzlich *langweilen.*«

»Da haben Sie Recht. Touché. Aber worüber soll ich denn sonst reden? Das Krankenversicherungssystem? Die Expansion der Nato? Den Friedensprozess im Mittleren Osten?«

Er ließ seinen Blick durchs Zimmer schweifen und sah in all die ernsten Gesichter. »Fühlt sich vielleicht irgendjemand an die Szene mit der Schauspielertruppe in *Hamlet* erinnert?« Er nahm ein winziges Plastikschwert, das zum Verrühren von Cocktails diente, von der Bartheke. »Also, wer will sich hinter den Wandteppichen verbergen und aufgespießt werden?«

Sid Mint ergriff das Wort. »Wollen Sie meine Meinung hören? Also, mich interessiert es auch einen feuchten Dreck, was auf dem Golfplatz passiert ist. Aber uns geht ein Vermögen durch die Lappen! Bei uns gehen mehr Absagen als Engagements ein! Wissen Sie, was mir der Präsident von ITT gesagt hat? ›Wir haben gehört, dass er übergeschnappt ist! Wir erwarten auf unserer Konferenz eine Reihe wichtiger Kunden. Wir können es uns nicht leisten, jemanden dort oben auf dem Podium zu haben, bei dem zu befürchten steht, dass er jeden Moment anfängt, an seinem Schlips zu kauen.‹«

»Meine Krawatten sind viel zu teuer, um sie aufzufressen.« Banion wandte sich Stimple zu. »Bill? Bestimmt haben auch Sie ein paar sorgenschwere Sätze beizutragen.«

»Wir werden Ihnen die Show wegnehmen müssen, Jack. Al

Wiley hat mich vor einer Stunde angerufen. Ich kann Ihnen gar nicht sagen, wie Leid es mir tut.«

»Ich weiß. Sie haben wie ein Löwe für mich gekämpft. Sie haben sogar Ihre Kündigung in die Waagschale geworfen. Sie wollten sich bereits auf der Stelle im Büro Ihres Obermackers rituell entleiben.«

»Jack ...«

»Nicht Ihre Abteilung, ich weiß. – Burt?«, sagte Banion dann, »hast du vielleicht auch noch irgendetwas Beiläufiges hinzuzufügen? Persönliche Botschaft des Präsidenten? Ultimaten? Ein Fazit? Öl ins Feuer?«

»Ich bin nur sehr traurig, Jack. Mehr habe ich nicht zu sagen.«

»Wenigstens eine ehrliche Aussage. Kaufe ich dir glatt ab.«

»Nehmen wir einmal an«, sagte Burt, »es hat sich alles so zugetragen, wie du sagst.«

»Nur so als eine Art Gedankenspiel natürlich.«

»Und auf einmal stehst du hier – stehen wir alle – am Scheideweg. Der Weg, der in den dunklen Wald deiner Lebensmitte führt. Du kennst deinen Dante. Jetzt solltest du dir eine Frage stellen: Werde ich es zulassen, dass dies mein Leben ruiniert?«

Banion ließ den Blick langsam von Gesicht zu Gesicht durchs Zimmer schweifen. »Ich sollte jetzt wohl am besten sagen, dass es alles nur eine Abwehrreaktion auf irgendein unverträgliches Medikament war, oder?«

Ihre Gesichter erinnerten ihn an Menschen, die am Fuße eines Gebäudes zusammengelaufen waren und den Mann hoch oben auf dem Sims gern springen sehen wollten. Aber dieses Gefühl verschwand ebenso schnell, wie es gekommen war. Der nächste Schritt war offensichtlich abgesprochen worden.

»Jack«, sagte Bitsey, »ich werde dich verlassen, wenn du nicht einwilligst, dich von Dr. Blott behandeln zu lassen.«

Die beiden blickten sich in diesem Amphitheater der Augen so vertraulich wie irgend möglich an.

»Ich war noch nie ein Freund von Offenbarungen«, sagte Banion. »Wenn es vor zweitausend Jahren nach mir gegangen wäre, dann wäre ich wahrscheinlich wieder auf mein Pferd gesprungen, nach Damaskus geritten und hätte ein paar Christen mehr aufgehängt, nur so zur Sicherheit. Soll heißen, es ist bereits schlimm genug mitten in der Wüste, wo niemand zuschaut, eine Offenbarung zu haben, aber auf einem Golfplatz? Oder in Palm Springs, unterwegs zu Leuten, die japanische Autos verkaufen und von mir gebauchpinselt werden wollen?«

Er seufzte. »Aber man nimmt die Dinge, wie sie kommen, selbst wenn sie in Form kleiner grüner Männchen kommen. Ich weiß auch nicht, was dort draußen passiert ist. Aber es ist passiert. Und kaum erzähle ich euch, dass dort draußen etwas Seltsames in Gang ist, habt ihr nichts Eiligeres zu tun, als mich nach Well Haven zu verfrachten, mit Haldol vollzupumpen und Origamis falten zu lassen. *Versteht* ihr denn nicht? Das hier ist eine Riesensache! Die größte Sache, die jemals passiert ist! Ihr müsstet mir eigentlich alle helfen herauszufinden, was hier vor sich geht. Aber alles, was euch einfällt, ist, die Hände zu ringen und euch darüber Gedanken zu machen, inwiefern euer Tischplatz auf Erhardt Willigers nächster Dinner-Party davon betroffen ist.«

Und so verließ Banion sein Haus in Georgetown. Draußen auf dem Bürgersteig erschreckte ihn ein Autogeräusch, und er rechnete halbwegs damit, gleich von aus dem Wagen herausspringenden Männern zu Boden gerungen zu werden. Nicht von Men in Black, sondern von Weißbekittelten.

Zweiter Teil

September

11

»... Saturday, *mit John Oliver Banion ... eine Diskussion über Fragen, die das Jahrtausend bewegen, mit führenden Persönlichkeiten aus der Welt der Ufos ...*«

Abgesehen von dem Namen, der Sendezeit, der Ansagerstimme, der Erkennungsmelodie sowie den Kulissen, Gästen und dem Sponsor war Banions neue Fernsehshow genau wie die alte. Die Presse behandelte sie mit johlendem Spott und Anti-Depressiva-Witzen, aber an diesem Samstag – und das, obwohl der Präsidentschaftswahlkampf seit knapp zwei Wochen auf Hochtouren lief und sämtliche Kommentatoren der Stadt sich bereits für ihre neunmalklugen Reden in den Wochenendshows warm liefen – hatten nicht wenige Zuschauer einfach aus Neugier das Debüt von Saturday eingeschaltet. Selbstopferungen besitzen immer einen hohen Unterhaltungswert.

»... *präsentiert von Gooey-Lube. Wenn Ihr Wagen mal wieder dieses berühmte Knirschen von sich gibt, fahren Sie doch einfach bei Gooey-Lube vorbei. Wir ölen und schmieren Ihre Antriebsteile schneller, als Ihre Räder rollen! Und jetzt, der Gastgeber von* Saturday, *John Oliver Banion.*«

Die *Washington Post* hatte über die neue Show einen Artikel gebracht, der mit einer Karikatur versehen war, in der Banion einen Umhang mit hohem Stehkragen à la intergalaktischer Schamane trug, aber der John O. Banion, der nun auf dem Bildschirm erschien, war von Kopf bis Fuß der alte John O. Banion mit seiner eulenhaften Hornbrille und den jungenhaften Gesichtszügen, allerdings – wie den Zuschauern nicht entging – wirkte er jetzt nicht mehr gar so weihevoll. Anstatt des üblichen dunklen Anzugs trug er ein einfaches Sakko mit einem ans Revers gesteckten kleinen grünen Band. Er schien vor Energie zu sprühen, schwungvoll und beinahe – wie eine Georgetowner Matrone bemerkte – glücklich zu sein, wenn man so sagen konnte.

»Allseits guten Morgen, und willkommen bei *Saturday*. Mein heutiger Gast – Fina Delmar.«

Ganz Washington hielt den Atem an.

»Miss Delmar ist natürlich vor allem als Schauspielerin und Oscarpreisträgerin bekannt. Unter anderem wirkte sie in Filmen wie *Die Frau des Hummerfischers* und *Manche mögen's feucht* mit. Weniger bekannt dürfte die Tatsache sein, dass sie bereits mehrfach von Aliens entführt wurde. Es ist mir nicht nur ein Vergnügen, sondern auch eine große Ehre, sie hier in meiner Show begrüßen zu dürfen. Willkommen bei *Saturday*.«

»Danke, John.« Fina sah – nicht nur für eine Frau ihres Alters – einfach hinreißend aus. Wer sie mit New-Age-Kristallen behangen erwartet hatte, wurde enttäuscht. Sie trug einen vorteilhaften, mattglänzenden Hosenanzug aus Shantungseide und einfache goldene Ohrringe.

»Wie oft ist Ihnen das inzwischen passiert?«, fragte Banion.

»Sechs Mal.«

»Immer von den großen Nordmenschen?«

Fina Delmar lächelte kokett. »Darling, die kleinen Hässlichen *passen* nicht zu mir. Ein Star ist ein Star, egal an welchem Firmament.«

»Darüber würde ich mich gern noch etwas länger mit Ihnen unterhalten. Aber zunächst möchte ich Sie fragen, ob Sie irgendetwas über die Motive Ihrer Häscher erfahren konnten, über Pläne, die Entführungen verstärkt fortzusetzen, den Planeten Erde zu erobern und so weiter. Welche bislang unerkannten Einsichten können Sie uns bezüglich dessen mitteilen?«

»Sie versuchen gerade, mich in Schwierigkeiten zu bringen, stimmt's?« Sie lächelte.

»Keineswegs, ich versuche herauszufinden, was Sie wissen.«

»Was ich weiß also. Wo soll ich da nur anfangen?«

»Wie wär's mit dem Anfang?«

»Da war diese Karte. Es war das vorletzte Mal. Nein – stimmt nicht. Es ist bereits vor drei Malen gewesen.«

»Und?«

»Sie haben mich in Golden Door* aufgegriffen. Ich hatte gerade die Dreharbeiten zu *Der Mann von der Post* mit Burt Reynolds abgeschlossen. Mein Gott, was haben diese Dreharbeiten lange gedauert. Burt hat immer wieder ...«

»Erzählen Sie uns von der Entführung.«

»Sie haben mich in irgend so ein Gebäude geschafft, und dann war ich an allen vieren festgeschnallt – und Sie wissen ja, wie das ist, diese eiskalten Tische, bei denen man meinen sollte, dass sie da zumindest irgendeine Unterlage verwenden könnten –, und, tja, dann fangen sie mit ihren kleinen Spielchen an, die sie da unten so treiben. Vielleicht werden wir ja eines Tages, wenn alles einmal vorbei ist, erfahren, dass es sich bei dem Ganzen um eine Art Training für Alien-Proktologen oder -Gynäkologen gehandelt hat. Na ja, wer weiß das schon? Ich versuche also, mich abzulenken, und singe ein paar Show-Melodien vor mich hin – vielleicht werden sie ja noch auf Ethel Merman aufmerksam. Können Sie sich vorstellen, wie man die entführt? Das wäre aber eine ziemlich kurze Entführung, wenn Sie mich fragen.«

»Ja? Und dann?«

»Ich öffne die Augen und sehe diese Karte über dem Bedienungsfeld. Es waren die Vereinigten Staaten von Amerika, und ich denke plötzlich: ›Das alles kann kein Zufall sein. Das ist alles Teil eines Plans.‹«

* Schickeria-Kurort in Arizona.

Nathan Scrubbs sah von seinem Zimmer im Hotel Majestic aus zu. Das Hotel lag in einem Washingtoner Stadtteil, den Politiker vor allem wegen der Tatsache, dass dieser nur ein paar Straßen vom Weißen Haus entfernt war, immer wieder als nationalen Skandal anprangerten. Seit Monaten schon stieg Scrubbs in billigen Hotels ab. So wie die Sache stand, hielt er es für unklug, in seinem Apartment zu bleiben, zumindest solange er keine Nachricht von MJ-12 bezüglich seiner momentanen Stellung in der Organisation erhalten hatte.

In dem Zimmer roch es nach einem halben Jahrhundert Zigarettenkonsum, Einsamkeit und Schicksalsschlägen. Es war eines von diesen Zimmern, über die man ständig in Verbindung mit einem schrecklichen Verbrechen in den Zeitungen las: der Unterschlupf des Täters, wo er zwischen Onanie, Katzenfuttermahlzeiten und sonstigem Ekelfraß hauste, während er seine Gräueltaten ausbrütete. Das Bett hing wie eine Senkgrube durch. Die Spüle war durchgerostet – Scrubbs wollte an die abscheulichen Dinge, zu denen das Spülbecken wahrscheinlich alles zweckentfremdet worden war, nicht einmal denken –, und aus dem tropfenden Wasserhahn drang von Zeit zu Zeit ein unterirdisches Rumpeln aus den zweifellos höllischen Tiefen des Hotels. Die Neonröhren summten wie ein elektrischer Fliegenfänger, und seit kurzem vernahm er nachts ein gewisses Schaben, das nach einer ganzen Rattensippe beim gemütlichen familiären Ringelpiez klang. Aber das Zimmer kostete nur siebzehn Dollar die Nacht und besaß einen Fernseher mit Kabelanschluss, was ihm über die langen trostlosen Stunden hinweghalf.

Wie ein Häufchen Elend sah er seiner Frankenstein-Kreation zu. Fina Delmar ließ sich gerade über ihre Erkenntnis aus, dass Aliens eher »interdimensional« reisten als, »Sie verstehen schon, vertikal«. Dies würde auch erklären, fuhr sie fort, warum sie nicht auf den Radarschirmen des Militärs auftauchten. Vorausgesetzt, dass das Militär uns nicht nach Strich und Faden belüge. Scrubbs kam es einen Augenblick lang so vor, als ob Banions Augen glasig würden.

Er überdachte seine Lage. War der Moment der größten Gefahr vorüber? Banions aufwühlendes *J'accuse!* auf der Ufo-Konferenz hatte nicht zu den erhofften Senatsanhörungen geführt. Und ebenso wenig wie die Regierung unter einer Welle der Enthüllungen und Skandale zusammengebrochen war, hatten die Russen gestanden, Todeswaffen der Aliens zu besitzen. (Plasmastrahler? Wo hatten Sie diesen Unsinn nur wieder her?) Die Russen hatten sich genau genommen nur über einen untergeordneten Presseattaché zu Wort gemeldet, der Banions Anschuldigungen öffentlich und in demütigender Weise als »intellektuelles Hooligantum und pure Hysterie« abtat. Die Pilzrevolte war mittlerweile erschlafft, und nun war Banion, ehemals König der Washingtoner Meinungslöwen, auf den Samstagmorgen strafversetzt worden und musste sich mit einer Hollywood-Diva herumschlagen, die ihre besten Tage bereits hinter sich hatte und allen Ernstes davon überzeugt war, nicht nur mit Aliens, sondern auch mit französischen Adligen aus dem achtzehnten Jahrhundert geschlafen zu haben. Unter diesen Umständen war es durchaus möglich, dass seine Vorgesetzten geneigt waren, die Vergangenheit ruhen zu lassen. Er hatte seinen MJ-12-Pieper – nachdem er ihn auseinander genommen und nach einer Sprengvorrichtung überprüft hatte – behalten. Dennoch hatte MJ-12 nichts unternommen, um ihn auf elektronischem Weg herbeizuzitieren. Es war, wie John Wayne zu sagen pflegte, alles ruhig da draußen – zu ruhig. Er biss in einen weiteren Käsechip. Also echt, er musste aufpassen, nicht ständig Junkfood in sich hineinzustopfen. Seit er untergetaucht war, hatte er beinahe zehn Pfund zugenommen. Er wischte sich chemisch gelbe Krumen von den Lippen und schaute weiter auf den Bildschirm.

»Kommen wir zu den Zuschaueranrufen«, sagte Banion. »Elbo, Texas, Sie haben das Wort.«

»Yeah, ich habe eine Frage an Miss Delmar – Hallo? *Hallo?* Ich höre keinen Ton.«

»Doch, Sie sind auf Sendung.«

»Okay, *stimmt* es denn wirklich, dass Sie etwas mit Tony Curtis gehabt haben?«

»Ich habe Miss Delmar nicht eingeladen, um über solche Dinge zu sprechen«, sagte Banion knapp. »Das hier ist eine Sendung zu aktuellen gesellschaftspolitischen Fragen.«

Washington blieb der Brunch im Hals stecken.

»Sie hat gesagt, dass sie mit Aliens und diesem zweihundert Jahre alten französischen Herzog, oder was der war, geschlafen hat. Ich verstehe nicht, welchen Unterschied es da macht, wenn ich wissen will, wie es mit Tony Curtis im Bett war. Und ich *verehre* Tony Curtis.«

»Schauen wir mal, ob wir nicht einen Anrufer haben, der eine ernst zu nehmende Frage an Miss Delmar hat. Sump, Arkansas, Sie sind auf Sendung.«

»Ich habe eine Frage an Miss Delmar. Ich bin viele, viele Male von Aliens gekidnappt worden. Ich will nicht den in der Ufologie verwendeten, beschönigenden Begriff Abduktion verwenden, denn es ist nichts anderes als Kidnapping, und man sollte sie für das, was sie mir angetan haben, hängen oder auf dem elektrischen Stuhl braten. Es ist eine Schande. Mein Mann, Euple, weigert sich, mit mir zu schlafen. Er sagt …«

»Wie lautet Ihre Frage, Madam?«

Scrubbs schloss die Augen. Der Anblick tat ihm in der Seele weh. Banion mochte ja ein aufgeblasenes Arschloch sein, aber Scrubbs konnte nicht umhin, Mitleid für den Mann zu empfinden. Schließlich hatte er dessen Leben zerstört. Der Gesellschaftsteil der heutigen *Post*-Ausgabe lag aufgeschlagen in seinem Bettkrater. Die Schlagzeile lautete:

Bitsey Banion in Kur – beim Kurator

»Ich nehme die Dinge, wie sie kommen«, sagte Bitsey Banion gestern Abend auf dem »Salut an den Geldadel«-Empfang in der Fripps Gallery. Auch wenn sie dort nicht am Arm von Kurator Tyler Pinch eintraf, so verbrachte sie gewiss beträchtliche Zeit damit, sich während der Festlichkeiten bei ihm unterzuhaken. Die beiden haben seit Bitseys Trennung von ihrem Ehemann, der früheren Sunday-Showgröße John O. Banion – dem »Talkmaster, der sich zum Alien-Entführungsopfer wandelte« – so manche Stunde zu zweit verbracht. Während des Essens sagte Pinch den fünfhundert geladenen Gästen, von denen jeder fünftausend Dollar gespendet hatte, dass sie »die besten Menschen auf Erden seien«.

Scrubbs fragte sich, ob es Banions Laune heben würde, wenn dieser erführe, dass auch Scrubbs Leben eine düstere Wendung genommen hatte.

Er blickte nachdenklich aus seinem Fenster mit dem Blick auf Uncle Big Busy's Fried Chicken und den durchgehend geöffneten Pornovideoshop. Letzte Nacht war er mit Pistolenschüssen und Polizeisirenen im Hintergrund eingeschlafen.

Also, sinnierte er, wie werden wir uns heute die Zeit vertreiben? Zu Hause bleiben und das Hirn mit den vor- und nachmittäglichen Fernsehshows anästhesieren, oder entscheiden wir uns doch wieder für irgendein Scheißmuseum? In Museen fühlte er sich sicher, da es dort Wachen gab, die unter Umständen, falls er um Hilfe schreien würde, MJ-12-Agenten daran hindern könnten, ihn zu haschen. Zumindest würde er auf diese Weise, falls sie ihn dennoch irgendwann schnappten, über die Bronzezeit, die Heraufkunft des Dampfmaschinenzeitalters und Fra Angelico Bescheid wissen, von dem er bislang geglaubt hatte, dass es sich dabei um eine Spirituose handelte.

Wie lange würde sein Geld reichen? Bevor er untergetaucht

war, hatte er noch sein Bankkonto leer geräumt. Seine Kreditkarten wollte er lieber nicht benutzen, da man ihn damit in Windeseile zurückverfolgen konnte.

Er bekam in seinem erbärmlichen Kabuff plötzlich klaustrophobische Erstickungsgefühle. Verzweifelt blätterte er die Zeitung nach Ausgehalternativen durch, was aber letztlich nur auf die beiden einzigen noch nicht erforschten ästhetischen Erlebnisse hinauslief, die diese Stadt noch für ihn bereithielt: eine Jean-Michel-Basquiat-Retrospektive* über die »Mittlere Periode« des Künstlers oder koreanisches Porzellan aus dem dreizehnten Jahrhundert.

Nach Lage der Dinge brauchte sich MJ-12 nicht einmal die Mühe zu machen, ihn zu liquidieren. Wenn das nämlich so weiterging, würde man ihn bald als Leiche auf einer Parkbank wiederfinden – Tod aus Langeweile.

Scrubbs fingerte zwanzig Dollar fürs Essen heraus, stopfte sein stetig schrumpfendes Bargeldbündel unter eine alte Fußbodenbohle, die er unter seinem Bett gelockert hatte, und wagte sich blinzelnd ins Tageslicht hinaus.

»Mr. Crocanelli von Gooey-Lube ist am Apparat«, sagte Renira. Renira, die einst dem Präsidenten der Vereinigten Staaten mitteilte, dass Banion gerade nicht zu sprechen sei, fing nun Anrufe des Präsidenten von Gooey-Lube, seinem neuen TV-Sponsor, ab. Banion fragte sich, warum Renira ihm über seinen Karrierewechsel hinweg die Stange hielt. Briten konnten wunderbar dickköpfig sein, wenn sie wollten. Da brauchte man sich nur anzusehen, wie sie sich an Indien und die vielen anderen rosafarbenen Flecken auf der Landkarte geklammert hatten. Trotz Reniras offensichtlicher Verachtung für seine schöne

* Andy-Warhol-Protegé, der im Alter von siebenundzwanzig Jahren, als seine Bilder plötzlich für Hunderttausende von Dollar gehandelt wurden, aus lauter Überraschung starb.

neue Welt, wurde er das Gefühl nicht los, dass sie in Wirklichkeit, im hintersten Winkel ihrer Seele, doch an Ufos glaubte, obwohl sie dies als korrekte Engländerin natürlich niemals zugeben würde. Und dann war da noch etwas: Sie stammte aus Devonshire, wo 1855 die berüchtigten »Fußabdrücke des Teufels« entdeckt worden waren, rätselhafte nichtmenschliche Fußspuren, die sechzig Kilometer weit über den Schnee führten. Vielleicht war es aber auch ihre neu gewonnene Freundschaft mit Fina Delmar, die sie hier hielt. Die beiden konnten endlose Telefongespräche miteinander führen.

»Jackieeeee! Haben Sie diese Quoten gesehen? Einfach Spitze, Scheiße noch mal!«

Trotz der beklagenswerten Ausdrucksweise des Mannes war es ein Vergnügen, wie Banion fand, einen derartig sinnesfrohen und offenherzigen Sponsor an Bord zu haben. Andy Crocanelli, Präsident von Gooey-Lube, der landesweit vertretenen Kette von Ölwechsel-Centern, war kein Mann, der seine Gesprächspartner mit dreisten Schmeicheleien über ihre Golfkünste langweilte. Der Mann kam wie die Spanschneide einer Drehbank auf den Punkt.

»Ich will die Show auf zwei Stunden ausweiten.«

»Dafür ist das Sendeformat nicht geeignet, Andy.«

»Wollen Sie mich verarschen? Eine verdammte Zwölf bei einem sechzehntel Anteil?* Ich will, dass die Show rund um die Uhr über die Kanäle flimmert!«

»Das ist sehr erfreulich.«

»Also, ihr Protestantensäcke von der Ostküste seid vielleicht ein Scheißvolk. Wenn ihr mal eine gute Nachricht kriegt, dann macht ihr: *Oh, ich bin ja so erfreuuut. Vielleicht sollte ich noch eine Tasse Teeee trinken.* Himmel, Arsch und Wolkenbruch,

* Ein Nielsen-Quotenpunkt entspricht etwa neunhundertachtzigtausend Haushalten. Mit Anteil ist der Prozentsatz von Haushalten mit eingeschaltetem Fernseher gemeint.

Jackie, Sie sollten jetzt eigentlich in irgend so einer verdammten Penthouse-Suite in Atlantic City sitzen, den Whirlpool voller Champagner, 'ne dicke Havanna im Maul und sich von einer Fünfhundert-Dollar-Nutte einen blasen lassen. Oder am besten gleich von zwei. Bock drauf? Geht auf meine Rechnung.«

So grob es auch klingen mochte, es war zweifellos verlockender als die Gefälligkeiten, die Ample Ampere ihm anzubieten pflegte, wie zum Beispiel VIP-Golfturniere in Bel Mellow.

»Danke, Andy. Verbleiben wir einfach so, dass ich da irgendwann einmal darauf zurückkomme.«

»Wir müssen bereits Kunden, die bei uns antanzen, nach Hause schicken. Von der West- bis zur Ostküste – die Leute stehen bei uns *Schlange* und sind ganz versessen auf einen Ölwechsel. Wenn das so weitergeht, werd ich mir bald mein eigenes Tankschiff zulegen müssen.«

»Das freut mich wirklich. Wichtig ist dabei vor allem, dass unsere Botschaft rüberkommt.«

»Ich will, dass diese Show landesweit auf allen Kanälen zu sehen ist. Ich will, dass diese Show schon nächste Woche auf allen Kanälen kommt. Hab bereits mit Shick Farber von VBS gesprochen. Hab ihm gesagt: ›Ihr habt nur Nieten in eurem Sonntagmorgenaufgebot. Halleluja-Billys – Exsträflinge auf Bewährung, die ganze Scheißbagage. Aber ich hab 'nen echten Renner für euch.‹ Ach, übrigens, Jackie, ich will die Show wieder zu Ihrer alten Sendezeit haben – ich will, dass *Saturday* am Sonntag gesendet wird. Wär wohl besser, wir ändern den Namen, was?«

»Wir sollten lieber Schritt für Schritt vorgehen. Aber ich weiß Ihre Hilfe und Ihre Begeisterung wirklich zu schätzen …«

»Jetzt kommen Sie mir schon wieder mit diesem Protestantenscheiß! *Ich weiß Ihre Scheißbegeiiiiisterung wirklich zu schätzen.* Ziehen Sie sich endlich diesen verdammten Teebeutel aus dem Arsch. Reden Sie mit mir von Mensch zu Mensch! *Unsere Show ist ein Hit!*«

Da hatte er Recht, das *Saturday*-Debüt war ein Riesenerfolg.

Banions Entscheidung – Dr. Falopian und Colonel Murfletit hatten sich ihr nur murrend gebeugt –, Fina Delmar in seine erste Show zu nehmen, anstatt jemanden einzuladen, dessen Referenzen eher, nun ja, wissenschaftlicher Natur waren, hatte sich im Nachhinein als richtig herausgestellt. Renira, deren Abscheu vor den beiden einen Punkt erreicht hatte, an dem sie sie nur noch mit offener, triefender Verachtung behandelte, äußerte die Ansicht, dass sie eindeutig eifersüchtig auf Miss Delmar seien. *Miss* Delmar, wie sie sie stets nannte.

Auf jeden Fall war die Resonanz auf die Show, wie Protestantensäcke sich ausdrücken würden, höchst erfreulich. Die *Washington Post* hatte ihn mit eingezogenem Schwanz angerufen und demütig angefragt, ob man nicht vielleicht einen Fotografen vorbeischicken könne. Banion wies Renira an, der Blattredaktion auszurichten, dass er »gerade zu beschäftigt« sei. Die Schlagzeile sagte dennoch alles: NEUE BANION-SHOW – EIN QUOTENHIT. Banions Bürotelefon, das monatelang stillgestanden hatte – abgesehen von den sensationslüsternen Anrufen der Boulevardpresse –, klingelte wieder. Inmitten der Flut von Interviewwünschen dann dies:

»Ein gewisses Fräulein Roz möchte Sie sprechen, von einem *Cosmospolitan* oder so. Hat gemeint, sie hätte Sie bei dieser Rummelveranstaltung in Austin getroffen.«

»Stellen Sie durch.« Banion stürzte sich aufs Telefon.

»Ich hoffe, ich störe nicht«, sagte Roz. »Ich musste Ihnen einfach sagen, was für eine tolle Show das war.«

»Wo sind Sie gerade?«

»Tja, ich bin zufällig in Washington.«

»Wirklich? Darf ich Sie zum Abendessen einladen?«

»Gern.«

Was war nur in ihn gefahren? Er kam sich wie ein Teenager vor. Er grinste übers ganze Gesicht, und sein Herz raste im Galopp, er fühlte sich, fühlte sich … großartig.

»Renira!«

»Ist mit Ihnen alles in Ordnung?«

»Na klar! Alles prächtig! Wo bin ich heute Abend?«

»Um acht in Le Chat Énorme bei einem Dinner mit dem angeblichen Wissenschaftler, diesem Experten für Sumpfgase, von dem Falopian unbedingt wollte, dass Sie sich mit ihm treffen.«

»Sagen Sie die Sache ab.«

»Ich wollte die Reservierung ohnehin nicht vornehmen.«

»Gibt es in Washington irgendwelche romantischen Restaurants?«

»Das will ich doch annehmen.«

»Wo? Welches Restaurant ist romantisch – welches ist das *romantischste*?«

»Nun, ich glaube, das hängt davon ab.«

»Kommen Sie mir nicht mit diesem Protestantenscheiß, Renira.«

»Wie bitte?«

»Romantisch! Sprechen wir nicht die gleiche Sprache? Nicht tragisch-komisch-historisch-pastoral. Romantisch!«

»Da gäb's das Swann's Way. Ist ein bisschen weit weg, und normalerweise muss man Wochen im Voraus buchen, aber ...«

»Rufen Sie dort an. Bieten Sie denen – wie viel habe ich noch auf dem Konto? Bieten Sie ihnen alles an. Renira – besorgen Sie mir einen Tisch.«

»Werden Sie dort ...«

»Was? Raus mit der Sprache.«

»... vielleicht auch die Nacht verbringen? Es *ist* ein Gasthaus.«

»Ja! Vielleicht. Ich weiß nicht. Finden Sie heraus, ob noch ein Zimmer frei ist. Eine Suite. Mit Whirlpool.«

»Wir sind hier nicht in Las Vegas. Es ist ein idyllischer Ort in den Ausläufern des Shenandoah-Gebirges. Der Direktor der Federal Reserve hat dort geheiratet. Wie ich höre, ist das Essen ...«

»*Fragen Sie.*«

Was war nur mit Mr. Banion los? Sah ihm gar nicht ähnlich. Sie war weder sonderlich erpicht darauf zu erkunden, ob man (a) ein Zimmer frei habe, und zwar ab sofort, noch ob es (b) mit einem Whirlpool ausgestattet sei. Aber es war schön, endlich einen fröhlichen Mr. Banion zu sehen. Lang war's her. Ehrlich gesagt, konnte Renira sich gar nicht entsinnen, ob sie ihn überhaupt jemals so erlebt hatte. Vielleicht konnte sie dabei behilflich sein, es noch romantischer zu machen.

Wenn Roz schon damals auf dem Alien-Viehhof in Texas gut ausgesehen hatte, dann sah sie jetzt, wie sie so vor dem Hotel Importance stand, als Banion in seinem ausländischen Cabrio vorfuhr, einfach umwerfend aus. Sie trug ein blaugrün schimmerndes Abendkostüm, das die Oberschenkel nur knapp bedeckte, und Manolo-Blahnik-Pumps am Ende endlos langer Beine. Sie war noch nicht ganz eingestiegen, da war der Wagen bereits von ihrem Parfüm erfüllt. Banion schaffte es gerade noch, nicht wie ein Bluthund loszuheulen, als sie die Theodore-Roosevelt-Brücke in Richtung Westen überquerten. Er musste sich zusammenreißen. Aber es war einfach zu schön, sie wiederzusehen.

Und es war offenbar auch schön, ihn wiederzusehen.

Wie kam es, dass sie in der Stadt war?

Vertriebskonferenz. Musste sich mit den Marketing-Leuten treffen. Sie versuchten gerade, *Cosmos* neu zu platzieren. Wollten etwas mehr in die anspruchsvollere Richtung gehen. Die Anzeigenkunden schreckten vor dem Entführungsopfer-Markt natürlich noch zurück, waren immer noch in dem alten demografischen Modell verfangen. Gähn. Tut mir Leid, anstrengender Tag. Lächeln. *Wirklich* schön, Sie wiederzusehen.

Wie lange dauert die Konferenz?

Sind heute fertig geworden.

Oh.

Mhm.

Wie spät sie denn morgen abreisen würde?

Keine bestimmte Uhrzeit. Dachte, vielleicht noch ein, zwei Tage dranzuhängen, sich die Basquiat anzusehen.

Die was?

Die Ausstellung. Wo man schon mal hier sei. So oft komme man ja nicht nach Washington. Lächeln.

»Roz?«

»Ja, Jack?«

»Ich bin so froh, dass Sie angerufen haben.«

»Ich ebenso.«

»In Austin, als wir uns kennen gelernt haben, da war ... Ich war verheiratet und ... Aber das ist jetzt vorbei. Formal zwar noch nicht, aber ...«

»Ich weiß. Hab's gelesen. Tut mir Leid.«

»Nein, es ist – so wie die Dinge zurzeit stehen, ist sie ohne mich besser dran. Sie war nicht dafür gemacht, die Frau von dem prominenten Herrn Entführten zu sein.«

»Es scheint wirklich nicht einfach zu sein. Wir bekommen es immer wieder von unseren Leserinnen zu hören. Man stelle sich nur vor, der Ehepartner kommt eines Tages nach Hause und sagt: ›Hi, Schatzi, ich bin zu den Zeugen Jehovas übergetreten. Also, was gibt's zum Abendessen?‹«

»Roz?«

»Ja, Jack?«

»Sind Sie ...«

»Ja?«

»Sind Sie zurzeit mit jemandem zusammen?«

Roz lehnte sich hinüber und küsste Jack aufs Ohr.

Einen Moment später sagte sie: »Jack, Sie fahren hundertsechzig.«

Sie saßen an einem Ecktisch, der nur einen knappen Meter von einem im Käfig zwitschernden Finken entfernt war, nippten an

Champagnerflöten und aßen Kaviar mit Rührei, das in Eierschale serviert wurde, die wiederum in kleinen Bowlen eingebettet waren. Der Raum war von einem Londoner Bühnenbildner aufwändig und luxuriös ausgestaltet worden: blumengemusterte Tapeten aus der Zeit Edwards VII., samtbezogene Stühle, mit Troddeln behangene Lampen, die einen sanften, gebündelten Schein auf die erstaunlichen kulinarischen Köstlichkeiten warfen, die, Gericht für Gericht, aus der Küche auftauchten. Die gedämpften Unterhaltungen der vor sich hin schlemmenden Gäste vereinten sich zu einem allgemeinen Gesumm. Im Kamin brannte ein Feuer. Auf dem Marmorsims darüber thronte majestätisch die imposante Büste einer nubischen Edelfrau. Am Eingang lag ein Dalmatiner, der mit seinen über den Treppenabsatz baumelnden Pfoten wie eine Deko-Porzellanfigur wirkte. Kellner und Sommeliers glitten wie Synchronschwimmer lautlos vorbei.

Banion fühlte sich, als würde er auf eine Wolke des Wohlgefühls emporgehoben werden. Normalerweise würde er sich tausend Gedanken machen: Ob ihn auch genügend Leute in dem Restaurant erkannten? Ob man ihm einen ebenso guten Tisch wie dem Direktor der Federal Reserve zugewiesen hatte? Ob er auch mit gebührender Zuvorkommenheit bedient wurde? Aber jetzt dachte er allein an dieses wunderschöne, unglaubliche Geschöpf, das da vor ihm saß – Herausgeberin einer Zeitschrift für weibliche Entführungsopfer – und sich mit geschmeidigen Bewegungen kaspischen Beluga-Kaviar auf die Zunge löffelte. Ihre Bewegungen waren dabei so zart, dass ihm, neben anderen Organen, die Brust schmachtend anschwoll. In seinem Tunnelblick erschien sie ihm wie eine Gemme des achtzehnten Jahrhunderts – perfekt, sinnlich, schimmernd. Alles andere existierte nicht mehr. *Verweile doch, du Augenblick …*

Sie erschreckte ihn beinahe, als sie wie ein zum Leben erwachtes Schmuckstück zu sprechen begann.

»Glauben Sie, dass es vielleicht eine Halluzination war?«

»Ich glaube, ich halluziniere jetzt gerade.«

Zwei Kellner traten simultan mit dem nächsten Gang an ihren Tisch heran.

»Und hier hätten wir den Engelbarsch mit Pistazienkruste an mit Koriander abgeschmecktem Pastinakenschaum.«

»Ich sage das nicht gern«, fuhr Roz fort, »aber irgendwie fange ich an mich zu fragen, ob einige meiner Leser tatsächlich entführt wurden. Visionen, Halluzinationen, was auch immer, können durch Traumata hervorgerufen werden. Oder man wünscht sich einfach, dass es passiert. Die Deutschen haben dafür ein Wort. *Wundersucht.*«

»Die Deutschen«, sagte Banion und tupfte sich die Lippen ab, »haben für alles ein Wort. Wie ist Ihr Engelbarsch?«

»Köstlich. Glauben Sie, dass wirklich alle Leute, die Sie in der Ufo-Welt kennen gelernt haben, die Wahrheit sagen?«

»Müssen wir heute Abend über Aliens reden?«

»Nein.« Sie lächelte. Ihre und seine Finger schoben sich über die Tischdecke hinweg ineinander. Hatten die Deutschen auch *dafür* ein Wort? Er wollte sie nach oben ins Bett bringen, ihr die Seidendessous vom Leib streifen und sich an ihr vergehen, bis die Kühe muhten.

»Reden wir von Ihnen«, sagte er. Mein Gott, was war nur in ihn gefahren? Noch nie zuvor hatte er, ein wahrhaftiges Washingtoner Leittier, einer Frau so etwas gesagt. »Wer sind Sie, Roz? Erzählen Sie mir von Ihrem Leben.«

Sie langte über den Tisch und strich ihm mit dem Finger über die Wange. Ihre Hand duftete nach Parfüm. Rosen. *Heaven, I'm in heaven …*

»Ich bin eine Agentin der Regierung mit dem Auftrag, Sie zu verführen.«

»Wusste ich's doch. Wie kommen Sie voran?«

»Der Kontakt ist bereits hergestellt. War keine schwierige Aufgabe. Hatte schon härtere Nüsse zu knacken.«

»Ich könnte es härter machen.«

»Das glaube ich Ihnen aufs Wort.«

Banion wurde rot.

»Vielleicht muss ich zu Plan B übergehen.«

»Plan B?« Banion musste schlucken.

»Ist ziemlich extrem.«

»Wie sieht er denn aus?«

»Man beugt sich über den Tisch vor, etwa so, blickt der Zielperson direkt in die Augen und flüstert: ›*Ich glaube, ich halt es nicht mehr länger aus. Ich muss dich* jetzt sofort *haben.*‹«

Banion rutschte ein wenig auf seinem Stuhl herum, um sich von einem gewissen Druck zu befreien. »Das ist aber vielleicht ein Plan, ihr Plan B.«

»Klappt immer.«

Sie hatten aber noch fünf Gänge vor sich. Wenn er doch nur nicht das ganze Menü bestellt hätte. Erneut traten Kellner mit weiteren Köstlichkeiten an den Tisch, die allerdings bei Banion reine Verschwendung waren, da er sich nur noch nach dem Dessert sehnte. »Wildbret-Mignonetten im Brombeermus«, verkündete der Kellner, »an Trüffel-Risotto.«

»Was«, fragte Banion in geschäftsmäßigem Tonfall, so als würde er gerade ein Fernsehinterview führen, »ist denn Sinn und Zweck dieser Verführung?«

Er blickte von seinem Trüffel-Risotto zu zwei goldenen Lachgrübchen auf.

»Die eine Obsession durch die andere zu ersetzen. Sehen Sie, Jack, Sie machen der Regierung Angst.« Sie beugte sich vor und streifte dabei beinahe das Wildbret mit ihren Brüsten – o glückliches Wildbret! »Sie wissen zu viel.«

»Aha«, sagte Banion. Er ließ den letzten Schluck seines Châteauneuf-du-Pape im Glas kreisen und blickte in den pflaumenfarbenen Strudel hinab, »dann ist wohl jede Gegenwehr zwecklos, oder? Was kann ein Mann schon gegen die Macht einer ganzen Regierung ausrichten?«

»Es ist zwecklos. Wir haben Sie umzingelt. Ergeben Sie sich.«

»Ja«, keuchte Banion. »Mir bleibt wohl keine andere Wahl.«

Sie saßen schweigend da, tranken ihren Wein aus und suchten sich immer wieder zärtlich mit den Fingerspitzen, bis schließlich der Kellner auftauchte und ihnen zu ihrem Erstaunen einen Schokoladenkuchen brachte, aus dem oben ein Plastikkopf und unten zwei Beine herausragten.

»Dies«, sagte er, als er den Kuchen mit einer dezenten Drehung zwischen sie stellte, »hat Miss Renira für Sie bestellt. Normalerweise nennen wir ihn unsere Décadence au Chocolat. Aber heute ist es der Nicht-von-dieser-Welt-Kuchen. Miss Renira meinte, Sie wüssten schon. Sie hat auch dies geordert.«

Der Sommelier brachte einen Jahrgangschampagner.

»Darüber hinaus lässt sie ausrichten, dass Sie sich die Heimreise nach dem Essen aufheben können. Falls Sie also bleiben wollen, hat sie Ihnen oben ein Zimmer reservieren lassen. Eines unserer schönsten, mit Whirlpool.«

»Das haben Sie aber elegant eingefädelt«, sagte Roz, nachdem der Kellner gegangen war.

»Ich ... ehrlich ...« Banion errötete.

»Ich nehme den Whirlpool. Sie die Couch.«

Nachdem ihm die große ästhetische Offenbarung versagt geblieben war, kehrte Scrubbs in sein Zimmer im Majestic zurück. Er hatte noch im Freien an einer Imbissbude in der Constitution Avenue zwei Würste verzehrt und war jetzt zu allem Überfluss noch von einer Magenverstimmung geplagt.

Der Katalog der Basquiat-Ausstellung war zwar mit seitenlangen Erklärungen über die große Bedeutung, die dem Künstler in der Gesamtszene beizumessen sei, angereichert und versuchte überdies, den Eindruck zu erwecken, dass es ein sakramentaler Akt sei, mit siebenundzwanzig an einer Überdosis Heroin zu sterben, aber dennoch – Scrubbs kratzte sich ratlos am Kopf. Der Besuch der Fripps Gallery war jedoch nicht völlig umsonst gewesen, denn inmitten der Werke eines so verwirrenden Genies widerfuhr Scrubbs eine ganz andere Art der Offenbarung. Er fasste den Entschluss, aus der Stadt zu verschwinden und von vorn anzufangen. Eine kleine Schönheitsoperation, eine neue Sozialversicherungsnummer und eine neue Umgebung. Miami schwebte ihm vor. Genau, Miami war wie geschaffen fürs Exil. Wo konnte die Halbwelt besser untertauchen als im Schatten einer Palme? Eine wärmere Gegend und Jobmöglichkeiten für Menschen mit dem Drang zur Kreativität. Warum damit warten? Er konnte noch heute Abend dort sein.

Er schaltete den Fernseher ein und suchte seine sieben Sachen zusammen. Es lief gerade ein Bericht über den für den kommenden Monat angesetzten Start der *Celeste.* Der Präsident würde natürlich dabei sein und persönlich den Startknopf dieser Krone im Juwelenschmuck des amerikanischen Raumfahrtprogramms drücken. Sein Gegenkandidat wies unterdessen unermüdlich darauf hin, dass das Land viel dringlicher Hochgeschwindigkeitszüge benötige. Der Wahlkampf ließ sich inzwischen auf den einfachen Nenner bringen: *Mein Millennium strahlt greller als dein Millennium.*

Behaltet euer Millennium, und schiebt's euch den Arsch hoch. Scrubbs würde seines nach Miami tragen. Zum ersten Mal seit Wochen fühlte er sich wieder wohl in seiner Haut. Er hockte auf allen vieren da und stemmte die Fußbodenbohle hoch, unter der er sein gesamtes Barvermögen versteckt hatte. Doch welch unschöner Anblick erwartete ihn dort! Er starrte ungläubig hinunter.

Das Geldbündel war nicht mehr länger der dichte, wie zu einem Holzblock zusammengerollte Stapel von Hundertdollarscheinen. Es ähnelte vielmehr der Polsterfüllung eines Sofas. Frisches Papiergeld einer stolzen Nation war von Ratten – wohl einer ganzen Sippschaft dieser Viecher – als Nagepfahl und Kotecke geschändet worden. Scrubbs blickte konsterniert auf das zerfetzte Konterfei Benjamin Franklins – der sparsame

Franklin! –, das von Rattenköteln umrahmt war. Über zweitausend Dollar, und nicht ein einziger Schein davon war mehr als gesetzliches Zahlungsmittel verwendbar.

Scrubbs gab sich einem Gefühlsausbruch hin, von dem moderne Therapeuten behaupten, er sei gesund. Wenn Ratten die Ersparnisse eines ganzen Lebens verköstigt hatten, warum sollte man da noch an sich halten? Er fluchte aus Leibeskräften und riss ein paar weitere Bohlen heraus. Die Ratten hatten sich natürlich längst wieder verkrochen, um ihr opulentes Mahl in Ruhe zu verdauen. Er trat gegen die Wand, worauf der Spiegel über dem Waschbecken herunterfiel und in tausend Stücke zersprang.

Er zählte sein ungefressenes Geld. Neun Dollar und ein paar zerquetschte. Damit kam er gerade mal bis zum Flughafen. Spätestens dort würde er seine Kreditkarte und einen Ausweis mit Lichtbild präsentieren müssen.

»Ich reise ab«, sagte er zu dem Nachtportier, der hinter der kugelsicheren Scheibe in der Majestic-Lobby saß. First-Class-Hotels erkennt man sofort an dem kugelsicheren Scheibenkäfig rund um den Empfangstisch sowie an den mittels elektrischen Summern zu öffnenden Doppeltüren der Lobby. Scrubbs schob seinen Zimmerschlüssel und seine Kreditkarte mit demonstrativer Gelassenheit durch den Schlitz.

Der Nachtportier, ein Kettenraucher, war in seiner Plexiglaszelle von einem gesundheitsgefährdenden Gewölk des eigenen Smogs umgeben. Er sah wie ein Ausstellungsstück auf einer Tabakwarenmesse aus. Es fehlte nur das Schild: WENN RAUCHEN WIRKLICH GESUNDHEITSSCHÄDLICH IST, WARUM LEBT DIESER MANN DANN NOCH? Ohne von seinem Fernseher aufzublicken – in dem gerade ein Dokumentarfilm über Haie lief, die arglose Seevögel verspeisten –, zeigte der Nachtportier auf ein Schild, auf dem geschrieben stand: NUR BARZAHLUNG. KEINE KREDITKARTEN, SCHECKS, ESSENSMARKEN ODER PERSÖNLICHES EIGENTUM. KEINE AUSNAHMEN.

»Oh«, sagte Scrubbs und täuschte eine Spur Überraschung vor, »dann muss ich mal eben zum Geldautomaten.«

Der Nachtportier, der wie gebannt einem großen Weißen Hai zuschaute, wie dieser gerade versuchte, sich einen riesigen tasmanischen Sturmtaucher ins Maul zu stopfen – oder war es doch ein australischer Schwalm? –, sagte: »Zeigense mal die Bankkarte.«

Scrubbs hielt sie vor die Scheibe, als würde er einem hypernervösen Zöllner, der eine Maschinenpistole im Anschlag hatte, seine Reisepapiere zeigen.

»Tasche und Geldbeutel lassense aber hier.«

Das Problem an dieser Abmachung bestand darin, dass der Geldautomat einen hysterischen Lachanfall bekommen würde, sobald Scrubbs ihn um Geld bat. Er hatte sein Konto ja leer geräumt. Er wollte sich daher nur ungern von seinen letzten, ihm noch verbliebenen Habseligkeiten trennen – wie weit kommt man im Leben schon mit neun Dollar und dem, was man am Leib trägt?

»Ist der Geschäftsführer da?«

Ihm wurde sofort klar, dass sein Ruf nach einem höher stehenden Mitglied in der geschäftsführenden Hierarchie des Majestic ein Fehler gewesen war, denn nun wandte der Portier wieder seine ganze Aufmerksamkeit dem Hai und dem unglückseligen Pelikan zu.

»M-m.«

Scrubbs überschlug kurz seine Alternativen. In alphabetischer Reihenfolge reichte die Skala von abscheulich bis aussichtslos.

»Ist schon in Ordnung, ich lass mir das Geld morgen früh telegrafisch zusenden. Geben Sie mir einfach meinen Zimmerschlüssel zurück.«

Der Portier schüttelte den Kopf. »Ham sich bereits abgemeldet.«

»Ja, und jetzt melde ich mich wieder an.«

»Nee.«

»Und warum nicht?«

»'s Zimmer ist belegt.«

»Was soll ich denn dann Ihrer Meinung nach tun?«

»Für Ihr Zimmer blechen.«

Er hatte noch eine andere Alternative: warten, bis der Portier an Lungenkrebs starb.

»Ich telefonier mal kurz«, sagte Scrubbs. Seine professionelle Ausbildung kam ihm nun zu Hilfe. *In verzwickter Lage ist wie folgt zu verfahren: Lenken Sie Ihren Widersacher ab, spielen Sie auf Zeit und wägen Sie dann Ihre Alternativen gegeneinander ab.*

Scrubbs ging zum Münztelefon, fütterte es mit etwas Kleingeld und wählte die Nummer der Zeitansage. Er lauschte in den Hörer. Nichts. Nicht einmal ein Freizeichen. Egal. Er machte ein paar typische Gesten und sprach ein wenig lauter, damit der Portier ihn hören konnte.

»Fred? Ja, hi, ich bin's, Nate. Wie geht's? Hör mal, ich bin in Schwierigkeiten, eigentlich total lächerlich, aber kannst du mir, warte mal kurz ...« Er wandte sich an den Portier. »Wie viel schulde ich Ihnen?«

»Zweihundertvierzehn Dollar.«

»Ich brauche zweihundertvierzehn Dollar. Geht das, dass du mir das Geld kurz vorbeibringst? Tut mir echt Leid, dass ich dir Umstände machen muss. Es geht? Großartig. Im Majestic, in der Zehnten, zwischen der E und der F. Kann man gar nicht verfehlen. Draußen hängt ein riesiges Schild mit der Fünf-Diamanten-Auszeichnung von Mobil. Die Königin von England wohnt hier, wenn sie in der Stadt ist. Danke, bist'n echter Kumpel.«

Scrubbs legte auf und verkündete mit einer Mischung aus Triumph und verletztem Stolz: »Er kommt mit dem Geld. Okay?«

»'s Telefon is kaputt«, sagte der Portier, ohne von seinem Fernseher aufzublicken.

Banion erwachte mit steifem Nacken und einem Kater auf dem Sofa. Es war lange her, dass er so tief ins Glas geschaut hatte – seit dem College wahrscheinlich. Draußen sah er das von Mondlicht überflutete Shenandoah-Gebirge. Der Anblick, der sich ihm durch die offene Tür ins angrenzende Zimmer bot, war jedoch erheblich interessanter: Roz, im Schlaf, allein, im Bett. Wie sie dort so zwischen der verknäulten Bettdecke lag, wirkte sie wie eine zur Hälfte enthüllte Alabasterstatue. Wie er sich sehnte, mit ihr im Bett zu liegen! Aber noch hatte er die Hoffnung nicht aufgegeben. Abgesehen von dem verheerenden Auftritt des Kellners, hatte sich alles hervorragend entwickelt, selbst nachher in der Suite, als sie sich unterhielten – durch die Tür hindurch –, während sie sich im Whirlpool von quirlenden Wassermassen hatte umspülen lassen. Vielleicht war es so vielleicht sogar besser, sinnierte er, viel romantischer, nicht miteinander …

Er hörte Andy Crocanellis Stimme im Ohr: »Ihr Scheißprotestantensäcke! Die schärfste Puppe aller Zeiten im Hotelzimmer, und was redet ihr euch ein? *Oh, wie romantisch, sie nicht durchzuvögeln!*«

»Ich wollte mich nicht um die Hotelrechnung drücken«, sagte Scrubbs, der mit angelegten Handschellen in einem Streifenwagen saß. »Ich wollte nur zum Geldautomaten.«

»Hab Ihnen bereits gesagt, Sie sollen die Klappe halten.«

»Sie sollten lieber dieses Arschloch von einem Portier festnehmen. Es waren seine Ratten, die mein Geld aufgefressen haben. Zweitausend Dollar. Es ist noch oben in meinem Zimmer. Ich kann's beweisen.«

Nachdem er stundenlang die bösen Blicke des Nachtportiers hatte ertragen müssen, der gelegentlich spitze Bemerkungen wie »Ihr Freund is wohl auf dem Weg hierher gestorben« fallen ließ, hatte Scrubbs es nicht mehr länger ausgehalten. Als der Portier irgendjemanden hereinsummte, packte er die Gelegenheit beim Schopfe und sprang mutig auf die offene Tür zu. Unglücklicherweise stellte sich der Eintretende nicht als ein Bewohner des Majestic heraus, sondern als Beamter des Drogendezernats.

»Wenn Sie nicht die Klappe halten, sprühe ich Ihnen Tränengas in die Augen und nehme ins Protokoll auf, dass Sie sich der Festnahme widersetzt haben.«

Scrubbs hatte noch nie das Vergnügen gehabt, ins zentrale Untersuchungsgefängnis eingeliefert zu werden. Er hatte allerdings gelesen, dass man, falls man sich mit ungefähr einem Dutzend der gefährlichsten Kreaturen dieses Planeten in einer U-Haftzelle wiederfinden sollte, am besten eines tut – *sich nur keine Angst anmerken lassen!* Angesichts der äußerst bedrohlich wirkenden Exemplare, die um ihn herum schlenderten und sich anscheinend überlegten, an welcher seiner Körperöffnungen sie sich zuerst verlustieren sollten, schien dieser Rat unbrauchbar zu sein.

»He, Weißfleisch, komm her und leck meinen Schwanz.«

Sich nur keine Angst anmerken lassen!

»Ich hab gesagt, komm rüber und *leck* meinen Schwanz.«

Scrubbs konnte etwas Karate und wusste einen sauberen Zwei-Finger-Stoß auf den Adamsapfel anzusetzen. Er könnte den Mann, der ihm da gerade ein so galantes Angebot machte, wahrscheinlich außer Gefecht setzen. Es waren jedoch die restlichen zehn, zwölf kichernden und glucksenden Kerle, die ihm Sorge bereiteten. Sie könnten unter Umständen daran Anstoß nehmen, wenn Scrubbs ihren Kumpel mit Würgekrämpfen zu Boden schickte. Auf der anderen Seite, dachte Scrubbs, wäre es vielleicht die bessere Lösung, sich von einem wilden Mob zu Tode prügeln zu lassen, als sich auf einen ganzen Abend voller amouröser Verzückungen einzulassen.

»Leck dich selbst, du Wichser«, sagte Scrubbs.

Sich nur keine Angst anmerken lassen! So einfach war das.

Sie waren bereits seit unendlich langer Zeit dabei – zumindest kam es Scrubbs so vor –, ihn in die Nieren und andere Organe zu treten, als er Schreie und irgendwelche elektrischen Geräusche vernahm, und dann brachen die Wärter das Fußballspiel ab.

»Sind Sie Scrubbs?«

Er ächzte irgendetwas Unverständliches.

»Sie können gehen.«

Als er schmerzgebeugt beim Dienst habenden Sergeant seine paar Habseligkeiten einsammelte, wurde er darüber in Kenntnis gesetzt, dass die Anklage gegen ihn fallen gelassen worden sei. Der Sergeant überreichte ihm einen Umschlag. Scrubbs machte ihn auf. Darin enthalten war eine Zeitungsseite vom Tage, der Börsenbericht. Dem Umschlag lag keine Notiz bei.

»Von wem haben Sie den?«

»Hat er nicht gesagt.«

Scrubbs sah sich den Börsenbericht genauer an. Einige Buchstaben und Zahlen waren mit blauer Tinte eingekreist. Er brauchte ein paar Minuten, bis er die Reihenfolge ausklamüsert hatte:

ⓜⓙ①②②④④②⓪④④

Eine Telefonnummer.

Er rief von einem durchgehend geöffneten Coffee-Shop ein paar Straßen vom Bahnhof entfernt an.

Eine fröhliche Frauenstimme, die um diese nachtschlafende Zeit vollkommen fehl am Platze war, antwortete. »Creative Solutions, mit wem wünschen Sie verbunden zu werden?«

»Hier spricht Scrubbs.«

»Einen Moment bitte«, zirpte die Frau. Scrubbs wartete. MJ-12 unterhielt wartende Anrufer nicht mit klassischer Musik oder dem Wetterbericht. Sie meldete sich wieder. »Von wo aus rufen Sie an?«

Scrubbs gab ihr die Nummer des Münztelefons durch. Er hörte ein Klicken in der Leitung.

»Legen Sie bitte auf, und bleiben Sie in Telefonnähe.«

Knapp eine Minute später klingelte das Telefon. Eine übermüdete Männerstimme meldete sich – allem Anschein war derjenige nicht allzu glücklich, zu dieser Stunde geweckt worden zu sein. Der Mann nahm jedoch sofort das Heft in die Hand, und seine Stimme verriet, dass er es gewohnt war, Befehle zu erteilen.

»Halten Sie sich etwa für Agent 007?«

»Wer spricht dort?«, fragte Scrubbs.

Der Mann gähnte. »Zwei nicht genehmigte Entführungen einer bekannten Presse- und Fernsehpersönlichkeit, nicht genehmigtes Entfernen offizieller Ausrüstungsgegenstände, unentschuldigtes Fernbleiben vom Dienst, und jetzt dieser veritable Karrierekiller – festgenommen, weil Sie versucht haben, sich, ohne zu bezahlen, aus einer billigen Absteige zu stehlen. Wir sind echt stolz auf Sie, Nathan.«

»Sie haben mich kaltgestellt. Ich dachte …«

»Nein, nein, nein. Verwenden Sie nicht die Worte *ich* und *dachte* in einem Satz. Das steht Ihnen nicht an.«

»Was hätte ich denn tun sollen?«

»Regen Sie mich jetzt bloß nicht auf. Wie wär's damit: über Ihr Einsatzgerät, Ihren Laptop, mit uns Verbindung aufnehmen? Wo ist er eigentlich? Sie haben ihn nicht bei sich.«

Woher wusste er das?

»Sie haben das Teil doch wohl nicht ins Pfandhaus getragen oder sonst irgendetwas Dummes damit angestellt? Scrubbs, sind Sie noch dran?«

»Nein, ich habe es noch.«

»Wo?«

»In meiner Wohnung.«

»Fehlanzeige. Wir würden viel besser miteinander auskommen, wenn Sie mir hier keinen Scheiß erzählen.«

Dann waren sie also in seiner Wohnung gewesen.

»Warum sind Sie so an dem Ding interessiert?«

»Noch so eine Denksportaufgabe. Weil er Eigentum der Regierung ist. Er ist kein Ausrüstungsgegenstand, der in der zivilen Welt herumfliegen sollte. Abgesehen davon stelle ich hier die Fragen.«

»Er befindet sich an einem sicheren Ort«, sagte Scrubbs.

»Sie wissen, dass wir Sie im Knast bei Ihren Liebhabern hätten lassen können. Es gab hier so manchen, der dafür war.«

Okay, er hatte also etwas, was sie wollten. Das war schon mal ein Anfang. »Und warum habt ihr's dann nicht getan?«

Erneutes Gähnen am anderen Ende. »Wir werden Sie erst mal aus dem Verkehr ziehen.«

»Aus dem Verkehr ziehen? Ist das normal, dass man so verfährt?«

»An Ihrem Fall ist überhaupt nichts ›normal‹, Nathan. Sie haben ein derartiges Chaos hinterlassen, dass uns nichts anderes übrig bleibt, als Sie an einen Ort zu verfrachten, wo Sie nicht noch größeren Schaden anrichten können.«

»Und wo wäre das?«

»Auf einen unserer Stützpunkte in der Wüste.«

»Nevada?«

»Was haben Sie sich denn vorgestellt? Paris? Ich verspreche Ihnen, verglichen mit diesem Hotel Majestic und dem Knast stellt es eine Verbesserung dar – Majestic, Himmel, Scrubbs. Sie werden Ihren Laptop abliefern müssen. Das Teil darf nicht in die Hände von Außenstehenden fallen. Wo ist es also?«

»Hab ihn in einem öffentlichen Park vergraben.«

»Mann, bei Ihnen erlebt man aber auch eine böse Überraschung nach der anderen.«

»Ich wollte ihn nicht in meiner Wohnung haben. Hab gedacht, ihr lasst das Ding vielleicht hochgehen.«

»Wenn wir gewollt hätten, hätten wir zu jeder Zeit eine CE-sechs mit Ihnen veranstalten können.«

»CE-sechs?« Das MJ-12-Handbuch zu den Nahbegegnungen ging nur bis fünf – harter Sex mit Aliens.

»Unheimliche Begegnung der letzten Art. Wo ist der Computer?«

»Auf der Theodore-Roosevelt-Insel.«

»Na, zumindest haben Sie ihn nicht am Lincoln Memorial vergraben. Es ist jetzt zehn nach fünf. Machen Sie sich zu der Insel auf. Sie haben neun Dollar, das reicht fürs Taxi. Es gibt da einen Parkplatz vor der Brücke, die auf die Insel führt. Holen Sie das Gerät, und kehren Sie über die Brücke zu dem Parkplatz zurück. Dort wird ein Wagen auf Sie warten.«

»Woran erkenne ich den Wagen?«

Er hörte ein Seufzen. »Ich werde dem Fahrer sagen, dass er ein Schild mit Ihrem Namen hochhalten soll. Wie viele Wagen wird es schon um sechs Uhr morgens auf dem Parkplatz der Theodore-Roosevelt-Insel geben? Ich habe nicht den Eindruck, dass Außeneinsätze für Sie das Richtige sind. Um ehrlich zu sein, weiß ich mittlerweile überhaupt nicht mehr, was für Sie das Richtige wäre. Vielleicht in der Wüste Flugobjekte waschen. Der Wagen wird Sie an einen sicheren Ort in Virginia bringen. Von dort geht's zu einem Luftstützpunkt weiter, von dem aus wir Sie zu dem Stützpunkt im Westen fliegen werden. Davor werde ich Ihnen noch einige Fragen zu stellen haben. Wir sehen uns in anderthalb Stunden in Ihrem Unterschlupf in Virginia. Passen Sie auf, dass Sie nicht wieder wegen irgendeiner Dummheit verhaftet werden.«

Als Scrubbs den Eingang zur Insel erreichte, brach gerade das Morgengrauen herein. Das Tor am Ende der Fußgängerbrücke war geschlossen, also musste er über den Zaun klettern, wobei er sich wie ein Verbrecher vorkam. Und das zum zweiten Mal innerhalb von zwölf Stunden. Niemand, der ihn bei seinen – auf Grund seiner immer noch schmerzenden Nieren – unbeholfenen Kletteranstrengungen beobachtet hätte, hätte ihn mit einem professionellen Fassadenkletterer verwechselt. Mr. Majestic hatte Recht gehabt: Scrubbs war kein Mann für Außeneinsätze. Während er seine Glieder über die Eisenspitzen hievte und aufpasste, sich daran nicht bobzubeißen*, dachte er über seine Zukunft nach. Welch tumbe Arbeit mochte man in Nevada nur für ihn bereithalten? Ufo-Vereine hatten den mysteriösen Stützpunkten in der Wüste, auf denen die US-Regierung angeblich an Nachbauten erbeuteter Alien-Luftfahrzeugen tüftelte, Namen wie »Dreamland« gegeben. Hinter den Kulissen ging's an diesen Orten jedoch alles andere als traumhaft zu. Die Sicherheitsvorkehrungen waren dermaßen streng, dass das entsprechende Gelände, abgesehen von einem zweiwöchigen Urlaub, das ganze Jahr nicht verlassen werden durfte. Es war der schlechteste Job innerhalb der Organisation. In den MajestNet-Chatrooms sprachen die Leute mit Schaudern von dem Dienst, den sie in diesen Potemkinschen Dörfern absolviert hatten. Tagaus, tagein hatten sie dort nur die Lichter ein- und ausgeschaltet und auf glühend heißem Asphalt Pappmaché-Modelle fliegender Untertassen herumgefahren, um russischen Spionagesatelliten und mit Teleskopen ausgerüsteten Ufo-Spinnern sensationelle Bilder zu liefern. Vielleicht, dachte Scrubbs sich – während er sich mit der Wade beinahe auf einem dieser fiesen Spitzen aufspießte –, wenn er hart arbeitete und sich nichts zuschulden kommen ließ, versetzten sie ihn ja nach relativ kurzem Zwischenspiel wieder. Denn schließlich *hatte* Banion das Interesse an Ufos erheblich gefördert.

Welch ein Schlamassel das Ganze doch war.

In dem dichten Wäldchen war es einsam und dunkel, den-

* Bobbeißen: Neologismus, der sich aus dem Vornamen eines Frauenschlägers ableitet, dessen südländische Ehefrau sich revanchierte, indem sie ihm mit einem Küchenmesser den Penis abschnitt. Der Penis wurde bekanntermaßen wieder angenäht, und sein Besitzer brachte es in der Folge als der »Mann, der seinen Penis wiederbekam« zu einträglicher, wenn auch peinlicher Berühmtheit.

noch reichte das Licht, um die Stelle wieder zu finden, an der er den Laptop vergraben hatte, etwa fünf Meter von der Steinplatte entfernt, auf der die mannhaften Lebensweisheiten des sechsundzwanzigsten Präsidenten eingraviert waren. Er kniete nieder, fing mit bloßen Händen an, in der feuchten, von Blättern überdeckten Erde zu wühlen, verfluchte schließlich die Tatsache, dass er keine Schaufel dabeihatte, und kam sich ganz und gar nicht wie James Bond vor. Vor allem hätte Bond es geschafft, aus dem Hotel Majestic herauszukommen, ohne verhaftet zu werden. In diesem Moment äußerster Not fand Scrubbs sich schließlich damit ab, dass die CIA ihn abgelehnt hatte: Es war wahrscheinlich das einzige Mal, dass der Nachrichtendienst Kompetenz bewiesen hatte.

Nachdem er sich ein paar Minuten lang die Fingernägel schwarz gebuddelt hatte, kam der in Plastik eingewickelte Laptop endlich wie eine Schatztruhe zum Vorschein. Gleich haben wir's geschafft.

Gerade, als er das Gerät aus dem Loch hieven wollte, hörte er ein Geräusch zu seiner Linken. Er blickte sich um.

Er sah drei Schatten, die immer näher rückten. Dies war wohl kaum Teil von Mr. Majestics Programm. Die drei sahen aber auch nicht wie irgendwelche Rumtreiber oder Penner aus, es sei denn, die Penner, die die Roosevelt-Insel bewohnten, legten aus Respekt vor Theodore auf ein gepflegtes Äußeres Wert und waren extrem durchtrainiert.

Was zum Teufel ging hier vor?

Die drei waren wahrscheinlich von MJ-12 losgeschickt worden, um sicherzustellen, dass der kostbare Gegenstand nicht verloren ging. Aber warum bereiteten sie ihm dann nicht einen fröhlichen Empfang und begrüßten ihn mit großem Hallo? Hegten sie vielleicht irgendwelche dunklen Absichten?

»Hallo?«, rief Scrubbs versuchsweise. Keine Antwort. Nicht unbedingt beruhigend. Im Gegenteil, diesem Schurkentrio im Bürstenschnittlook, das sich da gerade als Pinienbaumgruppe verstellte, haftete etwas ausgesprochen Be*un*ruhigendes an, es sei denn, er war mitten in die Proben irgendeiner lokalen Amateurschauspieltruppe zum letzten Akt von *Macbeth* geraten.

»Hallo?«

Ganz klar, hier war irgendetwas im Busch.

In seinem Hirn erschallte immer wieder der Befehl: Einsatz abbrechen, Einsatz abbrechen!

Hinter einem dicken, zehn Schritte entfernten Baumstamm kam plötzlich eine Hand zum Vorschein. Aus der Hand ragte irgendein Gegenstand hervor, irgendetwas Kleines, Metallisches mit einer winzigen, gummiüberzogenen Antenne. Ein Walkie-Talkie? Aber warum war es dann direkt auf Scrubbs gerichtet, und warum war da dieser Daumen, der sich auf einen Schaltknopf senkte?

Was würde Bond jetzt tun?

Scrubbs hob den Laptop aus dem Loch und warf ihn in Richtung der Hand.

Die Explosion holte ihn von den Beinen, und er überschlug sich mehrere Meter weit. Als er wieder klar denken konnte, hatte er einen ausgesprochen erdigen Geschmack im Mund, und ihm gellten die Ohren, als würde Quasimodo darin jede Glocke einzeln läuten. Nach und nach nahm er andere Geräusche wahr: schreiende Männer. Wütend schreiende Männer. Extrem wütende Männer.

Die Schreie stammten offensichtlich von den beiden, die noch übrig waren und die nun wie zwei Betrunkene gegen Bäume torkelten und sich die Ohren zuhielten, während ihre in Fetzen hängenden Kleider verschmorten. Ihr Partner – der, der den Fernzünder gehalten hatte – schien spurlos vom Erdboden verschwunden zu sein, wie das nun einmal der Fall ist, wenn in nächster Nähe eine Bombe hochgeht.

Scrubbs sprang auf – während Quasimodo immer noch Osterglockengeläut anstimmte. Er taumelte gegen einen Baum und tat sich dabei an der Schulter weh. Er wollte nur noch eines, nämlich dass dieser miserable Tag, der gerade erst begonnen hatte, so schnell wie möglich zu Ende ging.

Die beiden dahinschmorenden Killer hatten etwas gezückt, das – ja, es waren eindeutig Pistolen, und sie zielten damit auf Scrubbs, wenn auch nur schwankend. Es wurde definitiv Zeit, dieses gar nicht gemütliche Plätzchen im Grünen zu verlassen.

Wieder explodierte es im Wald. Im Vergleich zu dem großen Knall zuvor klangen die Pistolenschüsse zwar eher schwach, allerdings immer noch laut genug, um einem den Adrenalinspiegel in die Höhe zu treiben.

Scrubbs packte die Beine unter die Arme und rannte in Richtung Potomac River los.

»Musst du wirklich gleich nach Chicago zurück?«, fragte Banion verträumt. Den Teller mit der gebratenen Forelle und den Bratkartoffeln hatte er nicht angerührt. In einem viktorianischen Bambuskäfig zwitscherte ein Fink liebliche Melodien. Durch die zum Garten hin geöffnete Tür drang sanftes Wasserplätschern. Angesichts der Tatsache, dass er die Nacht im Zustand fortgeschrittener sexueller Frustration verbracht hatte, fühlte er sich erstaunlich entspannt und fröhlich.

Roz blickte ihn mit aufgesetzter Brille über den Rand ihrer Kaffeetasse an und lächelte. »Nicht gleich.«

»Musst du überhaupt zurück?«

»Wie meinst du das?«

»Warum bleibst du nicht einfach hier in Washington?«

»Huch. Du fällst ja förmlich mit der Tür ins Haus.«

»Ich meine es ernst.«

»Was soll ich denn in Washington?«

»Für mich arbeiten.«

Roz runzelte die Stirn. »Du willst, dass ich meinen Posten als Herausgeberin der führenden Entführungszeitschrift aufgebe, um dir Kaffee zu bringen, die Akten zu ordnen und dir gelegentlich im Büro einen zu blasen?«

Ein älteres Paar an einem der Nebentische starrte zu ihnen herüber. Banion wurde rot.

»Für diese Arbeiten habe ich bereits jemanden.«

»Das glaube ich gern.«

»Renira würde ihn wahrscheinlich abbeißen.« Er nahm ihre Hand. »Ich meine es ernst.«

»Ich habe hart gearbeitet, um dahin zu kommen, wo ich jetzt bin.«

»Das weiß ich. Und das respektiere ich. Es ist eine erstklassige Zeitschrift. Der Aufmacher neulich über die Frage, ob die kleinen Hässlichen die besseren Liebhaber sind, war das Beste, was ich bisher zu diesem Thema gelesen habe. Aber darüber solltest du jetzt hinaus sein. Stell dich einer neuen Herausforderung. Die neue Show hat einen Bombenstart gehabt. Die Sache ist echt spannend. Komm schon.«

»Ich weiß nicht recht.«

»Da ist noch etwas.«

»Ja?«

»Ich glaube, ich, tja, dass ich dich liebe. Ich bin in solchen Sachen nicht sehr geschickt.«

»Darin, sich zu verlieben?«

»Definitive Einschätzungen fallen mir schwer, weil mir dazu einfach die Übersicht fehlt, oder ...«

»Ich liebe es, wenn du von mir wie von einer steuerlich absetzbaren Aufwendung sprichst.« Roz steckte ihm mit der Gabel ein Stück Forelle in den Mund. »Du bist verheiratet.«

»So was lässt sich über ein paar teure Anwälte, die sich sechs Monate lang gegenseitig anschreien, problemlos regeln.«

Sie lächelte. Ja! Sie war so umwerfend schön! Er liebte sie!

»Welche Position würde ich denn bekleiden?«

»Leitende Assistentin.«

»Ich muss schon bitten.«

»Direktorin?«

»Ich hatte eher an Generaldirektorin gedacht.«

»Was auch immer.«

»Ich werd drüber nachdenken.«

»Ach, komm«, sagte Banion. »Sag ja. Es ist das schönste Wort in unserer Sprache. Stammt ursprünglich aus dem Westgermanischen.«

»Wie ist die Bezahlung?«

»Oh, *sehr* gut.«

»Vergünstigungen?«

»Viele.«

»Krankenversicherung?«

»Rundum.«

»Urlaub?«

»Ständig.«

»Also.« Sie lächelte und nahm seine Hand. »Muss ich mich für diesen Posten persönlich bewerben?«

»Hm. Du musst dich erst einer körperlichen Untersuchung unterziehen lassen.«

»Was heißt hier körperliche Untersuchung?«

»Muss ziemlich gründlich sein, nach dem, was ich gehört habe.«

»Ich … werd drüber nachdenken.«

Scrubbs stand bis zum Hintern im eiskalten Potomac und verschanzte sich hinter einem wuchtigen Felsen am Ostufer der Insel, gleich gegenüber vom Kennedy Center. Die frühmorgendlichen Pendler waren bereits auf dem Weg zur Arbeit. Und er musste sich hier vor Attentätern verschanzen! Jeder verdiente sich sein Geld auf seine Weise.

Sie kamen näher. Bestimmt würde bald ein Polizeihubschrauber auftauchen. Man würde ihn über Lautsprecher anbrüllen, die Hände hochzunehmen. Den Rest konnte er sich an zehn Fingern ausrechnen. Man würde ihn festnehmen. Im Auto würde er den Stich einer Spritze spüren. Oder vielleicht setzten sie ja Sevofluran ein, pur, ohne Ammoniak- und Zimtaroma. Er würde, ach, für immer in tiefen ruhigen Schlaf sinken.

Er spähte über den Felsblock hinweg. Sie waren noch etwa dreißig Schritte entfernt und rückten unaufhaltsam näher. Sie suchten, die Pistolen im Anschlag, das Ufer ab. Das Wasser war kalt und dreckig, was aber immer noch besser war, als erschossen zu werden. Er ließ sich bis zum Hals ins Wasser und musste dabei nach Luft ringen. Dann schwamm er hinaus, bis ihn die reißende Strömung erfasste und flussabwärts trug.

Als er an der südlichen Spitze der Insel vorbeikam und immer rascher weiß der Himmel wohin trieb, bemerkte er ein ungefähr fünf Meter langes Fischerboot, das an einer windgeschützten Stelle vor Anker lag. An Haltern befestigte Angelruten ragten daraus hervor. Der Mann, der zurückgelehnt in dem Boot saß, schien zu schlafen. Scrubbs driftete auf die ausgeworfenen Angelschnüre zu. Mit kräftigen Schwimmzügen versuchte er auszuweichen, aber die Strömung war zu stark.

Nachdem er etwa zwanzig Meter an der Jolle vorbei war, spürte er einen stechenden Schmerz im Bein.

Aus der Ferne drang das unverkennbare, normalerweise beglückende Surren einer abrollenden Angelschnur.

Der Schmerz in seinem Bein – *aua!* Er ruderte aus Leibeskräften mit den Armen, strampelte gegen die Strömung an und versuchte das Boot zu erreichen. Der Angler war inzwischen aufgestanden und hielt die Rute in der Hand.

Unter Aufbietung aller Kräfte erreichte Scrubbs das Boot. Er hielt sich am Heck fest und spuckte erst einmal Wasser.

»Morgen«, sagte er.

Bei dem Angler handelte es sich um einen Schwarzen Anfang sechzig mit dicker Wampe und akkurat gestutztem Schnurrbart. Im Augenblick fiel er jedoch vor allem durch seinen weit aufgerissenen Mund auf.

Scrubbs spuckte weiter Potomac-Wasser aus. »Tut mir Leid, wenn ich störe, aber ich hänge an Ihrem Angelhaken.«

»*Was*«, sagte der Mann, »haben Sie um Gottes willen da im Wasser zu suchen?«

Scrubbs war zu erschöpft, um sich irgendeine Ausrede einfallen zu lassen. »Da sind ein paar Männer mit Pistolen auf der Insel, die mich umbringen wollen.«

»Polizei?«

»Mehr oder weniger. Eigentlich nicht so recht.«

»Also ja oder nein?«

»Sie arbeiten für die Regierung.« Scrubbs rang nach Luft. Er hatte kaum noch die Kraft, sich weiter festzuhalten. »Sie wollen mich umbringen, weil ich über fliegende Untertassen Bescheid weiß.«

So – damit war alles gesagt, und jetzt war eindeutig der andere am Zug.

»Mister, sind Sie *betrunken*?«

»Nein. Die Killer könnten jeden Moment hier sein. Könnten Sie, während wir die Unterhaltung fortsetzen, nicht schnell Ihren Anker einholen, damit wir aus ihrer Schussweite treiben?«

»*O Mann …*«

Scrubbs konnte ihn gut verstehen. Da fährt man also in aller Herrgottsfrühe auf den Fluss hinaus, um sich ein paar nette friedliche Angelstunden zu gönnen, nur um einen Mann zu fangen, der einem erzählt, dass er vor der Ufo-Polizei auf der Flucht ist. Wie reagiert man bei so was?

Der Mann schüttelte den Kopf, als wollte er Scrubbs im Geiste verschwinden lassen. Just in diesem Moment zischten die ersten Schüsse eine Armeslänge entfernt ins Wasser.

»Himmelherrgott!«, sagte der Mann. Blitzschnell zerschnitt er die Ankerleine mit einem äußerst scharfen Filetiermesser und ging hinter dem Dollbord in Deckung. Wieder fielen Schüsse. Scrubbs hörte eine Kugel seitlich in die Jolle einschlagen, worauf dem zusammengekauerten Angler ein lautes »Verdammt!« entfuhr.

Das Boot wurde nun jedoch von der Strömung fortgerissen

und trieb rasch von der Insel weg, und in Minutenschnelle befanden sie sich unter der Memorial Bridge und außer Schussweite.

»Vielen Dank«, stotterte Scrubbs hervor. »Sehr nett von Ihnen.« Er war am Ende seiner Kräfte, fror am ganzen Leib, und außerdem plagte ihn die blutende Wunde. Dann ging er unter. Als sein Kopf in den Fluten versank, spürte er, wie er ins Boot hinaufgezogen wurde.

Dann wusste er nur noch, wie er auf dem Bootsboden lag und ihm ein Duftgemisch aus Benzin und Fisch unter der Nase hing. Über ihm sah er eine 727 im Landeanflug auf den Reagan National Airport.

Der Angler warf den Außenbordmotor an. Die Jolle surrte gen Süden.

»Scrubbs«, sagte er und zuckte beim Versuch, den Angelhaken aus dem Oberschenkel zu ziehen, vor Schmerz zusammen. »Nathan.«

»Habe ich Sie um diese Information etwa *gebeten*? *Will* ich das überhaupt wissen?«

»Sie können mich in der Nähe vom Flughafen rauslassen, wenn Sie wollen.«

Der Mann schüttelte den Kopf.

»Schauen Sie sich doch mal an«, sagte er dann mit einer Mischung aus Abscheu und Betroffenheit. »Sie sind klitschnass und voller Angelhaken. Von einem Auto überfahrene *Tierkadaver* sehen nicht so schlimm aus wie Sie. Sie kommen bestimmt weit.«

»Aua!«

»Und jetzt gerade haben Sie sich auf einen meiner neunundsiebzig Cent teuren Dreifachhaken gesetzt. Wenn ich den Haken aus Ihnen rausgeholt habe, ist er bestimmt kaputt. Und darüber hinaus sitzen Sie auf meinem *Fisch*. Scheint heute ja nicht gerade Ihr Tag zu sein. Also, was war das noch, was Sie mir da über Ufos erzählt haben?«

»Die Regierung hat Schiss vor meinen Ufo-Kenntnissen.« Es wäre Unsinn, den Mann so früh am Morgen in allen Einzelheiten über MJ-12 aufzuklären.

»Hm.« Der Mann schnaubte wütend. »Sind Sie aus dem Saint Lizbeth geflohen?«

»Nein. Aber ich weiß, wie seltsam das alles klingen muss.«

»Allerdings.«

»Ich bin zu erschöpft, um zu lügen.«

»Hm.« Aber es war bereits ein freundlicheres *Hm.* »Hab selbst mal Ufos gesehen. Über der Chesapeake Bay. Gleich *drei* davon. Ein rotes, ein blaues, und das dritte war irgendwie gelblich. Sind wie Glühwürmchen kreuz und quer durch die Gegend gesaust, nur dass es keine Insekten waren. Hab's genau gesehen. Verstehen Sie?«

»Ja.«

»Hab's meiner Frau erzählt, aber die hat nur gesagt: ›Du bist ja betrunken.‹ Wenn Sie mich fragen, die Einzigen, die getrunken hatten, waren diese Ufos, wenn man gesehen hat, wie die so durch die Gegend gesaust sind. So was hab ich vorher noch nie gesehen. Und nachher auch nicht.«

Das Thema schien ihn zu beschäftigen, und er kam langsam auf Touren. »Was ich allerdings nicht *kapiere* – wenn die so verdammt intelligent sind, dass sie von ganz weit her kommen können, warum landen sie dann nicht einfach drüben vor dem Weißen Haus – so, wie es in den Filmen immer passiert – und sagen: ›Okay, hier sind wir. Jetzt *macht* was.‹ Verstehen Sie, was ich meine? Wär doch tausendmal klüger, als sternhagelvoll über der Chesapeake hin und her zu schwirren, oder? Was wollen sie denn *damit* beweisen, hä? Dass sie *intelligent* sind? Wenn sie aber nichts Besseres zu tun haben, dann sind sie auch nicht *intelligenter* als Menschen.« Er blickte Scrubbs fest an. »Aber *Ihnen* haben sie ja vielleicht etwas voraus.«

»Bezweifele ich nicht.«

»Haben Sie Geld?«

»Ich gebe Ihnen, was ich habe. Viel ist es nicht.«

»Hab nicht gesagt, dass ich Ihr Geld *will*, oder? Wenn's ums Geldverdienen geht, kann ich mir was Leichteres vorstellen, als Flüchtlinge aus dem Potomac zu fischen.«

Er schüttelte wieder mit dem Kopf und schien sich gerade zu irgendeiner Entscheidung durchzuringen. Scrubbs war klar, dass für ihn viel davon abhing, wie sie ausfallen würde.

Plötzlich drehte der Mann den Motorhebel nach rechts und wechselte den Kurs vom Flughafen weg in Richtung Osten.

»Wohin fahren wir?«, fragte Scrubbs.

»Wir werden Ihnen ein paar trockene Klamotten besorgen. Und dann schauen wir mal, ob wir Sie nicht mit ein wenig mehr Fluchtgeld ausstatten können.«

»Danke«, sagte Scrubbs.

»Denken Sie ja nicht, dass Sie hier irgendwas umsonst bekommen. Über Ufos wissen Sie also Bescheid. Aber *wissen* Sie auch, wie man Rigipsplatten aufhängt?«

»Hä?«

»Nun, dann werden Sie eben *lernen*, wie man das mit dem Rigips macht.«

12

Die Leute verrenkten sich beinahe die Köpfe, als Banion und Roz durch die steinernen Korridore des Kapitols wandelten. Roz' Absätze klackten im Stakkatorhythmus einer Direktorin.

Ein paar couragierte Seelen grüßten Banion mit einem kurzen Händeschütteln. Die meisten jedoch warfen ihm nur einen flüchtigen Blick zu oder nickten unverbindlich und eilten sogleich weiter, obwohl sie nur zu gern gewusst hätten, warum Mr. Ufo in den hohen Hallen des Kongresses umherstreifte. Was in aller Welt will *der* denn hier?

Er war zwar wieder eine Berühmtheit, allerdings von einer

ganz anderen Sorte. *Saturday* stand auf Platz elf der beliebtesten TV-Shows des Landes. Die Programmzeitschrift *TV-Guide* hatte ihn auf die Titelseite gesetzt und ihm den Beinamen »Mr. Millennium« gegeben. In New York und Los Angeles hielten Fernsehsender Sitzungen ab, um auszuloten, wie schnell sie mit eigenen, im Ufo-Umfeld angesiedelten Talkshows rauskommen konnten. Unterdessen schmierte und ölte Gooey-Lube, was das Zeug hielt. Millionen von amerikanischen Autos surrten reibungsfrei über die Highways.

In den Zeitungen zerbrachen sich die Kommentatoren und Kritiker über den Erfolg der Show die Köpfe. Ein Kolumnist der *Times* zitierte ausgiebig aus Yeats' »Der Jüngste Tag« – dass alles auseinander fällt, die Mitte nicht mehr hält, Anarchie ausbricht über die Welt und so weiter – und nannte das Phänomen das »ultimative PMS – PräMillennium-Syndrom«. Ein Blick in die vermischten Nachrichtenseiten der Zeitungen zeigte, dass das Land tatsächlich Schwierigkeiten hatte, sich auf den neuen Zeitabschnitt einzustellen. Anhänger irgendwelcher verrückter Sekten sprangen reihenweise in den Tod. Erst kürzlich hatten knapp vierzig Leute, die von ihrem Führer davon überzeugt worden waren, dass die Apokalypse kurz bevorstand, Massenselbstmord begangen, indem sie sich Händchen haltend von einem der beliebtesten touristischen Aussichtspunkte im Grand Canyon in den Abgrund gestürzt hatten, was der Forstverwaltung recht unappetitliche Aufräumarbeiten bescherte. (Der Anführer der Sekte beschloss in letzter Sekunde, nicht in den Tod zu springen, und wurde später auf dem Flughafen von Phoenix im Wartesaal der ersten Klasse festgenommen.) Fundamentalistische Prediger sahen in jeder Kleinigkeit ein Omen dafür, dass Gottes Geduld mit der Schlechtigkeit des Menschen zu Ende war. Die einzige Frage war, welche Form Sein Zorn annehmen würde. Würde es ein mörderischer, Springflut verursachender Asteroid sein? Oder etwa massive Vulkanausbrüche, die zu einem permanenten atmosphärischen Winter führten?

Oder hatte Er vielleicht sogar noch etwas viel Grausigeres in der Hinterhand, irgendeine Seuche, etwas, gegen das die biblische Pest ein pubertärer Akneausschlag war? Die Tatsache, dass Südkalifornien ausgerechnet jetzt von einem kleineren Erdbeben heimgesucht wurde, machte alles nur noch schlimmer.

»Hätten wir ihn nicht anrufen und um einen Termin bitten sollen?«, fragte Roz.

»Das hätte nichts gebracht«, sagte Banion. »Und so haben wir das Moment der Überraschung auf unserer Seite.« Ein Senator, den er gut kannte, tat so, als hätte er Banion nicht bemerkt und rauschte vorbei.

»Früher haben sie sich förmlich auf mich gestürzt, wenn ich vorbeigekommen bin, mich angebettelt, ob sie nicht in meiner Show auftreten könnten. Und jetzt schau dir diese Ratten an. Wie sie davonhuschen.«

Sie kamen vor einem Eingang mit einem stolzen, unmissverständlichen Schild an: ZUTRITT NUR FÜR SENIOREN.

»Hier hängen sie ihre Mäntel auf?«, fragte Roz.

»Es heißt nur ›Garderobe‹. Früher haben sie hier ihre Mäntel abgegeben, aber jetzt kommen sie zum Zeitvertreib her und denken sich Mittel und Wege aus, den Willen des Volkes zu untergraben. Hier besprechen sie ihre Deals. Ihre kleinen *Deals.*«

»Sie sind doch Mr. Banion, stimmt's?« Es war ein uniformierter Polizist, der auf Capitol Hill Dienst tat.

»Der bin ich«, sagte Banion mit geschwellter Brust.

»Ich habe Ihre Show gesehen. Die, in der diese Frau aufgetreten ist, die Fotos von Kühen macht, die – Mann, war das *eklig.*«

»Es ist eben eine eklige Angelegenheit.«

»Man sollte diese ganzen Hamburger nehmen, von denen die Leute sowieso nur krank werden, und damit die Aliens füttern.«

»Ich werde den Vorschlag weitergeben. Wir suchen übrigens Senator Gracklesen.«

»Er ist im Sitzungssaal. Sind gerade bei einer Abstimmung.«

Banion und Roz standen unbeholfen vor der Senatoren-»Garderobe« herum, während Leute ein und aus gingen und Banion überraschte Blicke zuwarfen.

»Ich komme mir wie ein echter Lobbyist vor«, sagte Roz. »Hab noch nie einen Senator kennen gelernt. Obwohl, ein Kongressabgeordneter hat mal versucht, mich abzuschleppen.«

»Wir setzen dich als Köder ein. Wenn Gracklesen rauskommt, ziehst du dich aus und wirfst dich ihm an den Hals.«

»Wird er überhaupt mit uns reden?«

»Das bezweifle ich. Aber ich möchte in der Show sagen können, dass ich ihm jede erdenkliche Möglichkeit dazu gegeben habe. Bevor« – Banion grinste heimtückisch – »ich sein Leben ruiniere.«

»Warum sollten sämtliche Leute alles stehen und liegen lassen und sich nach Washington aufmachen? Nicht, dass ich deine Überredungskünste in Zweifel ziehen will. Ich bin ja schließlich der lebende Beweis dafür.«

In der Tat hatte Roz ihren Job als Herausgeberin von *Cosmospolitan* an den Nagel gehängt, um Generaldirektorin von 4-A zu werden (Americans against Alien Abductions – Amerikaner gegen Alien-Entführungen). Sie war ihm inzwischen unentbehrlich geworden. Dr. Falopian und Colonel Murfletit waren ganz krank vor Eifersucht. Den ganzen Tag waren Banion und Roz zusammen. Wenn sie doch nur, wie Banion sehnsüchtig dachte, auch die übrige Zeit mit ihm verbringen würde. Aber obwohl er irgendwie spürte, dass Roz Zuneigung zu ihm empfand, bestand sie weiterhin darauf, dass ihr Verhältnis rein beruflicher Natur blieb. Er war zwar hoffnungslos verliebt, aber viel zu anständig, um Druck auf sie auszuüben. Zuweilen wünschte er sich, er wäre nicht gar so wohlerzogen.

»Die Leute werden schon kommen«, sagte er zuversichtlich. »Denk doch mal nach. Wenn sie nichts Besseres zu tun haben, als samstagmorgens fernzusehen, dann können sie auch ein paar Tage erübrigen, um nach Washington zu kommen und ihren gewählten Vertretern mal so richtig die Hölle heiß zu machen.«

»Mag sein. Aber wäre es nicht ziemlich peinlich, wenn wir Senator Gracklesen mit all diesen Barbaren vor den Toren drohen, und am Ende kommt keiner?«

»Ich habe ein Stammpublikum von fünfundzwanzig Millionen Fernsehzuschauern. Wie viele Leute klicken sich regelmäßig in unsere Website ein?«

»Vier oder fünf Millionen.«

»Also dreißig Millionen. Wenn sich nur ein halbes Prozent blicken lässt, dann sind das immerhin einhundertfünfzigtausend Menschen. Das braucht's eine Menge Toilettencontainer auf der Mall. Na, hallo, Herr Senator.«

»Jaack Baanion, altes Haus! Dass ich das noch erleben darf!« Senator Raysor Mentallius aus Wyoming war mit zweiundneunzig Jahren das achtälteste Mitglied des Senats der Vereinigten Staaten. Er mochte steinalt sein, war jedoch in seiner Funktion als Vorsitzender des Auschussbegrenzungsausschusses – in der Presse stets der *mächtige* Ausschussbegrenzungsausschuss – außerordentlich einflussreich.*

Er und Banion kannten sich bereits seit einer halben Ewigkeit. Er war regelmäßig in *Sunday mit John Oliver Banion* aufgetreten und hatte sich auf Grund seiner lebendigen, volksnahen Art zu einem der beliebtesten Gäste entwickelt. Senator Mentallius war, abgesehen von seinen vielfachen charmanten Vorzügen, ein leidenschaftlicher Bewunderer weiblicher Schönheit, eine Eigenschaft, die sich vor allem darin ausdrückte, dass er jede Frau, die ihm über den Weg lief, angrapschte. Zu früheren Zeiten war dies unter Senatoren gang und gäbe gewesen. In der Ära politischer Korrektheit war das nicht mehr möglich,

* Der Ausschuss wurde eingerichtet, als man feststellte, dass es mehr Ausschüsse als Kongressmitglieder gab.

aber dennoch gelang es ihm, seine ausgeprägte Berührungsfreudigkeit weiterhin zu pflegen, indem er einfach vorgab, praktisch blind zu sein. Seine handgreiflichen Erkundungen des schwachen Geschlechts schienen nichts anderes zu sein als eine Art Ganzkörper-Braillelesens. Tatsache war jedoch, dass er privat ohne Brille zu lesen pflegte.

»Ich habe gehört, man hätte Sie ins Irrenhaus gesteckt!«

»Sie mussten mich wieder rauslassen.« Banion lächelte. »Hab ständig mit meinem Becher gegen die Gitterstäbe geschlagen und viel zu viel Lärm gemacht.«

»So ist's richtig!«, sagte der Senator, der sich nun zu einer fünfminütigen, eher belanglosen Anekdote über seine Erfahrungen in einem knallharten Armeeausbildungslager in den Dreißigern hinreißen ließ. Er hatte an der Landung in der Normandie teilgenommen und konnte den ganzen »Noch einmal stürmt, noch einmal, ihr lieben Freunde«-Monolog aus *Henry V.* auswendig aufsagen. Was er auch ständig tat. Während seiner berühmten Dauerrede Anfang der Fünfziger hatte er Shakespeares gesammelte Werke zur Gänze im Senat vorgetragen. Es hatte einige Zeit gedauert.

»Und wer ist dieses ent-*zückende* Geschöpf?«, sagte er und packte Roz mit seinen skelettartigen Fingern am Oberarm. Banion konnte nicht umhin, der ungebrochenen Libido des Methusalems Bewunderung entgegenzubringen.

»Das ist Miss Well, meine Assistentin.«

»*So* ist's recht!«, rief er augenzwinkernd.

»Er meint, seine Generaldirektorin«, sagte Roz. »Freut mich, Sie kennen zu lernen, Herr Senator.«

»Nicht halb so sehr wie es mich freut, *Sie* kennen zu lernen. *Soll ich dich mit einem Sommertag vergleichen*?«

Roz errötete.

»Jack, seien Sie kein Egoist. Lassen Sie sich mit dieser majestätischen jungen Dame demnächst einmal bei mir blicken, verstanden? Werde ihr Sinn und Zweck dieses erhabenen Staatsorgans erläutern. Sie haben in letzter Zeit zu häufig in der Zeitung gestanden, Jack. Brauchen Sie irgendetwas? Ist mit Ihnen alles in Ordnung?«

»Um die Wahrheit zu sagen, brauche ich tatsächlich etwas. Und zwar Hank Gracklesen.«

Senator Mentallius schnaubte verächtlich. »Ich habe schon von hehreren Zielen gehört.« Er wandte sich wieder mit lüsternen Blicken Roz zu. »Ich kannte einmal eine Roz. Rosalind Russell. Schauspielerin. *Großartige* Frau. Hat mich mal besucht. Muss damals im Jahr … wo sind die vielen Jahre nur geblieben?«

»Was ich brauche«, fuhr Banion unbeirrt fort, »fällt in den Aufgabenbereich seines Komitees. Aber er soll gerade mitten in einer Abstimmung sein.«

»Dann wollen wir mal Ihnen *und* der Republik einen Dienst erweisen und ihn aus der Sitzung herausholen.« Und damit streckte Senator Mentallius den Arm aus und packte einen vorbeikommenden Senatsassistenten an dessen Halsband mit der Ausweiskarte. Er erwürgte ihn dabei fast. Der Assistent wollte bereits protestieren, als er sah, wer ihn da garottierte.

»Sir?«, sagte er und rieb sich den Hals.

»Sie gehen jetzt da rein, schnappen sich Senator Gracklesen und bringen ihn her. Und zwar sofort.«

»Aber sie stimmen gerade über …«

»*Tun* Sie's einfach, mein Junge. Ich werde auf meine Uhr sehen, wie lange Sie brauchen. Sie bringen ihn hierher zu mir. Sie sagen ihm, dass ich ihn sprechen will. Beeilen Sie sich.«

Der Assistent eilte davon.

Senator Mentallius nahm freundschaftlich Banions Hand. »Ich würde nur zu gern bleiben und sein Gesicht sehen, aber ich habe einen Termin mit dem Generalstab. Die wollen mich dazu überreden, ihnen ein paar neue Flugzeugträger zu bewilligen.« Er stieß ein Lachen aus. »Und falls wieder irgendwer versuchen sollte, Sie in die Irrenanstalt zu stecken, dann melden Sie sich bei mir, verstanden?« Er nahm Roz' Hand. »Junge Frau, ich hoffe, Sie noch häufiger zu Gesicht zu bekommen. Also dann auf Wiedersehen. Wiedersehen.«

»Tja«, sagte Banion, nachdem der alte Mann gegangen war, »jetzt bist du also sowohl von Mitgliedern des Ober- als auch des Unterhauses angegrapscht worden.«

»Der Mann ist schon eine Marke für sich«, sagte Roz.

Ein paar Minuten später tauchte Senator Hank Gracklesen mit einem Ausdruck von *votus interruptus* im Gesicht im Eingang auf, wobei er von dem Assistenten begleitet wurde, der ganz verängstigt schien.

»Was hat das zu bedeuten?«

»Ich will Entführungsanhörungen, Hank.«

Wie ein Savannenfeuer breitete sich Empörung über Gracklesens Gesicht aus. »Was *glauben* Sie eigentlich, wer Sie sind, dass Sie mich mitten in einer Abstimmung aus dem Saal rufen lassen, um Forderungen zu stellen?«

»Ein Steuerzahler?«, sagte Banion.

»Ich gehe sofort wieder rein.«

»Mit einer extrem erfolgreichen TV-Show und fünfundzwanzig Millionen Zuschauern.«

»Toll für Sie.«

»Und ich werde diese auffordern, dass sie alle nach Washington kommen, falls Sie keine Anhörungen abhalten.«

Senator Gracklesen hielt auf seinem Weg zurück in den Saal einen Moment lang ein. Banion konnte förmlich sehen, wie sich in Gracklesens Senatorenhirn die Gedanken überschlugen: Ufo-Tagung ... Pilzrevolte ... nicht sonderlich viel passiert, ein paar Briefe, belanglos, ein Haufen sozialer Randgestalten, die sich beschweren, von Aliens angegrapscht worden zu sein ... ein Fall für die Klapsmühle ... neue TV-Show? ... über fliegende Untertassen? ... soll er doch ... blufft doch eh nur.

Auf seiner legislativen Visage erstrahlte plötzlich ein Lächeln.

»Jack, ich werde Ihnen jetzt etwas sagen, was einem als Senator der Vereinigten Staaten zu sagen nur selten vergönnt ist: Verpissen Sie sich.«

»Soll ich das als unentschlossen vermerken, mit eher ablehnender Tendenz?«

»*Verschwinden* Sie.«

»Okay, Hank, aber sagen Sie nachher nicht, Sie seien nicht gewarnt worden.«

Senator Gracklesen streckte nun den Arm aus und ergriff Roz' Hand, als gehörte sie einer bewundernden Wählerin. Er schüttelte sie und sagte: »War nett, Sie kennen zu lernen, vielen Dank, dass Sie vorbeigekommen sind.«

»Sind die alle so?«, fragte Roz, nachdem Gracklesen davongestürmt war.

»Mal sehen, wie er sich fühlt, wenn er aus seinem Bürofenster schaut und unten auf der Mall einhundertfünfzigtausend Menschen sieht, die in Sprechchören seinen Kopf fordern.«

Andy Crocanelli kaute an einer Zigarre und lief aufgeregt schwitzend vor den Kulissen auf und ab.

»Sie dürfen hier nicht rauchen«, sagte einer der Techniker.

»Wissen Sie, wer zum Teufel ich bin?«

»Nein, wer zum Teufel sind Sie?«

»Andy«, sagte Banion, der seine Notizen durchging. »Entspannen Sie sich. Wird schon alles in Ordnung gehen.«

»In Ordnung? Die Scheißanwälte meinen, dass wir wegen Aufhetzung zur Gewalt vor dem Scheißgericht landen können.«

»Versuchen Sie diesen Satz noch einmal zu sagen, aber diesmal ohne das Wort Scheiße. Ich garantiere Ihnen, so schaffen Sie es, in der Hälfte der Zeit doppelt so viel zu sagen. Ich werde die Menschen doch nicht dazu auffordern, die Regierung mit Heugabeln und Fackeln anzugreifen. Ich rufe sie zu einem Sternmarsch auf. Wenn man sich nicht einmal zu einem Marsch auf seine Hauptstadt aufmachen darf, warum hat man dann überhaupt eine? Wäre doch nicht das erste Mal. Beruhigen Sie sich also. Denken Sie an das viele Geld, das Sie machen werden, wenn die Leute in ihren perfekt geschmierten Autos nach Washington fahren.«

»Muss mich setzen. Fühl mich nicht gut.«

»Warum schauen Sie nicht vom Regieraum aus zu?«, sagte Banion.

»Dreißig Sekunden«, rief der Techniker.

Roz, die einen aufreizenden grünen Minirock trug, trat kurz vor und strich Banion das wuschelige Haar nach hinten.

»Mach ihnen die Hölle heiß.« Sie zwinkerte ihm zu.

»Fünf Sekunden ... drei ... zwei ... eins.«

Die Musik wurde eingespielt. Banion stellte sich vor. In Anbetracht der großen Bedeutung von dem, was nun folgen sollte, beschloss er, auf das übliche »Aber zuerst unser Tipp von Gooey-Lube« zu verzichten. Stattdessen sagte er: »Aber zuerst die Werbung.«

Der Reklamespot war zu Ende, und er begann in bedächtigem Tonfall mit seinem vorbereiteten Text für die heutige Show, einer gekonnten Zusammenfassung der nunmehr über fünfzig Jahre währenden Verschleierungstaktik der Regierung in Sachen Ufos. Er zählte seine unablässigen Versuche auf, Senator Gracklesen dazu zu bewegen, Anhörungen anzuberaumen, ja, er habe es sogar nicht einmal gescheut, ihn vor dem Sitzungssaal anzusprechen. (Die rüden Abschiedsworte des Senators ließ er dabei großmütigerweise unerwähnt.)

Als er über die Protestmärsche der Vergangenheit redete, bemerkte er plötzlich, dass irgendetwas nicht stimmte. Das Gesicht des Regisseurs verriet eine an Panik grenzende Beunruhigung. Der Mann hatte sich in eine Ecke am anderen Ende des Studios verkrochen und redete aufgeregt in sein Mikrofon. Die beiden Kameramänner, normalerweise durch nichts aus der Ruhe zu bringende Zeitgenossen, tauschten nervöse Blicke aus und rollten ihre Kameras vor und zurück, als ob der sitzende Banion plötzlich der führende Wagen im 500-Meilen-Rennen von Indianapolis wäre und sie es nur unter größten Verrenkungen schafften, mit ihm Schritt zu halten.

Was in aller Welt sollte das? Seine Aufgabe wurde ihm dadurch nicht gerade erleichtert. Banion sprach seinen Text stets frei und verschmähte den Teleprompter. Er musste gehörig aufpassen, nicht den Faden zu verlieren, schaffte es aber fortzufahren: eine Demonstration der Stärke, Menschenmassen, darum gehe es jetzt. Nur wenn sie – das Volk – Taten forderten, würde die Regierung reagieren. Jetzt half nur noch ein Marsch der Millenniummenschen auf Washington! Wer war ein »Millenniummensch«? Jeder, der ein Ufo gesichtet hatte, der entführt worden war, dessen Körper sondiert worden war, der terrorisiert oder sonstwie von Alien-Wesen behelligt worden war. Es musste gehandelt werden – und zwar jetzt.

»Und damit«, schloss er, »verbleibe ich – bis wir uns heute in zwei Wochen im Vorgarten der Demokratie wiedersehen, der Mall in Washington, D. C. – Ihr John O. Banion.«

Die Erkennungsmelodie setzte ein. Als der Nachspann lief, lehnte Banion sich zurück. Er brannte darauf zu erfahren, was das Problem war, konnte es gar nicht mehr erwarten, aufgeklärt zu werden. Aus dem rückwärtigen Teil des Studios drangen aufgeregte Stimmen zu ihm herüber. Er schnappte die Worte »Schmerzen in der Brust« auf, die allem Anschein nach auf Crocanelli bezogen waren. Der Regisseur kam zögerlich auf ihn zu, offensichtlich alles andere als erpicht darauf, die Botschaft zu überbringen.

Die Schlagzeile blickte ihn düster von der Titelseite der Sonntagszeitung an. Sämtliche vor ihm ausgebreitete Zeitungen zierten ähnliche Aufmacher.

BEGEGNUNG MIT DER ABARTIGEN ART
ZUSCHAUEREMPÖRUNG ÜBER AUSSTRAHLUNG EINES PORNOFILMS
IN MORGENDLICHER UFO-SHOW

Banion zwang sich dazu, den Artikel ein weiteres Mal zu lesen.

Die Bundesmedienkommission geht Beschwerden von Tausenden von Zuschauern über John O. Banions neue, beliebte Ufo-TV-Show nach. In der gestrigen Live-Sendung waren anstößige Ausschnitte aus einem Pornofilm mit dem Titel *Die Weltall-Häschen vom Planeten Lust* ausgestrahlt worden.

Banion und seine Produzenten stritten energisch ab, dass dies absichtlich geschehen sei. Der Film wurde zeitgleich mit Banions Sendung im *Heiße-Sehnsucht*-Kanal gezeigt, einem Pornosender, der rund um die Uhr sendet. Die Produzenten von *Saturday* konnten sich nicht erklären, wie Teile des Films, in dem splitternackte, in Schwerelosigkeit schwebende Astronauten beim Geschlechtsverkehr gezeigt wurden, in ihrem Programm gelandet waren.

»Wir führen in dieser Sache eigene Ermittlungen durch«, sagte Banion, »aber im Augenblick weist alles darauf hin, dass es sich um einen Sabotageakt handelt, der zum Ziel hat, mich davon abzuhalten, die Regierung dazu zu zwingen, alles offen zu legen, was sie über die anhaltenden Entführungen amerikanischer Bürger durch Aliens weiß.«

Er fragte sich, ob das Zitat ihn nicht wie einen paranoiden Spinner erscheinen ließ. Der einzige Vorteil seiner Stellungnahme bestand darin, dass sie der Wahrheit entsprach. Es musste Sabotage gewesen sein. Wenn nicht, dann wäre es der klare Beweis, dass Gott ihn hasste. Und dies wollte sich Banion als praktizierendes Mitglied der Episkopalkirche nicht so ohne weiteres eingestehen, zumindest vorerst nicht.

Der gestrige Tag hätte ein Triumph werden sollen. Stattdessen war es die Hölle gewesen. Den größten Teil des Tages verbrachte er damit, wütende Anrufe verschiedener Ufo-Gruppen abzublocken. Andy Crocanelli lag immer noch im Krankenhaus und litt unter irgendeinem »Herzvorfall«, wie die Ärzte sich ausdrückten. Seine hysterische Frau ließ überall mit kreischender Stimme verlauten, dass man versucht habe, ihn umzubringen, um ihn als Sponsor loszuwerden. Falls er sterbe, würde sie Banion, Zitat, »verklagen, bis ihm die Eier abfallen«. Bimmerman, der Produzent, versuchte unterdessen herauszufinden, wie sich die Sendung des *Heiße-Sehnsucht*-Kanals mit den unaussprechlichen Vorgängen an Bord einer Raumfähre in den *Saturday*-Kanal verirrt hatte. Die Satellitenverteilerstation stand vor einem Rätsel. Alle standen vor einem Rätsel. Die Aufsichtsbehörde ging den Vorfall bürokratisch korrekt an und konzentrierte sich mehr auf die Beschwerden als auf die Ursache.

Einmal mehr sah sich Banion von Reportern umlagert, die wie von frischer Energie beseelte Heuschrecken nach ihm ausschwärmten. Und wieder wurde er Gegenstand höhnisch johlender Schlagzeilen. Kamerateams verrufener Sensationsshows kampierten auf dem Bürgersteig vor seinem Haus. Morgen, am Montag, würden die ersten Boulevardblätter am Kiosk zu haben sein. Und er würde zweifelsohne auf den Titelseiten prangen und sich die Skandalspalten mit übergewichtigen, ausrangierten Schauspielern, todunglücklichen Angehörigen von Königsfamilien und Storys über Kunstfehler in der Schönheitschirurgie teilen. Er konnte es kaum erwarten. Er wünschte sich nun, er hätte das Studio nicht wie ein Mafia-Don verlassen, der mit gesenktem Haupt ein Gericht betritt, um für die Erschießung eines ehemaligen Gönners, die draußen vor einem Restaurant stattgefunden hat, verurteilt zu werden.

John O. Banion hatte Kopfschmerzen.

Roz rief an. Sie war im Büro und versuchte, so gut sie konnte, die Medien zu bearbeiten und ihnen zu sagen, dass sich 4-A in seinem Beschluss nur bestärkt sehen würden. Aber sie musste Banion gestehen, dass es kein Leichtes war. Witze machten bereits die Runde, und wenn man einmal zur Zielscheibe des Spotts geworden war …

»Tut mir alles so Leid«, sagte sie. »Es hätte ja so ein Triumph für dich werden sollen. Soll ich vorbeikommen und dir eine Hühnersuppe oder so was bringen?«

Und ob er das wollte. Aber er wollte auf gar keinen Fall, dass ein Foto von seiner attraktiven Generaldirektorin, wie sie gerade sein Haus betrat, auf der Titelseite irgendeines Boulevardblattes erschien, möglichst noch mit irgendeiner sensationslüsternen Schlagzeile wie: BANIONS PUPPE AUS DEM WIRKLICHEN LEBEN. Dennoch wollte er nichts lieber, als dass sie vorbeikam. Vielleicht würde sie ja sogar mit ihm schlafen, einfach um ihn zu trösten.

»Lieber nicht.« Er seufzte.

Nathan Scrubbs lernte, wie man Rigipsplatten aufhängte. Bisher hatte er dabei vor allem eines herausgefunden, nämlich dass diese Tätigkeit für einen zweiten Karrierestart für ihn nicht in Frage kam. Aber zumindest war er in dieser Umgebung, in der niemand versuchte, ihn umzubringen, gut aufgehoben.

Bradley, sein Retter, wohnte in der Nähe des Flusses in Anacostia, einem Stadtteil von Washington, der von Weißen im Allgemeinen gemieden wurde, wo Scrubbs sich aber inzwischen paradoxerweise relativ sicher fühlte. Bradley war geschieden und lebte allein. Er hatte Scrubbs ein Zimmer mit einer Matratze auf dem Boden zugeteilt. Nicht gerade das Ritz, aber zumindest gewährte es ihm in diesem seltsamen Gewittersturm Schutz.

Bradley hatte sein Versprechen wahr gemacht und ihn am Morgen nach der Rettung um fünf Uhr aus dem Tiefschlaf gerissen, um ihn mit dem Rest seiner Truppe in einem älteren, mehrstöckigen Wohnhaus Rigipsplatten aufhängen zu lassen.

Das Haus lag in einem Stadtteil, der sich in einem fragilen Übergangsstadium zwischen Armutsviertel und Edelrestaurierung befand.

Scrubbs war reichlich perplex, als Bradley ihn den anderen Mitgliedern seiner Kolonne als Flüchtigen vorstellte.

Verblüfft nahm er von seinen neuen Kollegen »Gimme Fives« und ein kerniges »Sei willkommen« entgegen.

Bei der nächstbesten Gelegenheit nahm er Bradley beiseite. »Warum haben Sie ihnen das erzählt?«

»Sie sind der einzige Weiße in der Kolonne, oder etwa nicht?«

»Na und?«

»Ja, wollen Sie denn nicht akzeptiert sein?«

»Und was, wenn sie mich verpfeifen? Gott im Himmel.«

Bradley musste lachen. »Von *denen* wird wohl kaum jemand die Polizei rufen. Und lassen Sie den Herrgott aus dem Spiel. Ein Mann auf der Flucht gibt einen ziemlich traurigen Blasphemisten ab. Und jetzt wieder zurück an die Arbeit. Wenn Kaffeepause ist, dann *sag* ich's Ihnen.«

Als sie am Ende des ersten Tages zu Hause ankamen, gab Bradley ihm einen Zehndollarschein.

»Zehn Dollar? Dafür, dass ich mich praktisch krumm gearbeitet habe? Das reicht ja nicht mal für das Aspirin gegen die Schmerzen in meinem Rücken.«

»Die Auslagen, die ich Ihretwegen hatte, habe ich bereits abgezogen.«

»Welche Auslagen?«

»Mein Angelboot, das Ihre Freunde durchlöchert haben. Die Angelhaken, die dabei draufgegangen sind, als ich die Dinger aus Ihnen rausgezogen hab. Ihren Donut und Kaffee heute Morgen.«

»Gott segne den, der freudig gibt«, brummelte Scrubbs.

»›Freuet euch des Herrn, ihr Rechtschaffenden: Denn dem Gerechten geziemt es, dankbar zu sein.‹«

»Was auch immer. Hab gedacht, die Sklaverei sei längst abgeschafft.«

»Nicht dass ich wüsste. Aber wenn Sie sich bei McDonald's besser stehen, dann nur zu, und wenn Sie schon *dabei* sind, dann können Sie mir gleich ein paar Big Macs mitbringen. Mit Pommes und 'ner großen Cola.«

»Irgendjemand, der behauptet, er sei im Besitz wichtiger Informationen über die Sache mit dem Satelliten«, sagte Renira. »Will seinen Namen nicht nennen.«

In den letzten zwei Tagen war eine Menge solcher Anrufe eingegangen. Die Welle wütender Anrufe hingegen war verebbt. Wer sich jetzt noch meldete, tat dies vor allem, um Verständnis und Sympathie zum Ausdruck zu bringen. Dr. Falopian und Colonel Murfletit waren mit irgendeinem ehemaligen Militär, der sich mit Maßnahmen zum Schutz von Satellitensendern auskannte, in seinem Büro und versuchten eine einwandfreie Ausstrahlung der nächsten *Saturday*-Sendung sicherzustellen, vorausgesetzt, es würde überhaupt eine geben. Andy Crocanelli hatte seinen Herzvorfall zwar überstanden, aber seine Frau bestand hartnäckig darauf, dass er keinerlei Stress ausgesetzt werden durfte. Sie drohte damit, Gooey-Lubes Sponsorschaft zurückzuziehen, falls Banion weiterhin darauf bestehe, zu einem Marsch auf Washington aufzurufen. Banions Anwalt, Barrett Prettyman junior, drohte Mrs. Crocanelli seinerseits, ihr wegen Vertragsbruchs einen Prozess an den Hals zu hängen, bei dem ihr Hören und Sehen vergehen würde.

Die einst glückliche *Saturday*-Familie glich nun den meisten anderen Familien: ein Jammertal zwischenmenschlicher Gestörtheit.

Banion beschloss, den Anruf entgegenzunehmen.

»Ich kann mich nicht dazu äußern, woher ich weiß, was ich Ihnen nun sagen werde«, begann der Anrufer, der einen intelligenten Eindruck machte und, der Stimme nach zu urteilen, so um die Vierzig sein musste. Aber andererseits sind ja auch die meisten geistig Verwirrten – Präsidentenattentäter eingeschlossen – intelligent und um die Vierzig. »Wenn Ihr Apparat mit einer Anruferkennungsfunktion ausgestattet ist, dann werden Sie bereits festgestellt haben, dass ich von einem Münztelefon in Los Angeles anrufe. Damit schränkt sich Ihre Suche auf dreieinhalb Millionen Menschen ein. Mehr werden Sie über mich allerdings nicht herausfinden, hören Sie also einfach zu, was ich zu sagen habe.«

»In Ordnung«, sagte Banion, der gedankenverloren Roz' Namen auf einen Notizblock kritzelte.

»Ich gehöre zu Ihren Verehrern, Mr. Banion. Sie leisten wichtige Arbeit. Deshalb setze ich auch eine Yankee-White-Unbedenklichkeitsbescheinigung aufs Spiel, um diesen Anruf durchzuführen. So viel zu meiner Vertrauenswürdigkeit. Letzten Samstag wurde ein Störsignal in Richtung des Geostar-Satelliten ausgesendet, über den Ihre Fernsehshow ausgestrahlt wird. Das Signal kam von einem anderen Satelliten, der die Bezeichnung *Thruster Six* trägt. Er funktioniert auf der Basis eines EHF-Schaltsystems – also eines Systems mit extrem hoher Frequenz – mit dem Namen Polar-Trabant. Aber das braucht Sie nicht weiter zu interessieren. Entscheidend ist die Tatsache, dass *Thruster Six* das Signal Ihrer Show blockiert und durch das Signal des Pornofilms ersetzt hat. Übrigens kein schlechter Film, muss ich sagen, sofern man dies bei Pornofilmen behaupten kann – damit soll nichts über Ihre eigene Show gesagt sein.«

Banion war ganz Ohr. »Und wer ist der Betreiber von *Thruster Six*?«

Ein leises Lachen. »Wer hätte denn Ihrer Meinung nach die Möglichkeit, einen solchen Satelliten zu betreiben?«

»Die Regierung?«

»Versuchen Sie nicht, mir weitere Einzelheiten zu entlocken.

Ich bin nicht in der Lage, sie Ihnen zu liefern. Man versucht, Sie zum Schweigen zu bringen, Mr. Banion. Man hat Angst vor Ihnen. Stellen Sie sich ihnen entgegen. Sie haben an allen möglichen Orten Freunde. Wir sind auf Ihrer Seite. Auf Wiedersehen, Sir. Viel Glück!«

Dem Anruf folgte eine stundenlange Debatte in Banions Büro. Dr. Falopian und Colonel Murfletit waren geteilter Meinung. Falopian hielt den Mann für einen Schwindler. Seiner Ansicht nach gab es nur eine Quelle, die an dem Satellitensignal herumgepfuscht haben konnte – die Aliens. Sie hatten ein Motiv – nämlich Banion davon abzuhalten, zu dem Marsch aufzurufen. Ferner hatten sie das Know-how – für sie wäre es quasi nur ein Ortsgespräch. Und sie hatten, wie er sich mit buschiger, virtuos gewölbter Augenbraue ausdrückte, den Grips dazu. Schon oft genug hätten die Aliens in der Vergangenheit ihre große Fähigkeit unter Beweis gestellt, die öffentliche Meinung zu manipulieren.

Colonel Murfletit war sich da nicht so sicher. Es faszinierte ihn, dass der Mann von seiner Yankee-White-Unbedenklichkeitsbescheinigung gesprochen hatte, die Zugang zu strengsten Militärgeheimnissen bedeutete – die gleiche, die Piloten ausgestellt bekamen, die mit der Aufgabe betraut wurden, den Präsidenten der Vereinigten Staaten zu fliegen. Konnte es nicht vielleicht sein, sagte er, dass der Mann die schwarzen Hubschrauber flog, die die Army dazu einsetzte, um die Zivilbevölkerung zu kontrollieren?

Natürlich gab es keine Möglichkeit, herauszufinden oder gar zu beweisen, dass das Störsignal das Werk einer verdeckt operierenden Gang der NSA* war. Und es wäre glatter Wahnsinn, diese Leute öffentlich an den Pranger zu stellen. Sie hatten Mittel und Wege, sich zu revanchieren.

* National Security Agency; ein der Regierung unterstellter Nachrichtendienst, der jedermanns sämtliche Telefonanrufe abhört.

Falopian und Murfletit stritten sich wie zwei Gelehrte des Mittelalters, die über die metallurgische Beschaffenheit des Heiligen Grals disputierten. Banion hörte ihnen zu, bis er wieder zu Kritzeleien von Roz' Namen überging. Er kam zu der Schlussfolgerung, dass (a) der Anrufer wusste, wovon er redete, (b) seine Show Opfer eines Sabotageakts geworden war und (c) dass ihm nichts anderes übrig blieb, als unbeirrt weiterzumachen, vorausgesetzt, dass es (d) überhaupt noch irgendjemanden interessierte.

Falopian und Murfletit einigten sich schließlich auf folgende These: Die Regierung hatte den Sabotageakt verübt, und zwar in *geheimer Absprache* mit den Aliens. Die beiden arbeiteten ohnehin bereits seit Jahren zusammen. Es sei deshalb nur logisch, dass sie in dieser kritischen Phase ihre Ressourcen zusammenlegten.

Aber sie mussten irgendeinen Informanten haben, der über interne Erkenntnisse verfügte. Und so setzten Dr. Falopian und Colonel Murfletit den krebsgeschwürartigen Gedanken in die Welt, dass sich in ihren Reihen ein Spion befand.

Banion sagte nichts dazu. Es war klar, dass sie Roz damit meinten. Auch wenn er sich einen Kommentar verkniff, so hatte er für die beiden nur Spott übrig. Ihre Schlussfolgerung war wohl kaum frei von Hintergedanken. Sie hatten sie beide vom ersten Moment an auf dem Ufo-Kongress in Austin nicht leiden können. Sie sahen auf sie wie auf eine kosmische Yoko Ono herab, die nur darauf aus war, traulich-heimelige Männerkameradschaften zu zerstören. Sie hatte von Anfang an nur Ärger bedeutet. Ihre Unterstellung, dass es sich bei Falopians und Murfletits hoch angesehenen Russen nur um ein postsowjetisches Betrüger-Duo handelte – was für eine Frechheit! Dann war da noch, wie Banion sinnierte, die beim besten Willen nicht zu übersehende Tatsache, dass diese beiden Weltraum-Schlaffis danach lechzten, mit ihr zu schlafen. Nein, es war einfach zu lächerlich. Er schickte sie mit der Begründung fort, dass seine Kopfschmerzen mittlerweile so heftig seien, dass er nach Hause gehen wolle. Ganz wie Scarlett würde er morgen über alles nachdenken. Roz kochte heute Abend für ihn ihre Spezialität: *maccaroni ai quattro formaggi.* Seine Leibspeise, das ideale italienische Essen für den Appetit eines puddingweißen Protestantensacks: Makkaroni mit vier Käsesorten.

»Jack! Hier rüber! Jack!«

Die Objektive und Mikrofone schwingende Horde erwartete ihn auf dem backsteingepflasterten Bürgersteig vor dem Bürogebäude. Er verzerrte seine Jochmuskeln in etwas, das fast ein Lächeln war – Himmel, war das anstrengend –, und trat wie ein Mann, der dem Erschießungskommando mutig die entblößte Brust entgegenhielt, in ihr Visier. Er stützte sich auf seinen Spazierstock aus leichtem Malaccarohr, der einst Fatty Arbuckle gehört hatte.

»Und was kann ich heute für die Herren tun?«

»Wie ist der neueste Stand der Dinge?«

»Unsere Telefonvermittlung ist völlig überlastet. Die Leute wollen wissen, ob wir nächsten Samstag den Rest der *Weltall-Häschen* zeigen.«

Die Paparazzi lachten. So. Jetzt hatten sie ihr Häppchen. Fürs Erste waren ihnen sozusagen die Fangzähne gezogen. Er stand mit entblößter Brust da, während sie auf ihn schossen, bis ihnen die Kugeln ausgingen.

»Vielen Dank«, sagte er schließlich und ging davon, wohl wissend, dass sie sich nun nicht mehr die Mühe machen würden, ihm zu folgen.

Allein und unbehelligt ging er zu dem kleinen Haus in der Dumbarton Street, das er bezogen hatte. Ein leichter Regen legte sich wie eine glitschige Schicht über die Backsteine. Er verlor sich so sehr in seine aufgewühlten Gedanken, dass er in der N Street falsch abbog. Die gemeine Unterstellung, die Falopian und Murfletit ihm so mir nichts, dir nichts auf den

Schreibtisch geknallt hatten, ging ihm nicht mehr aus dem Kopf. War er, der sich so danach verzehrte zu penetrieren, zuerst penetriert worden?

Er fand schließlich den Weg nach Hause, wo er von warmen, köstlichen Käsedüften empfangen wurde, gefolgt von Roz in weißen Leggings und einem hauchdünnen Top, durch das ihre Brüste in herzzerreißenden Details hindurchschienen. Er würde die hartnäckige Keuschheit ihrerseits nicht mehr lange aushalten können. Sie küsste ihn mit von Wein benetzten Lippen.

Dann trat sie einen Schritt zurück und musterte ihn. »Ach, Schatzi, du siehst ja schlimm aus.«

Banion warf seinen Mantel auf den Kleiderständer. »Langer Tag. Hab den ganzen Nachmittag lang unserem Expertenteam dabei zugehört, wie sie Verschwörungstheorien gesponnen haben. Ich brauch jetzt erst mal … 'ne starke Aspirin.«

»Nach einem halben Tag mit diesen beiden würde jeder Kopfschmerzen bekommen. Du tust mir Leid. Ich weiß, Dr. Falopian ist Nuklearwissenschaftler und Colonel Murfletit hat fünfunddreißig Jahre lang in der Army gedient und Roswell-Aliens gesehen, aber sie wirken einfach so abgedreht. Renira ist mit mir da übrigens einer Meinung. Sie sagt, die beiden sind ›hinüber‹. Das ist Britisch für schlecht gewordenes Essen. Hungrig? Ist alles fertig, muss es nur noch zwanzig Minuten in den Ofen schieben.«

»Ah, tut das gut«, sagte Banion. »Reib tiefer.«

»Da?«

»Mhm. Roz?«

»Ja, Süßer?«

»Werden wir jemals … Du weißt schon …«

»Es miteinander machen?«, sagte sie fröhlich.

»Ja.«

Sie rieb weiter und gab ihm einen flüchtigen Kuss auf den Nacken. »Wie zum Beispiel so?«

»Das ist immerhin ein Anfang. Das Problem ist nur, dass du

jedes Mal, wenn wir anfangen, ›nicht jetzt‹ sagst. Wann kommen wir zu ›jetzt‹?«

»Hast du dir wieder Pornofilme angesehen?«

»Ich meine es ernst.«

»Warum müssen wir uns damit beeilen?«

»Vielleicht bin ich nicht gerade Leopoldo Capriano …«

»Wer?«

»Na, der aus dem *Titanic*-Film.«

»Leo DiCaprio.«

»Egal. Vielleicht bin ich ja kein dreizehnjähriger Filmstar …«

»Nein, das bist du tatsächlich nicht. Du bist ein episkopalischer Ufo-Spinner mittleren Alters.«

»Unterbrich mich nicht immer.«

»Aber *ich* finde dich sexy.«

»Und warum – ach, was soll's. Ich werde nicht anfangen zu betteln. Das ist entwürdigend. Ich wollte eigentlich nur sagen, dass ich mich dir sehr nahe fühle. Die Stunden mit dir sind wunderschön. Du bringst mich zum Lachen. Und ich scheine dir ja ebenfalls ein wenig Freude zu bereiten, zumindest vermittelst du diesen Eindruck.«

»Ich liebe es, wenn verklemmte Protestantensäcke aus sich herausgehen.«

»Ich versichere dir, dass du mit mir keine bösen Überraschungen erleben wirst.«

»Warum klingt das wie eine George-Bush-Rede zur Annahme seiner Kandidatur?«

Banion stellte betroffen fest, dass es tatsächlich wie die Variation der Bush-Rede von 1988 klang, als dieser seine Wahl zum republikanischen Präsidentschaftskandidaten angenommen hatte. Als Liebhaber war er ein hoffnungsloser Fall. Aber vielleicht änderte sich das ja mit der Zeit. Er wandte sich um und blickte sie an. Gott im Himmel, sie war so schön, und sie lächelte.

»Was ich sagen wollte, war, dass ich dich liebe und dass ich dich heiraten will.«

Roz' Lächeln gefror zu Eis, das kurz darauf wieder dahinschmolz. Dann kehrte das Lächeln zurück, war aber nur noch ein Drittel so strahlend wie zuvor. »Das kommt aber plötzlich«, sagte sie.

»Ich mache allen Frauen, die mir Makkaroni mit vier Käsesorten zubereiten, einen Heiratsantrag. Also, wie wär's? Oder willst du zuerst sehen, wie groß der Verlobungsring von Tiffany sein wird? Ehrlich gesagt, habe ich keinen dabei. Das Ganze war nicht geplant.«

Er wusste, dass er Frauen nur schwer einschätzen konnte, aber sie schien zu schwanken. »Ich mag dich sehr gern, Jack.«

»Also das ist nun wieder ein Satz, den ein Protestantensack sagen würde, wenn er ›*Dich heiraten? Du spinnst wohl?*‹ meint. Nun ja.« Er streckte den Arm nach ihr aus und küsste sie keusch auf die Wange. »Musste mir nur das Herz erleichtern. Ist irgendwie sexy, auf dem Sofa zu schlafen, auch wenn der Rücken darunter leidet.«

Jetzt küsste sie ihn, und daran war nichts Keusches mehr. Es war, wie ihm im Nachhinein klar wurde, der längste Kuss, den er je bekommen hatte. Als es vorbei war, lag sowohl seine als auch ihre Brille auf dem Boden. Sein Haar sah aus, als wäre ein Wirbelwind hindurchgefegt, und seine Lippen fühlten sich ganz taub an. Er sah alles nur noch verschwommen, aber vielleicht lag das ja auch an der fehlenden Brille.

Sie setzten sich auf und blickten sich – so gut es ging – mit jener unbefangenen Intensität in die Augen, die Verliebte nach den ersten Zärtlichkeiten verströmen. Roz brach schließlich das Schweigen und sagte: »Tja ... vielleicht sollten wir jetzt lieber in die Küche gehen. Ich mache dir das ...«

Das Wort Abendessen wurde von einem weiteren Kuss verschluckt, der diesmal sogar noch selbstbewusster und erkundungsfreudiger war und von Ohr zu Ohr reichte. Das Ganze wurde von einem hörbaren Stöhnen begleitet, wie es normalerweise als Vorspiel zu noch viel feurigeren Gefühlsergüssen andernorts vorkam. Als sie zum Luftholen wieder auftauchten, lagen sie neben dem Sofa auf dem Boden.

»Erst das Abendessen.« Sie lächelte. »Dann ... der Nachtisch.«

Sie strich sich die Kleider glatt und tapste auf nackten Füßen in die Küche. Banion blieb, von einer allumfassenden Zufriedenheit umfangen, auf dem Boden liegen und labte sich an dem Rest ihres Weins. Er lauschte den wohligen Küchen- und Kochgeräuschen, die von dem Essen kündeten, das für ihn zubereitet wurde. Im Grunde seines Herzens wünscht sich jeder Mann nichts sehnlicher, als von einer Frau bekocht zu werden. Aber zuerst gab es noch eine geschäftliche Angelegenheit zu erledigen.

»Ich muss später noch weg«, rief er ihr zu.

»Weshalb?«

»Hab heute einen Anruf bekommen. Aus heiterem Himmel. Irgendjemand, der behauptet, für die Regierung zu arbeiten, und mir Beweise dafür liefern will, dass die Regierung die Satellitenübertragung manipuliert hat. Hat überzeugend geklungen. Wir treffen uns. Er meint, er kann mir Beweise an die Hand geben, mit denen ich mich an die Presse wenden kann.«

Roz tauchte mit einem hölzernen Salatbesteck im Kücheneingang auf. Das blonde Haar war ganz zerzaust. Die Brille verlieh ihr etwas Schulmädchenhaftes. Noch nie hatte er eine Frau so sehr begehrt. *Bitte sag jetzt das Richtige,* sagte Banion sich im Stillen.

»Was war an ihm denn so überzeugend?«

»Ist eigentlich nur so ein Gefühl. Er klang jedenfalls überzeugend. Manchmal merkt man das den Menschen einfach an« – er lächelte –, »selbst als langweiliger alter Protestantensack.«

»Du solltest lieber nicht hingehen.«

»Aber natürlich gehe ich hin. Falls dieser Typ Beweise hat, will ich sie sehen. Keine zehn Pferde könnten mich davon abhalten.«

»Ich glaube, es ist eine Falle.«

»Wieso?«

»Glaube ich halt einfach. Warum sollte dir jemand von der Regierung helfen wollen?«

»Gute Frage. Ich schätze, das werde ich dann herausfinden.«

Sie verschwand wieder in der Küche. »Wann triffst du dich mit ihm?«, rief sie.

»Um Punkt drei Minuten nach elf«, sagte er. »Deshalb glaube ich ja auch, dass der Typ tatsächlich etwas zu erzählen hat. Nur Leute vom Militär oder den Nachrichtendiensten treffen derart minutengenaue Verabredungen, um jegliche Missverständnisse oder Zweideutigkeiten von vornherein auszuschließen. An drei Minuten nach elf ist nichts missverständlich.«

»Wo triffst du dich mit ihm?«

»Bei der National Cathedral. In der Gartenlaube des Bishop's Garden. Ein hübscher Flecken. Bin dort früher häufiger hingegangen, wenn mir der Kopf brummte oder wenn Bitsey und ich uns gestritten haben. Ist aus den Steinen von Grover Clevelands Haus gebaut.«

»*Mist.*«

»Was ist los?«

»Ich hab den Pecorino vergessen.«

»Was ist Pecorino?«

»Eine Art Romano. Eine der vier Käsesorten.«

»Dann mach eben *maccaroni ai tre formaggi.*«

»Kommt nicht in Frage.«

Sie tauchte aus der Küche auf, schlüpfte in die Schuhe und nahm Jacke und Handtasche vom Kleiderständer.

»Bin sofort wieder zurück. Geh nur kurz zum Laden rüber.«

»Ich komme mit.«

»Nein.« Sie beugte sich vor und gab ihm einen Kuss. »Du

nimmst jetzt eine schöne heiße Dusche.« Sie lächelte. »Oder eine kalte. Bin in fünf Minuten wieder zurück. In fünfzehn essen wir. Mach noch eine Flasche Wein auf.«

Sie verschwand blitzschnell zur Tür hinaus. Banion ging in die Küche. Er trat auf den Trethebel des Abfalleimers. Der Deckel klappte hoch. Er wühlte im Müll herum und fand unter einer leeren Nudelverpackung, wonach er suchte – ein Stück Plastikverpackung mit dem Etikett der Käseabteilung des Sutton Place Gourmet, auf dem das gestrige Datum und die Worte *Pecorino Romano* standen.

»Köstlich«, sagte Banion. Sie saßen bei Kerzenlicht am Tisch. Er hatte den größten Teil der zweiten Flasche Wein allein getrunken, um den Mut aufzubringen und bestimmte Hirn- und Körperfunktionen abzutöten.

Roz lächelte ihn neugierig an. »Na endlich sagst du wieder was.«

»Wie lang arbeitest du schon für sie?«

Sie blickte nicht auf. »Arbeiten für wen?«

Banion griff in die Hosentasche und schob ihr die Käseverpackung über den Tisch zu, die sorgfältig, ganz wie man es von einem weißen Protestantensack erwarten würde, zusammengefaltet war, das Etikett nach oben.

»*Wusste* ich's doch, dass ich welchen gekauft hatte. Muss ihn irgendwie weggeworfen haben, mit dem …«

»Spar dir das. Du bist aus dem Haus gegangen, um deine Hintermänner anzurufen und ihnen von meiner Verabredung zu erzählen.«

Sie legte die Gabel aus der Hand und tupfte sich den Mund ab. Mit gesenktem Kopf wich sie seinem Blick aus. »Ich habe gedacht, dass du in eine Falle läufst«, sagte sie mit ruhiger, bedächtiger Stimme. »Von unserer – von dieser Seite hätte dich heute niemand angerufen. Ich hab mir Sorgen um dich gemacht.«

»Wenn ich das richtig verstehe, dann magst du es nur, wenn ich in eine von deinen Fallen laufe.« Banion leerte sein Glas. »Hast du von Anfang an für sie gearbeitet? Oder ist das Ganze mehr als eine Art Seitensprung zu verstehen?«

»Ich kann das jetzt nicht in allen Einzelheiten erklären, aber zieh bitte keine voreiligen Schlüsse. Du kannst dir gar nicht vorstellen, wie verwickelt das Ganze ist.«

»Also, welche Abteilung der Regierung ist dafür zuständig, Ufo-Gläubige in Misskredit zu bringen? CIA? FBI? Oder haben wir es hier mit einem noch viel exotischeren Kürzel zu tun?«

»Liebling …«

»Bitte.«

Er bemerkte Tränen in ihren Augen. Gut.

»Es ist nicht so, wie du denkst.«

»Na, da bin ich aber erleichtert.«

»Ich kann dir keine Details verraten. Du bist sicherheitstechnisch nicht als unbedenklich eingestuft.«

»Unbedenklich? *Unbedenklich?«*

Sie schien sich in ihrer Berufsethik bedroht zu fühlen, denn sie entgegnete heftig: »Willst du etwa, dass ich gegen die Geheimhaltung verstoße?«

»O nein. Das wäre ja noch schöner!« Er stand auf und musste an sich halten, ihr nicht eine zu knallen oder mit Gegenständen um sich zu werfen. Er schwankte vor Wut und von dem vielen Wein. Er schlenderte zum Kamin hinüber, dem Platz, wo Männer sich gern in philosophischen Tiraden ergingen, während ein hübsches, tosendes Feuer hinter einem prasselte. »Dann machen die Regierung und die Aliens also tatsächlich gemeinsame Sache«, murmelte er. »Natürlich. Die Regierung muss ja schließlich von alldem wissen. Wie könnte sie es nicht wissen?«

»Jack, ich bitte dich, du verstehst das alles falsch.«

Banion lachte verbittert. »Dann besteht deine Arbeit also darin, Menschen in Verruf zu bringen, die zu viel Geschrei machen. Die eine hinter den Kulissen getroffene *Vereinbarung* bedrohen. Aber wie kommt da deine Arbeit als Herausgeberin einer Zeitschrift für entführte Frauen ins Spiel?«

Roz wollte etwas antworten.

»Nein«, unterbrach Banion sie. »Da möchte ich mir gern selbst einen Reim drauf machen. Um die öffentliche Meinung in Sachen Ufos zu manipulieren nämlich. Um das Vertrauen der Leser zu gewinnen, sie mal dies, mal jenes glauben zu lassen, ganz wie die Situation es erfordert. Wichtig ist vor allem, die Dinge unter Kontrolle zu halten, stimmt's?«

»Ich darf darüber nicht sprechen.«

»Ich besuche eine Ufo-Konferenz. Und welch ein Zufall – du bist ebenfalls dort. Siehst zum Anbeißen aus. Mann trifft Frau. Und was tut die Frau als Erstes? Diskreditiert die Russen. Natürlich.«

»Diese Russen sind Schwindler.«

»›*Ach, Mr. Banion, ich bin ja so entzückt, Sie kennen zu lernen! Kann's gar nicht erwarten, selbst entführt zu werden.*‹ Was für ein Gesülze.«

»Ich habe nur meine Arbeit getan.«

»Ach, ja, dann ist ja alles in Ordnung. Als Nächstes – Überraschung! – tauchst du in Washington auf, nachdem Bitsey und ich uns getrennt haben, und beinahe nimmt die Natur ihren Lauf, außer dass dein Vertrag nicht vorsieht, mit mir zu schlafen. Aber so viel Respekt habe ich ja. Damit kommen wir zum heutigen Abend. Heute Abend fing es an, interessanter zu werden. Haben sich deine Befehle geändert? Verrat mir nur eines – von welchem Hostessenservice haben sie dich rekrutiert?«

Roz blickte ihn mit feuchten, wütenden Augen an. »Das gehörte nicht zu meinem Auftrag.«

»Ich bin geschmeichelt.«

Sie ging nach oben. Eine Tür knallte ins Schloss.

»Wenn hier irgendjemand aus dem Haus stürmt«, schrie er

zu ihr hoch, »dann bin *ich* das. Das hier ist mein Haus, und deshalb werde *ich* gehen.«

Und so stürmte John O. Banion zum zweiten Mal in beinahe ebenso vielen Monaten aus einem Georgetowner Haus in die Nacht hinaus.

Er marschierte die Straße hinunter und verbrachte eine unruhige, schlaflose Nacht im Hotel Vier Jahreszeiten.

Als er am nächsten Morgen zurückkehrte, war sie weg. Auf dem Kopfkissen lag ein Zettel mit einer Nachricht.

Für einen Vortrag darüber, was dabei herauskomnen kann, wenn man im Müll herumwühlt, ist es jetzt wohl zu spät, aber Du bist wirklich auf dem Holzweg. Und das, was gestern Abend vorgefallen ist, gehörte wirklich nicht zu meinem Auftrag. Tut mir Leid, dass die Dinge sich so entwickelt haben. Ich hatte mich wirklich auf den Nachtisch gefreut.

In Liebe, trotz allem
R

13

Scrubbs Interesse daran, Rigips aufzuhängen, schwand zunehmend.

Hinter Bradleys Rücken stahl er sich etwas früher als erlaubt in die morgendliche Kaffeepause davon, um einen Anruf ins Büro zu riskieren. Er machte sich zur nächsten U-Bahn-Station auf, fuhr mit dem Zug durch die halbe Stadt und wählte von einem drei Straßen vom Bahnhof entfernten Münztelefon die Nummer, die inzwischen seine einzige Verbindung zu seinem früheren Leben darstellte.

»Creative Solutions«, meldete sich eine fröhliche weibliche Stimme, »mit wem darf ich Sie verbinden?«

»Scrubbs hier.«

»Bleiben Sie bitte dran.«

Ein Mann meldete sich, der Stimme nach zu urteilen der gleiche, mit dem er zuvor gesprochen hatte, Mr. Majestic.

»Nathan?«

»Sie miese kleine Betrügerratte.«

»Ist mit Ihnen alles in Ordnung? Wir haben uns Sorgen gemacht.«

»Kommen Sie mir nicht mit solchen Sprüchen. Und sparen Sie sich die Mühe, mir noch einmal ein paar von Ihren Killern zu schicken. In einer Minute lege ich auf. Ich will Ihnen nur sagen, dass Sie ein verdammter Scheiß…«

»Beruhigen Sie sich. Holen Sie erst mal tief Luft.«

»Sie haben versucht, mich umzubringen!«

»Fehlanzeige. Das ging nicht auf unser Konto.«

»*Quatsch.*«

»Doch. Können Sie mir glauben. Hier waren dunkle Mächte am Werk. Die Dinge sind anders, als sie scheinen.«

»Sie haben noch fünfundvierzig Sekunden.«

»Wir sind in eine ungute Lage versetzt worden. Ein anderes Element hat sich eingeschaltet.«

»Sprechen Sie Klartext mit mir.«

»Ein anderer Geheimdienst der Regierung, den die Gründerväter ebenfalls nicht in die Verfassungsurkunde aufgenommen haben, hat sich eingeschaltet. Diese Leute müssen unser Telefongespräch abgehört haben. Dann haben sie ihre Leute auf die Insel geschickt, bevor wir da waren. Es war deren Mann, den Sie da in die Luft gejagt haben, nicht unserer. Übrigens ist man dort deswegen ziemlich sauer auf Sie.«

»*Die* sind sauer? Die haben versucht, mich umzubringen!«

»Schreiben Sie einen Brief an Ihren Kongressabgeordneten. In der Zwischenzeit wird man nach Ihnen suchen, und diese Leute sind gründlich. Die glauben, dass Sie noch immer für uns arbeiten, wir befinden uns also mitten in einem offenen Krieg mit denen. Und alles nur wegen dieser Banion-Nummer, die Sie sich geleistet haben. Es ist wie ein Mafia-Krieg. Äußerst peinlich. Man sollte erwarten, dass wir über so etwas hinaus sind. Wir sind die Regierung. Haben Sie irgendeine Vorstellung davon, wie sich das auf unser Budget im kommenden Steuerjahr auswirken könnte?«

»Zum Teufel mit Ihrem Budget. Ich sitze mit dem Hintern auf der Straße.«

»Und genau deshalb müssen wir Sie in Sicherheit bringen. Bleiben Sie bei der Telefonzelle. In zehn Minuten habe ich ein Einsackerteam dort.«

»*Fehlanzeige.* In fünfzehn Sekunden lege ich auf. Schicken Sie mir etwas Geld und einen Pass. Sie werden nie wieder von mir hören. Ich versprech's.«

»So funktioniert das nicht, Nathan. Wir müssen Sie herbringen, sowohl zu Ihrer eigenen als auch zu unserer Sicherheit. Wenn diese Abteilung Sie erwischt … will nicht mal dran denken, und Sie sollten es besser auch nicht. Das sind keine netten Menschen.«

»Hören Sie auf, so geheimnisvoll zu tun. Wer sollen die denn sein?«

»Einzelheiten kann ich Ihnen nicht nennen, jedenfalls nicht am Telefon. Die Lage ist äußerst gespannt.«

»Ich lege jetzt auf. Vielleicht melde ich mich noch einmal, vielleicht auch nicht.«

»Nicht …«

Scrubbs legte auf.

Er rollte sein Arbeitsschweißband in die Stirn hinunter, setzte sich die dunkle Sonnenbrille zurecht, blickte sich um und nahm schließlich die U-Bahn zurück zu seiner Baustelle. Während er im Abteil saß, war ihm immer noch ganz mulmig, und er musste diese neuen Informationen erst einmal verdauen. Er versuchte sich vorzustellen, welcher Nachrichtendienst hinter ihm her sein konnte. Oder war es vielleicht nur ein Trick seitens Mr. Majestic, um Scrubbs dazu zu bringen, dass er sich stellte und sie ihn damit ein für alle Mal zum Schweigen bringen konnten? Wenn Mr. Majestic die Wahrheit sagte, und zwei äußerst verdeckt operierende Nachrichtendienste sich wie New Yorker Mafiafamilien einen Krieg lieferten, sich gegenseitig darüber die Beine brachen, wer die Müllabfuhrverträge für die Bronx erhielt, mit Scrubbs zwischen den Fronten … O Mann, was für ein Schlamassel. Je früher er aus Washington rauskam, desto besser. Aber sie würden die Flughäfen, die Zug- und Busbahnhöfe überwachen. Und Bradley machte nicht den Eindruck, als würde er ihm die Schlüssel von seinem Wagen überlassen.

Die Frau neben ihm las gerade eine Zeitung. Er hatte bereits seit Tagen keine mehr zu Gesicht bekommen. Er schielte hinüber und sah ein Foto von Banion, der von Mikrofonen eingehüllt war.

LAUT BANION WURDE TV-SHOW »SABOTIERT«

»Muss das sein?«, sagte die Frau mit der Zeitung.

»'tschuldigung.« Warum stört es die Leute eigentlich immer, wenn man in ihrer Zeitung mitliest? Haben sie Angst, dass man die Tinte klaut?

An der Haltestelle angekommen, kaufte er sich eine eigene Ausgabe der *Post*. Er las:

> Ufo-Talkmaster John O. Banion beschuldigte gestern die US-Regierung, seine Live-Sendung vom vergangenen Samstag sabotiert zu haben. Mit Hilfe eines streng geheimen Militärsatelliten sei die normale Übertragung blockiert und durch pornografische Aufnahmen ersetzt worden. Dies sei als Teil von Bemühungen geschehen, seinen guten Ruf zu ruinieren und um ihn daran zu hindern, zu einem Ufo-Protestmarsch auf Washington aufzurufen.

Der Artikel endete mit der Stellungnahme eines Pentagon-Sprechers, der sich weigerte, auf Fragen nach der Existenz eines Satelliten mit der Bezeichnung *Thruster Six* einzugehen, während er gleichzeitig nachdrücklich bestritt, dass der Satellit jemals dazu eingesetzt werden würde, Sexfilme zu übertragen.

Scrubbs kratzte sich am Kopf. Der Marsch der Millenniummenschen? Beschuldigt die Regierung, seinen guten Ruf zu ruinieren zu versuchen? Der Mann war wie ein Hund mit einem Knochen. Er wollte nicht loslassen. Und was den Versuch der Regierung betraf, seinen Ruf zu ruinieren – wenn der nur wüsste! Die müssen wegen dieses Protestmarschs völlig ausgeflippt sein, wenn sie tatsächlich das Ding bringen, dass sie ihn mit einem Weltraumporno ausblenden. Er las noch einmal den Absatz, in dem einige der bemerkenswerteren Dialogzeilen aus dem Film zitiert wurden: »*Houston, wir haben eine Erektion!*«

Wer hatte Banion dies angetan? MJ-12? Oder dieser andere Geheimdienst, von dem Mr. Majestic gesprochen hatte?

Er fand, dass es klug von Banion war, mit der Sache an die Öffentlichkeit zu gehen. Jetzt könnten sie ihn nicht einfach in der Versenkung verschwinden lassen. In dem Artikel stand, dass das Pentagon von Anrufen wütender Ufo-Gläubiger, die dagegen protestierten, wie man mit Banion umsprang, »überschwemmt« wurde. Die Sache war ein Dauerbrenner. Aber Scrubbs schwante dabei nichts Gutes für sich. Letztlich war es alles seine Schuld, und das würde man an einschlägiger Stelle bestimmt nicht vergessen. Aller Wahrscheinlichkeit nach kam für ihn jetzt nicht mal mehr eine Versetzung an einen Stützpunkt in der Wüste in Frage. Und dennoch, obwohl er spürte, wie er seinem Verhängnis entgegenging, konnte er nicht anders, als Banion anzufeuern. *Nur zu, alter Junge. Mach ihnen die Hölle heiß!*

»Wo waren Sie?«, fragte Bradley ihn. »Die Kaffeepause dauert zehn Minuten. Sie waren aber eine geschlagene *Stunde* weg.«

»Musste mich mal mit den Leuten in Verbindung setzen, die mich umzubringen versuchen.«

»*Und?*«

Scrubbs nahm eine Kelle, stieß sie in einen Eimer mit Fugengips und fing an, ihn aufzutragen und glatt zu streichen. »Sie versuchen's noch immer.«

Der Präsident der Vereinigten Staaten schaltete den Fernseher im Oval Office aus. Niemand sagte einen Ton. Man befand sich, so viel stand fest, in einer ungewöhnlichen Situation. So etwas war noch nie da gewesen. Schließlich sagte der Präsident: »Trinkt er?«

»Nach meinen Informationen nicht«, sagte der Stabschef.

»Auf mich hat er nüchtern gewirkt«, sagte der Pressesprecher.

»Es muss sich um irgendeinen Nervenzusammenbruch oder so was handeln«, sagte der Stabschef. »Paranoide Wahnvorstellungen. Burt Galilee hat gesagt, dass man gemeinsam versucht habe, ihn zur Vernunft zu bringen. Es soll sogar ein Psychiater dabei gewesen sein, um Banion notfalls irgendwohin zu bringen, aber er ist einfach abgezischt. Der Junge kann einem fast Leid tun.«

»So weit würde ich nicht gehen.«

»Wie viele Anrufe sind beim Pentagon von diesen Leuten eingegangen?«, fragte der Präsident.

»Tausende.«

»Und hier im Weißen Haus?«

»Tausende.«

»E-Mails?«

»Hunderttausende. Die Leute glauben ihm.«

»Na und?«, warf der Pressesprecher ein. »Das sind Verrückte. Die glauben alles.«

»Hab mit General Tunklebunker gesprochen. *Thruster Six* ist absolutes Staatsgeheimnis. Er wollte nicht einmal den Namen aussprechen.«

»Diese Militärtypen.« Der Pressesprecher schnaubte verächtlich, worauf der Präsident, selbst ein Militärtyp, ihn scharf anblickte.

»Der General meinte«, fuhr der Stabschef fort, »dass er es vorziehen würde, wenn der Präsident über *Thruster Six* nicht öffentlich sprechen würde. Aber er hat mit abgestritten, dass der Satellit dazu benutzt wurde, Pornofilme zu zeigen. Er habe bei der Vorstellung beinahe lachen müssen. Und ich glaube kaum, dass der General jemand ist, der viel lacht.«

»Dann ist Banion also verrückt?«, fragte der Präsident.

»Nachweislich.«

»Ist es irgendeine manisch-depressive Sache?«

»Ich bin kein Psychiater. Wenn Sie möchten, kann ich jemanden vom Bethesda Naval hinzuziehen.«

»Nein, nein, nein. Gott sei Dank moderiert er nicht die Kandidatenrunden. Das hätte uns gerade noch gefehlt!«

»Ich bin froh, dass es mir gelungen ist, das zu verhindern«, sagte der Pressesprecher.

»Ich dachte, die Liga der Schwulen Wählergemeinschaft wäre dafür verantwortlich.«

»Nun, ich habe da ein Gespräch gehabt ...«

»Okay«, sagte der Stabschef, »wir sollten jetzt wirklich entscheiden, wie wir den Start der *Celeste* handhaben wollen.«

»Flickery setzt uns deswegen ganz schön zu«, sagte der Wahlkampfmanager. »›Beängstigende Kostenexplosion‹ ... ›schamloser Opportunismus‹ ... ›gefährdet das gesamte Raumfahrtprogramm‹ ... ›Missbrauch von Milliarden von Steuergeldern für billige politische ...‹«

»Ich habe seine Kommentare gesehen«, sagte der Präsident.

»Er treibt uns in die Enge. Wenn wir dem Start nicht beiwohnen, sieht es so aus, als hätten wir uns von ihm einschüchtern lassen. Wenn wir doch hingehen, wird der Eindruck erweckt, als hätten wir das Ganze eine Woche vor den Wahlen als eine Art Fototermin inszeniert. Ich liege nachts ständig wach und warte nur darauf, dass irgendeine ungenannte Quelle innerhalb der NASA zitiert wird: ›Wir haben den Start vorverlegt, um dem Weißen Haus entgegenzukommen.‹«

»Das wird nicht passieren«, sagte der Stabschef. Er hatte sich gerade erst am Morgen in einem Vieraugengespräch mit Hedgepath, dem Verwaltungschef der NASA, über dieses Thema offen ausgetauscht: Falls irgendjemand von eurem Laden der Presse sagt, dass das Weiße Haus darum gebeten hat, den Start vorzuverlegen, finden Sie sich auf der Straße wieder und können Segelflugzeuge aus Balsaholz konstruieren.

Der Präsident blies nachdenklich die Backen auf. »Vielleicht sollten wir den Start einfach sausen lassen. Es ist die letzte Woche vor der Wahl. Da hat ein Kandidat alle Hände voll zu tun. Die Leute werden das verstehen.«

»Da muss ich Einspruch erheben«, sagte der Wahlkampfmanager. »Und zwar schärfstens. Niemand hat zu viel zu tun, um nicht den ›krönenden Moment des Millenniums‹ zu erleben. So haben Sie es selbst genannt. Sie müssen dort sein.«

»Millennium. Das Wort macht mich inzwischen ganz krank. Ein Jahr mit vielen Nullen. Was soll dieses große Tamtam?«

»Es gab Leute«, sagte der Stabschef selbstgefällig, »die deutlich zum Ausdruck gebracht haben, dass wir um diese Sache kein großes Tamtam veranstalten sollten.«

»Kommen wir zum nächsten Punkt.« Der Präsident pflegte das immer dann zu sagen, wenn der Stabschef durchblicken ließ, dass es der Präsident selbst war, der das gegenwärtige Dilemma verursacht hatte.

»Dahinter stehen noch ein paar ganz praktische Überlegungen«, sagte der Wahlkampfmanager. »Hambros Leute sagen, dass der Eindruck, man wolle Florida beleidigen, erweckt würde, wenn wir nicht kommen.«

»Ach, um Himmels willen.«

»Wir sind in Florida um sieben Punkte gefallen. Wollen Sie fünfundzwanzig Wahlmännerstimmen aufs Spiel setzen?«

»Was, wenn ich an dem Tag woanders sein muss?«

»Zum Schweine küssen nach Illinois?«

Der Präsident kniff die Augen zusammen. »Ich bin sicher, dass man etwas Besseres für mich finden kann.«

»Sid hat da ein gutes Argument«, warf der Stabschef ein. »Selbst wenn Sie eine Rede vor der Vollversammlung der Vereinten Nationen über den Weltfrieden halten, ist das immer noch eine Nebensächlichkeit im Vergleich zu dem Start und der letzten Phase eines Raumstationprogramms, das uns ins nächste – ich weiß, ich weiß – Millennium führen soll.«

»Also gut«, sagte der Präsident, »Wir machen den Start.«

»Aber wir brauchen irgendetwas, was wir vorschützen können«, sagte der Wahlkampfmanager. »Die Sache wird in den Kandidatenrunden zur Sprache kommen, mit Sicherheit. Der Gegenkandidat hat angedeutet, dass Flickery vorhat, Sie hart ranzunehmen. Hässliche Anschuldigungen, dass Sie« – er räusperte sich – »das Budget für *Celeste* manipuliert haben, um … na ja, die alten Vorwürfe.«

»Warum sage ich nicht einfach, dass ich als oberster Befehlshaber verpflichtet bin, dort zu sein?«

»Es geht hier nicht um eine militärische Angelegenheit«, sagte der Wahlkampfmanager. »Es ist eine Raumstation. Es geht um Frieden. Das haben Sie selbst immer betont.«

»Es geht um einundzwanzig Milliarden Dollar, von denen Texas und Kalifornien den dicksten Batzen abgekriegt haben. Deshalb ist die Sache eine heiße Kartoffel.«

»Eine Raumstation mit zwei Millionen Dollar teuren Toilettensitzen«, sagte der Pressesprecher. »Was kann daran so kompliziert sein …«

»Sich in der Schwerelosigkeit zu entleeren? Versuchen Sie's doch mal.«

»Ich verstehe trotzdem nicht, warum so etwas zwei Millionen Dollar kosten muss. Man kann dafür doch auch eine Kaffeekanne hernehmen …«

»Ich hab die Dinger nicht entworfen.«

»Das habe ich ja auch nicht behauptet.«

»Okay, okay«, sagte der Präsident, »bleiben wir sachlich, Leute. Sorgt einfach dafür, dass ich beim Start dabei bin, ohne wie eine Zwanzig-Dollar-Nutte auszusehen.«

Im Oval Office herrschte einen Moment lang Schweigen.

»Ich finde, wir sollten einfach hingehen, und alles andere kann uns mal«, sagte der Stabschef. »Augen zu und durch. Sie vertreten den Standpunkt: Dies ist ein großer Tag für Amerika, für das Millennium. Was auch immer. Und ich als der Präsident der Vereinigten Staaten werde verdammt noch mal dort sein. Leckt mich, die Stellungnahme dazu kriegt ihr später.«

Der Präsident hob eine Augenbraue.

»Ich weiß, wie wir's machen«, sagte der Wahlkampfmanager mit einem Lächeln, das andeutete, dass sein Scharfsinn neue Höhen erklommen hatte. »Wir streuen das Gerücht, dass Sie nicht hingehen werden. Warum? Weil Ihr Gegner den Start zu seinem eigenen politischen Vorteil ausschlachtet. Er hat die Redlichkeit des US-Raumfahrtprogramms in den Schmutz gezogen. Und Sie, als Präsident, werden ihn damit nicht so einfach davonkommen lassen. Sie sind entschlossen, die Erkundung des Weltalls aus der Politik herauszuhalten. Sie haben eine persönliche Entscheidung getroffen, die Ihnen äußerst schwer gefallen ist. Erst nach langen Überlegungen haben Sie sie sich abgerungen. Ihr Platz sei zwar an der Seite der mutigen amerikanischen Astronauten, aber am Ende mussten Sie befürchten, der Sache eher zu schaden, als ihr von Nutzen zu sein, und verneigen sich so vor der, der …

»Erhabenheit.«

»… der Erhabenheit des Augenblicks.«

»Dann gehen wir also nicht hin?«

»Doch, wir *gehen* hin. Aber Sie beschließen erst im letzten Moment hinzugehen, nachdem ... Sie ein Interview mit einem der Astronauten gelesen haben, in dem dieser den Wunsch äußert – besser noch: *sie* den Wunsch äußert –, dass der Präsident da sein könnte, um diesen bewegenden, patriotischen Moment zu teilen.«

»Hm«, sagte der Präsident. Er wandte sich seinem Stabschef zu und sagte bedeutungsvoll: »Wie stehen die Chancen, dass eine Astronautin so etwas in einem Interview sagt?«

»Ich nehme mal an« – der Stabschef machte sich eine Notiz: *Hedgepath – brauche Interview mit Astronautin* –, »dass Astronauten vor dem Start eine Menge Interviews geben.«

»Es könnte aber auch ein wenig zu dick aufgetragen sein«, sagte der Pressesprecher.

Der Präsident blickte durch die Verandatür in den herbstlichen Rosengarten hinaus, in dem Eichhörnchen auf der Jagd nach Nüssen umherflitzten. »Ich glaube, unter solchen Umständen wäre ich wirklich verpflichtet hinzugehen. Oder etwa nicht?«

»Keine Frage«, sagte der Wahlkampfmanager.

14

»Marsch der Millenniummenschen«
Hauptstadt rechnet mit gewaltigem Zulauf
Hotels, Fluggesellschaften, Bahn und Busse sprechen von »Reservierungsrekord«
Aufseher der Parkbehörde leisten Wochenenddienst
Nationalgarde hilft eventuell bei Transport und Unterbringung aus

Scrubbs verfolgte die Nachrichten in den Zeitungen inzwischen mit großem Interesse. Er legte eine weitere verlängerte

Kaffeepause ein – Bradley reagierte darauf stets mit fünf Dollar Lohnabzug – und fuhr mit der U-Bahn in einen weit entfernten Stadtteil Washingtons, um Mr. Majestic anzurufen.

»Ein echtes Meisterstück, das mit den *Weltraum-Häschen.* Scheint aber nach hinten losgegangen zu sein.«

»Ihr Typ ist eine verdammte Zeitbombe.« Die Stimme am anderen Ende der Leitung klang müde und genervt.

»Sie wollten Publicity«, sagte Scrubbs und labte sich an der Pein des anderen. »Das ist es doch, was unser Laden liefern sollte, oder?«

»Unser Auftrag lautet, Interesse zu wecken. Darüber sind wir aber mittlerweile längst hinaus. Das Ganze gerät langsam außer Kontrolle. Ich werde vielleicht nicht mehr lange in der Lage sein, Ihnen weiter Hilfe zu gewähren.«

»Sie brechen mir das Herz.«

»Ich hoffe ihm zuliebe, dass das Ganze nicht ausartet.«

»Wie meinen Sie das?«

»Das Ganze darf nicht so weitergehen. Diese Leute werden irgendetwas unternehmen.«

»Diese Leute?«

»Na die, mit denen Sie auf der Insel Bekanntschaft gemacht haben. Nach unseren Informationen haben sie möglicherweise vor, Ihren Freund von der Bildfläche verschwinden zu lassen.«

»Banion beseitigen? Was würde damit erreicht werden? Sie werden einen Märtyrer erschaffen, einen Messias. Er wird zum Ufo-Jesus.«

»Woher wissen Sie, dass diese Leute nicht genau das im Sinn haben?«

»So was würde einen ziemlichen Wirbel verursachen. Der Senat wird dann Anhörungen halten müssen.«

»Man hat bestimmt nicht vor, ihn ans Kreuz zu schlagen, während er zu den Massen redet. Man wird subtiler vorgehen.

Eine schlechte Auster, ein Autounfall, eine Embolie. Der Mann steht unter gehörigem Stress. Sein Herz könnte einfach aufhören zu schlagen. Dann wird er eben der Jim Morrison der Ufo-Fans. Wen kümmert's?«

»Wer sind diese Leute? Mal angenommen, dass es sie überhaupt gibt.«

»Das darf ich Ihnen nicht sagen. Aber es gibt sie, glauben Sie mir, und Sie sollten lieber darum beten, dass Sie sie nicht kennen lernen. Das muss unter allen Umständen verhindert werden. Man wird Sie ausquetschen, bis Ihnen die Birne platzt. Und deshalb, zum achtzehnten Male, Scheiße noch mal – Sie müssen herkommen, damit wir Sie beschützen können.«

»Schicken Sie mir Kohle und einen Pass, und weg bin ich.«

»Sie haben echt Nerven, wissen Sie das? Erst richten Sie diesen, diesen *Saustall* an, und dann verlangen Sie noch Geld. Haben Sie sich auch nur einen Moment lang überlegt, wie unmoralisch das ist?«

Scrubbs blickte auf seine Uhr. Sie versuchten, ihn am Telefon zu halten.

»Ich find's immer ganz toll, wenn Sie von Moral reden«, sagte er. »Wenn ich richtig gelesen habe, dann schätzen die Zeitungen, dass bis zu einer Million Demonstranten kommen werden. Sie können ja schon einmal damit anfangen, Freiluftklos zu mieten.«

»Scrubbs …«

Auf der Fahrt zur Arbeit zurück nagte ein Gedanke an ihm: Was, wenn es da wirklich eine andere Abteilung gibt, die einen Anschlag auf Banion plant? Es war eine Sache, das Leben eines Menschen zu ruinieren, aber …

Er verdrängte den Gedanken. Es gab keine andere Abteilung. Es handelte sich nur um einen Trick seitens Mr. Majestic, um ihn dazu zu bewegen, sich in ihre Hände zu begeben.

Im M^3HQ, dem Hauptquartier der Organisatoren des »Marschs der Millenniummenschen«, herrschte reges Treiben. Dr. Falopian koordinierte die zahllosen Ufo-Gruppen. Colonel Murfletit, als ehemaliger Oberst für die Logistik verantwortlich, fühlte sich ganz in seinem Element. Die Anforderungen waren, ohne übertreiben zu wollen, gewaltig. Banion hatte sämtliche Ufo-Gruppen des Landes elektrisiert. Die Menschen waren wütend, sie hatten sich in Scharen versammelt und sich hierher aufgemacht. Die Schätzungen lagen inzwischen bei über einer Million Menschen, die sich an der Demonstration beteiligen wollten. Banion bearbeitete die Presse. Nicht nur, dass er ihre Aufmerksamkeit besaß, er befehligte sie förmlich. Die Nachrichtenchefs aller drei großen Fernsehgesellschaften berichteten live von der Veranstaltung.

Renira kam herein. »Hier ist die Skizze Ihres Wohnwagens.«

Banions Wohnwagen, der neben einer Befehlsleitstelle eine Garderobe, eine Schlafkoje und ein Badezimmer beherbergte, würde gleich hinter der Hauptbühne stehen, die vor dem Kapitol sein würde. Er hatte die Form einer fliegenden Untertasse.

Banion schaute sich die Zeichnung prüfend an. »Wo sind die Lichter?«

»Lichter?«

»Blinkende Lichter. Die echten Dinger haben blinkende Lichter.« Er zeichnete die Lichter ein. »Bernsteinfarben, rot und grün. Ein bisschen Blau fänd ich auch noch schön.«

»Übrigens«, sagte Renira, »Miss Delmar hat angerufen. Sie kommt nachmittags um vier am Dulles-Flughafen an. Ich habe durchblicken lassen, dass es dann recht knapp werden könnte, da ihre Ansprache an den Mob ja bereits …«

»Hören Sie auf, Mob dazu zu sagen.«

»Vor den versammelten Menschen dann eben. Sie spricht um sieben Uhr abends, bevor die Große-Nordmenschen-Kombo auftritt. Ich darf wohl davon ausgehen, dass wir für sie hinter der Bühne einen eigenen Wohnwagen bereitstellen werden.«

»Sprechen Sie darüber mit Colonel Murfletit. Das ist seine Abteilung.«

»Sie *ist* immerhin ein großer Star. Sie sollte wirklich ihren eigenen Wohnwagen haben.«

»Sie kann sich auch in meinem Wohnwagen die Zeit vertreiben. Dann noch ein paar orangefarbene Lichter, und zwar die, die so pulsieren.«

NATIONALPARKBEHÖRDE: KEINE GENEHMIGUNG FÜR DEMO

»Was hab ich damit zu tun?«, sagte der Präsident gereizt. Erst gestern war er wegen seiner Haltung in Fragen des Umweltschutzes von seinem Gegenkandidaten als »Ozon-Anbeter« diffamiert worden. Sie hatten den Präsidenten mitten in der Nacht aus dem Schlaf geholt, um ihm mitzuteilen, dass ein F-14-Kampfflugzeug über der Bering-Straße vom Radarschirm verschwunden sei. Dann, zwei Stunden später, weckten sie ihn erneut, um ihm zu sagen, dass sie die Maschine gefunden hätten und dass alles in Ordnung sei. Er hatte heute Morgen eigentlich vorgehabt, für das bevorstehende Rededuell der Präsidentschaftskandidaten zu büffeln, und jetzt das ... wie ärgerlich.

»Tut mir Leid, aber es ist immerhin Ihr Vorgarten«, sagte der Stabschef und nickte in Richtung Washington Monument und der Mall. »Es ist sehr gut möglich, dass die Sache unangenehm wird, wenn die Ufo-Leute nicht ihre Demo bekommen.«

»Soll die Parkbehörde sich darum kümmern.«

»Das ist genau das Problem. Die will eine Genehmigung verweigern. Mit der Begründung, dass der Antrag nicht rechtzeitig eingereicht worden ist. Die Veranstaltung sei zu groß und die Planung unzureichend und so weiter.«

»Na und? Problem erledigt.«

»Wollen wir etwa eine Schlagzeile wie: REGIERUNG VERWEIGERT UFO-DEMONSTRANTEN GENEHMIGUNG?«

»Nein, wir wollen eine Schlagzeile wie: PARKBEHÖRDE VER-

WEIGERT AUSGEFLIPPTEN SPINNERN GENEHMIGUNG. Ich will die Sache von meinem Schreibtisch haben.«

Der Stabschef rutschte unruhig auf seinem Stuhl hin und her. »Die Sache zieht so ihre Kreise.«

»Von wo aus? Dem Planeten Pluto?«

»Gracklesens Leute rufen mich alle zehn Minuten an. Sie machen sich vor Angst in die Hose. Sie glauben, dass diese Leute nicht davor zurückschrecken, ihn ans Kreuz zu nageln.«

»Keine schlechte Idee.«

»Es wurde darum gebeten, ihm Personenschutz durch den Secret Service zu gewähren.«

Der Präsident blickte von seinen Notizen hoch. »Davon kann der Mann lange träumen. Heutzutage will sich wohl jeder vom Secret Service beschützen lassen. Das neueste Statussymbol. Kommt gar nicht in die Tüte.«

»Ich hab sie ja auch damit auflaufen lassen. Aber dann ist Gracklesen hingegangen und hat die Genehmigungen abgewürgt.«

»Was? Wie?«

»Er hat Bimmins, den Direktor der Parkverwaltung, angewiesen, dass er ablehnen soll.«

»Warum nimmt Bimmins von dieser tauben Nuss eines Senators aus Oklahoma Befehle entgegen?«

»Indem er Bimmins klargemacht hat, dass er im Fall einer Genehmigung seinen guten Freund und Kollegen Senator Grooling davon überzeugen würde, Anhörungen zu der katastrophalen Restaurierung von Mount Rushmore abzuhalten.«*

Der Präsident bedachte diesen klassischen Kunstgriff parlamentarischer Erpressung mit einem anerkennenden Nicken.

* Bei der Restaurierung wurde mit einer neuen Reinigungsflüssigkeit experimentiert, die mit dem Granit eine chemische Reaktion einging und die Präsidenten bis auf weiteres rosafarben anlaufen ließ. Insbesondere die politische Rechte reagierte mit wütender Empörung.

»Warum sorgen wir nicht dafür, dass der Verwaltungsbezirk Washington Bedenken bezüglich der Genehmigung anmeldet? Wenn es ein *Bezirks*problem ist, sind uns die Hände gebunden.«

»Ist nicht drin. Der Bürgermeister ist von der Demonstration hellauf begeistert. Er hat Burt Galilee gegenüber erwähnt, dass er es gar nicht erwarten kann zu sehen, wie eine Million Weiße herkommen, um sich lächerlich zu machen.«

»Gibt es denn keine schwarzen Ufo-Gläubigen?«

»Genaue Zahlen habe ich nicht. Burt meint, dass deren Anteil kaum der Rede wert ist. Die Schwarzen haben's auch, ohne sich über Aliens Gedanken zu machen, schwer genug. Überhaupt habe ich das Gefühl, dass Ufos eher was für Menschen sind, die nicht wissen, was sie mit ihrer Zeit anfangen sollen, ganz einfach weil sie zu viel davon haben.«

»Und was machen wir nun?«

»Ich habe Folgendes überlegt – warum geben wir ihnen nicht einfach ihre Genehmigungen? Hissen die Willkommensflagge. Was kann das schon groß schaden? Sie kommen, lassen ein wenig Dampf ab, trinken ein paar Bier, pissen in den Reflecting Pool und fahren mit einem Kater wieder heim.«

»Das ist wohl wahr.«

»Sie selbst werden einfach in Shangri-la* sein. Soll der Kongress sich damit rumschlagen. Schließlich ist es er, auf den die Leute es abgesehen haben, nicht auf uns. Da fällt mir übrigens ein, Sie könnten sich ja Freitagabend kurz über Satellit verbinden lassen und die Leute in der Stadt willkommen heißen.«

»Eine Rede an eine Versammlung von Ufo-Gläubigen hal-

* Franklin Roosevelts Kodename für den im Catoctin Mountain Park in Maryland nahe Washington gelegenen Landsitz des Präsidenten, auf den er sich an den Wochenenden zurückzieht. Präsident Eisenhower taufte den Ort später nach seinem Enkelsohn in Camp David um. Aus irgendeinem Grund benutzen die beiden den alten Namen.

ten? Das würde aussehen, als wollte ich mich lieb Kind machen.«

»Ganz und gar nicht. Einfach ein kleines, neutrales Hallo, willkommen in der Stadt, geht's euch allen gut? Ideale Gelegenheit, alle daran zu erinnern, dass Sie Ihre gesamte politische Laufbahn lang ein unermüdlicher Verfechter durchsichtig und verantwortlich geführter Regierungsgeschäfte gewesen sind. Wer hat immer wieder Druck ausgeübt, der Öffentlichkeit die Attentatsakten zugänglich zu machen?«

»Keine Ahnung. Alien-Entführte?«

»Vielleicht sollte ich Ihnen ein paar Zahlen nennen, die ich zufällig dabei habe: Über ein Drittel der Amerikaner glauben, dass im Jahre 1947 Aliens in Roswell gelandet sind. Achtzig Prozent – achtzig – glauben, dass wir, die Regierung, über Aliens Bescheid wissen und dass wir unser Wissen verheimlichen.«

»Das kann doch nicht möglich sein, oder?«

»Fünfundsiebzig Prozent glauben, dass JFK von der Regierung ermordet wurde. Zugegeben, diese Leute haben einen kleinen Dachschaden, aber sie gehen zur Wahl, jedenfalls nicht wenige davon.«

»Klar, um Perot* zu wählen.«

»Dann beweisen wir eben etwas Taktgefühl. Vielleicht fällt uns von deren Seite ein wenig Unterstützung zu. Die Sache ist ein Medienspektakel erster Güte. Sämtliche Nachrichtenchefs der Fernsehsender werden einfliegen.«

»*Das* hilft allerdings.« Der Präsident seufzte. »Also gut, aber nur ein paar kurze Grußworte. Und nichts Verfängliches, aus dem man mir am Ende noch einen Strick dreht.«

»Morgen früh habe ich einen Entwurf fertig.«

* Ross Perot, launisch-unberechenbarer Milliardär und populistischer Präsidentschaftskandidat in den Jahren 1992, 1996 und 2000. Zog schließlich nach Zentralamerika um, wo er sich eine eigene Republik kaufte und diese seitdem regierte: Rossta Rica.

Banion wurde mit Interviewanfragen regelrecht bestürmt. Alle wollten ihn vor der Kamera haben, und alle zur gleichen Zeit, wie es schien. Die Frühstücksshows, die Abendshows, die Late-Night-Shows und die Late-Late-Night-Shows. Er hatte Elspeth, die Studentin, die er in Sachen Robespierre-Recherche verdingt hatte, vorübergehend als Pressesprecherin in die Pflicht genommen. Sie leistete angesichts der Anforderungen herrisch auftretender Produktionsleiter hervorragende Arbeit.

Die *Time* bereitete eine Titelgeschichte vor. Banion verhandelte gerade die Bedingungen für das Interview, als Renira, die sich zur Abwechslung einmal beeindruckt zeigte, hereinkam, um ihm zu vermelden, dass sie das Weiße Haus am Apparat habe. Banion genoss es geradezu, dem Chefredakteur der *Time* sagen zu können, dass er auflegen müsse, weil er das Weiße Haus auf Leitung zwei habe. Genau wie in alten Zeiten.

»Warten Sie bitte einen Moment. Der Stabschef meldet sich gleich«, sagte die Vermittlung des Weißen Hauses.

Banion fing an zu zählen. Nach zehn Sekunden legte er auf. *Genau* wie in alten Zeiten.

Eine Minute später kam Renira erneut herein, um ihm zu sagen, dass sie wieder das Weiße Haus am Apparat habe. Diesmal ließ man ihn nicht warten.

»Jack, Bill Dibbish. Lang ist's her.«

»Allerdings.« *Meine Truppen marschieren bereits auf dich zu …*

»Dieser Protestmarsch da von Ihnen, der entwickelt sich ja wohl prima.«

»Nicht schlecht, was?« *Sie werden dein Haus niederbrennen, sich an deinen Frauen vergehen und deine Ländereien plündern.*

»Wenn Sie möchten, könnte ich den Präsidenten vielleicht dazu bringen, dass er von Shangri-la aus zu Ihren Leuten spricht.«

»In der Tat?« Banion lehnte sich in seinen Stuhl zurück. In

Momenten wie diesem wünschte er sich, er würde Zigarre rauchen. »Und was will der Präsident meinen ›Leuten‹ sagen?«

»Sie wissen schon, willkommen in der Hauptstadt, hoffe, dass sich die Reise gelohnt hat, und solche Dinge.«

»Die Leute sind hergekommen, Bill« – Banion konnte sich ein Lachen nicht verkneifen –, »um Ihren Kopf zu fordern. Und? Wollen Sie ihnen jetzt immer noch alles Gute wünschen?«

»Meinen Kopf?« Der Stabschef lachte nervös. »Daher weht der Wind also! Aber wir hatten mit der Satelliten-Verwechslung nichts zu tun, Jack, wir haben Besseres zu tun. Wir stehen mitten im Wahlkampf, wie Sie vielleicht bemerkt haben.«

»Habe ich durchaus. Acht Prozentpunkte abgerutscht. Nicht gerade berauschend für einen Amtsinhaber.«

»Es ist eben nicht leicht, einen Wahlkampf inmitten einer Rezession führen zu müssen, die durch die fahrlässige Politik der vorangegangenen Regier...«

»Ja, ja. Verschonen Sie mich.«

»Also, möchten Sie, dass der Präsident Ihrer Veranstaltung ein paar Grußworte entrichtet?«

»Wir wären ganz begeistert.«

»Dann schauen wir mal, was ich tun kann. Ich glaube, dass ich ihm die Sache schmackhaft machen kann.«

»Natürlich hätten wir in dem Fall gern, dass er persönlich erscheint.«

»Das ist nicht ... Der Secret Service würde da nicht mitspielen.«

»Dann machen Sie denen klar – das Leben ist hart –, dass Sie es sind, der hier das Sagen hat. Also, wir haben ein sehr volles Programm. Ich würde daher vorschlagen, dass er sich kurz für die fünfzig Jahre währende Ufo-Vertuschung entschuldigt und anschließend verkündet, dass er persönlich Anweisung geben wird, der Öffentlichkeit die Regierungsakten über Ufos zugänglich zu machen.«

»Wir sollten nicht vorgreifen …«

»Anschließend können wir die Sache dann etwas offener gestalten und die Leute Fragen stellen lassen. Es heißt doch immer, wie gern er diese Diskussionsrunden in den Kleinstädten hat, auf denen er sich mit ganz normalen Leuten austauschen kann. Ich kann Ihnen einen lebendigen Austausch garantieren.«

»Mit allem Respekt, Jack, Ihre Anhänger sind nicht einfach ganz normale Leute. Das sind …«

»Vorsichtig. Sie haben angerufen, um mich zu bauchpinseln, nicht, um mich wütend zu machen. Ich gebe ja, unter uns gesagt, gern zu, dass einige davon, nun ja, ein wenig ungeschliffen sind. Aber umgekehrt wirken Sie auf diese Leute wahrscheinlich ebenso seltsam.« *Dann schneiden wir dir den Kopf ab und spielen damit Polo. Wird ein Riesenspaß!*

»Jack …«

»Bye-bye, Bill. Und alles Gute an den POTUS.«*

Ja, genau wie in alten Zeiten.

»Creative Solutions, was kann ich …«

»Ich bin's, Scrubbs. Holen Sie mir das Arschloch an den Apparat.«

»Bleiben Sie bitte dran.«

»Scrubbs, warum zum Teufel haben Sie sich so lange nicht gemeldet?«

»Die andere Abteilung, von der Sie gesprochen haben. Sie sagen mir jetzt, um wen es sich dabei handelt, oder das war mein letzter Anruf.«

»Ich bin gerade ziemlich im Stress. Mittlerweile rechnet man mit zwei Millionen Leuten bei diesem Marsch. Momentan ist es mir also scheißegal, ob ich jemals wieder von Ihnen höre oder nicht.«

* Vom Mitarbeiterstab des Weißen Hauses benutztes Kürzel für President Of The United States.

»Sie haben doch gesagt, dass diese Abteilung Banion unter Umständen beseitigen könnte, oder?«

»Ich habe gesagt, dass es beim gegenwärtigen Stand der Dinge eine ernst zu nehmende Möglichkeit ist, ja.«

»Das dürfen Sie nicht zulassen.«

»Laden Sie Ihr schlechtes Gewissen nicht bei mir ab. Wir haben diesen Salat jedenfalls nicht zu verantworten.«

»Nehmen wir mal an, ich bringe Banion dazu, die Sache abzublasen.«

»Und wie wollen Sie das erreichen, wenn ich fragen darf?«

»Das werde ich Ihnen nicht sagen. Aber nehmen wir an, ich bringe ihn dazu, die Sache zum Guten zu wenden und die Leute nach Hause zu schicken. Würde das die, in Anführungszeichen, andere Abteilung dazu bewegen, ihr Vorhaben aufzugeben?«

»Schwer zu sagen, was dann passieren wird.« Sein Zögern sagte das Gegenteil. »Aber es könnte hilfreich sein. Ja. Es wäre vielleicht ein Anfang.«

»Warum tun wir eigentlich immer noch so, als ob es diese andere Abteilung überhaupt gibt?«

»Weil die Welt ohne solche stillschweigenden Übereinkünfte nicht funktionieren würde.«

»Was also, wenn ich das schaffe?«

»Dann wird Ihr Freund vielleicht nicht mit einem Blutgerinnsel enden.«

»Was ist dabei für mich drin?«

Mr. Majestic lachte höhnisch. »Sie erwarten eine Belohnung?«

»Sicheres Geleit und Geld. Die übliche Abfindung – aber ohne Genickschuss, wenn ich bitten darf.«

»Vielleicht lässt sich da was machen. Aber zuerst müssen wir konkrete Ergebnisse sehen.«

»In Ordnung.« Scrubbs seufzte. »Halten Sie sich bereit.«

Banion, Dr. Falopian und Colonel Murfletit hatten sich im Hauptquartier mit den M³-Ordnern, den Veranstaltungskoordinatoren sowie dem Sicherheitspersonal zusammengesetzt und gingen zum letzten Mal das Demo-Programm durch. Colonel Murfletit trug eine eigens entworfene Uniform, eine Art militärischer Overall mit breiter Krawatte, und dazu ein Offiziersstöckchen. Mit seiner Glatze, der dicken getönten Brille, dem stets feucht glänzenden Froschmund sowie dem fliehenden bis fehlendem Kinn machte er einen nicht ganz so prächtigen Eindruck wie dorteinst General Patton. Dr. Falopians Augen boten unterdessen einen Besorgnis erregenden Anblick. Er wirkte wie ein ungewaschener, bolschewistischer Revolutionär, der eine Woche lang auf einer Bank in einem finnischen Bahnhof geschlafen und darauf gewartet hatte, dass Lenins Zug einfuhr, um endlich mit der Liquidierung sämtlicher Landbesitzer beginnen zu können. Er stopfte in einem fort Donuts in sich hinein – wahre Energiebomben, wie er behauptete –, wodurch seine Falstaff-Wampe ständig von einer schneeweißen Schicht Puderzucker bedeckt war. (Renira sprach von seinem Bauch stets als dem *Zentralmassiv.*) Auch Banion war der Stress anzumerken. Er hatte dunkle Ringe unter den Augen und annähernd zehn Pfund abgenommen. Dennoch wirkte er nicht gar so durchgeknallt wie seine beiden obersten Leutnants.

Colonel Murfletit berichtete über den Stand der Vorbereitungsarbeiten. Die Bühne wurde am Anfang der Mall errichtet, im Schatten des Kapitols, das einen prächtigen Hintergrund abgeben würde. Die Bühne selbst sollte die Gestalt einer riesigen fliegenden Untertasse haben, über die wie eine gigantische Cockpithaube eine Kuppel aus Plexiglas gespannt werden würde. Aus riesigen Lautsprechern würde kosmische Musik erklingen: die Soundtracks von *Star Wars, Star Trek, 2001 – Odyssee im Weltraum, Der Tag, an dem die Erde stillstand, Meine Stiefmutter ist ein Alien* und anderen Filmklassikern.

»Wird alles rechtzeitig fertig sein?«, fragte Banion. Colonel

Murfletit nickte erschöpft. Er mochte ja ein komischer Vogel sein, aber die Army hatte an ihm gute Arbeit geleistet.

Kathy Carr, bis zu Banions Entführung die führende Persönlichkeit der Ufo-Welt, sollte das Freitagabend-Programm mit der von ihr persönlich vorgetragenen Nationalhymne eröffnen. Es hatte jede Menge Streicheleinheiten seitens Dr. Falopian bedurft, um sie dazu zu kriegen. Es ärgerte sie, dass sie nicht mehr die Nummer eins war.

»Wissen wir eigentlich« – Banion rieb sich die Schläfen –, »ob sie überhaupt singen kann?« Die Vorsitzende der Entertainment-Arbeitsgruppe meinte, dass sie schon über die Runden kommen würde, ohne dass die Leute sich die Ohren zuhalten müssten. Des Weiteren sagte sie, dass Kathy vorhabe, den Text ein wenig zu ändern: »fliegende Untertassen in der Luft« anstelle von »Bomben explodieren in der Luft«.

»Nein, nein, nein, nein, nein«, sagte Banion, »wir schreiben die Nationalhymne *nicht* um. Bitte machen Sie das Ms. Carr unmissverständlich klar. Wir versammeln uns als patriotische Amerikaner, die unseren gewählten Repräsentanten eine Petition überreichen. Wenn ich auch nur ein Wort höre, das ich nicht kenne, werde ich ihr das Mikrofon abschalten.«

Fina Delmar, der Hollywood-Star, sollte anschließend die versammelten Demonstranten begrüßen. Renira, in der von ihr so lieb gewonnenen Eigenschaft als Verbindungsfrau zu Miss Delmar, teilte mit, dass die Schauspielerin in kurzen Worten berichten wolle, wie die Entführung ihr Leben verändert habe.

»Aber bitte wirklich kurz«, sagte Banion. »Keine endlosen Erinnerungen darüber, wie alle in Darryl Zanucks Swimmingpool gestoßen wurden.«

»Es war Jack Warners Swimmingpool.«

»Egal. Okay, was kommt dann?« Er schaute aufs Programm. »Die Große-Nordmenschen-Kombo. Was werden die singen?«

»›We Are the World‹«, sagte die Vorsitzende der Entertainment-Arbeitsgruppe. Die Kombo hatte die ganze Woche geprobt. Versprach, ein bewegender Auftritt zu werden. Später würden sie noch einmal auf die Bühne kommen und mit ihren beseelenden Stimmen die Chorbegleitung zu »The Ice Forests of Orion« übernehmen. Dieser Auftritt würde noch viel bewegender werden, versprach sie.

Danach sollte Dr. Falopian eine Rede halten. Banion blickte zu seinem Kollegen hinüber, der in seiner ganzen Erscheinung an einen Wahnsinnigen erinnerte. Banion konnte nur hoffen, dass der gute Doktor sich rasieren, die Haare kämmen und die Zuckerschicht von der Wampe wischen würde, bevor er sich an die Menge wandte, die inzwischen auf zwei Millionen geschätzt wurde, ganz zu schweigen von den wahrscheinlich Hunderten von Millionen Menschen, die die Veranstaltung live am Fernseher verfolgen würden.

»Welche Themenfelder wollen Sie ansprechen, Danton?«, fragte Banion vorsichtig.

Dr. Falopian erging sich in einer langen, nicht unbedingt klar gegliederten Tirade über die verwerfliche Mitwisserschaft und Duldung der US-Regierung hinsichtlich dieser neuen Form von Sklavenhandel. Banion bat ihn höflich-kollegial, die Rede doch auf eine Länge von fünf Minuten zu begrenzen. Wir haben ein volles Programm, Leute.

Danach war Darth Brooks an der Reihe, der mit einem Grammy ausgezeichnete SciFi/Country-Western-Sänger. Er würde seinen Oldie »Momma Don't Go with Little Green Men« singen – ein Evergreen, der bisher noch jede Versammlung in Schwung gebracht hatte, und dann noch »Ammonia and Cinnamon«, seine beliebte Nummer zum Mitsingen.

Danach war ein Film angesetzt. Es handelte sich um einen Dokumentarfilm, in dem es um Freepo, einen echten Alien, ging. Die Sache war allerdings sogar innerhalb der Ufo-Gemeinde umstritten. Freepo verkündete darin, dass er sich mit führenden Persönlichkeiten der US-Regierung und der Armee getroffen habe, um sie vor El Niños Auswirkung auf die globale Wetterentwicklung zu warnen, dass sie seine Warnungen aber völlig in den Wind geschlagen hätten. Nachdem sie sich den Film auszugsweise angesehen hatten, wies Banion darauf hin, dass Freepo mit einem starken Südstaatenakzent spreche. Dr. Falopian, der standhaft dafür eintrat, den Film zu zeigen, warf ein, dass Freepo von der Ulnar-5P-Galaxie zu ihnen herübergerufen habe, wo die phonetischen Muster tatsächlich – wie scharfsinnig von Banion, dies erkannt zu haben – bemerkenswerte Ähnlichkeiten mit dem ländlichen Süden der USA aufwiesen. Aber endlich, sagte er, haben wir mal einen von ihnen auf Band! Das Material war zu heiß, um es noch länger zurückzuhalten – warum damit warten, bis es in *Unheimliche Geschichten* gebracht wurde? Banion war zu müde, um sich herumzustreiten, aber zumindest gelang es ihm, das widerliche Viehverstümmelungsvideo, das man zeigen wollte, zu verhindern.

Danach sollte Colonel Murfletit eine Rede halten. Er wollte beschreiben, wie ihm von zwielichtigen Chefs des Pentagon persönlich der Befehl erteilt worden sei, die Flüssigkeit auszutauschen, in der die Alien-Leichen von Roswell konserviert wurden. Auch nicht gerade sehr appetitlich. Banion bat ihn, sich dabei nicht allzu sehr in Einzelheiten zu verlieren. Seine Kopfschmerzen setzten wieder ein.

Sie hatten lange über die Frage diskutiert, wer Banion ankündigen sollte. Murfletit und Falopian hatten beide erbittert um diese Ehre gekämpft. Und doch hatte Banion das Gefühl – ohne dies auszusprechen –, dass es jemand von größerem, nun ja, Kaliber sein müsse. Er hatte sich für Romulus Valk entschieden.

Dr. Valk war der Vater der Halogenbombe, deren Entwicklung den Verlauf des Kalten Krieges entscheidend beeinflusst hatte. Die Halogenwaffe hatte Präsident Kennedy in einem Ausmaße beunruhigt, dass er die Person von Dr. Valk selbst zur Geheimsache erklären ließ, was für den zwergenhaften tschechischen Emigranten mit den buschigen Augenbrauen viele

Unannehmlichkeiten mit sich brachte. Nixon hob die Geheimsache Valk schließlich wieder auf, und fortan war Valk in der Lage, Kreditkarten, Telefone und andere Dienstleistungen in Anspruch zu nehmen, die für Amerikaner eine Selbstverständlichkeit sind. Nixon und Kissinger berieten sich regelmäßig mit ihm, wenn es darum ging, andere Länder in Angst und Schrecken zu versetzen.

Valk hatte erst spät zu dem Glauben gefunden, dessen Name niemand auszusprechen wagte. Als er eines Tages aus dem Fenster des Valk-Instituts in Ojo, Kalifornien, blickte, während er in Gedanken Berechnungen anstellte, wie viele Halotone es brauchen würde, um den Stützpunkt der Roten Armee in Tscheljabinsk in Schutt und Asche zu legen, sah er ein paar komische blinkende Lichter. Da war's um ihn geschehen, und fortan ging's mit ihm bergauf. Leider war er inzwischen von schwacher Gesundheit. Er war Ende achtzig und neigte dazu, während einer Unterhaltung plötzlich Tschechisch zu reden. Banion hoffte nur, dass Dr. Valk nicht mitten in seiner Ankündigung in seine Muttersprache fiel.

»Sollen wir vielleicht einen Übersetzer hinzuziehen, nur für den Fall?«, sagte Elspeth.

»Exzellente Idee, Elspeth«, sagte Banion. »Also gut, dann trete also ich auf. Ich spreche eine Viertelstunde, höchstens. Werd versuchen, die Leute auf unseren Schlachtruf einzustimmen. Wie geht der noch mal?«

»He-ho-he, dass die Regierung schweigt, ist nicht okay!«

»Genau. Okay, dann kommt wieder die Große-Nordmenschen-Kombo, und danach gehen wir ohne Unterbrechung zu dem Feuerwerk über. Wie weit sind wir mit der Genehmigung fürs Feuerwerk?«

Man arbeite daran. Die Parkbehörde wurme es, dass sie den Protestmarsch schließlich doch hatte genehmigen müssen, und setze den Organisatoren nun mit pingeligen Einwänden zu, wie zum Beispiel damit, dass während des Feuerwerks Blindgänger auf der geballten Menschenmenge landen könnten oder sogar auf dem Weißen Haus.

»Okay« – Banion gähnte –, »dann wollen wir noch schnell das Samstagprogramm durchgehen.«

Als er schließlich nach Hause kam, war es beinahe drei Uhr morgens. Er hatte sich in voller Montur aufs Bett geworfen – er war zu müde, sich auszuziehen und unter die Bettdecke zu kriechen –, da klingelte das Telefon.

»*Ja*«, knurrte er. Wehe, wenn es Dr. Falopian oder Colonel Murfletit waren, um ihn dazu zu überreden, die Demo in ein Sit-in rings um den Kongress herum zu verwandeln. Diese Verrückten wollten Capitol Hill zu einem neuen Bunker Hill machen, der Ort, wo damals die erste Schlacht im Unabhängigkeitskrieg stattfand.

»Ich bin's.«

Banion setzte sich auf.

»Sieh mal einer an. Mata Hari.«

»Ich wollte mich bei dir bedanken.«

»Für was?«

»Dafür, dass du mich auf deiner Pressekonferenz nicht öffentlich enttarnt hast.«

»Bilde dir nur nichts ein. Das war nicht deinetwegen.«

»Sondern?«

»Glaubst du etwa, ich will, dass Falopian und Murfletit herausfinden, was für ein Kinderspiel es war, mich für dumm zu verkaufen? Ich hab sie alle in dem Glauben gelassen, dass du in einer Familienangelegenheit nach Hause musstest.«

»Nun, trotzdem danke. Wie geht's dir?«

»Bist du im Dienst, oder war das eine persönliche Frage?«

»Ich mach mir Sorgen um dich.«

»Das weiß ich. Ich bin drauf und dran, deine Organisation zu knacken. Meine Leute werden dem Kongress dermaßen einheizen, dass deinen Alien-beschützenden Kollegen Hören und ...«

»Jack, du bist wirklich auf dem Holzweg. Glaub mir.«

»Dir glauben? Machst du Witze?«

»Du machst einen Fehler.«

»Toll. Ich soll also zwei Millionen Demonstranten sagen: ›Fehlalarm, Leute, geht nach Hause, die liebe Roz sagt, ich bin total auf dem Holzweg‹? Vergiss es. Ich kann dir nur raten, dir einen guten Anwalt zu besorgen, den wirst du nämlich brauchen, wenn du die Vorladung bekommst, um vor dem Kongress wegen Verbrechen am amerikanischen Volk auszu…«

»Jack, halt die Luft an und hör mir zu – es steckt mehr dahinter, als du dir vorstellst.«

»Pass auf, Schätzchen, ich bin nicht Horatio und du nicht Hamlet.«

»Was?«

»›Es gibt mehr Ding' im Himmel und auf Erden, als eure Schulweisheit sich träumt.‹ Egal, wenn, dann bin ich der Hamlet und du Horatio. Ich bin derjenige, dessen Leben durch seltsame Erscheinungen auf den Kopf gestellt wurde.«

»Ich habe Politikwissenschaft studiert, nicht Anglistik.«

»Mach dir nichts draus. Für ein Shakespeare-Seminar ist es jetzt eh viel zu spät. Es ist nach drei. Ich bin müde. Hab Kopfschmerzen. Hab den ganzen Tag mit Falopian und Murfletit verbracht.«

Roz kicherte.

»Was gibt's da zu lachen?«

»Kann ich mir nicht verkneifen. Jedes Mal, wenn ich an die beiden denke. Das sind solche *Trottel.*«

»Wenn du wüsstest, was diese ›Trottel‹ aus der Demo machen wollen, würde dir das Lachen schnell vergehen.«

»Hä?«

»Ach, lassen wir das. Ich vergesse immer wieder, dass ich mit einer Spionin rede.«

»Sie wollen die Stimmung aufpeitschen, stimmt's?«

»Danton hat immer wieder etwas von ›unsere Kräfte zusammenziehen‹ gemurmelt. Sie denken, wir schreiben das Jahr 1917 und dass wir kurz davorstehen, den Winterpalast zu stürmen. Und ich komme mir vor wie Kerenskij.«*

»Pass auf, dass die Sache nicht außer Kontrolle gerät. Wenn irgendetwas passiert, schadet ihr damit nur euch selbst. Und irgendwer wird dafür den Kopf hinhalten müssen. Du zum Beispiel.«

Banion gähnte. »Also, was treibst du zurzeit so, außer dass du mich auf einem verwanzten Telefon anrufst, um herauszufinden, was ich weiß?«

Schweigen.

»Ich weiß, ich weiß. Dazu darfst du dich nicht äußern.« Er wollte eigentlich auflegen, brachte es aber nicht über sich.

»Bist du wieder in Chicago und kümmerst dich um *Cosmos*? ›Plejadianer sind lausige Liebhaber‹?«

»Ich habe ein paar Veränderungen in meinem Leben vorgenommen, Jack. Ich wollte, du würdest mir glauben. In der Nacht damals – ich habe wirklich gedacht, dass man dir eine Falle gestellt hat. Ich wollte dich beschützen.«

»Das ist mittlerweile egal, Roz.«

»Mir aber nicht. Die Sache ist außer Kontrolle geraten. Wir versuchen gerade …«

»Wer ist wir?«

»Ich kann dir nur sagen, dass du dir – ohne dass du irgendwie etwas dafür kannst – ein völlig schiefes Bild von der Sache machst.«

»Damit wäre ja *alles* aufgeklärt. Ich muss jetzt schlafen. Hab einen verdammt harten Tag vor mir.«

»Pass auf dich auf, Süßer.«

»Tschüs.«

* Gemäßigter Führer der russischen Duma, der während der Revolution versuchte, Ordnung ins Chaos zu bringen – was ihm auf spektakuläre Weise misslang.

Beim Einschlafen fragte er sich noch, was sie mit »ohne dass du irgendwie dafür kannst« meinte.

»He, Scrubby, wach auf, Mann. Wach *auf.*«

Scrubbs schlug die Augen auf. Bradley stand über ihn gebeugt da. Draußen war es stockdunkel.

»Wie spät ist es?«

»Beweg deinen Arsch. Du musst hier weg.«

»Warum?«

»Die Typen. Sie sind da.«

»Was?«

»Bin zu meinem Boot runtergegangen, weil ich vor der Arbeit noch ein bisschen angeln gehen wollte. Sie waren da.«

»Wer?«

»Na, die Typen. Komm schon, zieh dich an, beweg dich, steig in deine Klamotten. Ich bin hier nicht der *Butler.*«

Scrubbs richtete sich auf und rieb sich die Augen. Er hatte einen Gipsgeschmack im Mund. Bradley hatte ihn gestern Abend wegen seiner verlängerten Kaffeepause Überstunden machen lassen. Er zog sich die Jeans an.

»Was für Typen?«

»Sind zu dritt. Hatten Dienstmarken.«

»Was für Dienstmarken?«

»Kann ich nicht sagen. War zu dunkel. Haben mich gefragt, ob es mein Boot ist. Hab auf blöden Nigger gemacht. ›Nee, Sir! Mein Boot isses nich. Is vom Bernard. Leiht der mir manchmal, damit ich mir ab und zu 'n *Wels* angeln kann.‹ Komm jetzt, beweg dich.«

Scrubbs schlüpfte in den Rest der Kleider. »Und wo sind die jetzt?«

»Haben sich zu Bernards Wohnung aufgemacht. Der wird nicht gerade froh sein, sie zu sehen. Da wird's ganz schön rundgehen, wenn sie an seine Tür klopfen.«

»Wer ist Bernard?«

»Drogendealer. Großdealer.«

»Himmel noch mal, Brad.«

»Wird ziemlich knallen. Komm schon – oder meinst du, ich bring dir noch das Frühstück ans Bett?«

Sie fuhren durch die dunklen Straßen von Anacostia zur Union Station. Es herrschte trotz der frühen Stunde reger Verkehr. Überall waren Gruppen zu sehen, die Ufo-Plakate mit sich herumtrugen.

»In diesem Menschengewühl finden die dich nie«, sagte Bradley. »Da bist du wie die Stecknadel im Heuhaufen.«

»Und wie geht's mit dir weiter?«

»Ich werd angeln gehen. Hab 'nen Vetter in Pennsylvania.«

Bradley gab Scrubbs ein Bündel Geldscheine. »Das ist sozusagen aus deiner Pensionskasse. Hab von dem Lohn was auf die Seite gelegt.«

Scrubbs zählte die Scheine. Fünfhundert Dollar.

»Danke, Bradley.«

»Darf ich dir einen *Rat* geben?«

»Ja, klar.«

»Bewirb dich niemals für eine Arbeit, bei der du Rigips aufhängen musst. Ist nicht dein Ding.«

Sie schüttelten sich die Hand, und dann trennten sich ihre Wege.

15

Die Parkbehörde hatte längst aufgehört, Schätzungen über die Zahl von Veranstaltungsteilnehmern herauszugeben, da gewisse Veranstaltungsgruppen dazu übergegangen waren, sie zu verklagen, wenn ihnen die Zahlen nicht passten. Presse, Funk und Fernsehen waren derartigen Beschränkungen nicht unterworfen. Ihre Hubschrauber-Kameras zeigten vom Kapitol über die Mall bis zum Lincoln Memorial hinunter eine dichte, kompakte Menschenmenge. Am Freitagnachmittag verkündete CNN, dass es sich um die größte Menschenansammlung in der Geschichte des Landes handelte. Der Marsch der Millenniummenschen war in vollem Gang.

»Wir haben uns überlegt«, sagte der Stabschef zum Präsidenten, während sie im Oval Office niedergeschlagen vor dem Fernseher saßen, »dass es wohl besser wäre, wenn Sie und die First Lady mit dem Wagen nach Shangri-la fahren.«

»Warum?«, sagte der Präsident misstrauisch. Er liebte seinen Hubschrauber *Marine One.** Gab doch nichts Schöneres, als von einem Militärhubschrauber im eigenen Vorgarten abgeholt und ins Wochenende geflogen zu werden.

»Den Secret Service beunruhigt die Vorstellung, dass Sie über die Menschenmenge hinwegfliegen.«

»Was werden sie schon tun, mich abschießen?«

»Da draußen demonstrieren drei Millionen äußerst seltsame Menschen. Ich bin mir nicht sicher, ob ich da drüberfliegen wollte.«

»Ich bin früher in ungepanzerten Hueys über den Ho-Tschi-Minh-Pfad geflogen. Über einen Haufen Verrückte hinwegzusausen macht mir keine Angst.«

»Die Entscheidung liegt bei Ihnen.«

Der Stabschef verließ das Oval Office und rief die First Lady an. Ein paar Minuten später rief die First Lady den Präsidenten an und setzte ihn davon in Kenntnis, dass sie auf jeden Fall mit dem Wagen nach Shangri-la hinausfahren würden. Der Präsident rief seinen Stabschef an und stauchte ihn dafür zusammen, dass er sich an die First Lady gewandt hatte.

Die Abkehr von den üblichen Gepflogenheiten wurde pflichtgemäß dem Pressekorps des Weißen Hauses mitgeteilt. Die Journalisten setzten dem Pressesprecher so lange zu, bis sie eine Erklärung von ihm in der Tasche hatten, die klang, als hät-

* Wer würde das nicht?

te der Präsident Angst, über die Demonstranten des Marschs der Millenniummenschen hinwegzufliegen. Der Pressesprecher widersprach dieser Interpretation seiner Darstellung später. Der Präsident, sagte er, habe sich an die Empfehlungen des Secret Service zu halten.

Nachdem er sich mehrere Stunden lang durch die dichte Menschenmenge gedrängt hatte, erreichte Scrubbs schließlich die Abgrenzung des Bühnenbereichs am Kopf der Mall. Sie wurde von Colonel Murfletits Sicherheitsleuten bewacht, die ihre militärischen Overalls mit Krawatte und dazu ihre Offiziersstöckchen trugen. Alles in allem sahen sie aus wie schwule Sturmtruppen.

»Ich muss dringend mit Mr. Banion sprechen«, sagte Scrubbs, der sich an den Wachtposten wandte, der von allen am trotteligsten aussah.

»Wer will das nicht?«

»Junge, ich habe Mr. Banion eine Nachricht der Dringlichkeitsstufe fünf zu überbringen.« Klang zumindest offiziell.

Der Wachtposten nahm Haltung an. »Sir, ich bin nicht dazu befugt, Nachrichtenverkehr der Dringlichkeitsstufe fünf abzuwickeln.«

»Tja, und wer zum Teufel ist das?«

»Sie müssen sich an die Kom wenden.«

»Ach ja. Die Kom.«

»Kommunikation. Da drüben, Sir.« Er zeigte in Richtung eines nichts Gutes verheißenden Bereichs voller Wachtposten, die mit ihren Halstüchern und Stöckchen noch um einiges tuntiger wirkten.

Banion befand sich abgeschirmt und wohl behütet in seinem untertassenförmigen Wohnwagen. Er versuchte gerade seine Rede durchzugehen, wurde jedoch alle drei Minuten von irgendjemandem unterbrochen, der irgendein dringendes Anliegen hatte. Trotz der ganzen Hektik um ihn herum, trotz seiner Müdigkeit und seiner Zerrissenheit wegen Roz fühlte er sich seltsam heiter und gelöst. Er hatte für diesen Moment hart gearbeitet und enorme Widerstände überwinden müssen. Sie hatten versucht, ihn zum Schweigen zu bringen, aber es war ihnen nicht gelungen. Jetzt stand er kurz davor, eine Rede vor seinen Anhängern zu halten – vor seiner drei Millionen Mann starken Armee. Ihm fiel plötzlich auf, dass er mehr Leute auf seiner Seite hatte als die US-Streitkräfte in Uniform. Jetzt war er drauf und dran, mit dem Finger ins Auge des Establishments zu stechen, das ihn verstoßen und geächtet hatte. Er sah sich am Ende einer langen, weit zurückreichenden Ahnenreihe von Revolutionären, Wahrheitssuchern und …

»Was denn jetzt schon wieder, Renira?«

»Ich habe mit der für den Virginia Highway zuständigen Verkehrspolizei gesprochen. Zwischen hier und Dallas geht nichts mehr. Wir müssen Miss Delmar einen Hubschrauber besorgen, um sie vom Flughafen einzufliegen.«

»Was auch immer.«

… Visionären, die bereit waren, sich gegen die Dogmen der …

»Her*ein*, wenn's denn sein muss.«

Banion wurde beim Anblick von Dr. Falopian und Colonel Murfletit Angst und Bange. Falopian war immer noch ganz versessen darauf, die Feindeshöhen zu stürmen und das Kapitol mit einem Sit-in einzukesseln. Er sagte, dass er mit keinem Geringeren als dem Vorsitzenden des Internationalen Kongresses der Entführten gesprochen habe, der ihm berichtete, dass seine Leute dafür seien: Wenn es hier um Krieg gehe, dann solle er ruhig beginnen.

Colonel Murfletit, dessen Lippen vor Aufregung feuchter denn je waren, pflichtete Falopian bei. Er war dazu übergegangen, ständig seinen Helden aller Helden zu zitieren – Patton. Eine solche Gelegenheit ergab sich vielleicht nur einmal in tausend Jahren! Der Diem muss gecarpt werden! Colonel Muffin – wie Roz ihn nannte – hatte nie in einem richtigen Krieg gekämpft. Das Ganze hier schien seine Chance zu sein, soldatischen Ruhm zu erlangen.

Banion seufzte und beschied den beiden – nein, nein, nein –, es werde unter gar keinen Umständen ein Sit-in geben noch irgendeine andere Form der Konfrontation. Also bitte, man möge ihn allein lassen, geht, kümmert euch um eure Aufgaben. Bestimmt hätten sie alle Hände voll zu tun. Er brauche nun völlige Ruhe, um Ordnung in seine Gedanken zu bringen.

Sie zogen sich brummelnd zurück. Das Telefon klingelte. Elspeth ging ran. »Einen Moment bitte. Burton Galilee«, sagte sie, »für Sie.«

Sieh an, sieh an.

»Hallo, Burt.«

»Spreche ich mit Mr. Millennium?«, erklang Burts sämige volltönende Stimme. »Ich war 63 mit Martin Luther King hier! Hab immer gedacht, dass *das* ein Menschenauflauf war! Wegen dir rauft sich hier alles die Haare.« Er senkte die Stimme. »Die Jungs im Weißen Haus quieken wie die gesengten Säue. Wissen nicht, ob sie sich in die Hose machen oder sich in die Klapsmühle einliefern lassen sollen.« Er lachte.

»Was kann ich für dich tun, Burt?«

»Ich rufe nur an, weil ich wissen wollte, ob ich etwas für dich tun kann. Soll ich ein paar Leute vom Kongress anrufen? Mal anklopfen, ob sich nicht ein paar Gespräche mit ein paar Vorsitzenden der Komitees einrichten lassen? Um die Anhörungen durchzusetzen, die du willst?«

»Burt« – Banion lächelte –, »schlägst du gerade vor, für mich als Lobbyist in Aktion zu treten?«

Burt lachte. »Also, Jack, du weißt doch, dass ich mit so etwas nichts am Hut habe. Ich helfe nur gern meinen Freunden.«

Banion wechselte das Thema. »Was treibt Bitsey denn so an diesem Wochenende?«

»Sie und Tyler wollten ein Wochenende auf dem Land verbringen. Auf dem *englischen* Land.«

Banion lachte.

»Sind bei irgendeinem Herzog oder so was, um Fasanen eine Todesangst einzujagen. Eine von diesen typischen mehrtägigen Gesellschaften. Der Prince of Wales soll auch kommen, mit – wie heißt sie noch gleich – dieser Frau, die diesen ganzen Wirbel entfacht hat. Tyler steht halt darauf, ein paar Royals um sich zu haben, des *Flairs* wegen. Bitsey wird übrigens immer noch kreidebleich vor Wut, wenn dein Name erwähnt wird. Und das will was heißen, wenn man bedenkt, dass sie noch nie viel Farbe gehabt hat.«

»Ich muss los, Burt. Meine Leute rufen bereits nach mir. Nett, dass du angerufen hast.«

»Ich werd ein paar Anrufe für dich machen. Ich melde mich.«

Banion wandte sich wieder seiner Rede zu.

Als die ersten Amerikaner auf dem Mond landeten, hatten sie eine Nachricht des amerikanischen Volkes im Gepäck: »Wir kommen in Frieden, stellvertretend für die gesamte Menschheit.« Wir ebenso. Aber wir kommen auch, um der Wahrheit willen. »Und werdet die Wahrheit erkennen«, heißt es in der Bibel, »und die Wahrheit wird euch frei machen.« …

»Der Secret Service hat uns davon unterrichtet, dass sämtliche Straßen verstopft sind«, sagte der Stabschef. »Es heißt, dass es außergewöhnlicher Anstrengungen bedürfe, um einer Wagenkolonne den Weg zu bahnen. Ich glaube, dass sie dabei an Bulldozer denken.«

Der Präsident war ohnehin schlecht gelaunt, nachdem er auf CNN gehört hatte, dass er es sei – und nicht der Secret Service –, den es »beunruhige«, über die Demonstranten hinwegzufliegen.

»Und was nun?«

»Wir sollten vielleicht die Gelegenheit beim Schopfe packen und das Wochenende einfach hier verbringen, um uns auf die Kandidatenrunden vorzubereiten.«

»Ich lasse mich nicht zu einem Gefangenen in meinem eigenen Haus machen! Schaffen Sie *Marine One* her. Ich will sofort meinen Hubschrauber. Schaffen Sie mir eine ganze Kampfhubschrauber-Eskorte her, wenn es sein muss.«

»Aber wie wird das aussehen?«

»Ist mir egal, wie das *aussieht*!«

»Ich habe eine Erklärung abzugeben«, sagte der Pressesprecher zu den Reportern, die im Pressezimmer des Weißen Hauses versammelt waren. »Der Präsident hat sich erkältet. Er und die First Lady haben also beschlossen, übers Wochenende hier zu bleiben.«

Es wurde allmählich dunkel. Scrubbs war an der Absperrung des gesamten hinteren Bühnenbereichs entlanggegangen. Es gab kein Reinkommen, es sei denn, man grub einen Tunnel.

Aus dem Programmheft entnahm er, dass Kathy Carr, seine andere Entführungstrophäe, die Nationalhymne singen würde. Banions Auftritt kam zum Schluss. Er musste unbedingt vor dessen Rede zu ihm gelangen. Er sah sich das Programm genauer an. Große-Nordmenschen-Kombo? In dem Heft war ein Foto der kostümierten Gruppe abgebildet.

Er trat wieder an einen der Wachtposten heran.

»Ich gehöre zur Großen-Nordmenschen-Kombo. Wir haben uns am Busbahnhof verloren. Wo ist unsere Garderobe?«

Der Wachtposten warf einen Blick auf sein Klemmbrett. »Zelt F, dort lang.«

Scrubbs stieß schließlich auf ein großes Zelt seitlich der Bühne. Es befand sich außerhalb der Sperrzone, er musste also keinen Ausweis vorzeigen. Er holte tief Luft und ging hinein. In dem Zelt waren etwa fünfzig Leute. Ein paar davon trugen bereits ihre Große-Nordmenschen-Montur, die aus silbern glitzernden Strumpfhosen, Masken mit mandelförmigen Augenschlitzen und spitzen, hochstehenden Ohren bestand. Scrubbs kannte diese Aufmachung nur zu gut. Er selbst hatte diese Uniform in seinen Anfangszeiten vor vielen Jahren getragen.

Er blickte sich nach jemandem um, der ungefähr seine Größe hatte und noch nicht in sein Kostüm geschlüpft war. Als er einen geeigneten Kandidaten gefunden hatte, ging er ein paarmal um ihn herum, bis er den Namen auf dessen Ausweis entziffern konnte. Dann sprach er ihn an.

»Sind Sie Rob Farbert?«

»Ja?«

»Da ist ein Anruf für Sie.«

»Für mich?«

»Soll dringend sein, irgendetwas von einem Brand bei Ihnen zu Hause. Telefon ist beim Schalter der Kom, auf der anderen Seite der Bühne.«

»Mein Gott!« Er eilte los.

»Keine Ursache.«

Scrubbs hob Rob Farberts Reisetasche auf und ging in Richtung Zeltausgang am anderen Ende.

»Senator Gracklesen auf Leitung zwei«, sagte Elspeth.

»Hallo, Hank. Haben Sie schon mal aus dem Fenster geschaut?«

»Jack, wir sollten noch einmal von vorn anfangen.«

»Dafür ist es jetzt ein bisschen spät. Meine Rede ist bereits geschrieben.«

»Wir können in dieser Sache zusammenarbeiten. Mal die Köpfe zusammenstecken. Eine Art gemeinsamen Nenner finden. Ich hatte ja gar keine Ahnung, welches Ausmaß dieses Entführungsphänomen angenommen hat, rein zahlenmäßig gesehen.«

»Dann kann ich mich also aufmachen und heute Abend verkünden, dass wir Ihr Versprechen haben – kommen Sie, geben Sie Ihr feierliches Versprechen ab –, Anhörungen abzuhalten? Und zwar unverzüglich?«

Banion hörte ein trockenes, senatorenhaftes Würgen.

»Es darf nicht so klingen, als hätte ich mich einfach dem Druck gebeugt. Das würde uns beiden nicht weiterhelfen.«

»Mir schon.«

»Sollen die Dinge sich doch erst mal entwickeln. Schritt für Schritt. Sie und ich, wir setzen uns zusammen, reden drüber, geben der Presse zu verstehen, dass wir uns nach und nach ins Einvernehmen setzen, dann kündigen wir Sondierungsgespräche an ...«

»Und dann passiert nichts. Und meine Leute sind bereits alle wieder zu Hause. Nein, so nicht.«

»Ich versuche Ihnen auf halbem Wege entgegenzukommen, Jack.«

»Und ich gehe mit meiner Rede den einmal eingeschlagenen Weg zu Ende. Dann werden wir ja sehen, wie die Dinge sich entwickeln.«

»Was werden Sie denn sagen?«, fragte der Senator nervös.

»Lassen Sie mich mal sehen ... hm ... hm ... *hm.*«

»Was?«

»Ich bin mir nicht sicher, ob Sie das wirklich hören wollen, Hank. Ist 'n bisschen hart.«

»Jack, wir kennen uns jetzt schon viele, viele Jahre ...«

»Ist natürlich nur eine Rede. Aber trotzdem, vielleicht sollten Sie sich für eine Weile außer Landes begeben. Nach Südamerika oder so. Sich einer Gesichtsoperation unterziehen, Ihren Namen ändern ...«

»Es verstößt gegen das Gesetz, wenn Sie zu Gewalttätigkeiten, insbesondere gegen Bundesbeamte, aufhetzen.«

»Darüber bin ich mir völlig im Klaren. Aber ein paar von meinen Leuten sind nun mal leicht erregbar, und wenn sie erfahren, dass sie von einem ganz bestimmten Senator verabscheut und verachtet werden – wer weiß, wie sie reagieren. Aber meine Rede enthält natürlich nichts, was sie dazu auffordern würde, Ihnen das Leben zur Hölle zu machen.«

»Also gut, Sie sollen Ihre verdammten Anhörungen bekommen.«

»Na, wer sagt's denn, Hank. Ist ja unglaublich demokratisch von Ihnen.«

»Aber nur unter der Bedingung, dass Sie laut und deutlich sagen, dass wir uns freundschaftlich geeinigt haben, sonst können Sie die Abmachung vergessen. Ich will nicht, dass mir irgendwelche von Ihren Freaks auf die Pelle rücken.«

»Kein Problem. Ich war schon immer für Kompromisslösungen. Wollen Sie sich die Rede live anhören? Ich besorge Ihnen einen Platz im VIP-Bereich, wenn Sie wollen.«

»Nein, danke.« Senator Gracklesen knallte den Hörer auf die Gabel.

Das Kostüm passte Scrubbs recht gut, wenn es auch um den Po herum etwas kniff. Er achtete darauf, immer in der Nähe der anderen kostümierten großen Nordmenschen zu bleiben. Durch die Maske hindurch sah er den unglückseligen Rob Farbert, wie dieser vergeblich nach seiner gestohlenen Reisetasche suchte.

»Meine Tasche. Hat irgendjemand meine Tasche gesehen?«, rief er. Einmal sah er Scrubbs sogar direkt an. Scrubbs zuckte nur die Achseln.

Schließlich tauchte einer der Ordner auf, um sie durch die Absperrung zur Bühne zu führen. Scrubbs mischte sich unter die anderen Sänger.

Mist. Einer der Sicherheitsleute überprüfte an der Absperrung die Ausweise.

»Wo ist Ihr Ausweis?«, fragte er Scrubbs.

»Hm?«

»Ihr Ausweis. Ich muss Ihren Ausweis kontrollieren.«

»Ach, du liebe Zeit, hab ihn doch gerade noch gehabt.«

»Ohne Ausweis kann ich Sie nicht reinlassen.«

Ein Ordner tauchte auf. »Der ist in Ordnung. Gehört zur Kombo.«

Scrubbs war drin!

Banion war gerade dabei, seiner Rede den letzten Schliff zu geben, als einer der Sicherheitsleute an seiner Tür klopfte.

»Da ist jemand von der Nordmenschen-Kombo. Sagt, dass er Sie dringend sprechen muss.«

»Was will er denn?«

»Hat gemeint, dass es echt wichtig ist.«

»Sagen Sie ihm, dass ich später für ihn Zeit habe.«

»Hat gemeint, dass es sofort sein muss.«

»Ach, muss es nicht.«

Banion wandte sich wieder seiner Rede zu. Einen Moment später hörte er Schreie und Gepolter.

Er ging zur Tür und öffnete sie. Zwei Wachtposten hielten mit ihren Schlagstöcken einen Sänger der Nordmenschen-Kombo gegen die Rundung der Untertasse gedrückt. Sie machten den Eindruck, als wollten sie ihm jeden Moment eine gehörige Tracht Prügel verabreichen.

»Was ist denn hier los?«, sagte Banion.

»Mr. Banion«, sagte der Sänger, »ich muss ganz, ganz dringend mit Ihnen sprechen.«

»Wehe, es ist nicht wichtig«, sagte Banion und gab den Wachtposten ein Zeichen, ihren Gefangenen loszulassen.

Sie waren allein im Innern des Wohnwagens.

»Also?«

Scrubbs nahm die Nordmenschen-Maske ab. »Ich bin der Mann, der Sie entführt hat.«

»Wie meinen Sie das?«, sagte Banion verärgert.

»Der Golfplatz, die Rede in Palm Springs. Das war ich. Wir. Ich arbeite für einen Nachrichtendienst der Regierung, MJ-12. Es geht um ein Geheimprojekt, das zum Ziel hat, die Ufo-Gläubigkeit in der Bevölkerung zu fördern, um die Ausgaben für Militär und Raumfahrt hochzuhalten.«

Banion riss die Augen weit auf. Scrubbs kam sich ein bisschen lächerlich vor, wie er da so in seinem silbernen Stretchanzug dastand.

»Raus mit Ihnen«, sagte Banion. Er wandte sich wieder seinem Manuskript zu.

»Sie müssen mir glauben.«

»Wollen Sie jetzt bitte singen gehen? Da draußen warten drei Millionen Menschen. Reißen Sie sich zusammen. Das ist jetzt wahrlich nicht der Moment, um die Nerven zu verlieren.«

»›Sie gern in meiner TV-Show auftreten wollen?‹«

Banion erstarrte.

»Das haben Sie doch in der Untertasse in Palm Springs gesagt, oder? Es waren keine Aliens, Mr. Banion, und das Ding, in dem Sie sich damals befunden haben, war ebenso wenig eine fliegende Untertasse wie der Wohnwagen, in dem wir gerade stehen.«

Banions Gesichtszüge waren plötzlich so schlaff wie ein Meer bei Ebbe. Er hatte niemandem – um sich nicht selbst zu blamieren, klar – von seinem verzweifelten, in einem Moment größter Not unternommenen Versuch erzählt, die Aliens zu besänftigen, indem er ihnen einen Gastauftritt in der *Sunday*-Show anbot. Wer auch immer dieser Mann war, er … wusste etwas, was sonst niemand wusste.

»Keine fliegende Untertasse?«

»Nein, Sir. Es war nur ein Modell. So ähnlich wie das hier. Wie ich sehe, haben Sie sich in puncto Gestaltung von unserer Arbeit inspirieren lassen.«

»*Keine* Aliens?«

»Kostüme. So wie das Teil, das ich gerade anhabe. Die Aliens sind Menschen. Sie arbeiten für mich. Wir nennen sie Einsacker. Wir haben Sie eingesackt. Zweimal. So Leid es mir jetzt tut.«

»Es tut Ihnen Leid?«

»Also, ehrlich gesagt, ich war damals nicht dazu autorisiert. Hab's mehr auf eigene Faust gemacht. Wie ich sehe, steht Kathy Carr auf dem Programm, um die Nationalhymne zu singen. Sie ist auch eine, die ich eingesackt habe. Geht's Ihnen nicht gut, Sir? Soll ich Ihnen Wasser holen oder so was?«

Banion ächzte und rang nach Luft. Scrubbs sagte sich, dass es vielleicht das Beste wäre, ihm alles zu erzählen, solange er noch unter Schock stand.

»MJ-12, Majestic zwölf, Majic. Ich weiß eigentlich gar nicht so viel drüber – was der Zweck der ganzen Sache ist, aus Sicherheitsgründen wurde das Unternehmen nämlich in zahllose Abteilungen unterteilt –, aber es wurde während des Kalten Krieges eingerichtet, um die Russen glauben zu machen, dass wir alles über Ufos wissen. Dann hat eins zum anderen geführt, und es wurde sozusagen als eine Art Werkzeug eingesetzt, um Gelder locker zu machen – das Verteidigungs- und Raumfahrtbudget und alles, was damit zusammenhängt. Die Sichtungen, die Entführungen, der ganze Kram – das waren immer wir. Es gibt irgendwo einen Computer, der die Namen von Leuten ausspuckt, die zu entführen sind. Selbstverständlich soll vermieden werden, Leute einzusacken, die zu prominent sind, wie Sie zum Beispiel. Ihre Entführung ist mehr oder weniger auf meinem Mist gewachsen. Es war sozusagen eine Art Protest. War wohl nicht so toll, die Idee, hm? Aber egal. Bei MJ-12 war man darüber nicht sehr glücklich, und man hat versucht, mich, tja, mich umzubringen, wenn man's genau nimmt. Nur dass die jetzt behaupten, dass sie es gar nicht waren, die es auf mich abgesehen haben, sondern dass das auf das Konto irgendeines anderen Geheimdienstes geht. Was natürlich völliger Quatsch ist. Um ehrlich zu sein, ich weiß zurzeit nicht, *wer* hinter mir her ist. Irgendwer halt. Ich erzähle Ihnen das Ganze jedoch vor allem deshalb … Hören Sie mir überhaupt zu, Mr. Banion?«

Banion blickte Scrubbs aus leeren Augen an.

»... weil Sie jetzt nämlich selbst in Gefahr schweben.« Scrubbs musste kurz auflachen. »Also, das eine muss ich Ihnen lassen, Sir, Sie haben die Sache wirklich mit Volldampf vorangetrieben. Mein Respekt. Drei Millionen Menschen. Sehr eindrucksvoll. Aber jetzt haben die betreffenden Leute echt Schiss. Die Ufo-Gläubigkeit ist inzwischen viel zu weit gediehen. Wenn Sie also nicht ein bisschen langsamer treten, wird man sie einfach von der Bildfläche verschwinden lassen. Hab mir gedacht, dass ich es Ihnen schuldig bin, Sie aufzuklären. Kann ich Ihnen wirklich nicht irgendetwas bringen? Mr. Banion? Sir?«

Eine Stimme riss Banion aus seiner Gedankenversunkenheit.

»Mr. Banion? Lassen Sie mich jetzt nicht im Stich. Hier, nehmen Sie. Atmen Sie in die Tüte. Immer schön tief Luft holen. So ist's recht ...«

Banion schob die Papiertüte von sich, die Scrubbs ihm vor den Mund hielt.

»Was ...?«

»Sie sind in Ohnmacht gefallen. Braucht Ihnen nicht peinlich zu sein. Wäre mir an Ihrer Stelle genauso gegangen.«

Banion blinzelte zur Decke hoch und versuchte, sich zu orientieren. Er lag auf dem Boden. Er setzte sich auf und kroch zu einem Stuhl.

»Diese ... *groteske* Geschichte, die Sie mir gerade erzählt haben«, sagte er. »Ist die wahr?«

»Ich fürchte, ja.«

»Sie haben mein Leben ruiniert. Und Sie hatten nicht einmal eine *Erlaubnis*?«

»Mir ging's damals persönlich nicht sonderlich gut.«

»Und jetzt will dieser, dieser Geheimdienst mich umbringen?«

Es klopfte an der Tür. Der Inspizient steckte den Kopf herein. »Fünfzehn Minuten noch, Mr. Banion.«

»Und Sie erzählen mir all das ... *jetzt*?«

»Mir ist schon klar, dass der Zeitpunkt nicht sehr klug gewählt ist. Aber es war nicht leicht, zu Ihnen durchzukommen. Ich hätte zwar auch anrufen können, war mir aber nicht sicher, ob ich Sie überhaupt an den Apparat bekomme. Und außerdem wollte ich es Ihnen persönlich sagen.«

Banions leerer Blick erinnerte an einen unter Beruhigungsmittel stehenden Irrenhäusler. Ein paar ungeordnete Gedanken gingen ihm im Kopf herum.

»Drei Millionen Menschen warten darauf, dass ich zu ihnen spreche.«

»Eine ganz schöne Menge Leute. Wie ich höre, die größte Versammlung aller Zeiten. Haben Ihre Arbeit echt toll gemacht.«

»Ich sage das nicht, um Komplimente einzuheimsen. Was soll ich denen jetzt erzählen? Dass ihre ganze Welt, ihr gesamter Kosmos, alles, woran sie glauben, nichts als Schwindel ist?«

»Ist fast so, wie herauszufinden, dass es keinen Weihnachtsmann gibt, hm?«

»Das ist verdammt noch mal nicht so, wie herauszufinden, dass es keinen Weihnachtsmann gibt! Die Enttäuschung ist von einem ganz anderen Kaliber, als herauszufinden, dass es keinen *Weihnachtsmann* gibt, verdammt noch mal!«

»Vielleicht sollten Sie sich in Anbetracht Ihrer Ohnmacht nicht so früh schon wieder aufregen. Konzentrieren wir uns lieber zuerst auf die praktische Seite, dann können wir uns um Ihr Gefühl der Wut – das nur allzu verständlich ist – kümmern.«

Banion spürte wieder ein Kribbeln unter der Kopfhaut; ein deutliches Anzeichen dafür, dass der Sauerstoff dem Hirn ata ata sagte. Er nahm den Kopf zwischen die Beine und atmete ein paar Mal tief durch.

»Ich werde Sie öffentlich an den Pranger stellen«, keuchte er. »Ich werde es in alle Welt hinausposaunen. Sie wandern ins Gefängnis. Sie …«

»Das sollten wir lieber erst überdenken. Sie könnten also dort rausgehen und sagen: ›Okay, Leute, es ist alles getürkt, die Regierung steckt dahinter.‹ In Ordnung. Aber erstens werden Sie dann drei Millionen extrem verwirrte Menschen am Hals haben, die plötzlich sehr sauer auf Sie sein könnten. Zweitens, wie wollen Sie das alles beweisen? Indem Sie mit dem Finger auf mich zeigen? Ich bin, während ich auf der Flucht war, mal eingesperrt worden, weil ich versucht habe, in einer billigen Absteige die Zeche zu prellen. MJ-12 könnte mich also wie den letzten Penner aussehen lassen. Meine Glaubwürdigkeit tendiert gegen null. Drittens, Sie haben hart dafür gearbeitet, eine solche Anhängerschaft hinter sich versammeln zu können – drei Millionen Menschen. Wäre dies also wirklich der geeignete Augenblick, um ihnen zu sagen: ›Fehlanzeige, Leute, geht wieder nach Hause‹? Wir haben die US-Regierung zum Gegner. Da kann man drei Millionen Menschen im Rücken gut gebrauchen.«

»Das können Sie ruhig meine Sorge sein lassen. Ich hoffe, dass man Sie kriegt. Ich werde den Leuten alles sagen.«

»Sie können sich gar nicht vorstellen, wie ich mit Ihnen fühle, Sir, aber denken Sie lieber noch einmal drüber nach. Wenn Sie da rausgehen und die Sache ausplaudern, dann verfrachtet man Sie ins Irrenhaus und pumpt Sie dermaßen mit Medikamenten voll, dass Sie es gerade mal schaffen, in einer Ecke zu sitzen und in einen Blechnapf zu sabbern. MJ-12 ist das bestgehütete Geheimnis der Stadt. Diese Leute hinterlassen keine Fingerabdrücke. Glauben Sie mir. Ich kenne innerhalb der Organisation keinen einzigen Mitarbeiter mit Namen. Wenn Sie mit dieser Millenniummenschen-Show so weitermachen, Senatsanhörungen erzwingen und sich zu einer Nervensäge ersten Ranges entwickeln, dann wird man Sie beseitigen und es so aussehen lassen, als wären Sie eines natürlichen Todes gestorben. Die Leute, zu denen ich Kontakt halte, haben irgendetwas von fingierten Blutgerinnseln erwähnt. Ich kann mir vorstellen, dass die so ziemlich alles zur Verfügung haben, was es im biochemischen Bereich gibt.«

»O Gott.«

»Ich weiß schon, was Sie jetzt denken – dass Sie so oder so geliefert sind.«

»Noch fünf Minuten, Mr. Banion«, rief der Inspizient.

»Ich hab mir gedacht, dass wir uns vielleicht zusammentun sollten«, sagte Scrubbs, »und sozusagen eine Art Interessengemeinschaft bilden.«

Banion hörte das Dröhnen der Menge draußen vor der Bühne. Noch vor einer halben Stunde war er ein Held gewesen, der sich darauf vorbereitete, sich für einen Eroberungszug an die Spitze seiner Armee zu stellen. Und auf einmal war er der Jahrtausendarsch mitten im Fadenkreuz.

»Also«, sagte Scrubbs, »vielleicht sollten wir uns jetzt ein paar Gedanken zu Ihrer Rede machen, oder?«

16

»Sie hörten gerade die Grundsatzrede von John O. Banion, dem Anführer des Marschs der Millenniummenschen, dem sich drei Millionen Menschen angeschlossen haben. Wir werden jetzt einmal zur Mall rüberschalten, wo unsere Reporterin Ann Compton vor Ort ist. Ann, wie haben die Menschen bei Ihnen da unten reagiert?«

»Peter, die Leute scheinen insgesamt mit dem, was sie von John O. Banion heute Abend gehört haben, zufrieden zu sein. Ich persönlich fand, dass die Rede von hier unten ein wenig *kraftlos* wirkte, fast als hätte es ihr an Leidenschaft gefehlt. Die hier versammelten Menschen sind voller Begeisterungsfähigkeit, und wenn er sie gebeten hätte, zu Fuß nach Kalifornien zu marschieren, dann hätten sie es getan. Stattdessen machte er einen sehr *bedächtigen* Eindruck. Zuweilen wirkte er sogar wie betäubt. Aber hier handelt es sich immerhin um die größte Menschenansammlung in der Geschichte des Landes, vielleicht war er von den gigantischen Ausmaßen des Ganzen selbst ins Staunen geraten. Mehr als einmal wiederholte er die Worte ›diese majestätischen Umstände‹. Und dem Ereignis haftet angesichts all der vielen Menschen, die aus allen Teilen des Landes angereist sind, tatsächlich etwas Majestätisches an. Wir hoffen, später noch ein Gespräch mit John O. Banion führen zu können. Ich habe inzwischen Dr. Danton Falopian bei mir, Banions wissenschaftlichen Chefberater in Ufo-Angelegenheiten …«

Banion und Scrubbs verfolgten die Übertragung am Fernsehmonitor im Wohnwagen. Banion saß mit einem feuchten Handtuch auf der Stirn da. Er hielt mit beiden Händen ein großes, randvolles Glas Scotch auf dem Schoß.

»Ich fand, Sie waren fantastisch«, sagte Scrubbs. »Was hat sie denn von Ihnen erwartet? Dass Sie sich die Kleider vom Leib reißen und sich selbst verbrennen? Diese TV-Fritzen können einen manchmal zum Wahnsinn treiben.«

Unter dem Handtuch ertönte ein Stöhnen.

»Jedenfalls ist ihr das Signal, das Sie ausgesendet haben, nicht entgangen. Und wenn sie es bemerkt hat, dann können Sie darauf wetten, dass die anderen es ebenso bemerkt haben. Jetzt wissen sie, dass Sie im Bilde sind. Damit gewinnen wir etwas Zeit.«

Es klopfte verzweifelt an der Wohnwagentür. Wahrscheinlich Leute, die mit irgendeinem Anliegen kamen. Es war aber Elspeth.

»Ihre Mitarbeiterin hat gesagt, dass Tom Brokaw um ein Interview bittet«, sagte Scrubbs. »Sollten Sie nicht rausgehen und mit ihm sprechen?«

Banion nahm einen Riesenschluck Scotch.

»Wollen Sie das Zeug alles austrinken?«

»Ja. Und dann werde ich mir noch einen genehmigen. Und noch einen. Und dann«, sagte er, »werde ich Sie umbringen. Und die Geschworenen werden mich freisprechen, weil ich betrunken war.«

»So hat das Ganze übrigens angefangen – damit, dass ich an einem Sonntagmorgen eine Bloody Mary nach der anderen in mich hineingekippt habe. Ich war stinksauer, weil man meine Bitte um Versetzung aus der Entführungsabteilung abgelehnt hatte. Ich wär mir da also nicht so sicher, ob im Suff die Antwort liegt.«

»Sie haben mein Leben ruiniert, nur weil Sie sich an einem Sonntagmorgen einen hinter die Binde gekippt haben?«

»Sie sollten jetzt raus und mit Tom Brokaw reden. He, da ist ja Ihr Kumpel Senator Gracklesen.«

Banion hob das Tuch ein Stück hoch. Gracklesen wurde gerade von CNN interviewt und gab sein Bestes, um den Eindruck zu erwecken, als wäre er ganz begeistert davon, dass sein Komitee Anhörungen zu Entführungen abhalten würde. Er vermied es allerdings, dabei ins Eingemachte zu gehen.

»Das soll jedoch nicht heißen, dass ich persönlich davon überzeugt wäre, dass diese Wesen, oder wie auch immer man sie nennen will, an den ihnen hier zur Last gelegten Aktivitäten beteiligt sind. Vor diesem Hintergrund möchte ich nicht verschweigen, dass ich unglaublich beeindruckt bin von der Energie und dem Engagement, das ich bei den Menschen gespürt habe, die für dieses Ereignis nach Washington gekommen sind. Dafür möchte ich mich herzlich bedanken, vielen Dank …«

Banion deckte sich wieder mit dem Tuch die Augen zu. Scrubbs reichte ihm irgendetwas.

»Was ist das? Zyanid?«

»Pfefferminz gegen schlechten Atem. Sie sollten sich nicht mit Tom Brokaw unterhalten, während Sie wie eine ganze Schnapsbrennerei stinken. Auf geht's, wir müssen jetzt die zweite Stufe unseres Plans in Angriff nehmen.«

»John O. Banion, vielen Dank, dass Sie kommen konnten.«

»Ist mir ein Vergnügen«, sagte Banion und rülpste leise.

»Senator Gracklesen hat der Forderung nach Anhörungen zu Alien-Entführungen zugestimmt. Und genau dafür sind Ihre Leute ja gekommen. Sie haben also erreicht, was Sie wollten. Sie fühlen sich bestimmt großartig.«

»Mhm. Und wie.«

»Waren Sie von dem Andrang überrascht?«

»Bitte?«, sagte Banion.

»Hat Sie die Tatsache, dass drei Millionen Menschen gekommen sind, überrascht?«

»Oh. Ja. Toll.«

Brokaws Aufnahmeleiter flüsterte dem Reporter etwas ins Ohr: »O Mann, der ist betrunken.«

Scrubbs, der etwas abseits stand, versuchte Banion ein Zeichen zu geben. *Reißen Sie sich zusammen.*

»Dies muss für Sie ein sehr aufregender Moment sein.«

»Ja, Tom. Momentan ist es wirklich aufregend. Es war ein sehr … seltsames Jahr. Aber jetzt haben wir's geschafft. Drei Millionen Menschen. Und die Umstände sind wahrlich« – er räusperte sich – *»majestätisch.«*

»Was steht als Nächstes auf dem Programm des Millenniummenschen?«

»Überleben.«

»Wie meinen Sie das?«

»Am Leben bleiben.«

»In welcher Hinsicht?«

»Nicht sterben. Das steht bei mir persönlich ganz oben auf dem Programm.«

»Gibt es denn irgendjemanden, der Ihnen ans Leder will?«

»Ohne allzu paranoid klingen zu wollen, aber wenn man sich erdreistet, in Uncle Sams Sockenschublade herumzustöbern, weiß man nie, was dabei unter Umständen so alles aufgewühlt wird.«

»*Der ist sternhagelvoll*«, flüsterte Brokaws Aufnahmeleiter.

»Sagen wir so«, fuhr Banion fort. »Für den Fall, dass ich von einem Auto überfahren werde oder mir eine seltene, tödliche Krankheit zuziehe oder im Badezimmer ausrutsche und mir den Hals breche oder ein Blutgerinnsel bekomme – dann könnte ich mir sehr gut vorstellen, dass Sie und andere Pressemitglieder unterschu-sucht haben wollen, ob ich eines natürlichen Todes gestorben bin.«

»Warum sollte die Regierung Sie beseitigen wollen?«

»Also, Tom, ich bin – zusammen mit über achtzig Prozent der amerikanischen Bevölkerung – zu dem Schluss gekommen, dass das Wissen der Regierung über fliegende Untertassen von *majestätischem* Ausmaß ist. Aber um noch einmal auf das Problem meiner persönlichen Sisserheit su sprechen zu kommen – ich habe gewisse Vorkehrungen getroffen. Ich habe an einem sicheren Ort Dokumente hinterlegt, die für den Fall, dass mir irgendetwas zustoßen sollte, und wenn es nur eine schwere Erkältung ist, geöffnet und veröffentlicht werden. Wenn Sie hinter mich blicken, dann werden Sie drei Millionen Menschen sehen, deren Gemüter sich sehr, sehr erregen würden, sollte ihrem Anführer etwas zustoßen.«

»Sie meinen, dass die Leute gewalttätig würden?«

»Nun, das sind allesamt vernünftige Menschen …«

Der Aufnahmeleiter blendete kurz einen Demonstranten ein, der ein Schild hochhielt: JFK VON ALIENS ERMORDET.

»… aber man sollte sich schon die Frage stellen, ob die nächste Demonstration ebenso friedlich verlaufen würde wie diese.«

»John O. Banion, danke, dass Sie bei uns waren.«

»Das Vergnügen war gansch meinerseits.«

»Ich hatte Angst, Sie würden gleich aus den Latschen kippen«, sagte Scrubbs, als sie wieder in den Fliegende-Untertasse-Wohnwagen zurückgekehrt waren. »Aber ich glaube, Sie haben uns gerade eine Lebensversicherung besorgt.«

Banion kippte den Rest Scotch hinunter. Er rülpste. »Ich habe eine Versicherung. Sie haben nichts. Gar nichts. Glauben Sie etwa, dass Ihretwegen irgendjemand auf die Straße gehen und protestieren würde? Ha.«

»Das ist nicht der richtige Zeitpunkt, um eigennützige Überlegungen anzustellen. Wir müssen zusammenarbeiten.«

»Ach? Und warum?«

»Weil wir aufeinander angewiesen sind.«

»Ich bin bisher ganz gut allein zurechtgekommen. Ich habe ein ausgefülltes Leben gehabt – eine Frau, eine in mehreren Tageszeitungen erscheinende Kolumne und eine TV-Show, die ein Quotenrenner war. Der Präsident ist bei mir ein- und ausgegangen. Ich habe Diskussionsrunden mit Politikern moderiert. Ich hatte Millionen von anständigen, aufmerksamen Lesern und Zuschauern. Und jetzt sehen Sie mich an. Moses mit einer Verrücktenschar im Schlepptau.«

»Ach ja? Wie viele von Ihren anständigen, aufmerksamen Lesern und Zuschauern wären für Sie nach Washington demonstrieren gekommen?«

»Was hat das denn mit dem Ganzen zu tun?«

»Ich bin mir sicher, dass man Sie für Ihren geschmeidigen Vortragsstil, Ihren scharfen Intellekt und Ihre große Schlagfertigkeit verehrt hat, aber haben Sie jemals das Leben dieser Leute verändert? Ich habe Ihnen ein Jahrtausendthema geliefert! Wollen Sie etwa wieder anfangen, über die Sozialversicherungsreform zu debattieren oder darüber, wer in die Nato aufgenommen werden soll und wer nicht?«

»Darum geht's hier nicht. Ich hatte eine echte Existenz.«

»Ich nicht.«

»Wen kümmert's?«

»Ich will mal so sagen – hat man einmal *eine* Hausfrau aus Indiana entführt, hat man *alle* entführt. Die ewige Leier. Dann sind Sie aufgetaucht. Und die Sache ist zweifellos interessanter geworden.«

»Das freut mich echt. Ich find's ganz toll, dass Sie Ihrem Job einen neuen Reiz abgewinnen konnten, indem Sie mein Leben kaputtgemacht haben.«

»Vielleicht würde Ihr Leben nicht in Scherben liegen, wenn Sie nicht gar so hysterisch reagiert hätten. Wir haben eine Menge Leute entführt, die daraus nicht gleich eine Staatsaffäre gemacht haben. Da gab es beispielsweise eine Frau aus Kentucky, die haben wir *dreimal* entführen müssen, bevor sie überhaupt ein Wort darüber verloren hat, und das war dann auch nur gegenüber ihrem Pfarrer. Sie aber – Sie haben wie ein aufgeschrecktes Huhn reagiert. *Die Aliens sind gelandet! Die Aliens sind gelandet!*«

»Ach so. Wie hysterisch von mir, die Tatsache zu erwähnen, dass ich *wiederholt* von Aliens gekidnappt und *vergewaltigt* wurde. Was – wo wir gerade dabei sind – Sie und Ihre Komplizen zu widerlichen *Perverslingen* macht.«

»He, schauen Sie nicht mich an. Die Sache mit den Körpersonden ist nicht auf unserem Mist gewachsen.«

»Nun, *ich* habe bestimmt nicht drum gebeten!«

»Es waren irgendwelche Entführte, die davon angefangen haben, dass man sie sexuell untersucht hätte.«

»Ein ekelhaftes Pack seid ihr.« Banion seufzte. »Wie komme ich nur in meine eigene Welt zurück?«

»Es ist jetzt nicht der richtige Zeitpunkt, um sich in Selbstmitleid zu ergehen. Reißen Sie sich zusammen.«

»Ach, halten Sie doch den Mund.« Banion stand auf, ging ans Fenster und blickte auf die Paparazzi-Schar draußen hinab. »Diese Roz – hat sie für Sie gearbeitet?«

»Keine Ahnung. Möglicherweise. Wahrscheinlich. Vielleicht hat man sie zur Schadensbegrenzung ins Spiel gebracht. Hab sie im Fernsehen gesehen. Nicht übel. Haben Sie in letzter Zeit was von ihr gehört?«

»Sie hat mich angerufen. Um sich zu entschuldigen. Genau wie Sie. Ich muss schon sagen, für eine durchtriebene, verbrecherische Regierungsbehörde seid ihr ja alle ziemlich höflich. Gehört das zu eurer Ausbildung?«

Es klopfte an der Tür. Dr. Falopian und Colonel Murfletit traten mit einem erleuchteten Lächeln ein. Sie musterten Scrubbs, der immer noch die Nordmenschen-Montur trug – wenn auch ohne Gesichtsmaske – mit fragenden Blicken.

Scrubbs blickte Banion an. Banion blickte Scrubbs an. Dies war eigentlich der passende Moment, ihn der Menge zum Fraß vorzuwerfen. Es bedurfte nur eines Wortes, und Colonel Murfletits Halstuchträger würden sich auf ihn werfen und ihn mit ihren Schlagstöcken kurz und klein schlagen.

»Wenn ich vorstellen darf«, sagte Banion, »das hier ist Mr. Schwantz. Er wird uns mit Rat und Tat zur Seite stehen.«

Das Expertenteam runzelte vereint die Stirn. Gerade erst war man den einen Banion-Groupie losgeworden, und schon tauchte der Nächste auf. Obwohl der hier zumindest wie jemand aussah, mit dem man Nägel mit Köpfen machen konnte.

Sie berichteten Banion, dass die ersten senderinternen Zuschauerumfragen eingetroffen seien. Die Leute waren auf ihrer Seite! Eine überwältigende Mehrheit! Mehr als achtzig Prozent unterstützten die Vorhaben! Insbesondere die beabsichtigten Steuererleichterungen für Entführte fanden große Zustimmung. Die beiden hoppelten wieder zu Interviewterminen davon.

»Mr. Schwantz?«

»*Passt doch.*«

»Das werde ich nicht verlesen«, sagte der Präsident. »Ist mir egal, wie viele Telegramme wir zur Unterstützung dieser Halbirren bekommen haben. Das mache ich nicht mit.«

»Darin heißt es doch nur …«

»Ich weiß, was darin gesagt wird. Ich hab's ja gelesen. Es heißt darin, dass man meine Unterstützung habe. Nun, die hat man aber nicht. Und ich glaube, dass Hank Gracklesen wie ein ausgemachter Esel dastehen wird, wenn die Sache vorüber ist. Entführungsanhörungen! Er hätte denen niemals nachgeben dürfen. Ich will nichts damit zu tun haben. Ich will damit nicht in Verbindung gebracht werden. Ich will nicht der erste Präsident der Geschichte sein, der zu fliegenden Untertassen Stellung nimmt.«

»Sie waren aber doch bereit, die Leute in der Stadt willkommen zu heißen.«

»Diese großartige Idee stammte von Ihnen. Und was hat es uns eingebracht? Unverschämtheiten.«

»Sie werden in dieser Sache von allen Seiten mit Fragen konfrontiert werden.«

»Und ich werde sie gern beantworten. Ich werde jedem mitteilen, dass mir die wirklichen Probleme, denen Amerika sich in diesem neuen Jahrhundert gegenübersieht, etwas mehr Sorgen machen.«

»›Wirkliche‹ sollten Sie nicht sagen«, warf der Wahlkampfmanager ein.

»Warum nicht?«

»Achtzig Prozent des amerikanischen Volkes halten die Ufo-Sache für ›wirklich‹.«

»Achtzig Prozent des amerikanischen Volkes haben einen Dachschaden.«

»Sie wollen also kurz vor der Wahl bei Ihrer Aussage bleiben? Wo wir bereits acht Prozentpunkte verloren haben?«

»Blebnikow hat mich gestern Abend angerufen – er war dicht wie tausend Russen –, um mir zu sagen, dass er über seine Armee die Kontrolle verloren hat. Hab ihm gesagt, dass das kein Wunder ist, wenn er ihnen seit über einem Jahr keinen Sold zahlt. Er darauf, tja, vielleicht meutern sie und putschen. Was er jetzt tun solle? In der Zwischenzeit wird einer meiner Bundesrichter wegen Alkohol am Steuer festgenommen, dieser Mistkerl, und der Haushaltsausschuss wird demnächst Zahlen herausgeben, die mir allein die Schuld für die momentane Rezession zuschieben, und der Internationale Währungsfonds quengelt, dass wir Mexiko bis zum nächsten *Dienstag* weitere vierzig Milliarden Dollar überweisen sollen, weil sonst der ganze Laden den Bach runtergeht, und Flickery gräbt mir in Bundesstaaten das Wasser ab, die ich eigentlich in der Tasche hatte. Ich habe zurzeit, auch ohne mir über fliegende Untertassen Gedanken zu machen, genug am Hals!«

»Blebnikow glaubt übrigens an fliegende Untertassen«, sagte der Stabschef. »Stand im CIA-Bericht zu seiner Person.«

»Okay, dann hat eben auch er einen Dachschaden.«

Der Stabschef nickte dem Wahlkampfmanager zu, der dem Präsidenten die Zusammenfassung einer in regelmäßigen Abständen durchgeführten Meinungsumfrage unter noch unentschiedenen Wählern überreichte. »Über siebzig Prozent unterstützen Banion und seine Marschierer und glauben, dass die Regierung – das sind wir – in Sachen Ufos die Unwahrheit sagt.«

»Wie konnte es nur so weit kommen?«, sagte der Präsident kopfschüttelnd. »Hat denn heutzutage niemand mehr genügend Fantasie, *nicht* an irgendetwas zu glauben?«

»Von uns ist niemand der Meinung, dass Sie sich kopfüber ins Geschehen stürzen sollten«, sagte der Stabschef. »Nur eine kurze Stellungnahme, in der wir der Forderung nach einer transparent geführten Regierung Nachdruck verleihen. Wir könnten es in einen Zusammenhang mit den Bürgerrechten stellen.«

»Bürgerrechte? Diese Leute gehören in eine Irrenanstalt gesperrt. Nein, und das ist mein letztes Wort. Wir werden jetzt zur Abwechslung einmal das tun, was richtig ist und unserer Überzeugung entspricht.«

»Und was wäre das?«

»Diese ganze Angelegenheit ignorieren. Also, was habt ihr sonst noch für mich?«

Nach der Besprechung flüsterte der Pressesprecher dem Wahlkampfmanager draußen vor dem Oval Office zu: »Lassen Sie mich das deichseln.«

Fernsehdebatte: Es geht um viel
Russland, Ufos, Wirtschaft, die dominierenden Themen beim Duell der Präsidentschaftskandidaten

»Danke, Herr Gouverneur. Mr. President, Sie haben für Ihre Antwort eine Minute.«

»Danke, Jim. Es ist allgemein bekannt, dass ich über die möglichen Entführungen amerikanischer Bürger durch diese … wie auch immer man sie nennen will, zutiefst besorgt bin. Auch wenn sich das nicht so anhört, wenn man die Verdrehungen des Gouverneurs vernimmt, wenn ich dies bei allem Respekt sagen darf. Als ich noch Kongressabgeordneter war, habe ich immer wieder Gesetzesvorlagen eingebracht, die darauf zielten, einen Großteil regierungsamtlicher Dokumente von der Geheimhaltungspflicht zu befreien. Bestimmt befanden sich darunter eine Menge, die sich direkt oder indirekt mit dem zur Rede stehenden Problem befassten. Und wenn der Gouverneur mich nun in eine Weltraumdebatte verwickeln will, dann kann er das gern tun. Ich habe praktisch mit dem Tag meines Amtsantritts vor vier Jahren die Fertigstellung des *Celeste*-Projekts vorangetrieben. Und ich bin *stolz* darauf, wenn ich hier sagen darf, dass dieses historische Ereignis unter meiner Ägide stattfinden wird. *Trotz*, wie ich hinzufügen darf, der ewigen Neinsagerei von Leuten wie Gouverneur Flickery, die das Geld lieber für fragwürdige Autobahnprojekte verwendet hätten, als mutig in die Zukunft vorzustoßen. Lassen Sie mich, wenn ich darf, ebenfalls hinzufügen, dass ich dem Start nicht persönlich beiwohnen werde, da mein Gegenkandidat es für opportun hielt, meine Motive …«

»Ihre Redezeit ist abgelaufen, Mr. President.«

»… anzuzweifeln und die unerhörte Behauptung in den Raum zu stellen, ich würde den Start benutzen, um daraus politisches Kapital zu schlagen. Ich kann nur bedauern, dass es so weit gekommen ist.«

Banion hörte genervt den erhitzten Wortgefechten zwischen Dr. Falopian, Colonel Murfletit, dem Leiter des Internationalen Entführten-Kongresses sowie dem Leiter des Welt-Ufo-Kongresses und dem Vorsitzenden der Präsidenten der Großen Paranormalen Gesellschaften zu. Sie stritten sich über die Frage, wem die Ehre zuteil werden sollte, die einleitende Erklärung bei den Gracklesen-Anhörungen zu halten. Ein Trio entsetzter Mitarbeiter aus Gracklesens Büro tat sein Bestes, nicht die Fassung zu verlieren.

Banion tat sein Bestes, Interesse vorzutäuschen, was ihm aber alles andere als leicht fiel. Er fühlte sich wie in einer ontologischen Sackgasse. Er konnte weder umkehren, noch war er sich sicher, wie es nun weitergehen sollte. Der Leiter des WUFOC und Falopian waren in einen erbitterten Streit geraten. Es zeigte sich nun, dass die verschiedenen Gruppierungen innerhalb der Ufo-Gemeinde durch tiefe Gräben voneinander getrennt waren: Die Puristen argumentierten, dass die Entführten allesamt Trottel seien und dass man sich bei den Anhörungen darauf konzentrieren müsse, die Regierung dazu zu zwingen, in Sachen Ufo-Technologie die Karten auf den Tisch zu legen. Banion fand sich nun in der ungewollten Rolle als Vermittler zwischen rivalisierenden Spinnerfraktionen wieder. Er musste schon seine ganze Willenskraft aufbieten, um nicht einfach aufzustehen und loszuschreien.

Der Schlagabtausch ging allmählich unter die Gürtellinie. Der Leiter der Anonymen Erleuchteten, der Selbsthilfegruppe für Entführungsopfer, hatte soeben den Vizepräsidenten der Area-51-Aufklärungsgesellschaft einen »naiven Trottel« geschimpft. Das Ganze erinnerte Banion an die französischen Revolutionstribunale. Nur die Guillotine fehlte. Irgendjemand stand auf und verkündete, dass sie von Spitzeln infiltriert seien. In ihren Reihen befanden sich Agenten der Regierung!

Ach, ihr Lämmer, dachte Banion, ihr armen blökenden Stolperer in Platons Höhle, prallt mit eurem eigenen Schatten an der Wand zusammen, wenn ihr doch nur wüsstet … Als der Streit dann in ein Gekeife ausartete, wollte er ihnen zurufen: Geht nach Hause! Nehmt eure Kinder in die Arme, mixt euch einen Drink, legt euch ein neues Hobby zu, Schachspielen, Häkeln, Schreinern, Kreuzworträtsel, perversen Sex, egal was, aber gebt eurem Leben endlich einen *Sinn*! Aber die Show musste weitergehen. Es ging in dem Schauspiel immer noch um – um was eigentlich? Scrubbs hatte keinen Plan. Banion brummte der Schädel.

Er stand auf. Die anderen schenkten ihm keine Beachtung, weil sie viel zu sehr damit beschäftigt waren, sich gegenseitig anzuschreien. Nur Gracklesens Leute betrachteten ihn mit stiller Beunruhigung: *Du willst uns doch wohl nicht allein lassen … mit solchen Spinnern?* Er zuckte in ihre Richtung mit den Achseln – *Viel Spaß, Leute* – und verschwand.

Vor seinem Georgetowner Büro wurde er von einer Schar Reporter erwartet, die wie hungrige Vögel nach einem Interview schrien. Soll Elspeth sich um sie kümmern. Als er eintrat, telefonierte Renira gerade mit Miss Delmar, die sich bitter darüber beschwerte, dass sie ihren Wohnwagen mit Kathy Carr hatte teilen müssen. Renira reichte ihm zwischen Mhms ein fingerdickes Bündel Telefonnotizzettel. Während er in sein Büro schlafwandelte, blätterte er sie durch und ließ sie einen nach dem anderen wie »Sie liebt mich, sie liebt mich nicht«-Blütenblätter zu Boden fallen. Er schloss die Tür hinter sich. Er wollte sich gerade aufs Sofa werfen – und sich vielleicht, aber nur vielleicht, mal so richtig ausweinen –, als er sah, dass es von Scrubbs ruhender Gestalt besetzt war. Die über seinem Kopf ausgebreitete Zeitung hatte etwas von einem Leichentuch.

»In dem Zimmer nebenan gibt's übrigens auch ein Sofa«, sagte er. »Das hier ist mein Büro und kein Schlafzimmer.«

Scrubbs regte sich schlaftrunken. »Das andere ist aber nicht so bequem. Wie ist die Sitzung gelaufen?«

»Die Technik-Freaks und die Entführungsanhänger machen sich gegenseitig Vorhaltungen. Ziehen Sie zumindest die Schuhe aus. Verdammt …«

»Was ein echter Ufo-Techie ist«, sagte Scrubbs und wandte sich wieder der Zeitung zu, »kann mit einem Entführten absolut nichts anfangen.«

»Wem sagen Sie das.«

»Er unterhält sich lieber über die Hieroglyphen auf dem Roswell-Wrack als über Vergewaltigungen im Anschluss an Rendezvous mit Aliens.«

»Mein Gott«, sagte Banion, »ich habe einmal Debatten zwischen Präsidentschaftskandidaten moderiert. Jetzt spiele ich den Schiedsrichter bei wilden Zankereien zwischen Paranoikern und Paranormalen.« Er blickte Scrubbs an. »Gott hasst mich. Das ist es. Hinter alldem steckt ein tieferer Sinn.«

»Ich habe gedacht, wir hätten damit aufgehört, uns selbst zu bemitleiden.«

Banion seufzte. »Ich bin zu müde, um wütend zu sein. Meine Kraft reicht nur zum Selbstmitleid.«

Das Telefon klingelte. Renira sagte über die Sprechanlage, als würde sie die Königin von England ankündigen: »Val Dalhousie.«

»Was ist das denn für ein Name?«, sagte Scrubbs.

Banion schaltete die Lautsprechanlage seines Telefons ein. »Hallo, Val.«

»Mein Junge, was haben Sie da nur wieder angestellt? Alle sind ganz *bouleversé*. Einfach köstlich, kann's gar nicht in Worte fassen. Wie geht's Ihnen? Ich weiß, dass Ihnen vor lauter Arbeit wahrscheinlich der Kopf raucht, will Sie also nicht lange aufhalten. Sind Sie am Samstag in der Stadt? Wir haben ein ganz zwangloses Abendessen bei mir geplant, Ihr bevorzugter Kreis von Leuten: Henry und Nancy, Polly und Lloyd, die Galilees, Burts, Organgorfers, Hynda und Tucker, außerdem Eela Dommage, Knatch und Penny Wemyss, oh, und Nikolaj und

Swewa Romanow – ich bete sie an. Einer ihrer Vorfahren kommt im *Inferno* vor, Ugolino oder wie er heißt. Er soll einen seiner Verwandten gefressen oder etwas ähnlich Makaberes getan haben, aber ich find's einfach *chic*, einen Vorfahren in Dantes ...«

»Was zum Teufel hatte das nun wieder zu bedeuten?«, sagte Scrubbs, nachdem Banion aufgelegt hatte.

»Scheint« – Banion seufzte –, »dass ich wieder auf der Liste der Auserwählten stehe.«

»Klingt aber nicht so, als wären Sie darüber besonders glücklich.«

Kaum hatte Scrubbs diese Bemerkung ausgesprochen, wurde auch Banion sich dieser Tatsache bewusst. Es stimmte wirklich, seine Wiederwahl in den innersten Kreis ließ ihn seltsam gleichgültig. Erst vor wenigen Monaten hatte ihn sein Rauswurf völlig aus dem Ruder gebracht. Jetzt war es ihm piepegal.

Ihn faszinierte die Veränderung, die ganz offensichtlich in ihm vorgegangen war, ohne dass er es so recht bemerkt hätte. Warum fühlte er sich so – entrückt? Er konnte sich darauf eigentlich keinen Reim machen. War dies etwa nicht verlöschen wollender Groll darüber, dass seine früheren Freunde ihn fallen gelassen hatten? Oder lag der Grund einfach darin, dass sein früheres Leben in Glanz und Herrlichkeit – die Ovationen, die Einladungen zu Diners mit Königen und Prinzen – nun ein wenig ... fade im Vergleich zu diesem knallbunten Drama voller existenzieller Nöte wirkte, in das er auf so verrückte Weise hineingezogen worden war? Welcher Reiz lag noch in der Pracht des Pfauen, wenn man an der Spitze einer aufmarschierenden Armee stand?

Er hatte gerade jemanden von der *Newsweek* am Telefon – wo man ebenfalls eine Titelgeschichte über ihn vorbereitete –, als Scrubbs vom Sofa sprang, um Banion seine zusammengefaltete Zeitung hinzuhalten und aufgeregt auf einen der Artikel zu tippen: SCHIESSEREI IM SÜDWESTEN DER STADT – ZWEI TOTE.

»Entschuldigen Sie mich einen Moment«, sagte Banion und hielt die Hand über die Sprechmuschel. »Was denn?«

»Na, hier.«

Banion überflog den Artikel. »Passiert in Washington alle Tage.«

»Legen Sie auf. Wir müssen wo anrufen.«

Scrubbs' kurze Zusammenfassung der Bradley-Sache veranlasste einen betäubten Banion dazu, über den Dorothy-Parker-Satz: »Welche unberührte Hölle tut sich da vor mir auf?« zu sinnieren. Die Finstermänner des FBI – in dem Zeitungsartikel als Mitarbeiter der Drogenfahndung dargestellt (Scrubbs versicherte ihm, dass diese Männer auf keinen Fall der Drogenfahndung angehörten) – hatten allem Anschein nach im unpassenden Moment bei Bernard, dem Drogendealer, angeklopft – aber wie soll man auch wissen, zu welcher Tageszeit man am besten bei einem Drogendealer vorbeischaut? Die unerwarteten Begrüßungssalven aus Maschinengewehren wurden von einem Beamten der Metropolitan Police als »eindrucksvoll« beschrieben.

Scrubbs wählte die Nummer und schaltete die Lautsprechanlage des Telefons ein.

»Creative Solutions, mit wem darf ich Sie verbinden?«

»Ich bin's, Scrubbs.« Er flüsterte Banion ins Ohr: »Creative Solutions. Süß, nicht?«

»Hallo, Nathan«, tönte die vertraute Stimme. Sie klang müde, düster und geschäftsmäßig. »Hab mich schon gefragt, wann Sie anrufen.«

»Hab recht viel zu tun gehabt.«

»Wie ich sehe, rufen Sie nicht wie sonst von einer Telefonzelle an. Teilen sich jetzt ein Büro, hm? Ist Mr. Banion bei Ihnen?«

»Er ist da.«

»Könnte ich ihn vielleicht sprechen?«

»Er will nicht mit Ihnen reden. Ist ein wenig verärgert.«

»Das sind wir alle.«

»Ist seine Message bei Ihnen angekommen? In seiner Rede?«

»›Majestätische Umstände‹? Ja, ist mir nicht entgangen. Hat er ja ein Dutzend Mal gesagt. Sie können ihm ausrichten, dass er es in seinen öffentlichen Erklärungen nicht mehr zu wiederholen braucht. Wir wissen alle, wo wir sind und wo wir stehen.«

»Dann sind wir also quitt?«

»Wohl kaum. Die Vereinbarung, über die wir gesprochen haben, ist nicht realisiert worden. Und die gegenwärtige Situation ist unhaltbar. Sie ist völlig außer Kontrolle. Wir befinden uns in höchst unmajestätischen Umständen. Und gegen Sie wird derzeit ein Haftbefehl wegen Mordes ausgestellt.«

»Wovon reden Sie da?«

»Sie wissen sehr gut, wovon ich rede. Zwei Polizeibeamte sind tot, ein dritter ist verwundet.«

»Polizeibeamte – dass ich nicht lache. Killer.«

»Wir wissen von Ihrem Freund Bradley. Und wir werden ihn finden.«

Banion sah, wie Scrubbs zusammenzuckte.

»Ich war derjenige, der sie zu Bernards Haus geschickt hat«, sagte Scrubbs.

»Das glaube ich nicht. Nicht, wenn ich die Beschreibung lese, die der verwundete Beamte abgegeben hat, es sei denn, Sie sind mittlerweile schwarz und Anfang sechzig.«

»Was wollen Sie?«

»Sie wissen genau, was wir wollen. Sie müssen herkommen. Und Ihr Freund sollte die ganze Sache abblasen. Er kann eine Erklärung mit dem Inhalt abgeben, dass – nun, mit Worten weiß er ja umzugehen. Wahnvorstellungen können eine ganze Reihe von Ursachen haben: Medikamente, Alkohol, bipolare Störungen. Niemand braucht sich dessen zu schämen. Aber es muss ein umfassender – und sofortiger – öffentlicher Widerruf und eine Aufkündigung seiner jüngsten Aktivitäten sein. Die Lage ist viel zu angespannt. Sie muss entschärft werden. Wenn diese beiden Dinge eintreten – und zwar morgen, wenn nicht noch früher –, dann ist Ihr Freund Bradley kein Thema mehr.«

Nun war es an Banion, die Frage »Wollen Sie das etwa alles austrinken?« zu stellen.

Scrubbs saß vornübergebeugt auf dem Sofarand und schwieg den Wodka an, der ausgereicht hätte, selbst einen Russen zu betäuben. Schließlich sagte er wieder etwas.

»Mist, verdammter.«

»Das ist keine besonders erhellende Analyse der objektiven Sachlage«, sagte Banion.

»Ach, hören Sie doch auf, Scheiße noch mal.«

»Verschwenden Sie Ihre Galle nicht an mich.«

»Ich muss tun, was er sagt.«

»Und ich? Was wird aus mir?«

»Sie werden schon zurechtkommen.«

»Sehr ermutigend.«

»Tun Sie einfach, was er sagt. Erzählen Sie öffentlich, dass Sie in Behandlung waren und Ihnen die Medikamente nicht bekommen sind. Lösen Sie die Demo auf. Wenn Sie das tun, ist da allerdings das Problem, dass Sie ihr einziges Druckmittel verlieren. Dann können die mit Ihnen machen, was sie wollen.«

»Dann werde ich eben nicht verkünden, dass es sich bei alldem nur um die Auswüchse irgendeiner Midlife-Crisis gehandelt hat.«

»Ja. Ich glaube, ich würde an der Armee festhalten. O *Mann* …«

Scrubbs griff nach dem Telefonhörer.

»Was haben Sie vor?«, fragte Banion.

»Ich werde ihn anrufen und sagen, dass ich komme.«

»Warum der Sinneswandel?«

»Bradley. Er hat meinen Arsch gerettet. Zweimal. Sie werden ihn finden. Das kann ich nicht zulassen.«

»Warten Sie«, sagte Banion.

»Mir bleibt keine andere Wahl.«

»Und was soll ich dann tun?«

»Ihnen wird schon nichts passieren.«

»Solange ich Anführer von drei Millionen Halbirren bleibe? Bis zum Ende meiner Tage? Der einsame Messias? Nein, danke.«

»Woher nehmen Sie nur immer dieses Selbstmitleid? Ich bin derjenige, der hier gleich erschossen wird.«

»Wo wir gerade von Selbstmitleid reden! Jetzt hören Sie mal zu, Junge, wir sind hier nicht im revolutionären Paris, und Sie sind kein tragischer Romanheld von Dickens, ersparen Sie sich also Ihr Gerede von wegen: ›Was ich nun tun werde, ist von weit größerem Wert, als das, was ich getan habe.‹«

»Haben Sie eine bessere Idee? Sie Arschloch?«

»Ja, in der Tat.« Banion langte nach dem Hörer.

»Wen rufen Sie an?«

»Regel Nummer eins: Fangen Sie oben an, und arbeiten Sie sich von dort weiter nach oben vor.«

»Weißes Haus«, antwortete die Vermittlung.

17

Also doch: Präsident bei Celeste-Start dabei

Sonderbericht der *Washington Post*

Nach einer Erklärung des Weißen Hauses wird der Präsident nun doch dem Start der umstrittenen Raumstation *Celeste* beiwohnen.

Das Weiße Haus reagierte damit auf die gefühlsbetonten, während einer Pressekonferenz gefallenen Äußerungen von Amber Lamb, die der Besatzung als wissenschaftliche Spezialistin angehört. Lamb, eine Fitnesstrainerin, die aerobische Übungen im Weltall erforschen wird, sagte, dass sie es »äußerst unfair« finde, »wenn der Präsident aus Gründen politischer Rücksichtnahme nicht dabei sein kann. *Celeste* war von Beginn an sein Projekt.«

Pressesprecher Fred Tully erklärte, dass der Präsident sich von Lambs Äußerungen »zutiefst bewegt« gezeigt habe und es nun »für seine Pflicht halte, dem Start beizuwohnen, mag der politische Preis dafür auch noch so hoch sein«.

Mona Moyst, die Sprecherin von Gegenkandidat Flickery sagte, dass die Entscheidung des Präsidenten »niemanden überrasche«. Sie verurteilte das *Celeste*-Programm als »einundzwanzig Milliarden Dollar teures, erdumkreisendes Subventionsprojekt zur Unterstützung regionaler Gewährsleute des Präsidenten«.

»Hallo, Burt.«

»Du liebe Zeit, Jack O. Banion der Große, wie geht's dir? Sehen wir uns bei Val?«

»Glaub nicht. Ich hab deine Hilfe nötig.«

»Stets zu Diensten.«

»Ich brauche einen Gesprächstermin beim Präsidenten.«

»Wow! Da verlangst du aber wirklich was von mir. Was ist los?«

»Ist wahrscheinlich besser, du weißt nichts davon.«

»Irgendwas Handfestes wirst du mir schon geben müssen.«

»Kleine grüne Männchen, Burt. Es geht um kleine grüne Männchen.«

Burt Galilee lachte. »Du gibst einfach nicht auf, was? Ich bewundere deine Hartnäckigkeit. Aber schau, Jack, der Mann hat mehr zu tun als ein einbeiniger französischer Einwanderer im Arschtreterwettkampf. Der Wahlkampf, Russland, und jetzt hat er auch noch beschlossen, doch zum Start der *Celeste* zu gehen. Hast du das mitgekriegt? Hat heute Morgen in den Zeitungen gestanden. Vielleicht nach der Wahl, wir könnten ...«

»Nein, nein, ich muss ihn noch heute treffen.«

»Jack, wir reden hier vom *Präsidenten.* Ich weiß, dass du dich inzwischen in einem anderen Universum bewegst, aber das alte funktioniert nach wie vor nach bestimmten Regeln.«

»Du kennst mich, Burt.«

»Seien wir ehrlich. Du hast ein paar nicht unwesentliche Veränderungen durchgemacht ...«

»Habe ich jemals deine Zeit verschwendet?«

»Für jemanden, der an fliegende Untertassen glaubt, magst du ja mit beiden Beinen fest auf dem Boden stehen. Aber ich kann dir deine Bitte dennoch nicht erfüllen.«

»Du willst doch, dass der Präsident eine zweite Amtszeit bekommt, oder?«

»Komm schon, Jack. Ich hab keine Lust, mich verscheißern zu lassen.«

»Wenn ich keinen Termin bei ihm bekomme, dann verspreche ich dir, dass sein Fototermin beim Start der *Celeste* zu einem einzigen Albtraum gerät.«

Burton Galilee drückte die Aufnahmetaste seiner Telefonanlage.

»Jack, habe ich richtig verstanden, dass du dem Präsidenten der Vereinigten Staaten drohst?«

»Du nimmst das Gespräch also auf, was? Test, eins, zwei, eins, zwei. Hast du auch alles auf Band? Ich sage nur, wenn ihr dort unten nicht den Super-GAU erleben wollt, dann besorg mir bei ihm einen Termin. Übrigens, die Sache mit dieser Streckübungsspezialistin war nicht von schlechten Eltern: ›Ach, wär das toll, wenn der Präsident, tja, wow, wenn er doch auch hier sein könnte‹.«

»Du willst also wirklich, dass ich ins Weiße Haus spaziere und denen verklickere, dass Jack Banion den Start der *Celeste* vereiteln wird, wenn er keinen Termin beim Präsidenten bekommt? Was meinst du, wie das klingen wird?«

»Überzeugend, hoffe ich doch, um deinetwillen.«

»Wieso?«

»Flickery hat dem Washingtoner Lobbyisten-Betrieb den Kampf angesagt. Wenn er drankommt, wird für dich hier kaum noch was zu holen sein.«

Burt lachte. Er drückte die Pause-Taste. »Das sagen sie alle, bevor sie gewählt werden. Dann kommen sie in die Stadt, merken, wie der Hase läuft, und wir alle werden beste Freunde.«

»Sicher, aber er wird ein, zwei Jahre brauchen, bis er das kapiert hat. Und du stehst dann längst auf der Straße. Du setzt deinen Status quo aufs Spiel. Einen ziemlich komfortablen Status quo. Noch stehen dir alle Türen im Weißen Haus offen. Zutritt zum Westflügel, Staatsdiners, Übernachtungen im Lincoln-Schlafzimmer, Golf in Burning Bush und Kunden, die draußen vor deinem Büro bis zur nächsten Ecke Schlange stehen, weil du die Privatnummer des Präsidenten im Nummernspeicher deines Telefons hast. Willst du das alles wirklich aufs Spiel setzen, indem du mir läppische zehn Minuten mit ihm im Oval Office verweigerst? Denk mal drüber nach. Ich erwarte deinen Anruf innerhalb der nächsten Stunde.«

Der Rückruf kam nach fünfundvierzig Minuten, und zwar vom Stabschef des Weißen Hauses. Seine Stimme lag bei etwa zwei Grad über dem Gefrierpunkt.

»Burt Galilee hat angerufen. Er hat gesagt, Sie hätten angerufen und Drohungen ausgesprochen. Äußerst unklug von Ihnen und möglicherweise strafbar. Was wollen Sie?«

»Ein Gespräch mit Ihrem Boss noch heute Nachmittag.«

»Kommt nicht in Frage.«

»Jetzt verhalten aber Sie sich unklug. Sie haben doch noch gar nicht gehört, worum es geht.«

»Ich nehme an, um fliegende Untertassen. Wir haben versucht, Ihnen in dieser Sache auf halbem Wege entgegenzukommen. Sie haben sich unvernünftig verhalten, um nicht zu sagen taktlos. Sie hatten Ihren Moment an der Sonne. Und Gracklesen hat Ihnen Ihre Anhörungen zugesagt. Wenn Sie Leuten Angst einjagen wollen, schnappen Sie sich doch noch ein paar Senatoren. Sie reden mit dem Weißen Haus. Die Tour zieht hier nicht.«

»Sie haben doch mitgekriegt, wie es aussieht, wenn sich drei Millionen Menschen in die Mall quetschen, oder?«, sagte Banion. »Okay, jetzt stellen Sie sich vor, wie diese Leute draußen vor Cape Canaveral kampieren und in einem fort schreien, dass der Präsident drauf und dran ist, das Ende der Welt herbeizuführen.«

»Sie sind wahnsinnig.«

»Weniger, als Sie denken, aber das ist ein anderes Thema. Die Leute werden jedoch genau das tun, wenn ich ihnen sage, dass der Start von *Celeste* die Aliens dazu provozieren wird, die Vereinigten Staaten anzugreifen.«

»Sie brauchen einen Psychiater, nicht den Präsidenten.«

»Sie schneiden das Gespräch mit, nehme ich an, ja? Nun, warum nicht, ist ja inzwischen so üblich. Also gut, dann sage ich Ihnen jetzt, wie wir's machen …«

Banion blickte zu Scrubbs hinüber, der beide Daumen hochhielt.

»Wir haben eine Mitteilung der Aliens erhalten …«

»Ich habe für so was keine Zeit, Banion.«

»Einen Moment noch. Also, die Aliens wissen, dass es sich bei dem Sprengkopfmodul an Bord des *Celeste*-Shuttles um einen …« Banion hatte plötzlich Mattscheibe.

»Plasmastrahler«, flüsterte Scrubbs.

»… einen Plasmastrahler handelt, der als Erstschlagwaffe gegen sie eingesetzt werden soll.«

»Besorgen Sie sich psychiatrischen Beistand.«

»Also gut, es mag vielleicht ein bisschen weit hergeholt klingen, aber ich versichere Ihnen, dass die Aliens die Angelegenheit sehr ernst nehmen. Und Sie lassen durch mich, ihrem, wenn Sie so wollen, Botschafter auf dem Planeten Erde, die Nachricht übermitteln, dass sie gegen die Vereinigten Staaten einen totalen Krieg führen werden, falls *Celeste* gestartet wird. So, und wenn ich das Gleiche jetzt meinen Leuten erzähle, werden die ausrasten und alles in ihrer Macht Stehende tun, um den Start zu verhindern.«

»Falls irgendjemand auch nur einen Fuß auf Regierungsgelände setzt, wird er verhaftet und vor Gericht gestellt. Und Sie gleich dazu. Sie können dann zwanzig Jahre in einem Bundes…«

»Wenn Sie mich zum Gandhi des neuen Millenniums machen wollen, nur zu. Haben Sie wirklich genügend freie Gefängniszellen, um drei Millionen Menschen einzusperren? Und was wird aus dem triumphalen Fototermin so kurz vor der Wahl? Mir fällt dabei auf Anhieb das Wort Katastrophe ein. Ist das die Gelegenheit, nach der Sie am Vorabend der Wahl suchen?«

»Ich werde jetzt auflegen.«

»Bill«, sagte Banion, »falls Sie an meiner Fähigkeit zweifeln, eine große Menschenmenge zusammenzutrommeln, denken Sie nur an die Szene, die sich letztes Wochenende vor Ihrem Fenster abgespielt hat.«

Schweigen. Jetzt hab ich dich am Wickel.

»Ich bitte Sie lediglich um eine zehnminütige Audienz beim Präsidenten. Was sind zehn Minuten im Vergleich zu einem totalen Chaos kurz vor der Wahl?«

»Worüber wollen Sie denn mit ihm sprechen?«

»Es ist besser, wenn Sie das nicht wissen.«

»Das muss ich aber wissen, Gott verdammt …«

»Okay« – Banion räusperte sich –, »ich habe einen Plan, wie die Aliens aufgehalten werden können.«

»Ich glaub's einfach nicht …«

»Drei Millionen Menschen, Bill. Drei Millionen äußerst

seltsame Menschen, die ›We Shall Overcome‹ singen. Welch ein Anblick, hm?«

»Also gut, also gut. Halb fünf. Aber zehn Minuten, mehr nicht.«

»Halb fünf ist schlecht. Ging's nicht auch schon um zwei?«

Banion war seit fast einem Jahr nicht mehr im Oval Office gewesen. Die Leute vom Secret Service unterzogen ihn mit ihren Metalldetektoren einer gründlichen Leibesvisitation und nahmen sogar seinen Füllfederhalter auseinander. Scrubbs war noch nie im Weißen Haus gewesen, geschweige denn im Oval Office. Sein Einlass wurde durch die Tatsache erschwert, dass er weder einen Ausweis mit Lichtbild vorzuweisen hatte noch eine gültige Sozialversicherungsnummer. (MJ-12 sorgte dafür, dass die Daten eines jeden Mitarbeiters aus den Amtsregistern des Bundes gestrichen wurden.) Man war drauf und dran, ihn festzunehmen. Der Stabschef, der ohnehin nicht glücklich über diese Besprechung war, musste persönlich einschreiten. Schließlich wurden sie hineingeführt und sahen sich dem Präsidenten der Vereinigten Staaten und seinem Stabschef gegenüber.

»Das ist Mr. Scrubbs«, sagte Banion. »Er arbeitet für Sie.«

Banion erzählte nun die ganze Geschichte, während der von Ehrfurcht ergriffene Scrubbs beipflichtend grunzte und nickte. (Gäste des Oval Office neigen beim ersten Besuch oft dazu, etwas verkrampft zu sein.) Der Präsident hörte schweigend zu, was ihm allerdings äußerst schwer zu fallen schien. Als Banion jedoch zu dem Teil der Geschichte kam, in dem Bernard, der Drogendealer, die MJ-12-Killer mit einer Maschinengewehrsalve begrüßte, verrieten seine Augen ein gewisses Interesse. Obwohl Banion über zehn Minuten benötigte, um sämtliche Ereignisse wiederzugeben, ließ der Stabschef ihn gewähren.

»Also«, schloss er, »Sie müssen diese Leute zurückpfeifen, sofort, bevor sie diesem Bradley-Typen – dem Mann, der Mr. Scrubbs das Leben gerettet hat – etwas zuleide tun.«

Während der Präsident und sein Stabschef an diesem harten Brocken noch zu schlucken hatten, fuhr Banion in leicht blasiertem Tonfall fort: »Und nun zu mir. Die Regierung der Vereinigten Staaten hat mich die Hölle auf Erden durchleben lassen, und ich verlange Wiedergutmachung. Eine hohe Wiedergutmachung. Als Erstes will ich im Sinne von Exklusivrechten – natürlich – alles, was Sie an Informationen über diesen verbrecherischen Geheimdienst haben. Einzelheiten. Alles, insbesondere wer der Chef ist. Um zurück in mein früheres Leben zu gelangen, werde ich einen Pulitzer-Preis-trächtigen Knüller gebrauchen können.« Banion lehnte sich zurück. »Die Geschichte hat's in sich, finden Sie nicht auch?«

Der Präsident blickte auf seinen Schreibtisch hinab, spitzte die Lippen, blickte den Stabschef an und sah wieder, undurchdringlich wie eine Sphinx, zu seinen Besuchern zurück. »Tja, wir werden der Sache auf jeden Fall mal nachgehen. Vielen Dank, dass Sie gekommen sind.«

»Wir haben *Ihnen* zu danken«, sagte Scrubbs eifrig. Novize, dachte Banion.

»Entschuldigen Sie«, sagte er. »›Mal nachgehen‹? Was soll das heißen?«

»Das heißt«, sagte der Stabschef steif, »dass wir Ihnen Bescheid geben werden.«

»Also, die Antwort können Sie sich in den Arsch schieben«, sagte Banion.

»Jack«, zischte Scrubbs, »der *Präsident.*«

»Vielleicht haben wir uns missverstanden«, sagte Banion. »Ich bin nicht irgendein Bittsteller aus einem Scheichtum im Mittleren Osten, der darum bettelt, dass Sie ihm F-16-Bomber verkaufen. Und ich bin auch nicht auf einer Schweinefarm aufgewachsen. Ich lasse mich nicht mit einem ›Wir melden uns‹ und einer präsidialen Krawattennadel abspeisen. Ich habe Ihnen gerade erklärt, dass ein verbrecherischer Geheimdienst der Regierung in einem fort US-Bürger kidnappt und in diesem

Moment dabei ist, diesen Bradley zu ermorden, es sei denn, Mr. Scrubbs würde sich freiwillig in ihre Hände begeben. Nur der liebe Gott weiß, welche Pläne sie für mich in petto haben, aber ich habe wahrlich nicht die Absicht, darauf zu warten, dass sie eine Luftblase in meine Arterien injizieren. Sie müssen sich also schon etwas Besseres einfallen lassen als ›Wir melden uns‹. Ich schlage vor, Sie nehmen jetzt dieses Telefon, wählen die Nummer, die Mr. Scrubbs Ihnen gegeben hat, und geben den Befehl, sämtliche Aktivitäten sofort einzustellen. Es sei denn«, sagte er, »Sie wollen während Ihres heiß geliebten Starts mit dem Amoklauf des Jahrtausends konfrontiert werden.«

»Jetzt reicht's«, sagte der Stabschef. »Diese Unterredung ist beendet.«

»Jack«, sagte der Präsident in überraschend freundlichem Tonfall, »man wird Sie für einen Wahnsinnigen halten, wenn Sie das durchziehen.«

»Mr. President«, sagte Banion matt, »man hält mich bereits für wahnsinnig. Ich habe alles verloren, was mir je etwas bedeutet hat. Sie dagegen haben immer noch etwas zu verlieren.«

»Warum sollte ich die Wahlen verlieren, nur weil ein Haufen Verrückter zu dem Raumfahrtstart kommt? Wie könnte mich das in ein schlechtes Licht stellen? Es sei denn« – er lächelte –, »Ihre Aliens schlagen tatsächlich zurück und gehen zum Angriff auf die Vereinigten Staaten von Amerika über.«

Der Stabschef lachte freudlos.

»Ich glaube«, sagte der Präsident und erhob sich von seinem Schreibtisch, »dass ich mit dieser Möglichkeit leben kann. Vielen Dank, dass Sie gekommen sind, Jack. Passen Sie auf sich auf.« Er kam um den Schreibtisch herum und streckte die Hand aus.

»Also«, sagte Banion zu Scrubbs, als die beiden die Pennsylvania Avenue erreichten, »das war meiner Meinung nach ein Erfolg.«

»Tut mir Leid, Sie mit der Sache behelligt zu haben«, sagte der Stabschef, »aber ich habe es für besser gehalten, seinem Gesprächswunsch nachzugeben. Es hängt für uns viel davon ab, dass der *Celeste*-Start glatt verläuft. Es hat keinen Sinn, ihn dazu zu ermuntern, eine Freak-Show draus zu machen, nicht, wenn es sich vermeiden lässt.«

Der Präsident blickte nachdenklich das Telefon auf seinem Schreibtisch an.

»Sir?«

»Wer«, sagte der Präsident, »wäre denn theoretisch der Chef von diesem MJ-12? Mal angenommen ...«

»Mal angenommen, was?«

»... dass es das gibt.«

»Sir, auch auf die Gefahr hin, etwas auszusprechen, was ganz offensichtlich ist – Jack Banion hat nicht mehr alle Tassen im Schrank. Sie haben gehört, was Burt Galilee gesagt hat. Der Mann hat einen Nervenzusammenbruch hinter sich. Um es im Fachjargon auszudrücken, er ist plemplem.«

»Auf mich hat er einen ziemlich aufgeräumten Eindruck gemacht.«

»Das ist bei Verrückten häufig der Fall. Denken Sie nur an Perot. Sie haben doch nicht etwa geglaubt, was Banion gesagt hat, oder?«

»Na ja, ich habe diesen arroganten Mistkerl zwar noch nie ausstehen können, aber wenn das hier eine Midlife-Crisis ist, dann eine, die sich gewaschen hat. Ich glaube schon, dass ihm irgendetwas zugestoßen ist. Es muss sich um irgendein Trauma oder so was handeln. Ich bin kein Arzt, aber ich sage Ihnen, ein Mensch – insbesondere ein Snob wie dieser – wirft nicht einfach wegen irgendeines ›Nervenzusammenbruchs‹ alles weg, was er erreicht hat, um sich dann mit Ufo-Spinnern rumzutreiben. Ich kenne eine Menge Leute, die einen Nervenzusammenbruch hinter sich haben, psychotische Vorfälle, Realitätsstörungen, was Sie wollen, posttraumatischer Stress – *da-*

von habe ich jede Menge gesehen –, aber kein Einziger hat wie Banion mit dieser eiskalten Gelassenheit dagesessen. Okay, vielleicht irre ich mich, und er spinnt tatsächlich. In Ordnung. Finden Sie es heraus. Sie rufen jetzt also sofort George Herrick an und sagen ihm, dass die CIA die Sache prüfen soll. Oder handelt es sich hier mehr um eine Angelegenheit der NSA? Keine Ahnung, wer für diesen Sauhaufen die Verantwortung trägt. Egal, stellen Sie Nachforschungen an.«

»Mr. President ...« Der Stabschef nannte ihn nur dann so, wenn er drauf und dran war, nicht zu tun, um was er gebeten worden war. »Der arme Ike«, hatte Harry Truman gesagt, bevor er die Zügel an Eisenhower übergab. »Er wird dasitzen und sagen: ›Tut dies‹, und nichts wird passieren.«

»Verdammt, Bill, kommen Sie mir jetzt nicht mit diesem ›Mr. President‹ ...«

»Wir haben es hier mit dem Hirngespinst eines Geistesgestörten zu tun.«

»Dann sollten wir doch einfach sichergehen, ob dem so ist.«

Der Stabschef verstummte einen Moment lang. Dann sagte er mit ernster Stimme: »Nehmen wir einmal rein theoretisch an, dass da *tatsächlich* irgendetwas Seltsames vor sich geht. Und jetzt kommt die entscheidende Frage: Wollen Sie es *wirklich* herausfinden?«

»Und zwar auf der Stelle, verdammt noch mal. Das ist mein Job.«

»Es ist Ihr Job, wenn ich den Amtseid zitieren darf, die Verfassung der Vereinigten Staaten zu wahren, zu schützen und zu verteidigen ...«

»Das *weiß* ich.«

»... und nicht, ein Streichholz dranzuhalten.«

»Ich glaube, ich habe hier heute noch kein einziges vernünftiges Wort gehört.«

»Mal angenommen, wir stellen fest, dass die US-Regierung seit 1947 hinter jedem am Himmel gesichteten Ufo steckt. Aus weiß der Geier welchen Gründen – anfänglich vielleicht, um den Russen Angst einzujagen. Fünfzig Jahre lang wurde den Leuten jedes Blinklicht am Himmel, jeder verbrannte Wüstenfleck, jede, mein Gott, kurzzeitige Entführung – warum sagen wir nicht einfach Kidnapping? – mit freundlicher Unterstützung von Uncle Sam geliefert. Und alles mit Steuergeldern finanziert. Wie würde das in den Abendnachrichten rüberkommen? Es würde jedermanns schlimmste Kennedy-Attentatstheorie wie Kinderkram aussehen lassen. Kein Mensch würde jemals wieder der Regierung vertrauen. Und wem würde man die Schuld in die Schuhe schieben? Na dem, der sich dazu am meisten eignet – Ihnen. Kann's kaum erwarten, an Ihrer Fernsehansprache aus dem Oval Office zu feilen. ›Ratet mal, was ich gerade herausgefunden habe – seit einem halben Jahrhundert lassen wir komische Lichter am Himmel blinken, kidnappen eure Frauen und mähen Kreise in eure Getreidefelder. Habe ich schon die Kuhverstümmelungen erwähnt?‹ Vergessen wir die Wiederwahl. Wir können auch gleich zum Amtsenthebungsverfahren übergehen.«

»Moment mal! *Ich* wäre doch derjenige, der dafür sorgt, dass alles rauskommt, verdammt. Ich wäre ein Held.«

»Niemand«, sagte der Stabschef düster, »der auch nur entfernt mit der Regierung zu tun hat, braucht sich dann noch um den Titel eines Helden zu bewerben. Haben Sie irgendeine Vorstellung davon, welches Chaos eine derartige Enthüllung auslösen würde? Zu einer Zeit, wenn ich an dieser Stelle darauf hinweisen darf, in der die Möglichkeit eines Krieges mit einem Land besteht, das nach wie vor im Besitz von sechstausendachthundert nuklearen Sprengköpfen ist und von einem Mann geführt wird, der sich, wie uns die CIA berichtet, jeden Morgen die Zähne mit Wodka putzt und seine Mätressen anweist, seinen Penis mit Peter der Große anzureden? Ist das wirklich der geeignete Zeitpunkt, die Regierung mit Pauken und Trompeten in die Handlungsunfähigkeit zu stürzen?«

»Wir sollten den Ereignissen vielleicht wirklich nicht zu weit vorgreifen«, sagte der Präsident nach einer kurzen Gedankenpause. »Banion ist aller Wahrscheinlichkeit nach durchgedreht. An der Sache ist wahrscheinlich nichts dran.«

»Eben. Warum dann darin herumschnüffeln?«

»Ist eine hässliche Sache. Wird einem speiübel davon.«

»Ich sage nur, falls es wahr ist – aber das ist es nicht –, können wir es unmöglich publik machen. Und falls es nicht wahr ist – was es auch nicht sein kann –, dann gibt es ohnehin keinen Handlungsbedarf. Bei genauerem Hinsehen ist die Sache so leicht wie das kleine Einmaleins.«

Der Präsident runzelte die Stirn. »Wir haben aber immer noch das Banion-Problem. Er wird voll auf meine Parade pissen, wenn wir nichts unternehmen.«

»Was kann Banion schon tun? Verkünden, dass die Aliens kurz vor einem Angriff stehen. Und wie sieht's dann mit seiner Glaubwürdigkeit aus? Von dem Moment an, in dem er das verkündet, braucht ihn niemand mehr ernst zu nehmen.«

»Was ist mit seinen drei Millionen Anhängern, die nach Canaveral marschieren, um meinen großen Moment mit Scheiße zu bewerfen? *Meinen* großen Moment.«

»Sollen sie doch kommen. Aus der Sache werden Sie als der starke Führer hervorgehen, der sich gegen die Kräfte aus dem Land der geistigen Umnachtung behauptet hat. Je länger ich darüber nachdenke, desto besser gefällt es mir. Vielleicht kann uns gar nichts Besseres passieren. Vielleicht gibt dies den Ausschlag für unseren Sieg.«

»Es wird ein verdammtes Chaos geben.«

»Es wird ein Triumph sein. Es sei denn ...«, sagte der Stabschef stirnrunzelnd.

»Was?«

»... die Aliens greifen an.«

Einen kurzen, seltenen Moment lang war das Oval Office von Gelächter erfüllt.

Sexskandal um Ufo-Boss
Banion liess sich in Alien-Outfit von Prostituierten »sondieren«

»Ist doch nur der *Blare*«, sagte Scrubbs vom Sofa aus.

Banion saß an seinem Schreibtisch und blickte auf die Schlagzeile der auflagenstärksten Supermarktgazette hinab. Das Mädchen vom Hostessenservice, mit dem er sich angeblich an mehreren Wochenenden zu »sextraterrestrischen Orgien« im Hay-Adams Hotel direkt gegenüber vom Weißen Haus »eingenistet« hatte, war nicht von schlechten Eltern, wenn man sich von zu dick aufgetragenem Rouge nicht abschrecken ließ. Bei welcher Regierungsabteilung die wohl angestellt war? fragte er sich. Im Innenteil waren vier ganze Seiten mit Farbfotos veröffentlicht. Das, welches wahrscheinlich zu den Nachrichtenagenturen ging, um in *Time, Newsweek* und anderen Hochglanzzeitschriften nachgedruckt zu werden, zeigte Banion im Adamskostüm mit Marsantennen auf dem Kopf. Das Ganze war recht gut gemachte Bildnachbearbeitung. Im digitalen Zeitalter waren Fotos oft nichts als dreiste Lügen. Man konnte Mutter Teresa problemlos in ein Bordell stecken und Hitler in eine Synagoge. Sollte er sich überhaupt die Mühe machen und ein empörtes Dementi herausgeben? Er hörte, wie im Vorzimmer Reniras Telefone Sturm läuteten. Draußen purzelten die Kamerateams aus den Ü-Wagen wie Soldaten aus Truppentransportern.

Renira kam herein, um ihm mitzuteilen, dass die *New York Times* am Apparat sei und auf eine Stellungnahme dringe. Banion wandte sich an Scrubbs. »Sie haben doch behauptet, dass die seriöse Berichterstattung der Sache keine Beachtung schenken würde.«

Scrubbs zuckte mit den Achseln. »Ich wollte Sie nur aufmuntern.«

»Das ist Ihnen misslungen.« Banion sagte Renira, sie solle der *Times* ausrichten, dass er zurückrufen werde, und schlug wieder die Gazette auf. Die reißerische Aufmachung der Geschichte, die etwas von einem Fantasy-Roman hatte, faszinierte ihn.

»Was für ein Idiot ich doch war«, murmelte er. »Zu glauben, dass ich einfach so ins Oval Office marschieren und Befehle erteilen kann.« Er schüttelte den Kopf. »Aber ich hätte nie gedacht, dass sie auf diese Weise zurückschlagen. Ich dachte, nun, ich dachte, dass so etwas unter ihrem Niveau liegt.« Er las laut vor: »›Während wir es miteinander trieben, wollte Jack immer, dass ich diese Raumschiffgeräusche mache. Und zwar so: Heeooheeoo – halt genau wie auf der Demonstration letztes Wochenende.‹ – Die Regierung ist echt auf den Hund gekommen.«

»Draußen warten jede Menge Reporter. Erzählen Sie denen, dass das Weiße Haus versucht, Sie als Fiesling darzustellen, weil man Angst vor Ihnen hat.«

Banion warf Scrubbs einen säuerlichen Blick zu. »Hab nicht den Eindruck, dass Sie für den Posten eines Medienberaters* der richtige Mann wären.«

»Wieso, es stimmt doch, oder etwa nicht? Es sei denn, MJ-12 hat wieder die Hände im Spiel gehabt.«

»Das ist jetzt nicht der geeignete Zeitpunkt, mit ernster Miene Dementis abzugeben, und zwar insbesondere dann nicht, wenn sie auf der Wahrheit beruhen. Es ist der Zeitpunkt, um zum Angriff überzugehen. ›Aber wer einem König einen Schlag versetzt, muss ihn töten.‹«

»Wie bitte?«

»Zitat von Emerson. In gewissem Sinn könnte sich die Sache noch zu unserem Vorteil entwickeln.«

»Dass Sie ein Alien-Sexfreak sind?«

»Wenn man begehrt ist, stehen einem alle Türen offen. Ich werde wohl kaum Schwierigkeiten haben, heute Abend einen Fernsehauftritt zur Haupteinschaltzeit zu bekommen, oder?«

* Jemand, der sich seinen Lebensunterhalt mit Lügen verdient, für gewöhnlich im Auftrag eines Politikers.

»Unser heutiger Gast: John O. Banion. Schön, dich wieder bei *Larry King Live* begrüßen zu dürfen.«

»Danke, Larry.«

»Diese Geschichte über dich und diese Frau in der Boulevardzeitung *Blare*. Willst du dazu Stellung nehmen?«

»Ich könnte es einfach abstreiten, Larry, und sagen, dass mächtige Gegenspieler es darauf abgesehen haben, mich in Misskredit zu bringen, aber wozu? Die betreffende junge Frau ist bestimmt eine gute Patriotin, die nur Befehle ausführt, genau wie das all diese Deutschen im Zweiten Weltkrieg getan haben. Vielleicht glaubt sie sogar, dass sie eine gute Tat vollbracht hat. Ich will's hoffen. Aber ich bin heute Abend nicht in deine Sendung gekommen, um über die jüngsten Versuche der Regierung zu reden, mich wie jemanden aussehen zu lassen, der eine Überdosis Viagra* geschluckt hat. Ich habe ein weit dringenderes Anliegen.«

»Worum geht's?«

»Ich habe ein Kommuniqué vom Oberkommando der Aliens erhalten.«

Larry King zog die Augenbrauen hoch. »Ist ja ein Ding.«

»Die Lage ist äußerst ernst, wie ich leider mitteilen muss. Ich hoffe, dass alle, die uns heute Abend zuschauen, ganz genau aufpassen, denn hier geht es um etwas, was jeden Mann, jede Frau und jedes Kind in diesem Land betrifft.«

»Sie hören dir zu. Glaub mir.«

»Also, Larry, falls der Präsident in dieser Woche darauf besteht, das *Celeste*-Projekt in die letzte Phase treten zu lassen und die Raumfähre zu starten, werden die Aliens mit allem, was sie haben, die Vereinigten Staaten von Amerika angreifen.«

* Potenzpillen, die 1998 eingeführt wurden, bis die Proteste erschöpfter Frauen den Kongress dazu zwangen, sie über das Gesundheitsministerium verbieten zu lassen. Inzwischen zu Wucherpreisen auf dem Schwarzmarkt erhältlich.

»*Das* klingt allerdings wirklich ernst. Was stört sie so daran?«

»Ihr geheimdienstliches Netz – wie du weißt, Larry, führen die Aliens hier umfangreiche geheimdienstliche Operationen durch – nun, müssen sie ja schließlich auch, oder? Wie dem auch sei, nach ihren Erkenntnissen handelt es sich bei dem Sprengkopf an Bord der Raumfähre, die sich zur *Celeste* aufmacht, um eine Erstschlagwaffe. Einen Plasmastrahler. Diese Waffe besitzt ein Vernichtungspotenzial, das die gesamte Alien-Flotte bedroht. Ein Dolch, wenn du so willst, Larry, der auf ihr Herz zielt.«

»Mit wem hast du darüber gesprochen?«

»Mit ihren Führern. Ich habe ausschließlich mit der Führungsriege zu tun.«

»Und hast du unseren Führern davon berichtet?«

»Erst vor ein paar Tagen habe ich den Präsidenten darüber aufgeklärt, im Oval Office im Weißen Haus.«

»Ach, verdammter Mist«, sagte der Präsident. Er und die First Lady verfolgten die Sendung vom Bett aus.

»Wie hat er darauf reagiert?«

»Ich muss dir leider mitteilen, Larry, dass er sich hartnäckig jeder Einsicht verweigert. Wie du weißt, liegt er in den Meinungsumfragen weit hinten. Er verliert vielleicht, und die Wahl steht kurz bevor. Er braucht so viel Publicity, wie er nur kriegen kann. Er scheint der Ansicht zu sein, dass ein publikumswirksames Foto in Cape Canaveral wichtiger ist als die totale Vernichtung, die uns angesichts der überlegenen Feuerkraft der Aliens blüht. Ein beklagenswerter Zustand, Larry.«

»Allerdings.«

»Bestimmt hast du heute Morgen in den Zeitungen gelesen, dass er persönlich den Startknopf drücken wird, oder?«

»Ja, hab ich. Ich möchte dich eines fragen: Klingt das nicht alles – um ehrlich zu sein – ziemlich abgedreht?«

»Für die Mehrheit des amerikanischen Volkes, Larry, klingt

es nicht ›abgedreht‹. Ich darf dich daran erinnern, dass achtzig Prozent des amerikanischen Volkes glauben, dass die Regierung sie über ein halbes Jahrhundert lang in Sachen Ufos belogen hat.«

»Ja, aber …«

»Warum also sollten sie der Regierung plötzlich glauben – jetzt, wo so viel auf dem Spiel steht? Deshalb bin ich heute hier – um zu verkünden, dass der Miliz der Millenniummenschen keine andere Wahl bleibt, als den Start zu verhindern, es sei denn, der Präsident erklärt sich dazu bereit, den *Celeste*-Start abzublasen und in Zukunft sämtliche in der Raumfahrt verwendeten Sprengköpfe durch ausgewiesene Inspektoren der Ufo-Organisationen prüfen zu lassen.«

»Miliz der Millenniummenschen?«

»Ja, Larry, der militärische Arm der Millenniummenschen.«

»Holen Sie mir den Justizminister an den Apparat«, brüllte der Präsident in das Telefon auf seinem Nachttisch.

18

BEHÖRDEN IN CANAVERAL IN BEREITSCHAFT, WÄHREND 500 000 MILLENNIUM-MILIZIONÄRE AM KAP EINTREFFEN, UM LETZTE PHASE VON CELESTE-PROJEKT ZU STOPPEN

PRÄSIDENT WILL DEM VERNEHMEN NACH »HART BLEIBEN«

GENERALBUNDESANWALT KÜNDIGT IM FALLE VON AUSSCHREITUNGEN MASSENVERHAFTUNGEN AN

Weniger als achtundvierzig Stunden vor dem *Celeste*-Start hatte die Presse die Berichterstattung über die in der darauf folgenden Woche stattfindenden Präsidentschaftswahlen praktisch eingestellt. Neben der surrealen Szene, die sich in Cape Canaveral abspielte, verblasste der Wahlkampf. Banions Ruf zu den Waffen, Dr. Falopians intensive Überzeugungsarbeit hinter den Kulissen der verschiedenen Ufo-Organisationen und Colonel Murfletits reibungslose Logistik hatten eine halbe Million Menschen auf die Beine gebracht, und es wurden stündlich mehr. Auf der Interstate 95 staute sich der Verkehr dreihundert Kilometer weit bis zur Grenze Georgias. Nur der Start der *Apollo 11* im Jahre 1969, die die ersten Amerikaner zu ihrem Rendezvous mit der Mondoberfläche trug, hatte derartige Massen angezogen. Damals jedoch waren die Zuschauer in Frieden gekommen. Die Orts- und Landesbehörden waren gänzlich überfordert. Die Regierung mobilisierte die Nationalgarde und hielt reguläre Luftlandetruppen in Bereitschaft, die im Falle des Falles mit dem Fallschirm über dem Gelände abspringen sollten.

Die Stimmung in Banions Kommandozentrale, seinem auf fliegende Untertasse getrimmten Wohnwagen (der aus Washington herbeigekarrt wurde), war ebenso trotzig wie im Weißen Haus. Banion schritt mit einem Zeigestock, den er sich wie ein Offiziersstöckchen unter den Arm geklemmt hatte, vor einer großen Geländekarte auf und ab. Dr. Falopian hatte ihm gerade gemeldet, dass ein selbst ernannter Ufo-Guerrillatrupp eingetroffen sei. Die Spezialität dieser Untergrundkämpfer bestand darin, in die Area 51 in Nevada einzudringen, wo die Regierung angeblich eroberte Alien-Raumschiffe nachbauen ließ. Kompliziert wurde die Sache dadurch, dass die Mitglieder der Gruppe 51, wie sie sich selbst nannten, Waffenfanatiker waren und bereits mit großen, prallgefüllten Matchbeuteln gesehen worden waren.

Banion ließ Colonel Murfletit zu sich rufen und wies ihn an, der Gruppe 51 klarzumachen, dass eine Beschießung der *Celeste* auf der Startrampe zu unterbleiben habe. Er hatte sich stets bemüht, Gandhi-mäßig rüberzukommen und bis zum Überdruss den noblen Charakter bürgerlichen Ungehorsams und passiven Widerstands hervorgehoben, das *Satyagraha*-Evangelium des Millenniums sozusagen. (Der Trick dabei war, nicht wie ein Waschlappen zu klingen.) Stattdessen galt es, sich auf Taktiken zu konzentrieren, wie beispielsweise sich schlaff auf die Straße zu legen und die Zu- und Abfahrtswege des Raumfahrtzentrums zu blockieren; ein paar harmlose Menschenketten und solche Dinge. Die Nationalgarde hatte bisher fünftausend heroisch erschlaffte Ufo-Milizionäre weggekarrt. Nachdem die Kapazitäten der örtlichen Strafanstalten im Umkreis von fünfzig Kilometern erschöpft waren, gingen die Sicherheitskräfte nun dazu über, die Leute in Bussen zu einem Bundesgefängniskomplex abzutransportieren, der in einem sumpfigen, gottverlassenen Teil des Bundesstaates lag und wo bereits mehrere Tausend äußerst unerwünschte Kubaner interniert waren. Was die lang einsitzenden *Cubanos* mit ihren Mitinsassen anstellen würden, musste sich noch herausstellen. Wahrscheinlich zum Mittagessen verspeisen.

Banion wandte seine Aufmerksamkeit nun dem Lufthilfsverband der Millenniummiliz zu, kurz LHVMM genannt. Er bestand aus vier einmotorigen Maschinen, neun Drachenfliegern, zwei motorisierten Segelfliegern und drei Heißluftballons sowie einer motorisierten Fallschirmausrüstung, einem seltsamen kleinen Fluggerät, das aus einem Rollwagen gebastelt war, mittels Schlagschwingen angetrieben wurde und einen eingebauten Fallschirm besaß. Der ursprüngliche Plan lautete, dass der Verband das Startgelände überfliegen sollte. Aber die echte Air Force, die von dieser Strategie erfahren hatte, verkündete, dass man, und zwar mit Maschinen, die weitaus Furcht erregender waren als die Flotte des LHVMM, ohne viel Federlesens jedes die Sperrzone um die Startrampe überfliegende Vehikel vom Himmel schießen würde. Banion erwischte Murfletit dabei, wie dieser heimlich mit einer flammenden Rede einem seiner Piloten einzubläuen versuchte, dass es höchst erstrebenswert sei, mit fliegenden Fahnen unterzugehen. Banion schritt sofort ein und machte seine Kommandogewalt über den Hilfsverband geltend. Was Dr. Falopian betraf, so wusste wohl nur der liebe Gott, welch schleimiges Giftgemisch dieser gerade zusammenbraute. Er hatte einen bleichen, nervös zuckenden Homunkulus mit dem Namen Fidge hinzugezogen, der behauptete, *Celestes* Steuerungssystem mittels eines mysteriösen »Ultratransistors« lahm legen zu können.

Banion stellte Falopian jene Frage, von der er eigentlich gedacht hätte, dass sie auf der Hand lag: War es wirklich klug, ein über zweitausend Tonnen schweres Raumschiff voller Fest- und Flüssigbrennstoffen, die zu den am leichtesten entflammbaren Substanzen gehörten, die der Wissenschaft bekannt waren, in die Luft zu jagen und wie einen Feuerball auf fünfhunderttausend Menschen niedergehen zu lassen? (Und war es gegenüber den sieben armen Astronauten an Bord fair?) Obwohl Banion sich insgeheim fragte, ob Amerikas kollektiver Genpool nicht an Qualität gewinnen würde – im darwinistischen Sinne –, wenn jene Bevölkerungsgruppen, aus denen die Millenniummiliz rekrutiert war, herausgefiltert wurden.

»Ich habe das bestimmte Gefühl«, sagte er zu Scrubbs, als sie einen Moment lang allein waren, »dass das Ganze in einem Tal der Tränen enden wird.«

Renira informierte ihn, dass Mr. Bargenberfer, der stellvertretende Direktor des FBI, am Telefon sei und dass dieser weder erfreut, belustigt noch sonst wie glücklich geklungen habe.

»Uns ist zu Ohren gekommen«, sagte Bargenberfer, ohne sich mit den üblichen Begrüßungsfloskeln aufzuhalten, »dass ein paar von euren Leuten bewaffnet sind.« Er spielte damit ganz offensichtlich auf die Gruppe 51 an. Das FBI hatte natürlich zahllose Undercover-Agenten in die Miliz eingeschleust. (Wer konnte es ihnen verdenken?) Banion spielte den Ahnungslosen, wies jedoch darauf hin, dass die Waffengesetze in Florida von allbekannter Freizügigkeit seien. Erst kürzlich hatte die Landesgesetzgebung eine Maßnahme aufgehoben, nach der es – in der kurzen Zeit ihrer Gültigkeit – den Bürgern Floridas untersagt war, 20-mm-Geschütze zu besitzen. Vizedirektor Bargenberfer sprach die Unheil verkündende Warnung aus, dass die Vier Reiter der Bundes-Apokalypse sofort gnadenlos auf ihn und die Miliz herabfahren und ihre Knochen zu Pflanzendünger zermahlen würden, sollte man irgendetwas erblicken, was das Drohpotenzial einer Steinschleuder übertreffe. Aber allein die Tatsache, dass er eine solche Warnung übermittelte, verriet seine ganze Ohnmacht. Wollte die Regierung wirklich einen Zusammenstoß mit einer Menschenmenge provozieren, die einem Drittel ihrer gesamten Militärstreitkraft entsprach? Banion empfand plötzlich bei dem Gedanken an die enorme Größe seiner Armee, die ihm oft selbst nicht ganz geheuer war, ein beruhigendes Gefühl.

MEINUNGSUMFRAGE: 56 PROZENT DER MEINUNG
CELESTE-START KÖNNE ALIENS VERÄRGERN

»Der Secret Service ist der Meinung …«

»Ich mache keinen Rückzieher, verdammt noch mal. Ich gehe, und damit hat sich's.«

»Das FBI ist der …«

»Gibt es denn in diesem Raum niemanden, der meine Sprache versteht?«

»Die NASA ist der Ansicht …«

»NASA? Diese Armleuchter würden gar keine Raumstation haben, hätte ich sie ihnen nicht besorgt. Die NASA tut verdammt noch mal gut daran, dafür zu sein, dass ich hingehe, kann ich da nur sagen.«

»Die First Lady ist der Ansicht …«

»Sitzung beendet.«

»Wir haben über fünfundzwanzigtausend Briefe von Schulkindern erhalten, die Sie anflehen, den Start abzusagen …«

»Schulkinder wählen nicht.«

»Hier ist einer von Caitlin Gregg, neun Jahre …«

»Ich will *nichts* davon hören.«

»›Lieber Mr. President, bitte machen Sie die Aliens nicht böse, und zerstören Sie nicht …‹«

»Sitzung beendet! Raus!«

Der Stabschef kehrte niedergeschlagen in sein Büro zurück, um mit dem Secret Service und dem Militär die Pläne zu koordinieren, wie der Präsident nach Cape Canaveral und wieder zurückgebracht werden sollte – wenn möglich lebend.

Der Präsident saß allein in seinem Büro und dachte einen Moment lang nach. Dann griff er nach dem Telefonhörer und wählte.

»Creative Solutions«, sagte die Frau von der Vermittlung fröhlich. »Mit wem darf ich Sie verbinden?«

Es gab Probleme mit der Kerzenlicht-Wache, da zum Beispiel niemand wusste, woher man auf die Schnelle eine halbe Million Kerzen bekam. Schließlich verkündete ein New Yorker Milliardär, Erbe eines der ältesten Vermögen Amerikas, der auch passionierter Ufo-Fan war, dass er mehrere Tonnen Kerzen mit seiner Privatjetflotte einfliegen lassen würde.

Und dann platzte Renira mit der Nachricht herein, dass der Präsident der Vereinigten Staaten am Apparat sei.

»Hat echt Stil gehabt, die Sache mit der Nutte«, sagte Banion mit eiskalter Stimme. »Sie Schwein.«

»Das waren nicht wir«, sagte der Präsident, dem eine derartige Anrede nicht oft unterkam.

»Ach, hören Sie doch auf. Um was geht's? Ich hab zu tun.«

»Dieses Gespräch ist streng vertraulich und bleibt unter uns. Ich habe diese Nummer angerufen, die Sie mir gegeben haben.«

»Ist ja zumindest ein Anfang.«

»Ich habe mit diesem Typen, Mr. Majestic oder wie er heißt, gesprochen.«

»Und?«

»Mit seiner Fangschaltung hat er gleich gesehen, dass ich es war. Aber ich habe sofort ein paar Leute darauf angesetzt, seine Nummer zu identifizieren.«

»Und?«

»Hab ihm von dem Besuch erzählt, den Sie mir abgestattet haben. Ich habe ihn angewiesen, sämtliche Aktivitäten in Sachen – wie war noch mal der Name – Bartley, diesem Freund von Scrubbs da, sofort einzustellen, was zum Teufel man auch immer mit ihm vorhat.«

»Der Mann heißt Bradley.«

»Wie auch immer.«

»Und?«

»Er hat gesagt, dass ich nicht dazu befugt bin, einen solchen Befehl auszugeben. Ich also: ›Einen Moment, verdammt noch mal, Sie reden hier mit dem Präsidenten der Vereinigten Staaten.‹ Darauf hat er nur geantwortet, dass nach der Satzung des MJ-12 – die, wie er sagt, der Geheimhaltung unterliege, weshalb er sie mir auch nicht vorlesen werde – der Präsident darüber keine Verfügungsgewalt besitzt.«

»Im Ernst?«

»Und dann hat dieser Mistkerl einfach aufgelegt.«

»Ist das *alles*?«

»Das FBI behauptet, dass die Telefonnummer nirgendwo verzeichnet ist. Man prüft die Angelegenheit gerade. Aber immerhin – ich hab's versucht. Mehr kann ich nicht tun, zumindest im Moment nicht. Werden Sie jetzt also bitte Ihre verdammte Freak-Show abblasen?«

Banion überlegte. »Der Präsident der Vereinigten Staaten ist sehr wohl in der Lage, mehr zu tun.«

»Die Nummer ist gleich nach meinem Anruf außer Betrieb genommen worden. Die Leitung ist tot. Die Leute sind abgetaucht. Was soll ich denn Ihrer Meinung nach tun?«

»Sie sind der mächtigste Mann der Welt. Tun Sie *irgendwas*.«

»Jetzt hören Sie mal zu. Sie müssen diesen Jahrmarkt sofort abbrechen. Sagen Sie diesen Leuten, was auch immer Sie ihnen sagen müssen. Sagen Sie ihnen, die Aliens hätten beschlossen, dass sie uns eigentlich ganz nett finden. Sagen Sie ihnen, was Sie wollen. Aber sagen Sie ihnen, dass sie nach Hause gehen sollen. Sonst passiert noch ein Unglück.«

»Das klingt ganz nach dem Versprechen eines Politikers.«

»Wir werden der Majestic-Sache auf den Grund gehen. Das verspreche ich Ihnen. Aber wir sollten damit warten, bis die Gemüter sich wieder beruhigt haben.«

»Das hätte ich gern schriftlich.«

»Verdammt noch mal, Jack, ich habe doch gezeigt, dass ich mit Ihnen zusammenarbeite. Jetzt pfeifen Sie schon Ihre Verrückten zurück. Und zwar augenblicklich. Um Ihre Rehabilitation kümmern wir uns später.«

Scrubbs hatte unterdessen über ein anderes Telefon versucht, die MJ-12-Nummer zu erreichen. Er hielt Banion den Hörer ans Ohr. »›Dieser Anschluss ist außer Betrieb.‹«

»Dieser Exklusivbericht über mich ist mir inzwischen egal«, sagte Banion. »Meine Karten liegen auf dem Tisch. Sie sind der Präsident, also reden Sie zu den Leuten. Ich verlange nur, dass die Wahrheit über diese groteske Situation an die Öffentlichkeit gelangt.«

»Jack, falls es uns gelingt, die Lage zu entschärfen, und ich bin vollkommen bereit, das Verdienst daran mit Ihnen zu teilen, werden wir am Ende alle besser dastehen. Meine Meinungsforscher sagen mir, dass für mich ein Schub von zehn Prozentpunkten drin ist, wenn wir einen netten fröhlichen Shuttle-Start hinkriegen, ohne dass Ihre Hunde den Mond anbellen. Das könnte ich gut gebrauchen. Und danach – Ehrenwort – werden wir diesem Wirrwarr auf den Grund gehen. Sie werden vollkommen rehabilitiert werden. Ich werde Ihnen ein Exklusivinterview geben, direkt aus dem Oval, live im Fernsehen, ganz so, wie Sie es am liebsten haben.«

»Nein«, sagte Banion, »es ist besser, wenn es unmittelbar von Ihnen kommt, ohne dass ich da mitmische.«

Er legte auf.

»Da haben Sie aber gerade ein Angebot zu einem Wahnsinnsinterview ausgeschlagen«, sagte Scrubbs.

Banion konnte sich seine Gefühle wieder einmal nicht erklären, aber angesichts der Tatsache, dass er sich gerade eine dicke Karrierechance hatte entgehen lassen, war er überrascht, wie zufrieden, ja sogar heiter und gelöst er sich fühlte. Vielleicht hatten Scrubbs Entführungen doch noch irgendetwas Gutes gehabt.

»Alle mal herhören«, sagte Banion. Er hatte Dr. Falopian und Colonel Murfletit kurz informiert und sie angewiesen, die Anführer der verschiedenen Ufo-Gruppen zusammenzutrommeln. Etwa fünfzig Leute standen nun in dem großen Zelt und lauschten ihrem Befehlshaber voller Erwartung, dass dieser gleich die entscheidende Lösung ausgab, die Tore zu stürmen. Wenn dies Krieg war, dann sollte er jetzt beginnen!

»Ich habe mit den Aliens gesprochen«, verkündete Banion mit gebührend gravitätischem Ton.

Ein Raunen ging durch die Versammlung.

»Ich habe ihnen mitgeteilt, dass ich persönlich mit dem Präsidenten der Vereinigten Staaten gesprochen habe. Er konnte mich davon überzeugen, dass sich an Bord der *Celeste* keine gegen Aliens gerichteten Sprengköpfe befinden. Sie haben meine Zusicherung akzeptiert. Und sie haben ihre Drohung zurückgenommen, uns zu vernichten. Das Shuttle kann starten!«, rief er triumphierend.

Die Freude der Versammelten war seltsamerweise eher gedämpft angesichts der Mitteilung, dass die Vereinigten Staaten der totalen Vernichtung gerade noch einmal entgangen waren. Genau genommen standen sie einfach nur da und starrten ihn maßlos verwundert an.

»Ich *sagte*«, setzte Banion noch einmal an, »dass alles in Ordnung ist. Die Gefahr ist vorüber! Wir können jetzt alle nach Hause gehen! Unsere Arbeit ist getan!«

Ein paar Schritte abseits nickte Dr. Falopian Colonel Murfletit zu, der wiederum ein paar Jungs seiner Halstuchtruppe ein Zeichen gab, die daraufhin auf Banion zu marschierten und ihn umzingelten. Dann nahm Falopian von dem Mikrofon Besitz und verkündete, dass er Banion wegen Verrats seines Kommandos über die Millenniummiliz enthob.

»Wir schalten nun live zu Ken Wentley hinüber, der sich vor Ort in Cape Canaveral befindet. Ken, was ist dort unten los?«

»Tom, die derzeitige Lage hier lässt sich gelinde gesagt als *konfus* bezeichnen. Bei uns ist ein Bericht eingegangen, dass John Banion, der Anführer der Millenniummiliz, mitten in einem Machtkampf mit anderen Führungspersonen seiner Organisation steckt. Von einigen ist zu hören, dass er immer noch das Sagen hat, während andere behaupten, dass er die Zügel aus der Hand geben musste. Es gelingt uns zurzeit nicht, ihn ausfindig zu machen und um eine Stellungnahme zu bitten. Wie Sie hinter mir sehen können, harren hier weiterhin zahlreiche Menschen aus, um gegen den morgigen Shuttle-Start zu protestieren. Man hat uns berichtet, dass sich Einheiten der 100sten sowie der 82sten Luftlandedivision in erhöhter Alarmbereitschaft halten. Die Air Force zwang heute am frühen Nachmittag einen Heißluftballon, der die Startrampe überflog, zur Landung.«

»Hat der Präsident nach wie vor die Absicht, dem Start morgen beizuwohnen?«

»Tom, wir konnten erfahren, dass er fest entschlossen ist zu kommen. *Celeste* war bekanntlich von Anfang an sein Steckenpferd. Die Details werden der Presse aus Sicherheitsgründen vorenthalten, aber mir wurde gesagt, dass er von Washington aus zu dem nahe gelegenen Luftwaffenstützpunkt Patrick geflogen wird. Er soll dann morgen, kurz vor dem Start, mit dem *Marine One*, dem Hubschrauber des Präsidenten, eingeflogen werden. Wie zu hören ist, wird er dabei von *mehreren* Kampfhubschraubern eskortiert werden. Die Lage hier ist *sehr* angespannt. Beinahe wie in einem Kriegsgebiet. Tom?«

»Danke, Ken Wentley in Cape Canaveral. Wir werden vom Start der *Celeste* natürlich live berichten, um zwei Uhr morgens Ostküstenzeit.«

Sie hielten Banion zusammen mit Scrubbs, Renira und Elspeth in dessen fliegender Untertasse fest. Falopian hatte der Menschenmenge verkündet, dass der hinterhältige Banion mit den Aliens und der Regierung ein Stillhalteabkommen geschlossen und die Miliz verraten und verkauft habe. Sie sollten alle nach Noomuria in der Anthrax-14-Galaxie verschleppt werden, um dort als Sklaven im Bergbau zu dienen. Wäre die Miliz einmal aus dem Weg geräumt, würden Aliens und US-Regierung mit ihrem teuflischen Plan fortfahren, die Erdbevölkerung in eine interplanetarische Sushi-Bar und Fortpflanzungsanlage zu verwandeln. Banion habe sie verraten. Colonel Murfletits grimmig dreinblickende Halstuch-Schergen standen draußen vor der Tür. Sie hatten strikte Anweisung, niemanden rein- oder rauszulassen.

»Ich habe Ihnen ja von Anfang an gesagt, dass die beiden Ärger bringen«, sagte Renira, die sich gerade eine Patience legte.

Banion saß gegen die Wand gelehnt auf dem Boden und stützte den Kopf auf die Hände. Er unterdrückte ein Gähnen. Scrubbs wühlte unterdessen im Wohnwagen herum und versuchte ein Mobiltelefon aufzutreiben, um den Präsidenten anzurufen und ihn von der minimalen Änderung im Programm zu unterrichten. Elspeth verfolgte auf einem kleinen Fernseher die Geschehnisse draußen. Dr. Falopian wurde gerade von einer der üblichen Mattscheibenblondinen interviewt. Er erzählte ihr, dass Agenten der Regierung ein Attentat auf Banion verübt hätten und dass man ihn an einen sicheren Ort gebracht habe. Dieser verabscheuungswürdige Versuch, ihn zum Schweigen zu bringen, sagte er weiter, habe Banion nur in seinem unverrückbaren Entschluss bestärkt, den Start um jeden Preis zu verhindern.

»*O Gott*«, stöhnte Banion.

Die Korrespondentin fragte Dr. Falopian – in bester Massenmedientradition, in Konfliktsituationen zu beruhigen und zu vermitteln –, ob die Miliz entschlossen sei, den Shuttle-Start *mit allen Mitteln* zu verhindern? Dr. Falopian wollte sich nicht festlegen lassen, verlieh aber der ernsthaften Hoffnung Ausdruck, dass es … dazu nicht kommen würde. Obwohl die Regierung ja leider wie *versessen* darauf scheine, einen intergalaktischen Krieg auszulösen.

Scrubbs gab die Suche nach einem Mobiltelefon auf und setzte sich neben Banion. »Glauben Sie, dass Falopian und Murf einen Angriff befehlen?«

»Nein«, sagte Banion. »Sie wollen ja nicht draufgehen. Sie wollen einfach nur das Sagen haben. Er wird heute Abend eine flammende Rede halten, in der er das Zepter der Ufo-Bewegung für sich beansprucht, und sich dann nach dem Start zum moralischen Sieger erklären, mich denunzieren, nach Hause gehen und sich in Zukunft vor allem um seine Vortragshonorare kümmern. Wahrscheinlich telefoniert er gerade mit dem Präsidenten und handelt irgendeinen Deal aus.«

»Und wie werden sie mit uns verfahren?«

»Einfach hierbehalten, bis alles vorbei ist. Nach dem morgigen Tag interessiert sich für uns kein Mensch mehr. Es ist ihre Show. Und mein Druckmittel auf den Präsidenten löst sich damit in nichts auf. Ich bezweifle, dass er vom Oval Office aus eine Regierungsansprache halten und etwas über MJ-12 erzählen wird.«

»Mir ist da ein Gedanke gekommen«, sagte Scrubbs. »Könnte nicht Falopian MJ-1 sein?«

»Daran habe ich auch schon gedacht«, sagte Banion.

»Und Murf?«

»MJ-2? Ehrlich gesagt – wenn diese beiden den Laden schmeißen, dann wäre das nicht gerade ein Beweis für die Qualität Ihres Geheimdienstes. Ein Wunder, dass ihr überhaupt irgendetwas zu Stande gekriegt habt. – Wir wären beinahe unbeschadet aus der ganzen Sache herausgekommen.«

»Ich dachte, Sie hätten nicht vor, wieder in Ihr altes Leben zurückzukehren.«

»Tja«, sagte Banion und blickte sich um, »im Vergleich zu dem hier hätte es seine Vorzüge.«

»Guten Morgen, Peter. Das Geräusch, das Sie gerade hören, kommt von der Hubschrauber-Eskorte des Präsidenten. Wie Sie sehen, handelt es sich um eine recht eindrucksvolle Demonstration militärischer Feuerkraft. Acht Kampfhubschrauber. Auf dem Startgelände halten sich derzeit buchstäblich Hunderte von Secret-Service-Agenten auf. Ganze Kolonnen von Panzerfahrzeugen fahren das Gelände ab. Drei Divisionen von kampfbereiten Elitetruppen halten sich in Bereitschaft. Wir haben ebenfalls gehört, dass Fallschirmjägereinheiten der Special Forces das Gelände in Truppentransportern umkreisen, für den Fall, dass ein schnelles Eingreifen erforderlich werden sollte.«

»Brad, ist zum gegenwärtigen Zeitpunkt überhaupt noch mit Aktionen der Miliz zu rechnen? Der Start soll in zwanzig Minuten stattfinden. Was sind deren Absichten? Hat man sich dahingehend geäußert?«

»Peter, Dr. Danton Falopian, einer der Anführer der Millenniummiliz, hat hier gestern Abend eine Rede gehalten, in der er alle Beteiligten nachdrücklich um *Zurückhaltung* bat.«

»Was ist mit John O. Banion passiert, auf den diese ganze Sache ja zurückgeht?«

»Uns wurde *mitgeteilt*, Peter, obwohl wir diese Meldung nicht bestätigen können, dass Banion im Verlauf einer Palastrevolte seiner Führerrolle enthoben wurde. Aus dem Umfeld der Führung wurde bekannt, dass Dr. Falopian und Colonel Murfletit nicht bereit waren, seinen, ich zitiere, gefährlichen Konfrontationskurs mitzutragen. Dr. Falopian wird allgemein der gemäßigten Fraktion zugeordnet.«

»Meiner Meinung nach«, sagte Banion, der im Wohnwagen vor dem Fernseher saß, »haben die ihren Deal mit dem Weißen Haus bereits in der Tasche.«

»Danke, Brad. Schalten wir nun zum Hubschrauberlandeplatz auf dem Gelände des Kennedy-Raumfahrtzentrums um. Wie Sie sehen, wird die Presse auf weite Distanz gehalten … *Marine One* setzt zur Landung an. Der Präsident und die First Lady steigen aus … und werden nun von den Leitern der NASA in Empfang genommen … Umgeben von Leibwächtern … gehen sie raschen Schrittes ins Gebäude. Brad, abgesehen von den dramatischen Szenen, die sich dort abspielen, kann ich mir vorstellen, dass dies für den Präsidenten ein Moment großer Genugtuung ist. Er hat sich ja bekanntermaßen ordentlich ins Geschirr gelegt, um die Finanzierung des *Celeste*-Programms zu sichern, obwohl er dafür eine Menge Kritik einstecken musste. Wie ja auch für die Wahl des Startdatums selbst.«

»Das ist richtig, Peter. Ursprünglich war vorgesehen, *Celeste* erst im kommenden Januar fertig zu stellen, aber dann wurde der Start vorverlegt.«

»Kluges Timing angesichts der Präsidentenwahl?«

»Von Seiten der NASA heißt es, dass es nichts damit zu tun habe, aber so kurz vor der Wahl gewinnt die Kampagne des Präsidenten dadurch natürlich mächtig an Auftrieb.«

»Der Präsident befindet sich nun innerhalb der Start- und Kontrollanlagen … Er schüttelt den Leuten von der Mission-Control die Hände … Stimmt es, dass er mit den Astronauten reden wird?«

»In der Tat, Peter. Natürlich befinden sie sich bereits an Bord, aber er wird über Telefon mit ihnen sprechen und ihnen für den Einsatz alles Gute wünschen. Wie wir gehört haben, will er sich bei Amber Lamb bedanken, der Fitnesstrainerin, die Teil der *Celeste*-Crew ist. Sie war diejenige, die den Präsidenten letztlich dazu bewogen hat, dem Start beizuwohnen. Und zwar hat sie ihre Bitte zu einem Zeitpunkt ausgesprochen, als er in dieser Sache großem politischem Druck ausgesetzt war.«

»Brad, ist immer noch vorgesehen, dass der Präsident persönlich den Startknopf drückt?«

»So ist es. Es ist das erste Mal, dass diese Ehre einem Präsidenten zuteil wird, wie wir alle wissen. Wir können eine Nahaufnahme des Startknopfes auf dem Schaltpult einspielen. Über den roten Knopf dort ... werden in den Startraketen der *Celeste* anderthalb Million Liter Treibstoff gezündet, um die Raumfähre auf ihre Reise in den Orbit zu schicken, diese historische Reise, mit der Amerikas Raumstation des 21. Jahrhunderts, wie sie auch genannt wurde, fertig gestellt werden soll. Nur noch zwei Minuten bis zum Abheben. Peter?«

»Der Präsident hat nun seinen Platz am Schaltpult eingenommen ... Alles lächelt ... Er setzt den Kopfhörer auf, um sich verständigen zu können ... Im Kontrollraum herrscht wie immer in solchen Momenten größte Anspannung, was natürlich auch für die Astronauten gilt. John Glenn, der erste Amerikaner, der die Erde umkreiste, sagte einmal: ›Welch beruhigendes Gefühl, wenn man sich vorstellt, dass alles um einen herum von einem Hersteller stammt, der mit dem billigsten Angebot das Rennen gemacht hat.‹ ... Es geht los.«

»Der Countdown beginnt.«

»Noch zehn Sekunden ...«

19

Die Erschütterungswellen der Explosion reichten bis zur Grenze nach Georgia. In Banions fliegender Untertasse herrschte das blinde Chaos. Scrubbs war es ja inzwischen gewohnt, durch ohrenbetäubende Explosionen durch die Luft gewirbelt zu werden. Für Banion und die anderen Insassen jedoch war es etwas gänzlich Neues. Nachdem Banion urplötzlich gegen eine Trennwand geknallt war, lag er jetzt rücklings auf dem Boden, starrte die Decke an und fragte sich, wie er nur dorthin gelangt war. Renira war, den Ausrufen der Entrüstung nach zu urteilen – aus ihren Kommentaren stach vor allem das von Engländern in zahlreichen Lebenslagen Verwendung findende Wort *bloody* hervor –, wohlauf. Auch Elspeth schien noch am Leben zu sein. Scrubbs Stöhnen nach zu urteilen, das aus jener Ecke des Wohnwagens kam, in die er kopfüber gesegelt war – wo immer das war –, würde er überleben, wenn auch erst nach entsprechender medizinischer Versorgung. Der Fernseher war zu Boden geknallt, flimmerte aber weiter.

»Peter, hier hat eine *gewaltige* Explosion stattgefunden …«

Tja, dachte Banion, das war wohl offensichtlich. Er reckte aus Furcht, dass ihm vielleicht der Kopf abgerissen worden war, den Hals so behutsam wie möglich, um den Bildschirm sehen zu können. Die Aufnahmen zeigten gerade – nun sie zeigten eine riesige Rauchwolke, die in mehreren Rauchsäulen davonwehte und gespenstische Erinnerungen an eine andere Explosion wachrief, die hier einmal stattgefunden hatte. Der Nachrichtensprecher versuchte über seine Reporter vor Ort herauszufinden, was mit den Astronauten passiert war. Da zum derzeitigen Zeitpunkt jedoch kaum etwas in Erfahrung zu bringen war, wurde wieder der Präsident ins Zentrum der Aufmerksamkeit gerückt.

»Schauen wir uns noch mal die Aufzeichnung an«, sagte der Nachrichtensprecher.

Die Einspielung zeigte einen überschwänglichen Präsidenten, der voller Stolz seinen Ingenieurskittel und die farbenfrohe *Celeste*-Einsatzjacke trug.

»Zehn … neun … acht …« Die Kamera zoomte ganz nah an den Zeigefinger des Präsidenten heran, mit dem er gleich darauf den roten Startknopf drückte. Es folgte ein kurzer Moment, in dem alles stillzustehen schien, und dann – bumm! – erbebte die Kamera. Als sie wieder scharfe, unverwackelte Bilder lieferte, konnte das Gesicht des Präsidenten kaum noch als ein Leuchtfeuer nationalen Stolzes bezeichnet werden. Die meisten Kommentatoren beschrieben es als »fassungslos«. Und da hatten sie wohl Recht. Tausend Tonnen explodierender Raketenfestbrennstoff können dergleichen bewirken, insbesondere in den Gesichtszügen jenes Menschen, der den Brennstoff in aller Unschuld per Knopfdruck entzündet.

Die Fernsehbilder überschlugen sich. Panik brach aus. Secret-Service-Leute packten ihren obersten Chef bei den Armen, bildeten einen Schutzschild um ihn herum und bugsierten ihn so schnell wie möglich ins Freie. Die umstehenden NASA-Fachleute wurden dabei wie Kegelköpfe umgestoßen. Nach den zahllosen Maschinengewehren zu urteilen, die sie im Anschlag hielten, schienen die Beamten davon auszugehen, dass die *Celeste*-Explosion nur das Vorspiel zu einem spektakulären Attentat auf den Präsidenten seitens der NASA war. Aber wer hätte es ihnen in diesem Hexenkessel auch verdenken können?

Die nächsten Bilder zeigten, wie noch viel höhere Gipfel in puncto Sicherheitsmaßnahmen erklommen wurden: Bis an die Zähne bewaffnete Kommandotrupps der Fallschirmjäger eilten herbei, um den Präsidentenhubschrauber abzuschirmen, dessen Rotorblätter inmitten des Turbinenheulens bereits durch die Luft schwirrten.

»Die Astronauten!« Der Nachrichtensprecher schlug auf den Tisch. »Was ist mit den Astronauten?«

»Das ist noch nicht bekannt«, erwiderte der Korrespondent, der auf dem Bildschirm zu sehen war.

»Dann finden Sie's *heraus*!« Wieder schlug der Moderator auf den Tisch.

Banion schaute wie gebannt zu, aber da verstellten ihm die

paramilitärischen Einheiten des FBI, die in den Wohnwagen gestürmt kamen und Mord und Totschlag schrien, bereits die Sicht. Banion wurde zusammen mit den anderen verhaftet.

Das Schlimmste, abgesehen vom Essen – falls es überhaupt diese Bezeichnung verdiente – war die Isolation. Er bekam weder Schreibpapier noch einen Fernseher, noch ein Telefon. Er musste einen lächerlichen orangefarbenen Overall tragen, der sich anfühlte, als wäre er aus Papier hergestellt worden. Man hatte ihm auch die Uhr abgenommen, wahrscheinlich um damit zu verhindern, dass er sich am Armband aufhängte. Er hatte jegliches Zeitgefühl verloren, wusste weder, wie lange er bereits einsaß, noch, ob es Tag oder Nacht war. Dann fiel ihm ein, dass nach vierundzwanzig Stunden eigentlich die Habeaskorpus-Bestimmung in Kraft treten musste und dass sie ihn aus diesem Grund dann entweder offiziell irgendeines Verbrechens beschuldigen oder aus der Haft entlassen mussten. Zumindest hätten sie ihm ein Telefongespräch gestatten müssen. Nur der liebe Gott wusste, auf Grund welchen Gesetzes man ihn festhielt. Wegen eines terroristischen Akts? Weil er gegen den Präsidenten eine Drohung ausgesprochen hatte? Er wusste nur eines, nämlich, dass der *Celeste*-Shuttle in die Luft gegangen war und dass man ihn behandelte, als trüge er die Schuld daran.

Während er noch in diese unersprießlichen Grübeleien versunken war, sprang auf einmal das Zellengitter auf, und mehrere finster dreinblickende Gestalten traten ein. Der finsterste dieser Finstermänner stellte sich als stellvertretender FBI-Direktor Bargenberfer vor. Er verkündete, dass Banion wegen Aufhetzung zu Gewalttaten festgehalten werde. Ferner werde gegen ihn wegen vorsätzlicher Zerstörung von Bundeseigentum und gemeinschaftlich versuchten Mordes mittels einer Massenvernichtungswaffe ermittelt. Und dies sei erst der Anfang. Bargenberfer benötigte geraume Zeit, um all das aufzuzählen, was Banion angeblich verbrochen hatte, worauf dieser schließlich zu der Überzeugung gelangte, dass es angesichts der schwerwiegenden Vorwürfe klüger war, ihnen zu sagen, dass sie sich verpissen und an seinen Anwalt wenden sollten.

PRÄSIDENT DRÜCKTE DIE ZÜNDUNG – ASTRONAUTEN SIND NACH DER EXPLOSION DER STARTRAKETEN »GESCHOCKT, ABER IN SICHERHEIT«

Banions Anwalt, Barrett Prettyman junior, hatte so viele Zeitungen und Nachrichtenmagazine mitgebracht, wie er nur tragen konnte.

Banion war beinahe so versessen auf Nachrichten wie darauf, mit seinem Anwalt zu besprechen, wie man der Regierung, die ihn am liebsten auf den elektrischen Stuhl schicken würde, einen Strich durch die Rechnung machen konnte.

Auf der Titelseite der *Time* prangte ein Foto der Explosion. *Newsweek* – deren Redaktion in ihrer Berichterstattung den Gegenkandidaten des Präsidenten unterstützt hatte – zeigte unter der Schlagzeile HOPPLA eine grobkörnige Nahaufnahme des Präsidentenfingers auf dem Startknopf. Banion schöpfte etwas Kraft aus der Tatsache, dass der zweite Sündenbock, den die Presse sich ausgeguckt hatte, niemand anderer war als – der Präsident.

Im Pressesaal des Weißen Hauses war es seit jenem Tag, an dem ein gewisser Präsident verkündet hatte, keinen Sex mit seiner blutjungen Praktikantin gehabt zu haben, nicht mehr so hoch hergegangen.

»Hat der Präsident den Startknopf zu früh gedrückt?«

»Natürlich nicht. Der Präsident hat nur gewissenhaft ausgeführt, was man ihn angewiesen hat. Ich will mal so sagen …«

»Was ist an dem Bericht dran, dass das Weiße Haus der NASA nahe gelegt hat, den Starttermin auf einen Tag vor den Wahlen vorzuverlegen?«

»Das ist … dafür gibt es … Davon ist mir nichts bekannt.«

»Dies hat man aber aus Kreisen der NASA verlauten lassen.«

»Mag ja sein, aber trotzdem ist uns nichts davon bekannt.«

»Empfindet der Präsident angesichts des Ausgangs der Ereignisse Reue?«

»Natürlich nicht. Ich möchte das mal anders formulieren. Natürlich bereitet es dem Präsidenten großen Kummer, dass Menschen umgekommen sind, und deren Angehörige können sich seiner ganzen Anteilnahme gewiss sein. Ich möchte jedoch betonen, dass es nicht seine Schuld war. Der Präsident hat die Explosion nicht verursacht. Das muss hier einmal *klipp und klar* gesagt werden …«

»Uns wurde von einer zuverlässigen Quelle innerhalb der NASA mitgeteilt, dass das Weiße Haus hinter den Kulissen trotz sicherheitstechnischer Bedenken seitens der NASA unablässig darauf gedrängt hat, den Starttermin auf einen Zeitpunkt vor der Wahl zu verlegen.«

»Ich kann zu solchen Meldungen nur sagen … nur das sagen, was ich Ihnen bereits gesagt habe.«

NASA: Weisses Haus liess Starttermin vorverlegen

»Guten Abend. Es war heute ein Tag gegenseitiger Beschuldigungen, die zwischen einem arg in Bedrängnis geratenen Weißen Haus und der NASA hin und her wechselten. Während die Ermittlungen nach der Ursache der *Celeste*-Explosion noch in vollem Gange sind, scheinen beide Seiten sich von der Katastrophe distanzieren zu wollen, indem man gegenseitig mit dem Finger auf sich zeigt. Im Gegensatz zu früheren Aussagen behauptet die NASA nun, dass das Weiße Haus *sehr wohl* Druck ausgeübt habe, den Starttermin auf einen Zeitpunkt vor der Wahl zu legen. Im Weißen Haus beteuert man, dass dies nicht der Wahrheit entspreche. Die *Celeste*-Explosion hat sich unter Umständen bereits jetzt katastrophal auf die Kampagne zur Wiederwahl des Präsidenten ausgewirkt. Wir schalten nun ins Weiße Haus um. Unser Berichterstatter vor Ort ist Sam Donaldson …«

»Peter, die Frage, die sich hier heute jedermann stellt, lautet nicht, inwiefern dem Präsidenten jetzt noch die Wiederwahl gelingen kann, sondern ob er vielleicht noch *vor* der Wahl zurücktreten muss.«

Anklage gegen John Banion wegen Aufhetzung zu Gewalttaten in Vorbereitung
Sabotage und Tötungsdelikt weitere mögliche Anklagepunkte

Zumindest das Essen war besser geworden. Man hatte Banion in ein Bundesgefängnis in der Nähe von Washington verlegt, wo die meisten seiner Mitgefangenen Betrugs- oder Wirtschaftsverbrecher von unterschiedlichstem Kaliber waren und darüber hinaus durchaus passable Gesprächspartner. Er konnte nach Herzenslust fernsehen. Barret schickte ihm weiter Zeitungen und Zeitschriften, so dass sich Banion in der Informationsflut darüber, wie sich sein Fall dort draußen entwickelte, suhlen konnte. Er war erstaunlich guter Stimmung. Vielleicht hatte ihn das Leben mit seinen Wechselfällen dermaßen durcheinandergewirbelt, dass Hiobsbotschaften ihm nichts mehr anzuhaben vermochten. Barret meinte, dass sich Banion wegen der Todesstrafe keine allzu großen Sorgen zu machen brauche – der Justizminister würde nur ein bisschen die Muskeln spielen lassen. Aus der Art der Berichterstattung ging jedoch unmissverständlich hervor, dass das Land in Lynchlaune war. Die Zeitungen gaben den neuesten Internet-Schmutz wieder. Pierre Salinger*, der einmal mit einer Story Aufsehen erregt hatte,

* Zunehmend undurchsichtige Gestalt, die Gerüchten zufolge für John F. Kennedy als Pressesprecher tätig war.

das US-Militär habe den TWA-Flug 800 mittels einer Rakete abgeschossen, stellte nun die Behauptung auf, dass Banion ein bezahlter Agent der Regierung sei. Banion habe den Auftrag gehabt, einen Aufruhr zu provozieren, um den Militärs einen Vorwand zu liefern, handstreichartig das Raumfahrtprogramm zu übernehmen. Wenn Roz nur da wäre. Die vielen ironischen Wendungen würden ihr gefallen.

Barrett meldete, dass pro Tag mehrere Angebote für Buchveröffentlichungen eingingen. Das letzte lag bei sieben Millionen Dollar. Nach Banions Einschätzung entsprach das ungefähr der Summe, die er für die Verteidigungs- und Prozesskosten aufbringen musste, um dem elektrischen Stuhl zu entgehen – obwohl Barrett anständigerweise das Thema Geld bisher nicht angeschnitten hatte.

Ein Wärter teilte Banion mit, dass ein gewisser Mr. Stimple von Ample Ampere am Apparat sei und ihn zu sprechen wünsche. Was konnte Bill nur von ihm wollen?

»Jack! Wie geht's Ihnen?«

»Ich sitze im Knast, Bill, und wie's aussieht, will man mich exekutieren. Und wie geht's Ihnen?«

»Wir drücken Ihnen alle die Daumen. Ich möchte, dass Sie das wissen. Von der Nummer eins an abwärts.«

»Danke. Da fühlt man sich gleich besser.«

»Jack, auch wenn der Weg bis dahin noch weit ist, und wir hoffen wirklich – Hand aufs Herz –, dass es dazu nicht erst kommt, also, ich will nicht lange drumherum reden: Wie Sie ja wissen, ist dort unten einer unserer Markenartikel im Einsatz …«

»Markenartikel?«

»Der XT-2000.«

»Und?« Worauf wollte er hinaus?

»Wenn es jemals dazu kommen sollte, was es bestimmt nicht tut, dann möchte ich Ihnen hiermit versichern – dieser Stuhl ist einfach das Beste vom Besten.«

»Ja, das war auch stets mein Eindruck.«

»Ist mit den herkömmlichen Modellen kaum zu vergleichen, auf denen die Leute Feuer fangen und – na, Sie haben ja drüber geschrieben.«

»Mhm.«

»Unser Stuhl ist schmerzfrei, geräuscharm und rauchfrei. Das Gerät ist wirklich – unsere Ingenieure haben sich selbst übertroffen.«

»Bill, haben Sie irgendeinen bestimmten Grund dafür, dass Sie mir das erzählen? Oder rufen Sie nur an, um mich zu trösten?«

»Ich will nur mal kurz einen Gedanken durchspielen, okay? Wenn es also dazu kommt, wären Sie dann für eine namhafte – und wir reden hier von einer siebenstelligen Summe – im Gegenzug auszuzahlende Spende, die Ihrem Nachlass zugute käme oder an eine Wohltätigkeitsinstitution Ihrer Wahl ginge, an Ihre Erben oder wen auch immer ... bereit, zum gegebenen Zeitpunkt eine Erklärung darüber abzugeben, wie, nun ja – vielleicht ist erfreut nicht der richtige Ausdruck –, erleichtert oder beruhigt Sie seien, dass die technische Seite von Ample gehandhabt wird?«

»Dass ich auf einem Markenartikel Ihres Hauses hingerichtet werde?«

»Nein, nein, dazu wird es ja bestimmt nicht kommen. Aber ich wollte diesen Gedanken doch einmal ins Gespräch bringen. Also, besser man unterhält sich jetzt darüber, als später, wenn alles so ...«

»...emotionsgeladen ist?«

»Genau. Immer noch der alte Sprachkünstler!«

»Danke, Bill. Sie haben mir wirklich Mut gemacht.«

»He, das ist genau meine Abteilung.«

FLICKERY ERZIELT ERDRUTSCHARTIGEN SIEG
ÄRA DER OFFENHEIT UND EHRLICHKEIT ANGEKÜNDIGT

Ungeklärte Rolle des Präsidenten in Celeste-Disaster wird als Schlüsselfaktor für die überraschende Niederlage gesehen

Barrett brachte keine guten Nachrichten. Das FBI würde morgen gegen Banion unter anderem wegen Aufhetzung zu Gewalttätigkeiten Anklage erheben.

Banion sagte sich, dass er Barrett dann ebenso gut von MJ-12 und dem ganzen Rest erzählen konnte.

Barrett hörte aufmerksam zu, nickte hier und da oder runzelte die Stirn.

Als Banion zu Ende erzählt hatte, nickte Barrett gedankenverloren weiter.

»Und?«, sagte Banion.

»Wissen Sie, was Jack?«, sagte er. »Wir sollten wirklich überlegen, inwieweit es nicht von Vorteil wäre, psychische Faktoren in unsere Verteidigungsstrategie einzubeziehen.«

20

Ein Jahr später

Wenn nicht sein Leben vom Ausgang des Prozesses abhängen würde, wäre Banion längst vor Langeweile gestorben.

Er bemühte sich redlich, interessiert zu wirken, während sein Anwalt Jasper Jamm – ein schillernder Weststaatler mit Silbermähne – mit methodischer Penetranz die Glaubwürdigkeit des achtundvierzigsten Raumfahrtingenieurs, den er bis dato aufgerufen hatte, mit Dreck bewarf. (Blieben nur noch dreiundzwanzig weitere.) Banion fragte sich zuweilen, ob dieser wassertröpfelnden Tortur nicht ein schneller Tod auf Ample Amperes geräuscharmem, rauchfreiem und energiesparendem elektrischen Stuhl vorzuziehen wäre.

Am Vortag war er während der hirntötend faden Zeugenvernahme eines Hydraulik-Ingenieurs in Träumereien abgedriftet, was Jamm dazu veranlasst hatte, Banion eine Standpauke zu halten. »Wenn Sie mir helfen wollen, dann müssen Sie den Geschworenen schöne Augen machen, so als wollten Sie mit Ihnen ins *Bett* gehen«, sagte er ernst, »und nicht so dasitzen, als würde Sie das Ganze einen feuchten Dreck kümmern. Was glauben Sie eigentlich, wo Sie hier sind? In Princeton in einem Ihrer alten exklusiven Speiseclubs?«

Banion blickte zu dem streng vor ihm aufragenden Gesicht auf – Jamm maß in seinen Cowboystiefeln knapp zwei Meter.

»Ist Ihnen nicht klar, dass die Geschworenen genauso gelangweilt sind?«, sagte Jamm händeringend.

»Ist das denn etwa Ihre Strategie?«, sagte Banion. »Die Geschworenen dermaßen zu langweilen, bis sie sich nur noch durch einen Freispruch zu retten wissen?«

Jamm zitierte darauf wieder einmal einen Sinnspruch von Running Water, bis Banion ihn mitten im Satz unterbrach und genervt die Hand hob, um anzudeuten, dass er einfach keine *Lust* mehr hatte, sich erneut irgendeine Scheißsentenz von Jamms Lieblingskrieger und -philosophen der Schoschonen anzuhören, mochte diese auch noch so viel Weisheit enthalten. Jamm machte, ungeachtet seines betont weißen Aussehens, viel Gewese um die Tatsache, dass er indianische Vorfahren hatte. Anstelle einer traditionellen Krawatte band er sich einen Bolo-Schlips um, dessen Riemen mit einer silberbeschlagenen Bärenkralle zusammengehalten wurden. Auf dem Kopf trug er einen Stetson und an den Füßen aus Krustenechsenleder genähte Cowboystiefel von Lucchese. In seinem Haus in Idaho hielt er sich einen Puma als Haustier, und in seiner Freizeit ging er in den Rocky Mountains oft mit Pfeil und Bogen auf Wapitihirschjagd. Die Pfeilspitzen wurden von seiner sinnlich-üppigen Frau Bliss aus Feuerstein gefertigt. Es ging das – von Jamm niemals wirklich dementierte – Gerücht um, dass er in einem Geheimfach in seinem Arbeitszimmer Custers Skalp aufbewahrte. Vor jedem Prozess fastete er und zog sich nackt in einen Sauna-Wigwam in seinem Garten zurück, um sich auf den bevorstehenden Kampf vorzubereiten.

In Juristenkreisen wurde man das Gefühl nicht los, dass dieser schillernde Juju-Zauber der Presse halber inszeniert wurde, welche Jamm unermüdlich hofierte. Diese wiederum schluckte den ganzen Kram natürlich. Vor die Wahl gestellt zwischen einem Anwalt, der Richter Brandeis zitiert und über Golf schwadroniert, und einem, der behauptet, mit Sitting Bull verwandt zu sein, und in seiner Freizeit kapitale Hirsche erlegt, schenkt die Presse ihre Gunst für gewöhnlich Letzterem. Jamms unbestreitbares Charisma und seine volkstümelnden Statements brachten ihm schließlich eine eigene Fernsehshow mit dem unbescheidenen Titel *Die beste Verteidigung* ein.

Die Sendung war auf Grund niedriger Einschaltquoten jedoch inzwischen – sehr zu seinem Leidwesen – abgesetzt worden. Schon längst wurde er auf der Straße nicht mehr so häufig von Autogrammjägern angehalten. Auch wenn renommierte Strafverteidiger gern über ihn herzogen, gehörte Jamm anerkanntermaßen zu den Besten seiner Zunft. Ob man nun ein paar Millionen Dollar hinterzogen oder in einem Augenblick der Schwäche den Geliebten über den Haufen geschossen hatte, ob man sein Land verraten oder Giftmüll in die Wasserversorgung gekippt hatte, was es auch sein mochte, Jasper Jamm war der Mann, an den man sich in solchen Dingen wandte. Er verstand es, mit Geschworenen umzugehen. Wer außer Jamm hätte die Geschworenen im Fall »Tracy Lee Boodro« davon überzeugen können – zumindest in ausreichender Zahl –, dass sein Mandant zu der Zeit, als er den Sprengstoffanschlag auf das Atomkraftwerk in Jerome, Tennessee, verübte, mittels eines Herzschrittmachers vom CIA kontrolliert wurde? Wenn es darum ging, der Regierung eine Verschwörung zu unterstellen, suchte Jamm seinesgleichen. Und wozu er in der Lage sein würde, wenn er es mit einer echten Verschwörung zu tun hatte, war kaum auszudenken.

Der Prozess ging nun in seine achtzehnte kostspielige Woche. Abgesehen von einem theatralischen Eröffnungsplädoyer – das von hysterischen Einspruchsersuchen der Anklage begleitet wurde –, in dem Jamm andeutete, die Regierung habe den *Celeste*-Shuttle selbst in die Luft gejagt, um den militärisch-industriellen Komplex in Brot und Arbeit zu halten – *Einspruch!* –, hatte die Verhandlung kaum dramatische Höhepunkte aufzuweisen gehabt. (Banion fragte sich, wo das Prozessfilmgenre nur seinen Ursprung hatte.)

Jamms Strategie, abgesehen von seinem gewohnten »Weichklopfen« der Geschworenen zu hirntoten Zombies, um sie anschließend nach eigenem Gutdünken neu zu formen, bestand darin, (a) allem, was die Anklage sagte, zu widersprechen, einschließlich »Guten Morgen, meine Damen und Herren Geschworenen«, (b) die Anklage wegen fahrlässiger Tötung zu zerpflücken und (c) die Geschworenen davon zu überzeugen, dass sein Mandant sich der verabscheuungswürdigen Tat des Verrats nicht hinreichend schuldig gemacht habe. Letzter Vorwurf bereitete ihm unter den insgesamt achtundfünfzig Anklagepunkten das größte Problem, war dieser es doch, auf den die Todesstrafe stand.

Die NASA hatte bisher noch nicht eindeutig klären können, was die *Celeste*-Explosion verursacht hatte. Von der Startrakete war kaum etwas übrig geblieben, was größer als ein Daumennagel gewesen wäre. Die Ermittlungen konzentrierten sich inzwischen auf den Selbstzerstörungsmechanismus der Rakete, den man für Notfälle entworfen hatte wie beispielsweise den, dass die Raumfähre beim Abheben auf eine dicht besiedelte Gegend zu driftete. Der Mechanismus war, so weit bekannt, jedenfalls *nicht* für den Fall entworfen worden, dass der Präsident der Vereinigten Staaten den Startknopf drückte.

Die *Celeste*-Explosion hatte eine begrenzte Menge radioaktiven Niederschlags verursacht. Der Expräsident sah sich nun, nachdem er die Wahl verloren hatte, schmerzlichen rechtlichen Konfrontationen ausgesetzt, die sich an der Enthüllung entzündet hatten, dass er der NASA quasi insgeheim befohlen hatte, den Starttermin vorzuverlegen. Mehrere NASA-Direktoren wurden mit Schimpf und Schande aus ihren Ämtern gejagt. Jetzt war es an Banion, seinen Teil der Rechnung zu zahlen.

Ursprünglich war die Regierung nur in der Lage gewesen, ihn wegen einer Reihe von Verstößen gegen das Demonstrationsgesetz, Anstiftung zum Aufruhr und fahrlässiger Gefährdung von Menschenleben anzuklagen – und wegen fahrlässiger Tötung. Ein gewisser Newbert Figg, zweiundsiebzigjähriger Pensionär und ehemaliger Zitrusfruchtanbauer aus der Nähe von Onanola, Florida, war nach der unter Tränen im Zeugenstand abgegebenen Aussage der Witwe Figg einfach nur nach Cape Canaveral gefahren, um zu »sehen, was es mit diesem ganzen Theater auf sich hatte«. Als der *Celeste*-Shuttle explodierte, erlitt Mr. Figg auf Grund des spektakulären Feuerballs, dessen er ansichtig wurde, seinen dritten und letzten Herzinfarkt. Den Vereinigten Staaten – wie in: *Die Vereinigten Staaten gegen John Oliver Banion* –, die gegen Banion alles auffahren lassen wollten, wozu sie in der Lage waren, kam der Infarkt wie gerufen. Sie argumentierten, dass Banion mit dem Aufruf zur Versammlung seiner Millenniummenschenmiliz ein »publikumsträchtiges öffentliches Ärgernis« kreiert habe und daher unmittelbar für Mr. Figgs Ableben verantwortlich sei.

Jamm war zuversichtlich, die Geschworenen davon überzeugen zu können, dass Banion sich nicht mit einer halben Million seiner Anhänger verschworen habe, nur um einen neugierigen Siebzigjährigen, der bereits seit längerer Zeit mit Herzproblemen zu kämpfen hatte, ins Jenseits zu befördern.

In Person von Dr. Falopian und Colonel Murfletit tauchte dann jedoch eine größere Schwierigkeit auf. Banions ehemaliges Expertenteam – das vom FBI wegen der Rolle, welche die beiden bei diesem Millenniumsscheiß gespielt hatten, gesucht wurde – hatte sich nach Moskau abgesetzt, wo Falopian und Murfletit von der unverändert kriegerisch gesinnten russischen Regierung öffentlich als Helden empfangen und vom Kreml mit einer Anstellung als Berater für Inoplanetjanij Djela* in den Staatsdienst übernommen wurden. Diese überraschende Wendung der Ereignisse ließ Banion wie den *dritten Mann* aussehen, dem es nicht gelungen war zu fliehen. (Scrubbs war der vierte.) Für die mächtig unter Druck geratene Regierung ergab sich damit die großartige Gelegenheit, die öffentliche Wut umzukanalisieren. Prompt fügte sie der unendlich langen Liste der Anklagepunkte den Strafbestand des Landesverrats hinzu – Strafgesetzbuch der Vereinigten Staaten, Band 18, Abschnitt 2381: Begünstigung des Feindes.

Da ihre Fälle so kompliziert ineinander verwoben waren, wurde Scrubbs in einem getrennten Verfahren vor Gericht gestellt. Er hatte sich edelmütig den wiederholten Versuchen der Regierung widersetzt, ihn zu einer Aussage gegen Banion zu bewegen. Im Gegenzug bot man ihm an, sich vor Gericht nur für das viel geringere Vergehen der gemeinschaftlichen Verkehrsbehinderung verantworten zu müssen. Also gut, wenn nicht, sagte die Regierung – dann würde eben auch er wegen Landesverrats vor Gericht gestellt werden.

Jamm versprach Banion, dass es interessanter werden würde, wenn man endlich zum Thema Landesverrat kam. In der Zwischenzeit müssten aber noch dreiundzwanzig Raumfahrtingenieure in Verruf gebracht werden, um die Geschworenen davon zu überzeugen, dass es sich bei diesen Leuten um alles andere als die Crème amerikanischer Raumfahrttechniker handelte, ja, dass man es hier in Wirklichkeit mit inkompetenten Trotteln zu tun habe, bei denen es sich nicht einmal empfahl, sie mit der Reparatur eines tropfenden Wasserhahns zu betrau-

* Russ. »außerirdische Angelegenheiten«.

en, geschweige denn, sie eine einundzwanzig Milliarden Dollar teure Weltraumstation überwachen zu lassen.

Also saß Banion mit einer zur Maske erstarrten Miene gespielter Konzentration da. Jamm hatte ihm sogar die Trost spendenden Kritzeleien verboten, in denen Banion eine Weile lang geistige Abwechslung gesucht hatte. Er hatte ganze Gerichtsblöcke mit irgendwelchen Listen aus seinem Gedächtnis gefüllt: Namen und Regierungszeiten der US-Präsidenten, die Jesus-Genealogie von König David an, die Könige und Königinnen von England, die Handicaps von Bundesrichtern und die Namen der siebenhundertundelf Überlebenden der *Titanic*, die er einmal als Kind im Zusammenhang mit einer Wette auswendig gelernt hatte, als er im Ferienlager war.

»Mr. Crummekar«, sagte Jamm und stützte sich kumpelhaft mit dem Arm auf dem Zeugenstand ab. »1974, als Sie an der Oklahoma Tech studierten, gehörten Sie einer Studentenverbindung an. Ist das korrekt?«

»Einspruch.«

»Stattgegeben.«

»Entschuldigung, euer Ehren. Ich werde meine Frage anders formulieren. Mr. Crummekar, haben Sie jemals an einer von Delta Kappa veranstalteten Toga-Party teilge…«

»*Einspruch.*«

»Stattgegeben. Mr. Jamm, wie oft muss ich Sie denn noch zurechtweisen?«

»Euer Ehren, in der Raumfahrttechnik gibt es keinen Spielraum für Fehler und Irrtümer. Ich versuche nur, nachzuweisen, dass …«

»Also gut, dann machen Sie schon, Herr Verteidiger.«

Als Jamm in der siebenundzwanzigsten Prozesswoche den letzten Raumfahrt-Ingenieur vernommen hatte, war Banion davon überzeugt, dass gewisse Geschworene nicht nur darauf brannten, ihn zum Tode zu verurteilen, sondern darüber hinaus für eine möglichst langsame, quälende Hinrichtungsart optieren würden. Jamm schien dagegen höchst zufrieden zu sein, ja sogar in Triumphlaune, nachdem er nachgewiesen hatte, dass einer der Techniker sich zwei Wochen vor dem Start ein Antidepressivum hatte verschreiben lassen. Am Abend des gleichen Tages war Jamm in sieben verschiedenen Nachrichtensendungen zu sehen, in denen er verkündete: »Einer der wichtigsten Mitarbeiter des für den Start verantwortlichen Teams stand unter Medikamenten. Die Regierung gehört auf die Anklagebank, nicht Mr. Banion.«

Die Wochen zweiundzwanzig bis siebenundzwanzig hatten sich mit alles anderem als fesselnden Zeugenaussagen von achtzehn Kardiologen hingezogen, die zu der Frage Stellung nahmen, ob an Banions Händen das Blut von Mr. Figg klebte. Jamm hatte sich gut vorbereitet. Sein Ermittlerteam, ein fieses Duo hoch bezahlter Washingtoner Schnüffler, hatte herausgefunden, dass Mr. Figg zum Zeitpunkt des Starts eine Ausgabe von *Juggs** in seinem Auto dabeihatte.

Jamm hatte Diagramme vorbereitet, auf denen der Verlauf der Herztätigkeit eines zweiundsiebzigjährigen Mannes bei sexueller Erregung dargestellt wurde. Banion war sich zwar, was Mr. Figgs Tod betraf, keiner Schuld bewusst, gab Jamm aber unter vier Augen zu verstehen, dass er es nicht gern sehen würde, wenn Jamm seine *Juggs*-Trumpfkarte ausspielen müsse.

Irgendwann während der Verhandlungswochen fiel Banion auf, dass er Jamm häufiger im Fernsehen sah – ihm war für seine Zelle ein Gerät genehmigt worden – als im Gerichtssal. Dies veranlasste ihn, ein ums andere Mal gegenüber Jamm die Bemerkung fallen zu lassen, dass es, da er ihm vierhundertfünfundsiebzig Dollar die Stunde zahle, ganz nett wäre, ihn ab und zu auch zu Gesicht zu bekommen.

* Zeitschrift, die als Foto-Beilage des *Atlantic Monthly* begann und sich mittlerweile der Abbildung dickbusiger Frauen widmet.

Als Jamm eines Morgens sichtlich übermüdet auftauchte, fragte Banion ihn, ob er bis in die Puppen Gesetzesbücher gewälzt habe. Nein, das nicht, sagte Jamm unter Gähnen. Er sei bis spät in die Nacht aufgeblieben, um live in der englischen Frühstückssendung *Wakey, Wakey* zu erscheinen.

»Wie ist es möglich«, fragte Banion, »dass Sie meine Verteidigung aufs Spiel setzen, um irgendwelchen Würstchen essenden Leuten in Luton zu imponieren?«

Jamm erwiderte darauf, dass er so wachsam sei wie ein über dem Wald kreisender Falke – und hatte dann nichts Eiligeres zu tun, als während der sich zugegebenermaßen hinziehenden Ausführungen der Anklage zur nach wie vor großen Belastbarkeit von Mr. Figgs Myocardium wegzudösen. Am nächsten Tag glänzte Jamm im Gerichtssaal durch Abwesenheit und überließ das Kreuzverhör des aufgerufenen Kardiologen einer seiner Assistentinnen, einem attraktiven Rotschopf, die wie geschaffen dazu war, nassfeuchte Vorstellungen beim Geschworenen Nummer zwei zu wecken, der ständig auf seinem Stuhl herumrutschte, sobald sie sich den Blicken preisgab. Auch in den folgenden drei Tagen war von Jamm weit und breit nichts zu sehen. Wo war er nur abgeblieben? Banion versuchte vergebens, von Jamms Assistenten eine klare Antwort zu bekommen, außer jener, dass Jamm »mehrere wichtige Spuren verfolgt«.

Eines Morgens, während er darauf wartete, dass das Gericht zusammentrat, las Banion in der Zeitung, dass Jasper Jamm die Rechte an seiner Geschichte gerade für eine »siebenstellige Summe« an Big Pictures, ein großes Filmstudio in Hollywood, verkauft hatte. Banion fragte sich, was genau mit »seine« gemeint war. Er erreichte Jamm telefonisch im Beverly Hills Hotel und legte ihm nahe, sich ins erstbeste Flugzeug zu setzen und zurückzufliegen.

Er war nicht unbedingt in geselliger Laune, als Jamm schließlich am nächsten Morgen mit verschlafenen, vom Suff geröteten Augen auftauchte. Mit ein paar verbindlichen Worten versicherte er Banion, dass Ms. Plumm, seine Assistentin, die Kreuzverhöre der Kardiologen problemlos meistern könne, und erklärte dann weiter, dass seine Anwesenheit in Kalifornien erforderlich geworden sei, da »Warren« ihn noch vor der Vertragsunterzeichnung habe kennen lernen wollen.

»Warren?«

»Beatty. Er will mich in dem Film spielen.«

»Ah«, sagte Banion. »Und wen stellen Sie sich für meine Rolle vor?«

»Das ist eines der Dinge, über die ich mich mit Ihnen im Anschluss an die heutige Verhandlung unterhalten möchte. Mit den bisherigen Besetzungsvorschlägen bin ich alles andere als zufrieden.«

»Geht es hier nicht um *meine* Geschichte? Oder verstehe ich da etwas falsch?«

»Ich bin der unbedingten Ansicht, dass Sie Ihre Geschichte verkaufen sollten. Wenn Sie wollen, werde ich mich mal für Sie umhören, wenn ich morgen wieder zurückfliege.«

»Morgen?«

»Hier passiert zurzeit nicht viel. Es sind einfach nur ein paar weitere Verhöre in Sachen Herzinfarkt abzuwickeln. Warren veranstaltet ein Abendessen. So, wie die Dinge liegen, ist es wahrscheinlich besser, wenn ich dort bin. Meinen Sie nicht auch?«

Gut zu wissen, fand Banion, dass nun, wo der Prozess in die entscheidende Phase trat, sein Anwalt nicht nur alles tat, um ihm den Todestrakt zu ersparen, sondern darüber hinaus mit Minnie Driver darüber verhandelte, seine Frau zu spielen.

Es lief nicht gut. Der Anklage war es gelungen, Banions Unterredung mit Dr. Kokolew und Oberst Radik während der Ufo-Tagung wie eine Zusammenkunft des Komitees zum Umsturz der US-Regierung klingen zu lassen. In der allgemeinen Atmosphäre fortwährender Feindseligkeit zwischen den beiden Staaten vermittelte der Versuch, den Start eines Raumschiffs zu verhindern, in dem sich auch ein Raketensprengkopf befand – welch ein Verwirrspiel die Anklage um diese unerquickliche Tatsache trieb! –, einen ausgesprochen unpatriotischen Eindruck. Einer der Geschworenen musste wegen überhöhten Blutdrucks die Geschworenenbank verlassen. Eine Woche später erschien unter seinem Namen ein Taschenbuch mit dem Titel *Geschworener Nummer fünf: Warum John Banion auf den elektrischen Stuhl gehört*. Darin verlieh er seiner Überzeugung Ausdruck, dass Banion die ganze Zeit über für die Russen gearbeitet hatte – und für die Aliens. Der Mann wurde zu sämtlichen Nachrichtensendungen und Talkshows eingeladen, um seine Einsichten vorzutragen.

Um die Moral im Banion-Team war es nicht zum Besten bestellt. Draußen vor dem Gerichtssaal hielten Demonstranten Schilder mit der Aufschrift VERRÄTER in die Fernsehkameras. Zum ersten Mal dämmerte es Banion, dass der Tag, an dem der Gefängnisfriseur bei ihm in der Zelle auftauchte, um mit dem Rasiermesser einen Kontaktpunkt im Haupthaar freizulegen, vielleicht tatsächlich kommen würde. Er sinnierte lange über berühmte letzte Worte von Leuten nach, denen die übliche Augenbinde umgebunden und die letzte Zigarette gereicht worden war. Er machte sich sogar daran, ein paar eigene letzte Worte einzuüben.

Als er eines Nachts, ganz in diesen wohligen Träumereien vertieft, zu dem an der Wand befestigten Fernseher aufblickte und das Debut einer neuen, spätabendlichen Rechtspraxis-Sendung mit dem Namen *Angriff ist die beste Verteidigung – mit Jasper Jamm* sah, fragte er sich, ob es nicht vielleicht an der Zeit wäre, sich nach einem anderen Anwalt umzusehen.

»Mr. Banion«, sagte der Richter im Richterzimmer, »es gibt einen Rechtsgrundsatz, der besagt, dass …«

»›Wer sich selbst verteidigt, hat einen Dummkopf zum Mandanten.‹ Ja, euer Ehren, dessen bin ich mir vollends bewusst. Aber es gibt noch einen anderen Grundsatz.«

»Und der lautet?«

»›Wer sich selbst vierhundertfünfundsiebzig Dollar die Stunde zahlt, wird bald ein reicher Mann sein.‹«

»Also gut«, sagte der Richter.

Am ersten Tag, den er als sein eigener Verteidiger bestritt, rief Banion Roz als Zeugin auf. Dabei gab es nur ein Problem: Roz war spurlos verschwunden. Ihm blieb also nichts anderes übrig, als sich selbst in den Zeugenstand zu begeben und den Abend zu beschreiben, an dem sie ihn hintergangen hatte. Danach wurde sie in der Boulevardpresse nur noch die »verschollene Makkaroni-Mieze« genannt.

Er rief den Expräsidenten als Zeugen auf, was aber mit vielen Komplikationen verbunden war, da der ehemalige Präsident mitten in den Vorbereitungen zu seinem eigenen Prozess steckte. Aber Banions personifizierte Nemesis früherer Tage schien recht aufgeräumter Stimmung zu sein, als diese schließlich im Gericht eintraf, um von der eigenen ehemaligen personifizierten Nemesis verhört zu werden.

»Mr. President«, sagte Banion, »vielen Dank, dass Sie heute bei uns sind.«

»Ist mir ein Vergnügen.«

»Ich weiß, dass Sie zurzeit sehr beschäftigt sind, lassen Sie mich also gleich zum Thema kommen. Sagt Ihnen der Name MJ-12 oder Majestic zwölf etwas?«

»Ist ein Schmiermittel, oder? Man sprüht es auf quietschende Scharniere oder so.«

»Also, Mr. President, Sie erinnern sich doch bestimmt noch daran, wie ich zu Ihnen ins Oval Office gekommen bin und Sie davon in Kenntnis gesetzt habe, dass es innerhalb der Regierung einen Geheimdienst gibt, der …«

»Ach, *das* meinen Sie.« Der Expräsident lächelte in Richtung der Geschworenen. »Sie meinen diesen Geheimdienst, der Ufos in den Himmel aufsteigen lässt und Menschen entführt.«

»Genau den. Den, für den Mr. Scrubbs gearbeitet hat …«

»Einspruch.«

»Stattgegeben.«

»Euer Ehren.«

»Fahren Sie fort, Mr. Banion.«

»Und was haben Sie unternommen, nachdem ich Sie über dessen Existenz in Kenntnis gesetzt habe?«

»Nichts.«

»Also, das finde ich aber seltsam …«

»Einspruch.«

»Stattgegeben.«

»Also ehrlich. Na, meinetwegen, dann werde ich meine Frage anders formulieren. Warum haben Sie nichts getan?«

»Aus zwei Gründen. Erstens bin ich davon ausgegangen, dass ich als Präsident von einer solchen Regierungsstelle gehört hätte, falls diese tatsächlich existiert. Und zweitens war ich zu dem Zeitpunkt persönlich davon überzeugt, dass Sie für die Russen gearbeitet haben, deshalb …«

»Einspruch«, sagte Banion.

»Abgelehnt.«

»Euer Ehren …«

»Der Zeuge darf die Frage beantworten.«

»Euer Ehren, also *wirklich.*«

»Mr. Banion, wir sind hier nicht in Ihrer Talkshow. Das hier ist ein Gerichtssaal. Wenn Sie in dieser wenig hilfreichen Art und Weise fortfahren, werde ich Ihnen einen Pflichtverteidiger beistellen. Sie dürfen fortfahren, Mr. President.«

»Danke. Ich habe also gedacht, dass Sie für die Russen arbeiteten. Unter diesen Umständen hätte ich Ihnen gegenüber niemals Informationen preisgegeben, die der Geheimhaltung unterlagen.«

»Und wie kamen Sie zu der Überzeugung, dass ich im Dienst der Russen stand?«

Der Präsident lächelte. »Weil Sie, Jack, versucht haben, den Start eines amerikanischen Raumschiffes zu verhindern, in dem sich ein Raketensprengkopf an Bord befand, der speziell für die Verteidigung dieses Landes entwickelt wurde, das sich damals wie heute einer akuten Bedrohung seitens Russlands ausgesetzt sah. Ehrlich gesagt, habe ich Ihnen das nicht abgenommen, als Sie behaupteten, auf Anweisung der Aliens zu handeln.« Er wandte sich den Geschworenen zu. »Nicht dass ich in diesen Dingen nicht aufgeschlossen wäre.«

»Nun« – Banion seufzte –, »Sie befinden sich im Irrtum ...«

»Einspruch.«

»Ach, halten Sie doch den Mund.«

»Mr. Banion!«

»Aber ich muss zugeben, das ich Ihre Sichtweise verstehe, Mr. President. Keine weiteren Fragen.«

»Wir begrüßen nun Jeffrey Toobin, unseren Rechtsexperten. Jeff, wie beurteilen Sie die Lage?«

»Peter, wenn ich Jack Banion wäre, dann würde ich mir ernstlich überlegen, ein Teilgeständnis abzulegen, um vielleicht noch in letzter Minute eine Strafmilderung zu erreichen. Aber vielleicht ist es dafür schon zu spät. Ich glaube, zum jetzigen Zeitpunkt besteht die größte Aufgabe der Anklage darin, sich nicht zu siegesgewiss zu zeigen.«

»Warum durfte Banion die Geschworenen nicht wissen lassen, dass der Expräsident in der *Celeste*-Affäre bald selbst wegen gemeinschaftlicher Gefährdung von Menschenleben vor Gericht stehen wird?«

»Nach amerikanischem Gesetz, Peter, dürfen Geschworene sich nicht in Besitz solcher, den Ausgang des Prozesses beeinflussender Informationen befinden. Deshalb ist es zum Beispiel in einem Mordprozess völlig unerheblich, dass der Angeklagte vielleicht schon zuvor zwanzig Menschen umgebracht hat. Je weniger die Geschworenen wissen, desto besser – so funktioniert unser System. Entweder liegt darin die große Stärke unserer Rechtsprechung, oder es ist eine irrsinnige Unzulänglichkeit, ganz wie man will.«

»Jeff Toobin. Natürlich werden wir in den kommenden Tagen weiter ausführlich über den Banion-Prozess berichten. Bald ist es an den Geschworenen, ihr Urteil zu fällen …«

Banion feilte gerade in der Gefängnisbibliothek an seinem Schlussplädoyer, als ein Wärter ihm Bescheid gab, dass Besuch für ihn da sei.

»Wer ist es?«

»'ne Reporterin.«

»Ich gebe keine Interviews«, sagte Banion.

»Sie sagt, sie ist von *Cosmopolitan.*«

Banion horchte auf. »*Cosmos-politan*?«

»Kann auch sein. Sie haben eine Viertelstunde Zeit.«

Die Person, die dort hinter der Trennscheibe saß, war nicht auf den ersten Blick zu erkennen. Das Haar war pechschwarz gefärbt, und die Kleidung, insofern man damit überhaupt irgendeine Aussage verband, schien »alte Vogelscheuche« zu krähen. Ein hinreißendes Geschöpf hatte es geschafft, sich in etwas zu verwandeln, was man vielleicht auf der Bank vor einer Bushaltestelle anzutreffen erwartete.

Sie nahmen jeweils die Hörer der Sprechanlage zu beiden Seiten der Trennscheibe ans Ohr.

»Kommst du in Ausübung des Rechts auf einen Besuch des Ehepartners?«, sagte Banion. »Wird aber eine komplizierte Angelegenheit mit der Scheibe zwischen uns.«

»Hallo, Jack.«

»Tolle Klamotten. Vielleicht solltest du dir das mit dem Haar aber noch einmal überlegen.«

»Mit dir alles in Ordnung?«

»O ja. Werd demnächst wegen Landesverrats verurteilt. Weil ich eine Hauptzeugin nicht ausfindig machen konnte. Und wie läuft's bei dir so?«

»Ich wollte helfen, aber es ging nicht.«

»Ach ja?«

»Es hätte nichts genützt, wenn ich ausgesagt hätte. Man hätte mich diskreditiert.«

»So, wie sie's mit mir gemacht haben? ›John bekommt nur noch einen hoch, wenn er sich als Marsmensch verkleidet.‹ Vielen, vielen Dank. Echt toll, als Perversling denunziert zu werden.«

»Ich habe versucht, das zu stoppen.«

»*Wen* zu stoppen?«

»MJ-1.«

»Hör zu, wir haben nur eine Viertelstunde. Ich habe keine Zeit, dir zwanzig Fragen zu stellen.«

Roz fuhr im Flüsterton fort. »Ich war beim MJ-8 – Presse- und Informationswesen – und habe den *Cosmos* herausgegeben. Nach deiner zweiten nicht genehmigten Entführung habe ich eine Nachricht der höchsten Dringlichkeitsstufe erhalten. Kam direkt von ganz oben. Ich wurde nach Washington gebracht, um MJ-1 zu treffen. Meine Anweisung lautete, dich kennen zu lernen und dein Vertrauen zu erwerben. Die Situation zu beobachten, zu entschärfen oder sie zumindest zu kontrollieren. Dann ist es aber kompliziert geworden.«

»Du meinst, weil wir es beinahe miteinander auf dem Fußboden getrieben haben.«

»Jack, sie waren es, die *Celeste* in die Luft gejagt haben.«

Banion lehnte sich bis zur Scheibe vor. »Warum?«

»Du bist mit Scrubbs zum Präsidenten gegangen und hast ihn über Majestic informiert.«

»Woher habt ihr das gewusst?«

»Weil er versucht hat, uns vom Oval Office aus auf der Hotline anzurufen.«

»Tatsächlich?«

»Ja. Danach musste er verschwinden. Wir konnten nicht zulassen, dass er eventuell in seiner nächsten Amtszeit weiter herumschnüffelt. Früher oder später hätte er uns aufgespürt.«

»Dann habt ihr … den Shuttle in die Luft gejagt? Um den Präsidenten als Arschloch zu outen?«

Roz nickte. »Und dazu haben wir auch die Indiskretionen gegenüber der Presse organisiert, dass er den Start auf einen Zeitpunkt vor der Wahl hat verlegen lassen.«

»Der Arm von MJ-12 reicht so weit?«

»Na klar. Die gesamte NASA ist von unseren Leuten durchsetzt. Wie übrigens jede Regierungsstelle. Muss ja auch, wenn man so einen Laden führt.«

»Warum erzählst du mir das erst jetzt? Damit mich die Tatsache, dass ich auf den elektrischen Stuhl wandere, nicht so traurig stimmt?«

»Ich bemühe mich nur, dir zu helfen.«

»Nun, dann bemühe dich ruhig ein bisschen mehr. Wer ist MJ-1?«

»Du kennst ihn. Um ehrlich zu sein, er ist sogar ein Fan von dir, was ihn aber nicht davon abhält, seinen Job zu tun.«

»Roz – *wer* ist es?«

»›*Jack, lassen Sie sich mit dieser majestätischen jungen Dame demnächst einmal bei mir blicken, verstanden?*‹« sagte sie mit breitem Akzent.

»Mentallius?«

»Wer würde sich mehr für den Job eignen als der Vorsitzende des Ausschussbegrenzungsausschusses? So haben sie den Dienst damals 1947 ins Leben gerufen. Es ging vor allem darum, eine fortlaufende Finanzierung sicherzustellen. Also nehmen wir uns eben jenen Senator zum Chef, vor dem alle anderen Senatoren eine Mordsangst haben. Würden die sich etwa beschweren, wenn er in ihrem Landwirtschaftsprogramm eine Zusatzklausel einbaut? Nicht wenn er die Macht hat, die vielen Vergünstigungen zu streichen, ohne auch nur einen Grund dafür zu nennen. Er ist erst der zweite MJ-1 in der Geschichte dieser Organisation. Er leitet den Laden jetzt seit über dreißig Jahren. Und er macht seine Arbeit *gut.* Er hat uns in die moderne Zeit hinübergeführt, die ganze Ausrüstung auf den neuesten Stand gebracht. Das Zeug, das man früher benutzt hat, sah aus wie aus einem schlechten Sciencefictionfilm. Er hat das Entführungsprogramm aufgestellt. Area 51 – sein Werk. Jetzt ist er alt, und ein paar von den anderen Leuten, insbesondere aus MJ-2, versuchen ihn loszuwerden, aber er lässt sich nicht verdrängen. Es ist sein Lebensinhalt.«

»Woher«, sagte Banion misstrauisch, »weißt du das alles? Scrubbs behauptet, dass der Laden in zahllose Abteilungen aufgegliedert ist, damit niemand zu viel weiß.«

»Ich hab es mir zur Aufgabe gemacht, ihn näher kennen zu lernen.«

»Du hast mit diesem alten Ziegenbock *geschlafen*? Wie ekelhaft.«

»Natürlich habe ich nicht mit ihm geschlafen. Der könnte eine ganze Packung Viagra schlucken und würde es trotzdem nicht mehr schaffen. Es gefällt ihm einfach, mich um sich zu haben.« Sie blickte ihn auf eine Art und Weise an, wie sie es früher immer getan hatte. »Ich übe auf meine Umgebung nämlich eine gewisse Anziehungskraft aus.«

»Ja«, sagte Banion wehmütig. »Das ist mir nur zu gut bekannt.«

21

Es ging in den vierten Tag von Banions Schlussplädoyer, und der vorsitzende Richter zeigte sich darüber nicht sonderlich erfreut. Noch nie in seiner Amtszeit hatte ein Plädoyer so lange gedauert. Einer der Prozessbeobachter kam zu dem Schluss, dass Banion wohl versuche, den Gerichtssaal einzulullen, um sich schließlich unbemerkt davonzustehlen.

Im ganzen Land aber war man fasziniert, wenn nicht sogar geradezu in Banions Bann geschlagen. Er hatte Catullus, Robespierre, John Lennon, Dickens, Oliver Wendell Holmes, Origenes, Sueton, Merle Haggard, Jefferson, ferner Mencken, Balzac, Gibbon, Dante (dreimal), das Buch Hiob, Plinius den Älteren, Montaigne, Diderot, Thomas Morus, Yogi Berra, Dean Acheson, William Dean Howells sowie Hoagy Carmichael zitiert. Er konnte nicht einmal der Versuchung widerstehen, sich selbst zu zitieren. »Auch wenn Ihnen dies als ein neuerlicher Beweis meiner Eitelkeit vorkommen mag, möchte ich Ihnen einfach vorlesen, was ich dazu vor acht Jahren in meiner Kolumne geschrieben habe, als ...«

Der Richter, der Banions Ausführungen bereits am zweiten Tag mit betont finsteren Blicken begleitete, hatte nach den Notizen zu urteilen, die er sich fortwährend machte, offensichtlich damit begonnen, seine Memoiren zu schreiben. Die Staatsanwaltschaft hatte alle Mühe, ihre Freude zu verbergen, denn die Mienen der Geschworenen ließen nur den Schluss zu, dass sie Banion dieses letzte Martyrium, dem er sie unterzog, teuer bezahlen lassen würden. Rechtsexperten waren sich darin einig, dass Banions obstruktive Dauerrede, trotz gelegentlicher rhetorischer Höhepunkte, ein taktisches Desaster war. »Es ist, als würde er den Geschworenen zurufen: ›Mich bringt ihr nur mit tausend Volt zum Schweigen.‹«

»Nun«, sagte ein sichtlich verausgabter Banion, während er das mehrbändige, fünfzigtausend Seiten umfassende Verhandlungsprotokoll durchblätterte, »möchte ich Ihre Aufmerksamkeit auf Seite 36 787 lenken ... wo Rudolph Fribblemeyer, der ... Festtreibstoff-Ingenieur ... *zugibt* ... dass ... wenn man Treibstoff ... um es mit seinen Worten zu sagen ... extremen Temperaturen aussetzt ... tja, ich glaube es war Montesqieu, der berühmte französische Philosoph, der gesagt hat ... *Ce n'est que la vérité qui blesse* ... oder möglicherweise auch Rochefoucauld ...«

Die Zuschauer fingen langsam an, ihre nach langem Anstehen erworbenen Plätze wieder zu verlassen.

Dann, kurz nach drei Uhr an seinem vierten – und, wie der Richter schwor, letzten – Tag setzten die Fernsehstationen die Übertragung aus.

»Ich verstehe einfach nicht«, sagte der neue Präsident, an den Chef des National Reconnaissance Office* gewandt, »warum diese Bilder erst jetzt auftauchen. Und wer in eurem Laden sie der Presse zugespielt hat, zum Teufel noch mal. Mein Gott, das sind KH-11-Fotos, die strengster Geheimhaltung unterliegen. Wie sind die auf die Titelseite der *Washington Post* gelandet?«

Bei den Fotos, die ausgebreitet auf dem Schreibtisch des Präsidenten lagen, handelte es sich um Luftaufnahmen des *Celeste*-Starts. Über dem *Celeste*-Shuttle war deutlich sichtbar ein Objekt zu erkennen, das einer fliegenden Untertasse glich. Das unbekannte Flugobjekt verströmte einen dünnen Lichtstrahl, der eindeutig auf die *Celeste* zielte.

»Sir, zum gegenwärtigen Zeitpunkt sind wir uns da nicht sicher. Wir wissen nur, dass es sich bei diesen Aufnahmen tatsächlich um Keyhole-Satellitenaufnahmen handelt. Das geht aus der Kennzeichnung unten in der Ecke hervor. Zum gegenwärtigen Zeitpunkt scheint vieles auf die CIA zu deuten. Sie waren es, die darum gebeten hatten, ein russisches Atom-Unterseeboot zu verfolgen, das sich zum Zeitpunkt des Starts vor der Küste Floridas befand. Das würde auch erklären, warum *Amethyst* – das ist der Kodename des Satelliten – während des Starts über Cape Canaveral positioniert war. Ein Zusammen-

* Regierungsstelle, deren Aufgabe darin besteht, die Luft- und Satelliten-Aufklärung zwischen Geheimdiensten zu koordinieren, die sich gegenseitig hassen und die brisantesten Informationen jeweils gern für sich behalten.

treffen, das die Vermutung nahe legt, dass es sich hier um Aufnahmen der CIA handelt. Was nun Ihre Frage betrifft, warum die Fotos erst jetzt aufgetaucht sind, so haben wir noch nicht – ich versichere Ihnen, dass wir momentan alles an Beweisen sicherstellen, was zur Aufklärung des Falles beiträgt.«

»Mit anderen Worten, Sie *wissen* es nicht.« Der Präsident schnaubte. »Und, was halten Ihre Leute davon? Handelt es sich bei diesem …« – er zeigte auf die fliegende Untertasse – »was zum Teufel ist das?«

»Sir, zum gegenwärtigen Zeitpunkt sind wir nicht in der Lage, eine endgültige Beurteilung vorzunehmen.«

»Nun, und wer *dann*?«

Der Präsident wandte sich an einen General, auf dessen Brust ein ganzer Regenbogen aus Verdienstorden prangte. »Was haben Ihre Leute dazu zu sagen? War irgendetwas auf dem Radarschirm zu sehen?«

»Nein, Sir. Absolut nichts.«

Der Präsident sah sich die Fotos, die auf dem blitzblanken Schreibtisch vor ihm lagen, der einst schon von Präsident Kennedy benutzt worden war, eingehend an. »Zumindest sieht's wie eine aus. Was hat es mit diesem Strahl auf sich, den dieses Ding ausstößt?«

»Wir wissen es nicht, Sir.«

»Sie verfügen über ein Budget von siebenundzwanzig Milliarden Dollar, und Sie wissen es nicht?«

»Vieles spricht dafür, dass es sich um einen Strahl extrem stark gebündelter Energie handelt, wie man das beispielsweise vom Laser her kennt. Aber das ist reine Spekulation.«

»Also gut. Alle Mann raus.« Der Präsident blickte seinen Justizminister an, der auf dem Sofa saß und an einer kalten Pfeife paffte, während er sich die Fotos ansah. »*Sie* bleiben.«

Nachdem die Admiräle und Generäle gegangen waren, brummte der Präsident: »Experten! Konnten mir nicht einmal sagen, dass Brasilien kurz davorstand, einen Atomtest durchzuführen. Und jetzt das.« Er setzte sich aufs Sofa. »Also gut, wie gehen wir nun vor?«

»Ich weiß nicht, was ich von der Sache halten soll. Es sieht tatsächlich wie ein Ufo aus, wie ich zugeben muss, obwohl ich eigentlich gar nicht an Ufos glaube. Und der NASA zufolge zielt dieser Strahl genau auf den Bereich der Startrakete, in dem der Selbstzerstörungsmechanismus untergebracht war.«

»Es muss dafür doch irgendeine Erklärung geben«, sagte der Präsident.

»Die würde ich auch liebend gern hören.«

»Die Frage ist, was wir jetzt tun.«

»Die Antwort liegt ganz bei Ihnen.«

»Bei mir? Sie sind der Justizminister.«

Die beiden Männer blickten sich in die Augen. Der Präsident schaltete den Fernseher ein. Auf dem Bildschirm erschienen Aufnahmen einer wogenden Menschenmenge vor dem Gefängnis, in dem Banion untergebracht war. Die Spruchbänder kündeten von einer Änderung der Tonart: BANION – RETTER DER MENSCHHEIT! LASST BANION FREI! BANION DER SÜNDENBOCK!

»Die vom FBI behaupten, dass die Millenniummenschen sich bereits zu einem neuen Protestmarsch rüsten«, sagte der Justizminister.

»O Gott, nicht schon wieder. Wohin soll's denn diesmal gehen?«

»Zum Weißen Haus.«

Epilog

Renira hatte, um die Journalistenmeute abzuschütteln, unter falschem Namen ein Ferienhaus am Shenandoah River gemietet, das ein paar Stunden westlich von Washington lag. Banion und Scrubbs hatten in den letzten zwei Tagen nicht viel mehr zu Stande gebracht, als sich mit gefängnisgeruchfreiem Essen und teurem französischem Wein den Bauch voll zu schlagen.

Sie waren in stapelweise Zeitungen eingebettet. Eine der Schlagzeilen lautete:

BANION AUS DER HAFT ENTLASSEN
STAATSANWALTSCHAFT ZIEHT ANKLAGE ZURÜCK

WEISSES HAUS VERSPRICHT,
ERMITTLUNGEN WEGEN UNTERTASSEN-FOTO FORTZUSETZEN

Es dämmerte bereits. Sie saßen draußen auf der Holzveranda und genossen – nebst einer zweiten Flasche Château Lafitte, die ihnen von Barrett Prettyman aus feierlichem Anlass geschenkt worden war – die freie Sicht auf den Himmel. Jupiter, Venus und Mars hoben sich schimmernd vom dämmrigen Himmelsblau ab. Hunderte von Kilometern über ihnen blinkte friedlich ein vorüberziehender Satellit.

»Eines von euren Ufos?«, fragte Banion. Er konnte kaum noch die Augen aufhalten, und nichts kümmerte ihn weniger als die Frage nach der Herkunft irgendwelcher flimmernder Lichter, abgesehen von den Lichtern in seinem eigenen Kopf vielleicht, aber auch die waren ihm momentan schnurzegal.

Auch Scrubbs ließ den lieben Gott einen guten Mann sein und rülpste zufrieden.

Ein Schwarzbarsch tauchte kurz auf und hinterließ auf der spiegelnden Wasseroberfläche ein leichtes Kräuseln. Auf der Veranda hinter ihnen war das Klacken von Absätzen zu hören.

»Hallo, Jungs.«

Ihr Haar war wieder blond, und auch die Art, sich zu kleiden, war wieder von gewohnter Raffinesse. Sie stellte sich ans Geländer und blickte zu den Sternen hoch. »Ein wunderschöner Abend.«

»Wo warst du?«, fragte Banion.

»Hatte noch ein paar Details zu klären. Mentallius hat auf einem Abschiedsessen bestanden.«

»Nachdem du ihm klargemacht hast, dass du im Besitz von Tonbändern bist, die ihn als Chef von MJ-12 überführen, und dass du sie ans Justizministerium und die Presse schicken würdest? Da wollte er immer noch mit dir zu Mittag essen?«

»Im Grunde seines Herzens ist er ein ganz, ganz süßer Opi.«

Banion seufzte verärgert. »›Ganz, ganz süßer Opi.‹ Das Schwein hat versucht, meinen Arsch auf den elektrischen Stuhl zu schicken.«

»Du hast dich auch schon einmal gewählter ausgedrückt, Princeton-Boy«, sagte Roz.

»Das liegt daran, dass ich mich in letzter Zeit sehr viel mit Harvard-Typen herumgetrieben habe. Die Gefängnisse sind voll davon.« Er seufzte. »Warum zum Teufel hat das alles so lang gedauert?«

»Du könntest dir ruhig ein paar Worte der Anerkennung abringen.«

»Ich schick dir 'n Dankschreiben.«

»He – ich musste ihn auf Band festhalten, ihn mit der Sachlage konfrontieren, es mit unseren Leuten so einfädeln, dass sie ein Satellitenfoto hervorzaubern und es diskret wie eine zufällige Aufnahme der US-Spionageabwehr lancieren. Was hast du denn erwartet? Das ist alles nicht so einfach, wie eine Pizza beim Heimservice zu bestellen.«

»Du hättest mir vielleicht sagen können, dass ich noch vier Tage durchhalten muss. Ich habe schon gedacht, dass der Richter seine Gerichtsdiener anweist, mich zu erwürgen.«

»Wir gehören der Vergangenheit an«, sagte Roz an Scrubbs gewandt, »seit Punkt 16 Uhr. Majestic wird dichtgemacht. Die Nachricht ist an alle Abteilungen übermittelt worden: ›Einsatz erfolgreich abgeschlossen. Sämtliche Operationen sind sofort einzustellen. Unterzeichnet – MJ-1.‹«

»Das Ende einer Ära«, sagte Scrubbs.

»Mir hat im ersten Moment schon ein bisschen der Atem gestockt«, sagte Roz.

»Verschone mich damit«, sagte Banion.

Sie betrachteten die Sterne.

»Ist euch beiden eigentlich aufgefallen«, sagte Banion, »dass unser Leben in Trümmern liegt, dass uns dreien nichts geblieben ist?«

»Noch vor zwei Tagen«, sagte Scrubbs, »musste ich mich fragen, ob ich zur Abwechslung mal einen Tag erleben werde, an dem mir niemand meinen morgendlichen Donut streitig macht. Dagegen ist das jetzt das wahre Leben.«

»Da bedarf es aber nicht viel, um dich glücklich zu machen.« Banion schnaubte verächtlich. »Was willst du jetzt mit deinem Leben anfangen, wenn die letzte Flasche '82er Bordeaux geleert ist?«

»Hab mir gedacht, dass ich es noch einmal mit einer Bewerbung bei der CIA versuche. Ich wette, dass die mich jetzt nehmen würden.«

»Kann nicht schaden«, sagte Banion.

»Und du, was wirst du jetzt mit deinen drei Millionen Anhängern anfangen?«, sagte Roz. »Sie halten dich für einen Gott. Nicht dass wir, die wir dich kennen, da anderer Meinung wären.«

Banion blickte nachdenklich in sein Weinglas. »Ja, eine schreckliche Verantwortung. Wenn man sich mal anschaut, was passiert ist, nachdem ich Jasper Jamm in *Nightline* als Arschloch tituliert habe.«

»Wie ist es inzwischen um ihn bestellt?«

»Er hält sich weiterhin mit seinem Gewehr in den Bergen versteckt. Offensichtlich hat er Barrett heute Nachmittag per Mobiltelefon angerufen und angeboten, auf die dreieinhalb Millionen Dollar, die ich ihm schulde, zu verzichten, wenn ich die Millenniummenschen in einer öffentlichen Erklärung dazu aufrufe, ihn am Leben zu lassen.«

»Das ist eine schwierige Entscheidung.« Roz lächelte. »... wüsste gar nicht, wie ich mich an deiner Stelle verhalten würde. Was wirst du tun?«

»Ich habe mir überlegt, ob ich nicht noch hohe Schmerzensgelder draufsetzen soll. Als Sieger sollte ich mich ja vielleicht großmütig zeigen, aber ehrlich, die Versuchung, ihn öffentlich vierteilen zu lassen, ist groß. Hab mich noch nie einem derartigen Problem gegenübergesehen – eine Entscheidung darüber zu treffen, was ich mit dreieinhalb Millionen Anhängern anfange, die ich nicht mehr will.«

»Es gibt eine Rockband mit dem Namen *10 000 Maniacs*«, sagte Scrubbs. »Sie könnten ja die *Drei Millionen Lunatics* ins Leben rufen.«

»Ich habe mir überlegt, denen vielleicht zu sagen, dass ich von unseren Freunden dort oben neue Anweisungen erhalten habe.«

»Nein«, sagte Roz. »Bitte nicht.«

»Dass unsere Zeit noch nicht gekommen ist und dass sie deshalb nach Hause gehen und keiner Menschenseele von Ufos erzählen sollen, bis sie weitere Anweisungen erhalten, und zwar von mir persönlich. Wenn ich's so mache, dann könnte ich, falls ich sie mal wieder brauche ... Tja, man kann nie wissen, wann man vielleicht einmal drei Millionen ergebene Anhänger braucht. Gut zu wissen, dass es sie gibt, nur für den Fall.«

Roz stand auf. »Also, passt auf euch auf, Jungs. Zettelt bloß nicht irgendwelche neuen Religionen an, ohne euch vorher mit mir abzusprechen.«

Das Klacken ihrer Schuhe auf den Holzbohlen verklang mit einem leisem Echo.

Als Banion sie schließlich einholte, wollte sie gerade in ihren Wagen steigen. »Wohin fährst du jetzt?«

»Hab mir gedacht, eine Nacht im Swann's Way zu verbringen. Weißt du noch? Da, wo wir nach unserem ersten Rendezvous mal übernachtet haben. Ist nicht weit von hier. Das Essen ist gut.«

»Ich werde dich hinfahren.«

»Das schaffe ich schon«, sagte Roz.

»Die Straßen sind nachts ziemlich einsam. Berichten zufolge sollen in der Gegend Aliens aktiv sein. Vielleicht wirst du entführt und absonderlichen sexuellen Praktiken unterworfen. Du weißt schon, Körpersonden und so.«

Im Lichtschein der geöffneten Tür entdeckte er ein Lachgrübchen.

»Wenn das so ist«, sagte Roz mit einem Lachen, »dann solltest du mich wohl lieber begleiten.«

Danksagungen

Mein Dank gehört wie immer den üblichen Verdächtigen, insbesondere meinem Lektor bei Random House, Jonathan Karp, nicht nur für seine exzellenten Ratschläge, sondern auch dafür, dass er uns von der Frage nach einem passenden Buchtitel erlöste. Martha Schwartz und ihr qualifiziertes Team von Manuskriptbearbeitern haben wieder einmal hervorragende Arbeit geleistet. Ebenfalls bedanken möchte ich mich bei John Tierney und Greg Zorthian, das Manuskript mit Adleraugen durchgesehen zu haben. Die Ärzte David E. Williams und William S. Hughes waren jederzeit mit ihren Arzneimittelkompendien zur Stelle. Armanda Urban von ICM sah das Grün der Dollarnoten in den kleinen Männchen. Meine Frau Lucy war wie immer eine ergebene Förderin und Helferin. Gewisse Leute innerhalb verschiedener Ufo-Organisationen waren sehr entgegenkommend und hilfreich. Ich darf davon ausgehen, dass sie es unter den gegebenen Umständen vorziehen, anonym zu bleiben. Darüber hinaus bin ich Keith Thompsons Buch *Engel und andere Außerirdische* dankbar, das ich jedem, der sich weiter mit diesem Thema beschäftigen will, wärmstens empfehle. Zwischen diesen klugen und exzellent geschriebenen Zeilen stieß ich zum ersten Mal auf Majestic Twelve. Das Buch lieferte den ersten Anstoß, und danach brauchte es eigentlich nur noch ein bisschen Muttersprache. Und schließlich muss ich mich beim zweiundvierzigsten Präsidenten der Vereinigten Staaten bedanken, der während einer zufälligen Begegnung sein Interesse an diesem Projekt bekundete, das mehr als nur höflicher Natur zu sein schien. Als ich ein paar Wochen später auf jenen Zeitungsartikel stieß, der diesem Buch als zweites Motto vorangestellt ist, verstand ich, warum. Ich hoffe, er hat die Antwort auf seine Frage gefunden.

– Blue Hill
18. August 1998